Ella V. Schreiber
MINTed Love

Zu diesem Buch

Das Leben einer mittelmäßigen Doktorandin in einem noch mittelmäßigeren Labor ist nicht leicht. Die kleine Arbeitsgruppe, in der Lilia Sommer promoviert, ist dabei alles andere als ein fruchtbarer Boden für bahnbrechende Forschung. So kämpft sie täglich mit fehlgeschlagenen Experimenten, universitärer Lehre, finanziellen Engpässen der Arbeitsgruppe und der ständigen Geringschätzung, die Frauen in der Wissenschaft leider immer noch widerfährt. Dann tritt Dr. Alex Winter in ihr Leben – als Leiter einer neuen Arbeitsgruppe im Forschungsinstitut mit eisblauen Augen und unerbittlicher Strenge. Von Anfang an macht er keinen Hehl aus seiner Verachtung für sie und ihre Arbeit. Seine überzogenen Anforderungen und schneidenden Kommentare treiben Lilia an ihre Grenzen. Doch als Dr. Winter sie überraschend zur größten Konferenz ihres Forschungsgebietes einlädt, ist sie verblüfft. Was bezweckt er damit? Zwischen hitzigen Auseinandersetzungen und unerwarteten Momenten der Nähe beginnt Lilia zu zweifeln: Warum lösen diese eisblauen Augen Gefühle in ihr aus, die sie kaum kontrollieren kann? Was wird sie tun, wenn das Wissen, das sie so verzweifelt sucht, ihr Herz gefährdet?

Ella V. Schreiber, aus Köln, ist mit Leib und Seele Naturwissenschaftlerin und teilt diese Begeisterung mit allen, die nicht gleich schreiend davonlaufen. Die promovierte Chemikerin schreibt und spricht leidenschaftlich gern über die Wissenschaft und die allerneueste Forschung. Wenn Ella nicht gerade im Labor steht, Experimente plant oder mit anderen fachsimpelt, spaziert sie am Rhein entlang und sinniert über die großen Fragen des Lebens.

Ella V. Schreiber

MINTed

LOVE

Ein bisschen Biochemie

und die ganz große Liebe

Roman

Bibliografische Information der Deutschen Nationalbibliothek: Die Deutsche Nationalbibliothek verzeich-
net diese Publikation in der Deutschen Nationalbiblio-
grafie; detaillierte bibliografische Daten sind im
Internet über dnb.dnb.de abrufbar.

Originalausgabe
© 2025 Ella V. Schreiber
Umschlagabbildung: EVS
Verlag:
BoD · Books on Demand GmbH,
Überseering 33, 22297 Hamburg, bod@bod.de
Druck:
Libri Plureos GmbH, Friedensallee 273,
22763 Hamburg
ISBN: 978-3-8192-6312-5

Für alle Doktorandinnen, die durchhalten,
sogar, wenn ihre Projekte
der allergrößte Albtraum sind.
Irgendwann wird es wieder besser, ganz gewiss!

Und vor allem für alle Naturwissenschaftlerinnen,
die immer belächelt werden, weil sie keine Y-Chromo-
somen in sich tragen. Lasst euch niemals unterkriegen!

Anmerkung der Autorin:

Die Handlung und alle handelnden Personen sind frei erfunden. Jegliche Ähnlichkeit mit lebenden, verstorbenen oder realen Personen sowie Forschungsinstituts- oder Laborräumlichkeiten ist rein zufällig!

Prolog

Als ich mich zum Abitur anmeldete, wusste ich bereits, dass ich promovieren würde. Obwohl das eigentlich doch nicht ganz stimmte. Tatsächlich war mir das schon klar, als ich das Ergebnis der netten, grauhaarigen Dame im Berufsinformationszentrum Köln bekam, nachdem ich einige Fragen zu meinen Wünschen und Interessen in einem standardisierten Verfahren beantwortet hatte. Die Dame mit der halbmondförmigen Brille teilte mir das Auswertungsergebnis ziemlich unaufgeregt mit. Sie führte dutzende solcher Gespräche am Tag und so war es längst nichts Besonderes für sie, als sie sagte, dass der für mich am besten geeignete Beruf »Arzneimittelchemikerin« wäre. Für mich jedoch bedeutete es die ganze Welt. Zweiundzwanzig Buchstaben, die einfach alles für mich wurden. Obwohl ich mir noch nichts Konkretes unter diesem Begriff vorstellen konnte, akzeptierte ich das Ergebnis – immerhin entsprang es einem standardisierten Persönlichkeitstest. Und so kam es, dass schon bei diesem Ausflug in der neunten Klasse feststand, wie mein Leben verlaufen sollte: Leistungskurs in Biologie und Chemie, Abitur, Studium der Chemie oder Biochemie, Promotion. *Dr. rer. nat.* Fertig. Mit dem waghalsigen Ziel, ein Mittel gegen Krebs zu finden und dafür den Nobelpreis zu bekommen – aber das stand auf einem anderen Blatt.

Der Wunsch der Promotion war also irgendwie schon immer da gewesen – was tatsächlich ein sehr ambitionierter Wunsch meinerseits war, wenn man wusste, dass aus meiner Familie bisher noch niemand Abitur gemacht hatte. Trotz oder gerade durch meine Familie schaffte ich das

Abitur, sogar mit einer erstaunlich guten Note, sodass ich zu meinem Wunschstudium an meiner Wunschuniversität zugelassen wurde. Auch das Studium war keine allzu große Hürde für mich. Während des Hauptstudiums und der Diplomarbeit konnte ich tiefe Einblicke in die fremde, abgedrehte Welt der Laboratorien und Grundlagenforschung werfen und war direkt dort angelangt, wo es keine Lehrbücher mehr gab und die Wikipedia-Artikel erst noch geschrieben werden mussten. Ich begann, mich wohlzufühlen, zwischen all diesen verschrobenen Menschen, die nur noch eines im Sinn hatten, nämlich die nächste Publikation in einer Fachzeitschrift zu schreiben, um ein bisschen Anerkennung in Form von bewilligten Forschungsgeldanträgen und Zitierungen in anderen Publikationen zu erhaschen.

Schwierig wurde es, eine Doktorandinnenstelle zu finden, insbesondere, weil ich meine Heimatstadt nicht verlassen wollte und mich vehement weigerte, Tierversuche zu machen, obwohl sie in der Forschung üblich und wichtig waren. Ich wollte rekombinant arbeiten, also meine Proteine mit Hilfe von gentechnisch veränderten Mikroorganismen oder in Zellkulturen herstellen. Umso aufgeregter war ich, als ich herausfand, dass es eine kleine Arbeitsgruppe gab, die eine noch nicht ausgeschriebene Doktorandinnenstelle zu vergeben hatte. Und so startete meine Reise als Doktorandin am Clara-Immerwahr-Institut, das vor gar nicht allzu langer Zeit noch ganz anders hieß. Unter der neuen Leitung wurde in einer internen Abstimmung der Name einer besonderen deutschen Wissenschaftlerin gesucht. Die Wahl fiel auf die deutsche Chemikerin Clara Immerwahr, die als erste Frau in Deutschland einen Doktortitel in Chemie erhalten hatte. Clara Immerwahr setzte sich leidenschaftlich gegen den Einsatz chemischer Waffen ein, was sie damit irgendwie zu einer Verfechterin der ethischen Wissenschaft machte, die sicherstellte, dass Forschung und Technologie zum Wohl der Gesellschaft beitrugen. Ich hätte es aber auch toll gefunden, wenn man sich für die israelische Wissenschaftlerin Ada Yonath entschieden hätte, die lange Zeit in Deutschland geforscht hatte. Ada Yonath begann Ende der 1970er Jahre mit der Röntgenstrukturanalyse von Ribosomen, wurde eine Pionierin auf diesem Gebiet und schuf auf ihrem Weg zur Strukturaufklärung, die bis dahin von den meisten ihrer (männlichen) Kollegen für aussichtslos gehalten worden war, einen Ausgangspunkt für die Entwicklung neuer Antibiotika, was ihr den Nobelpreis in Chemie bescherte.

Ich bewunderte Ada Yonath sehr. Sie setzte sich gegen ihre (männlichen) Kollegen durch, in dem sie das bisher Unmögliche einfach möglich machte. Nichts Minderes hatte ich mir selbst als Ziel gesetzt, als ich, Anneli Cäcilie Sommer, genannt Lilia, mich dafür entschied, zu studieren und zu promovieren.

Kapitel 1

»Lilia«, sagte Robert langgedehnt und winkte. »Hörst du mir überhaupt zu?«

Ich nickte und starrte zur Decke, aber in Gedanken war ich wie üblich schon vier Schritte weiter. Wenn wir das Experiment wirklich so angehen wollten, wollte ich lieber noch mehr Kontrollexperimente durchführen. Nichts war schlimmer als Ergebnisse, die man am Ende nicht richtig auswerten konnte, weil die Kontrollen fehlten.

Robert sah mich aufmerksam an und seufzte, weil er genau wusste, dass ich in Gedanken bereits einige Schritte zu weit war. Er runzelte die Stirn. Als PI hatte er es tatsächlich nicht immer leicht mit mir.

»Ja«, sagte ich und kratzte meine linke Schläfe, die immer dann verdächtig juckte, wenn ich im Experiment-Planungsmodus versunken war.

»Vergiss aber nicht, dass das Praktikum nächste Woche wieder losgeht!«, warf Robert mahnend ein und holte mich wieder auf den Boden der Tatsachen zurück.

Mist! Ich hatte verdrängt, dass mit dem neuen Semester auch die Lehre wieder losgehen würde. Robert lächelte verlegen in meine Richtung. Er wusste, dass ich viel zu viel Lehre machte, obwohl ich über einen Sonderforschungsauftrag angestellt war, der eigentlich keine Lehrtätigkeit vorsah.

Sonderforschungsbereiche waren Forschungszusammenschlüsse, in denen Wissenschaftler*innen im Rahmen eines themenübergreifenden Forschungsprogramms zusammenarbeiteten. Eine Förderperiode umfasste in der Regel vier Jahre und durfte maximal dreimal verlängert werden. Damit sollte die Bearbeitung innovativer, aufwendiger und langfristig konzipierter Forschungsvorhaben durch Koordination und Zusammenschluss von Expertise und Ressourcen ermöglicht werden. Robert betonte oft, dass damit diese sogenannte »exzellente« Forschung im Verbund gewährleistet werden sollte. Und dieser Sonderforschungsbereich sah nicht vor, dass Doktorand*innen in ihren frühen Karrierephasen etwas anderes als »exzellente« Forschung betrieben.

Bei uns im Institut fiel sogar sehr viel universitäre Lehre an. Als Doktorandin durfte ich natürlich keine Vorlesung halten – allerdings war man nicht so streng, wenn es um Seminare, Übungen oder Praktika ging. Und da ich eine der wenigen Doktorandinnen unseres Instituts war, die nicht aus dem Ausland kam, fielen mir damit automatisch viele Kurse zu, wohingegen andere sprachbedingt überhaupt keine Lehre machen mussten, da die Uni-Kurse zwingend in deutscher Sprache abgehalten werden mussten.

Aber ich wollte mich gar nicht darüber beschweren. Im Grunde war ich froh, dass ich überhaupt eine Doktorandinnenstelle gefunden hatte und mochte die Lehre. Was ich nicht mochte, war, dass mir wertvolle Zeit verloren ging, während ich in den Praktikumskursen stand, den Studierenden die biochemischen Methoden näherbrachte und genau wusste, dass mindestens die Hälfte von ihnen nicht zuhörte, nicht vorbereitet war oder später mit Augenrollen und seltsam verzerrter Stimme sagen würde: »Also die Biochemie-Kurse habe ich *immer* gehasst.«

Die Zeit, die hierfür draufging, hätte ich viel besser für meine eigene Doktorarbeit nutzen können, um zum Beispiel noch ausführlichere Kontrollexperimente zu machen.

Ich lächelte gezwungen und war wenig begeistert, dass die Lehre bald schon wieder losging. Robert nahm seine

Tasse, auf der »*Traue keiner Statistik, die du nicht selbst gefälscht hast!*« stand, und trank einen großen Schluck Kaffee.

»Ist dann jetzt erstmal alles klar für die nächsten zwei Wochen?«, fragte er und blickte ungeduldig auf die Uhr, die an der Wand hing und laut tickend verriet, dass wir schon fünfunddreißig Minuten miteinander sprachen.

Ich nickte. In unserem wöchentlichen Jour-Fixe besprachen wir alles, was die nächsten zwei Wochen anfiel, und sahen uns die Ergebnisse der letzten Experimente an. Ich berichtete ihm von allen Experimenten, die ich geplant hatte, und er hatte die Gelegenheit, mich einzufangen und zu bremsen, falls ich wieder viel zu ambitioniert unterwegs war. Normalerweise war noch mein Promotionskollege Malte Weber, der auch zu Roberts Forschungsgruppe gehörte, mit dabei, aber heute war Malte verhindert.

»Den Praktikumsplan schickst du mir dann aber noch rechtzeitig zu, damit ich meine Experimente danach ausrichten kann und die Zentrifugen buchen kann, okay?«

Robert zögerte, drehte sich zu seinem Computer und scrollte langsam durch sein geöffnetes E-Mail-Postfach, um den Plan zu suchen.

»Seltsam, ich dachte, ich hätte ihn dir längst geschickt«, sagte er verwirrt, dann hielt er inne. »Aber ja, klar, wenn ich ihn finde, leite ich ihn an dich weiter.«

Ich seufzte. Dr. Robert Starke, Biophysiker, Theoretiker und bester Statistiker, den ich kannte, war ein wirklich netter Mensch, ein guter Wissenschaftler, aber leider eben auch ein sehr verzettelter Dozent. Als Gruppenleiter unserer kleinen Arbeitsgruppe, die nur ihn, Malte und mich umfasste, war er als Principal Investigator (PI) der maßgeblich verantwortliche Wissenschaftler unserer Forschungsprojekte. Als promovierter Wissenschaftler, der kein habilitierter Universitätsprofessor war, konnte er leider nicht mein Doktorvater sein und mich offiziell als Professor bei der Dissertation betreuen, aber immerhin konnte er das Fördergeld für unsere Projekte beantragen und war damit trotzdem für den erfolgreichen Abschluss der Projekte verantwortlich. Und dennoch, obwohl er ein sehr netter Forschungsgruppenleiter war, verzweifelte ich manchmal an seiner Verplantheit, insbesondere wenn es darum ging, dass ich Praktikumskurse und Seminare betreuen sollte, die mit meinem Experimentier-Stundenplan kollidierten und über die er mich wie immer viel zu spät in Kenntnis setzte.

Robert lächelte mir aufmunternd zu.

»Übrigens werde ich ab nächster Woche nicht mehr allein in diesem Büro sitzen«, sagte er, fast schon nebenbei, aber diese Information überraschte mich so sehr, dass ich die Mine meines Bleistiftes abbrach, mit dem ich ein paar Kontrollversuche in mein Laborheft gekritzelt hatte.

»Wirklich?«

Robert nickte und er wirkte ganz und gar nicht begeistert von der Idee.

»Wir müssen dann erstmal gucken, wie wir das mit den Laboren machen und wann wir unseren Jour-Fixe terminieren. Aber vielleicht ändert sich ja gar nicht so viel, mal schauen!«

Ich legte den Kopf schräg.

»Weißt du schon, wer kommt?«, fragte ich skeptisch, weil ich mir nicht vorstellen konnte, dass sich tatsächlich nicht viel änderte, wenn hier plötzlich jemand Neues bei Robert im Büro saß.

Robert nickte erneut.

»Ja«, sagte er, »aber ich darf noch nichts verkünden, weil es noch nicht offiziell ist.«

Ich schnaubte verächtlich.

Immer diese elende Geheimniskrämerei!

Als das Forschungsinstitut im letzten Herbst umbenannt wurde, wurde auch ein riesengroßes Geheimnis aus allem gemacht. Ich schüttelte mich, weil ich mir lieber Gedanken über die mögliche Versuchsanordnung machen wollte.

Robert hob entschuldigend die Schultern. Als ich sein Büro verließ, wirkte er erleichtert. Wieder war ein Jour-Fixe-Termin vorbei und ich hatte ihm nicht den Kopf abgerissen, weil er mich mit Lehre zuschüttete, oder ihn fertiggemacht, weil er immer noch keinen neuen Forschungsantrag eingereicht hatte, der meine Weiterarbeit in der Arbeitsgruppe finanzieren sollte. Ich wusste, dass ich ihn da intensiver nerven müsste, aber es fiel mir schwer, dies von ihm zu fordern.

Bevor ich ins Labor zurückkehrte, ging ich bei Sonja vorbei. Sonja saß im Sekretariat unseres Instituts und verwaltete das gesamte Büromaterial. Ich benötigte dringend ein neues Laborbuch. Mit einem Lächeln händigte sie mir das Buch aus, in dem ich meine Labortätigkeiten akribisch dokumentierte.

Ich liebte das Dokumentieren und hatte an meinem Schreibtisch einen großen Fundus an schönen Stiften, Markern und Klebezetteln aufgebaut, mit dem ich meine Experimente sauber einschrieb, unterstrich und hervorhob.

Robert missfiel es, dass ich so eine Leidenschaft für schöne Laborbücher entwickelt hatte. In seinen Augen mussten Laborbücher auf der Werkbank liegen, voller Chemikalienflecken sein und alle Details mussten mit einer schrecklichen Handschrift hineingekliert werden, sodass man später nicht mehr entziffern konnte, ob die Pufferlösung zweifach oder aus Versehen doch dreifach konzentriert angesetzt wurde.

Das neue Laborbuch lag schwer in meiner Hand, als ich es ins Labor trug. Mein Schreibtisch stand hinten bei den Fenstern direkt gegenüber von Maltes Tisch. Ich stellte das vollgeschriebene Laborbuch in das Regal zu den anderen, strich über das neue Buch und seufzte. Hier würden all meine bahnbrechenden Experimente Platz finden, die mich zu meinem heißersehnten Doktortitel trugen. Ich konnte es kaum erwarten!

Auf dem Nachhauseweg dachte ich darüber nach, ob ich mich in Zukunft doch weigern sollte, so viel Lehre zu übernehmen, um mich intensiver auf meine Forschung zu konzentrieren. Bisher waren meine Ergebnisse noch nicht zusammenschreibbar und die bahnbrechenden Erkenntnisse sowie die fantastische Hypothese eines Modells fehlten mir.

Als ich zu Hause ankam, klebte ein Paketschein an meiner Haustür. Seufzend klingelte ich an der Nachbarwohnungstür. Am Klingelschild stand *B. A. Winter*. Es dauerte einen Augenblick, bis die Tür geöffnet wurde. Ein großer, junger Mann mit hellblauen Augen und kurzem, dunkelbraunem Haar, *B. A. Winter*, öffnete die Tür. Er sah mich überrascht an und sagte wie immer kein Wort. Seitdem er vor ein paar Wochen hier eingezogen war, hatte ich einige Pakete bei ihm abgeholt. Weil ich entweder im Labor arbeitete, Praktikumskurse leitete oder meine Eltern besuchte, war ich zurzeit kaum Zuhause. Aus diesem Grund wurden all meine Pakete jedes Mal irgendwo im Haus abgegeben und seitdem *B. A. Winter* neben mir wohnte, landeten sie tatsächlich meistens bei ihm.

»Hi«, sagte ich verlegen. »Du hast mein Paket angenommen?«

Ich hatte vor zwei Wochen beschlossen, ihn einfach zu duzen, da er in etwa mein Alter haben musste, obwohl ich seinen Vornamen nicht kannte. *B. A.* hatte nicht widersprochen – genau genommen hatte er bis jetzt niemals mit mir gesprochen. Ich konnte nicht mit 100 %-iger Wahrscheinlichkeit ausschließen, dass er vielleicht stumm war.

Er sah mich einen Moment lang eindringlich an, dann nickte er kraftvoll, bückte sich zur Seite und reichte mir mein Paket. Wortlos, dafür aber mit wachen, eisblauen Augen und langen schwarzen Wimpern, die gleichmäßig blinzelten, stand er mir gegenüber.

»Danke schön«, sagte ich unsicher und lächelte, um die Stille zu füllen. »Hab noch einen schönen Abend! Bis zum nächsten Paket.«

Ich wollte noch etwas sagen, ihn aus der Reserve locken, doch da knallte er mir bereits äußerst zuvorkommend und höflich die Tür vor der Nase zu. Wieder konnte ich meinen Spruch nicht anbringen, wie lustig es war, dass er als *»Winter«* direkt neben mir als *»Sommer«* eingezogen war, wo doch der Nachbar aus dem fünften Stock auch noch *»Herbst«* hieß. Egal. Die neuen Schuhe würden mich über diese Unhöflichkeit hinwegtrösten.

Ich ging in meine Wohnung und war allein. So ein früher Feierabend war untypisch für mich. Normalerweise hatte ich bis zum Vorabend noch Praktikumskurse oder Seminare. Heute würde ich die Präsentation fertigstellen, die ich nächste Woche im Institutsseminar halten musste.

Als Pendant zu unserem Jour-Fixe zwischen Robert, Malte und mir gab es einen monatlichen Austauschtermin für das gesamte Clara-Immerwahr-Institut, wo Doktorand*innen eine Plattform gegeben wurde, ihre Daten zu präsentieren und Fragen im großen Kreis zu klären. Ich war kein großer Fan von Präsentationen, erst recht nicht vor dem gesamten Wissenschaftspersonal des Instituts, aber ich wusste, dass es wertvoll war, sich auf höherer

Ebene auszutauschen und zu erfahren, was andere zurzeit erforschten. Meine innere Nervosität vor solchen Terminen bremste mich oft aus, obwohl ich eigentlich keine Probleme hatte, meine Forschung vor anderen zu demonstrieren oder zu verteidigen. Auch die Diskussion auf Englisch machte mir nichts aus, weil wir im Institut sowieso fast ausschließlich Englisch mit all den internationalen Doktorand*innen sprachen. Trotzdem schüchterten mich die Institutsvorträge ein, sodass ich mich mit Ideen und Fragen meist zurückhielt, schweigend zuhörte und damit farblos in der Menge unterging.

Aber nächste Woche musste ich meine Ergebnisse präsentieren und konnte mich nicht verstecken. Die Abbildungen der Präsentation waren bereits fertig erstellt. Auch die Fragen, die ich im Anschluss diskutieren wollte, waren fertig. Bisher fehlten die Übergänge, die Zusammenhänge und der grobe Hintergrund, wieso wir welche Experimente ausgewählt und durchgeführt hatten. Ich überlegte, ob es eine gute Idee war, im Seminar zu gestehen, dass die Experimente ausschließlich nach unserem kleinen Budget festgelegt wurden. Vermutlich nicht.

Zwischenzeitlich schrieb mir Malte genervte Nachrichten aus dem Protein-Labor, weil schon wieder irgendjemand alle 10 %-igen SDS-Gele für die Gelelektrophorese zur Auftrennung von Proteingemischen, die wir am Montag vorgegossen hatten, aufgebraucht hatte. Das neue Ansetzen dauerte zu lange und er hatte keine Lust, am Freitag noch länger zu arbeiten, da er ein Date hatte. Ich schmunzelte. Malte Weber war der beste Doktorandenkollege, den man sich vorstellen konnte. Mein Laborzwillingsbruder. Er war zuverlässig, clever und hilfsbereit. Er brachte mich zum Lachen und er tröstete mich, wenn eines meiner Experimente schiefging – was leider öfter der Fall war, als ich öffentlich hätte zugeben wollen. Wir hatten ungefähr zur gleichen Zeit bei Robert mit unserer Promotion begonnen und uns bisher ziemlich gut zusammen durchgeboxt. Wann immer Robert als PI versagte, schlossen wir uns nur noch enger zusammen und gingen alle Herausforderungen gemeinsam an. Selbst wenn wir den gesamten Tag zusammen im Labor verbrachten, war es üblich, dass wir abends noch chatteten, uns absprachen oder unterstützten.

Ich mochte Malte sehr und hoffte, dass wir auch nach der Promotionszeit in so engem Kontakt bleiben würden. Daher versprach ich, am Montag mit ihm neue SDS-Gele zu gießen und unseren Vorrat besser zu verstecken. Es war wirklich kein guter Zug der anderen, sich heimlich am vorbereiteten Eigentum anderer Doktorand*innen zu bedienen. Schlimmer war nur noch, wenn jemand im Chemikalienschrank die letzten Milligramm von Stoff XY nutzte und, anstatt Bescheid zu geben, die leere Packung zurückstellte und sich wortwörtlich aus dem Staub machte. Meist wurde auch die Feinwaage nicht adäquat geputzt, was besonders toll war, wenn man direkt danach ebenfalls etwas abwiegen wollte und nicht genau wusste, ob das feine, weiße Pulver auf der Waage ungefährliches Natriumhydrogencarbonat (Natron) war oder ob es sich um den Proteaseinhibitor Phenylmethylsulfonylfluorid (PMSF) handelte, der giftig war und darüber hinaus noch im Verdacht stand, Krebs zu erzeugen, oder ob es pulverförmiges Natriumhydroxid war, das zur Freisetzung von Stäuben neigte, die Atemwegsreizungen verursachten, weshalb das Tragen einer Atemschutzmaske unerlässlich war. All diese Chemikalien standen natürlich in unseren Chemikalienschränken herum und sie wurden für alle möglichen Lösungen verwendet (die besonders schlimmen Brocken waren im Giftschrank weggeschlossen). Trotz vieler

Warnungen und bitterböser Rundmails unserer Technischen Assistenzen (TAs), die als gute Seelen unsere Laboreinheit am Laufen hielten, und anderen betroffenen Personen (wie Malte und mir) waren es letzten Endes immer die gleichen Personen (nämlich auch Malte und ich), die zurückmeldeten, wenn etwas fehlte, und die ständig betroffen waren, wenn wieder jemand etwas leer zurückgestellt hatte. Irgendwie waren es immer die gleichen, die sich besonders aktiv für die Laborgemeinschaft einbrachten (auch wir). Alle anderen dachten nur an sich selbst und ihre eigene Forschung.

Diese Aspekte machten die Laborarbeit oft zermürbend und ermüdend, weil man immer die gleichen Dinge bemängeln musste und sich einfach nie etwas änderte, aber ich war mir sicher, dass es diese Probleme auch in anderen Branchen gab. Der Mensch war leider *per se* egoistisch. Damit mussten wir leben. Für alles Weitere hatten Malte und ich uns gefunden und konnten uns im Labor fast ohne Worte verständigen. Ohne ihn wäre ich in diesem düsteren Haifischbecken wirklich verloren.

Kapitel 2

Als Malte hektisch am nächsten Montagnachmittag die Labortür aufriss und auf mich zurannte, wusste ich, dass etwas geschehen war. Sein Gesicht sprach Bände und seine angespannte Körperhaltung berichtete, dass er kurz vorm Explodieren stand.

»Weißt du schon das Neueste?«, platzte es aus ihm heraus wie aus einem Vulkan, der nach jahrelanger Ruhe plötzlich ausbrach und seine glühende Lava in alle Richtungen schleuderte.

Ich hielt in meiner Bewegung inne und ließ die Pipette sinken.

»Atme, Malte, atme!«, sagte ich in beruhigendem Tonfall.

Malte neigte dazu, in hitziger Aufregung alles andere, sogar das Atmen, zu vergessen, bis er endlich eine Person gefunden hatte, der er die Nachricht erzählen konnte. Er keuchte, vermutlich weil er den gesamten Laborgang entlanggestürmt war.

»Ein gewisser Alexander Wagner oder so kommt in unser Institut«, begann er und fast schon überschlug sich seine eigene Stimme dabei, so schnell sprach er. »Er hat mehrere *Nature*- und *Nature Communications*-Paper geschrieben. Er ist wohl so ein richtiges Wunderkind, Diss in weniger als einem halben Jahr, zwei Postdocs in den USA. Und jetzt kommt er mit einem Riesenfunding zurück und will hier eine eigene AG rund um Röntgenkristallographie aufmachen.«

Ich lachte leise und wandte mich wieder meinen Proben zu, die weitaus wichtiger waren als irgendein Typ, der seine Promotion in weniger als einem halben Jahr abgeschlossen und in guten Journalen mit extrem gutem Impact-Faktor publiziert hatte.

Das Wichtigste in der Wissenschaftskarriere war es, die eigenen Forschungsergebnisse und Hypothesen bestmöglich zu publizieren. Dies geschah als Artikel, genannt Paper, in wissenschaftlichen Fachzeitschriften. Der sogenannte, zuweilen auch sehr umstrittene Impact-Faktor eines jeden Journals war zwar kein Maß für die Qualität der Forschungsveröffentlichung, aber er gab an, wie oft Artikel dieses Journals durchschnittlich pro Jahr in anderen wissenschaftlichen Publikationen zitiert wurden. Das führte automatisch dazu, dass man auch die wissenschaftliche Publikationsleistung anhand der Impact-Faktoren beurteilte – was wiederum die fast schon ehrfürchtige Begeisterung von Malte ziemlich gut erklärte.

»Ich habe zufällig gehört, wie Sonja das zu Dario gesagt hat. Er soll diese Woche schon offiziell vorgestellt werden.«

Ich zuckte gelangweilt mit den Schultern.

»Malte, atme, bitte! Das interessiert mich alles überhaupt nicht«, sagte ich kopfschüttelnd und überlegte, wie ich ihn loswerden konnte, um mich wieder auf meine Arbeit zu konzentrieren.

»Aber das kann unsere Chance sein, Lilia! Er bringt wohl eine neue Ultrazentrifuge und mehrere HPLCs mit, aber die richtig guten, und sicherlich noch eine Menge mehr. Dario war auf jeden Fall beeindruckt! Wir müssen das unbedingt nutzen.«

Seufzend verpackte ich die Proben in Alufolie, setzte meine Schutzbrille auf und warf sie in den Dewar, der zur Aufbewahrung von sehr kalten Flüssigkeiten im Labor diente und mit flüssigem Stickstoff gefüllt war. Es zischte jedes Mal, wenn eine Probe darin landete und gefror.

Unseren Postdoc Dr. Dario Santos zu beeindrucken, war nicht sonderlich schwer. Er war bereits beeindruckt, wenn ihm jemand berichtete, er hätte mehrere *Proceedings of the National Academy of Sciences (PNAS)*-Paper veröffentlicht.

»Er wird wohl direkt Sicherheitsbeauftragter und ab sofort auch die operative Laborleitung der Abteilung übernehmen«, sagte Malte, da hielt ich erneut inne und blickte auf.

Das würde Tobias Stockmann, einem unserer anderen AG-Leiter und zeitgleich auch stellvertretenden Abteilungsleiter, bestimmt gar nicht gefallen. Tobias kleidete sich mit allen möglichen Ämtern und betonte immer, wie unersetzlich er für unseren Laboralltag war. Ich konnte ihn nicht leiden, weil er arrogant war und alle, die nicht in seiner bescheuerten Kryo-EM-AG arbeiteten, wie nutzlosen Dreck behandelte. Als würden wir mit unseren Proteinbiochemie-Methoden nur die mindere, einfache Arbeit machen, wohingegen sein Team und er die wahren Helden (Achtung: Hier war kein Gendern nötig, da Tobias keine Wissenschaftlerinnen oder Doktorandinnen in seiner AG beschäftigte!) der Strukturbiologie waren, weil sie die großartige Kunst der Kryoelektronenmikroskopie beherrschten. Dario Santos arbeitete als Postdoc bei Tobias, aber er hatte auch schon in seiner Arbeitsgruppe promoviert. Als Postdoc war er ein Wissenschaftler, der nach Beendigung seiner Promotion den Doktorgrad erlangt hatte und nun weiter befristet tätig war. Es war durchaus üblich, dass aus Doktorand*innen in der Arbeitsgruppe nach erfolgreicher Promotion auch noch für einen gewissen Zeitraum Postdocs wurden, da sie die Themen und Techniken der AG kannten und bereits gut eingearbeitet waren. Als Postdoc sollte man im Idealfall das persönliche wissenschaftliche Profil schärfen, Netzwerke aufbauen und wissenschaftliche Qualifikationen für die angestrebte Habilitation, eine Juniorprofessur oder eine Nachwuchsgruppenleitung sammeln. Dafür sollte man maximal zwei bis vier Jahre benötigen, jedenfalls wenn man nach den Leitlinien der *Helmholtz-Gemeinschaft Deutscher Forschungszentren* (einer der größten wissenschaftlichen Forschungsorganisationen der Welt) für die Postdoc-Phase ging.

Das deutsche Wissenschaftszeitvertragsgesetz begrenzte die befristete Tätigkeit in der Wissenschaft nach der Promotion auf sechs Jahre. Wenn man sich jedoch geschickt anstellte und die richtigen Leute kannte, die einen dabei unterstützten, konnte man als Postdoc ein bisschen länger arbeiten, indem man Drittmittelstellen nutzte, die von den Befristungsbeschränkungen des Gesetzes ausgenommen waren. Trotzdem hangelte man sich von bedenklicher Befristung zu bedenklicher Befristung. Diese Umstände machten die Arbeit in der wunderbaren Welt der Wissenschaft unsicher und schwierig.

»Das sind wirklich viele Infos, die du gehört hast, dafür, dass noch alles geheim ist«, murmelte ich und verdrängte das deutsche Wissenschaftszeitvertragsgesetz, Dario Santos, Tobias Stockmann und seinen Kryo-EM-Kram aus meinen Gedanken. Insbesondere die Gedanken an das Wissenschaftszeitvertragsgesetz, das dem wissenschaftlichen Nachwuchs eigentlich Chancen eröffnen sollte und stattdessen durch Befristung der Arbeitsverträge nur für große Unsicherheit sorgte und prekäre Lebensumstände durch Teilzeitverträge förderte, machten mir schlechte Laune. Auch ich war nur über einen Teilzeitvertrag in diesem System gefangen, obwohl ich locker auf 40 h bis 60 h kam, die ich in der Woche arbeitete.

Malte wurde rot um die Nase.

»Na ja, es ist durchaus möglich, dass ich vorsätzlich das gesamte Gespräch mitgehört habe, als ich dessen Tragweite erkannte.« Er lachte ertappt. »Dario meinte auch, dass der neue AG-Leiter wohl Frauen im Labor verachtet.«

Oha. Das waren wirklich keine guten Nachrichten. Dann bekam Tobias direkte Konkurrenz auf ganzer Linie.

Ich schluckte und fischte mit einer überdimensionalen Pinzette die gefrorenen Proben aus dem Dewar, warf sie in eine beschriftete Tüte und brachte sie in meinen Bereich des −20 °C-Gefrierschranks, der schon ziemlich überfüllt war.

»Was bedeutet das alles für uns?«, fragte ich und zog skeptisch eine Augenbraue hoch.

Malte zuckte mit den Schultern.

»Keine Ahnung«, murmelte er. »Coole, neue Labortechnik und vermutlich noch mehr Lehre.«

Wir machten beide eine Grimasse und sahen uns kopfschüttelnd an. Dann lachten wir kurz.

»Und Robert muss sein Büro teilen«, meinte Malte. »Tobias hat sich nämlich geweigert, sein Einzelbüro aufzugeben. Sonja ist schon jetzt echt genervt.«

Ich nickte. Tobias würde sich bestimmt in allem übergangen fühlen und rebellieren.

Ich schnappte mir den Dewar und wollte den restlichen flüssigen Stickstoff in unseren kleinen Stickstofftank zurückbringen, damit er auch noch von anderen genutzt werden konnte. Malte wusste, was ich vorhatte, und folgte mir solidarisch.

Als hätte er geahnt, dass es zuvor um ihn ging, öffnete sich hinten eine Tür und ein schimpfender Tobias Stockmann kam auf uns zugelaufen. Vermutlich war er unterwegs, um Verbündete zu finden, damit seine Labormacht nicht abnahm. Tobias war ein selbstverliebter Narzisst. Er war gleichzeitig eine furchtbare Mimose und bockig wie ein Zweijähriger, wenn er seinen Willen nicht bekam. Momentan befand er sich anscheinend wieder einmal in der Trotzphase, bei der man ihm besser aus dem Weg ging.

»Was lungert ihr hier rum?«, herrschte er uns an. »Habt ihr nichts zu tun? Pufferlösungen vorbereiten oder so?«

Malte riss mich direkt zurück, damit ich nicht ausflippte. Zu oft schon war ich mit Tobias aneinandergeraten. Er kannte immer noch nicht den Unterschied zwischen TA und Proteinbiochemie-Doktorandin. Und er dachte immer noch, dass das »A« in TA eine weibliche Endung war.

»Wir wollen Stickstoff zurückbringen«, sagte ich. »Und wir gehen natürlich zu zweit. Aus Sicherheitsgründen! Aber das weißt du als Sicherheitsbeauftragter ja am besten.«

Ich sah ihn selbstsicher an und hob mein Kinn, um etwas größer zu wirken und ihm zu zeigen, dass er mir mit seiner Art keine Angst machte. Tobias funkelte mich angriffslustig an. Er wusste, worauf ich hinauswollte. Ohne ein weiteres Wort an uns zu richten oder darauf zu reagieren, ließ er uns einfach stehen und stolzierte weiter.

In jedem Labor gab es diese eine Horrorgeschichte von einem, der einen kannte, der wiederum einen kannte, der einen kannte, der damals von jemandem gehört hatte, der an einem Nachmittag allein Flüssigstickstoff holen wollte und nicht mehr wiederkam – und dann am nächsten Tag im Stickstofflagerraum erstickt aufgefunden wurde.

Mal abgesehen von den offensichtlichen Gefahren, die es beim Ab- oder Umfüllen von flüssigem Stickstoff gab, verdampfte flüssiger Stickstoff sehr schnell und konnte große Mengen an Stickstoffgas erzeugen. Wenn der Raum, in dem man den flüssigen Stickstoff abfüllen wollte, jedoch nicht ausreichend belüftet war, bestand sehr schnell die Gefahr des Erstickens durch Sauerstoffmangel. Aus diesem Grund gab es bei uns die Regel, dass alle Arbeiten mit Flüssigstickstoff nur unter höchsten Sicherheitsvorkehrungen mit Schutzkleidung und Schutzbrille und vor allem niemals allein durchgeführt werden durften, damit man im Ernstfall gerettet werden konnte und nicht einsam und verlassen ersticken musste.

Malte begleitete mich zum Umfüllen des Flüssigstickstoffs und redete unermüdlich über alle Möglichkeiten, die sich für uns ergeben könnten, wenn der Neue wirklich so einen großen Forschungsetat mitbrachte. Als Malte bereits darüber philosophierte, welche Möglichkeiten es bei der Spektrometer-Aufstockung noch gab, musste ich ihn unterbrechen.

»Warte doch erstmal ab, wer da wirklich kommt!«, sagte ich und sah Malte eindringlich an.

Er war mit seinen 1,90 m mindestens drei Köpfe größer als ich und hatte diese wuscheligen, hellbraunen Haare, die ihm in die Augen fielen, und diesen wimmernden Welpenblick, wenn er nicht bekam, was er wollte. Niedlich, aber auch anstrengend. Goldig, aber auch manchmal nervig. Und vor allem herzensgut.

»Na gut«, sagte er dann. »Warten wir ab, wer da genau in unser Institut kommt. Und wenn zufällig die ein oder andere tolle Publikation dabei herausspringt, ist das ja auch nicht verkehrt.«

Ich verdrehte lachend die Augen. Malte war wie alle anderen Wissenschaftler*innen, die ausschließlich an Publikationen dachten, obwohl er wie ich weit von einem eigenen Paper entfernt war. Auch ihm fehlte der rote Faden, der seine Ergebnisse zusammenhielt, zu einer guten Geschichte verwob und ihm die Promotion bescheren würde.

Manchmal war er so verzweifelt, dass er sogar schon nach Alternativberufen suchte, um nur so schnell wie möglich der Wissenschaft zu entkommen. Aber die Wissenschaft war ein besitzergreifender, schlecht gelaunter Krake – immer, wenn man dachte, dass man sich aus der Umklammerung seines Fangarmes befreien konnte, schnellte ein weiterer Arm hervor und zog einen noch fester in den Bann, sodass man sich letztendlich doch keinen einzigen Millimeter entfernt hatte und gefangen blieb.

Kapitel 3

Die nächsten Tage kannte Malte kein anderes Thema als den unbekannten neuen Arbeitsgruppenleiter mit dem tollen wissenschaftlichen Werdegang und den tollen Veröffentlichungen. Als Robert uns eine E-Mail schrieb (wir kommunizierten oft nur per E-Mail), um uns zu informieren, dass der Neue nun wirklich da war und er ihn herumführen musste, war Malte direkt aufgeregt hin- und hergerannt und wollte einen guten ersten Eindruck machen.

Mich machte er mit dieser Nervosität völlig wahnsinnig. Ich konnte das Thema nicht mehr hören und verzog mich in eines unserer Proteinbiochemie-Labore, das von den meisten ungern genutzt wurde, da dort unsere Hochleistungsflüssigchromatographiegeräte standen, mit denen man Substanzgemische quantitativ auftrennen konnte und die dabei penetrant vor sich hin brummten.

Ich stand an der Laborbank und pipettierte meine Versuchsreihe, für die ich ein Kontrollschema angelegt hatte. Beim Pipettieren hörte ich Musik, um mich besser konzentrieren zu können, da das monotone Brummen der Geräte auf Dauer sehr nervtötend war. Es war so ein tolles Gefühl, meinen eigenen Pipettensatz dafür zu nutzen, den ich in einem Körbchen mit mir herumtrug wie einen kleinen Schatz. Dabei war es vollkommen unerheblich, dass ich zum Beginn meiner Promotion keine fabrikneuen Pipetten bekommen hatte. Da mein PI nicht so viel Geld zur Verfügung hatte wie andere Arbeitsgruppen, durfte ich mir aus einer Kiste mit gebrauchten Pipetten der Abteilung einen eigenen Pipettensatz zusammenstellen, der dann für mich neu kalibriert wurde. Seitdem waren es meine ganz persönlichen Pipetten, die mich in jedem Experiment treu unterstützten und auf die ich sehr stolz war. Abwesend strich ich mit dem Daumen über die blaue Pipette, bei der schon eine kleine Ecke abgebrochen war, als ich sie bekommen hatte, aber das beeinträchtigte die Funktion nicht.

Als ich aufblickte, um die Pipettenspitze zu wechseln, traf mich fast der Schlag, weil ich plötzlich nicht mehr allein im Labor war. Im Türbereich lehnte sich Robert an die Scheibe des Abzugs und unterhielt sich mit einem großen, sportlichen Mann mit kurzem, braunem Haar, der mit dem Rücken zu mir stand. Beide trugen ihre Laborkittel, was mich wunderte, da ich Robert noch nie einen Kittel hatte tragen sehen. Ich legte die Pipette ab und nahm vorsichtig die Kopfhörer ab. Einen Kittel trug ich nicht, dafür aber viel zu große Nitrilhandschuhe, da es einfach nirgendwo in diesem Labor die passende Handschuhgröße für meine kleinen Hände gab.

»Also, Alex, das ist Anneli Sommer, meine Doktorandin. Sie wird mindestens einmal pro Woche zusammen mit Malte zum Jour-Fixe ins Büro kommen«, sagte Robert gerade und zeigte dabei in meine Richtung.

Der Neue sah sich langsam im Labor um und drehte sich dann ebenfalls in meine Richtung. Als sich unsere Augen trafen, erstarrte er. Und ich erstarrte auch. Diese hellblauen Wassereisaugen hatte ich schon einige Male gesehen und jedes Mal hatten sie mich scheu angeblickt, während die dazugehörigen Hände mir ein mehr oder weniger großes Paket reichten.

Mein Mund wurde trocken. Staubtrocken.

»Dr. Benedikt Alexander Winter«, sagte er dann mit einer Stimme so dunkel wie samtige Schokolade, die langsam über die Lippen floss und einen warmen, behaglichen Geschmack hinterließ, kam auf mich zu und reichte mir die Hand. »Oder einfach nur Dr. Alex Winter.«

Dr. Alex Winter. Dr. Benedikt Alexander Winter. *B. A. Winter*. Meine ganz persönliche Paketannahmestell und mein Nachbar.

Ich sah erschrocken auf seine Hand. Dann zog ich rasch die Nitrilhandschuhe aus und ergriff die Hand wie aus Reflex, obwohl sich alles in mir sträubte, ihn zu berühren. Auch er hatte den Hautkontakt bisher verkrampft vermieden und er hatte noch nie zuvor mit mir gesprochen. Seine Hand war ungewöhnlich kalt und sein Griff war fest. Er räusperte sich leise und blickte auf unsere Hände, die sich immer noch berührten.

»Lilia Sommer, leider noch kein Doktor, also einfach nur Lilia Sommer«, sagte ich leise, mit viel zu piepsiger Stimme, zitterte leicht und wusste nicht, ob ich ihn als meinen Nachbarn outen sollte. Wusste er, wer ich war? Erkannte er mich als die nervige Paketabholerin?

Dr. Alex Winter sah hoch, blickte mich ernst an und mein Puls stieg. Und ich erinnerte mich wieder an alles, was Malte die ganze Zeit über den namenlosen Neuen erzählt hatte. Den Neuen, der nun ein Gesicht, eine Stimme und einen Namen bekommen hatte. Fast schon zeitgleich strömten all diese Informationen durch meinen Kopf.

Dr. Alex Winter, der eine Wissenschaftskoryphäe war. Dr. Alex Winter, der eine eigene Arbeitsgruppe an unserem Institut leiten würde. Dr. Alex Winter, der in weniger als einem halben Jahr promoviert hatte und verdammt viele, wirklich tolle Publikationen vorweisen konnte. Dr. Alex Winter, der auf seiner linken Wange fünf kleine Leberflecke hatte, die einem Sternenbild ähnelten, dessen Name ich vergessen hatte. Dr. Alex Winter, der die hellblausten Augen hatte, die ich jemals zuvor gesehen hatten und die mich immer noch ernst anblickten. Er stand vor mir, schaute mich mürrisch an und räusperte sich erneut.

Ich hielt immer noch seine Hand, blickte in seine hellen Augen und konnte es einfach nicht fassen. Seit ein paar Wochen wohnte ich Tür an Tür mit einer Koryphäe: Promotion in einem halben Jahr, zwei Postdocs in den USA, mehrere *Nature-* und *Nature Communications*-Paper, Reviews zu seinem Thema, wahrscheinlich Fundings und wissenschaftliche Preise ohne Ende. Dieser Dr. Alex Winter, der vermutlich auch noch Wand an Wand mit mir schlief, da der Grundriss unserer Wohnungen gespiegelt vorlag, stand nun vor mir und wunderte sich, dass ich seine Hand immer noch hielt.

Wie viel Zufall konnte es im Leben geben? Er wohnte nicht nur neben mir, nein, er arbeitete jetzt auch in meinem Labor, bzw. in meinem Institut. Und er sah mich schlecht gelaunt an. Ich schluckte und hoffte, dass die Hitze, die in meinen Wangen aufstieg, nicht zwangsläufig dazu führte, dass ich gleich rot werden würde wie eine Tomate, aber da ich mich kannte, war wahrscheinlich doch letzteres der Fall.

Dr. Alex Winter hatte vermutlich längst realisiert, dass ich diejenige war, die ständig an seiner Tür klingelte, um irgendwelche Pakete abzuholen.

Ich sah ihn an. Er sah mich an. Stur, verbissen, kämpferisch. Wer zuerst blinzelte, hatte verloren. Das wussten wir beide. Die Frage war nur, ob sich ein Kampf bereits jetzt lohnen würde und was genau heute auf dem Spiel stand. Und ich war absolut kein Gewinnertyp. Niemals.

Wir starrten uns an, nicht bereit, nachzugeben, auch nicht ein kleines bisschen, nicht bereit, aufzugeben und zu verlieren, während die Wanduhr mahnend mit voller Härte die verstreichenden Sekunden lautstark betonte. Tick. Tack. Tick. Tack. Und während wir uns anstarrten, ahnte ich, dass ich doch weitaus mehr zu verlieren hatte, als es schien und als ich zu geben bereit war. Aber ich war wirklich absolut kein Gewinnertyp.

Es gab nur noch uns beide. Wir standen uns in diesem völlig luftleeren Raum gegenüber, im absoluten Vakuum, und starrten uns an. Die Hände immer noch verbunden. Und während ich immer weiter in diesem Blick versank, taumelte, mich losreißen wollte und der Druck seiner Hand an meiner Hand, seiner Haut an meiner Haut, gefährlich unangenehm wurde und auch das Rauschen immer lauter wurde, wurde mir klar, dass ich bereits verloren hatte, noch bevor ich wusste, was es zu verlieren gab, noch bevor ich wusste, dass es überhaupt ein Spiel gab. Verloren in einem Spiel, bei dem die Spielregeln noch gar nicht festgelegt waren. Verloren gegen einen, *B.A. Winter*, der mit diesem Blick alles und jede*n direkt zu Eis erstarren ließ. Die Zeit würde zeigen, ob ich meinem Endgegner damit schon gegenüberstand oder ob dies erst der Anfang war.

Dann senkte ich meinen Blick, verließ unser Machtvakuum und verlor endgültig. Schachmatt.

Er ließ meine brennende Hand los.

»Im Übrigen herrscht hier Kittelpflicht. Ich würde dich also bitten, dies nicht zu vernachlässigen«, sagte er eisig, drehte sich um und ging, während Robert mich verwundert ansah und ihm dann eilig folgte.

Das war unsere erste Begegnung auf naturwissenschaftlichem Boden. Ich blinzelte zehnmal und starrte fassungslos auf meine Hand, die er kurz zuvor noch gehalten hatte. Nun war er gegangen. Das Labor war wieder leer.

Kittelpflicht, tzzz. Das war lächerlich. Hier trug nie jemand einen Kittel. Ich beschloss, diesen Hinweis einfach zu ignorieren, nahm meine Pipette und bemerkte, dass ich zitterte.

Kapitel 4

Mit wackligen Knien stand ich vorn am Pult und sah mit verschwommenem Blick auf meine Hände. Die Präsentation wurde mit dem Beamer an die Wand geworfen und die Anwesenden konnten bereits meine Titelfolie sehen. Ich blickte auf. Der Saal füllte sich rasend schnell. Ein rauschendes Murmeln zeugte davon, dass alle entspannt auf ihren Plätzen saßen, plauderten und warteten, bis es endlich losging. Alle, außer mir.

Malte lächelte mir aufmunternd zu und Robert, der in den Seminaren sonst immer durch seine Abwesenheit glänzte, hatte sich direkt neben ihn in die erste Reihe gesetzt und nickte mir zu.

Ich atmete tief ein und hoffte, dass sich die Spannung, die sich seit gestern Abend in mir angestaut hatte, langsam lösen würde. Alles war gut. Ich war gut vorbereitet. Ich hatte schon schlimmere Dinge gemeistert. Ich würde diesen Institutsvortrag also auch meistern. Und egal, was geschah, egal, welche Aussetzer und komischen Dinge ich von mir geben würde, davon ging die Welt nicht unter. Verglichen mit dem majestätischen Alter unserer Erde war mein Institutsvortrag nur ein unbedeutsames, extrem kurzes Randereignis, an das sich niemand mehr erinnern würde. Ich vermutlich auch nicht.

Und trotzdem zitterten meine Knie und mein Herz schlug mir bis zum Hals. Ich war schrecklich aufgeregt, konnte kaum atmen, so angespannt war ich. Ich räusperte mich nun schon zum dreiunddreißigsten Mal, weil ich wusste, dass es gleich losgehen würde. Die letzten Institutsmitarbeitenden huschten in den Saal und auch die letzten Sitzreihen füllten sich allmählich. Da die regelmäßige

Teilnahme am Institutsseminar eine Pflichtveranstaltung für die Graduiertenkollegs der Doktorand*innen und Stipendiat*innen zur Förderung von Forscher*innen in frühen Karrierephasen war und den Austausch der Nachwuchswissenschaftler*innen unterstützen sollte, waren sie alle gekommen, sodass der Saal ziemlich voll war. Die Moderation des Seminars teilten sich die Postdocs ganz individuell auf. Heute übernahm Dario Santos die Moderation. Er schloss die hinteren Türen und kam langsam zu mir nach vorn geschlendert, während mein Herzschlag immer weiter anstieg und ich das Gefühl hatte, mein Hals würde sich zuschnüren, sodass ich keine einzige Silbe herausbringen könnte. Der dicke Kloß in meinem Hals verschwand auch nach dem vierunddreißigsten lauten Räuspern nicht.

Dabei redete ich wirklich gern über mein Projekt und über mein wirklich außergewöhnliches Protein, das man noch gar nicht so lange kannte und dass ich als eine der Ersten weltweit seit Beginn der Promotion intensiv erforschte. Der Rezeptor plnk-κ3, gesprochen PINK-kappa-drei, obwohl es sich bei dem »l« um ein kleines »L« handelte, war ein Transmembranrezeptor, der zu den G-Protein gekoppelten Rezeptoren (GPCR) gehörte, die mit ihren über 1.000 verschiedenen Mitgliedern die größte Proteinsuperfamilie bildeten und sehr, wirklich sehr oft schon beschrieben und charakterisiert wurden. Das Spannende war, dass mein Rezeptor nur auf den ersten Blick aussah wie ein GPCR. Bei genauerem Hinsehen wurde sehr schnell klar, dass er viele Eigenschaften eines sogenannten Death-Rezeptors vorwies, der nach Ligandenbindung den programmierten Zelltod vermittelte. Plnk-κ3 oder Pinkie3, wie ich ihn manchmal in meinem Kopf nannte, bestand aus drei Domänen, die ich gleichermaßen durch verschiedene biophysikalische und biochemische Versuche untersuchen und charakterisieren wollte. Die extrazelluläre Ligandenbindungsdomäne war in diesem Zusammenhang mindestens genauso spannend wie die intrazelluläre Death-Domäne.

Für die interzelluläre Kommunikation konnten Zellen spezialisierte Botenstoffe ausschütten. Diese Signalmoleküle wiederum konnten an für sie zugeschnittene Rezeptoren binden, was nach erfolgreicher Bindung und Wechselwirkung zu einer Konformationsänderung des Rezeptorproteins führte. Im Inneren der Zelle wurde über diverse Signalkaskaden von Enzymaktivierungen und sekundären Botenstoffen eine jeweils spezifische Reaktion der Zielzelle ausgelöst. Was hier unglaublich kompliziert klang, konnte ich auswendig aufsagen, sogar, wenn man mich nachts um halb zwei weckte und aus dem Bett trommelte. Ich kannte mein Thema in- und auswendig. Ich liebte mein Thema. Ich liebte den gesamten biochemischen Hintergrund, das große regulatorische Netzwerk der Zelle, das sich durch Intensität, Dauer und Ort der Signalbindung beeinflussen ließ.

Und trotzdem schnürte sich bei mir die Kehle immer weiter zu, je näher Dario kam. Er stellte sich neben mich, lächelte und nickte mir zu, um mir zu signalisieren, dass es losgehen sollte. Dann räusperte auch er sich, was allerdings nicht zu hören war, da ich mich zeitgleich ein fünfunddreißigstes Mal räusperte.

»Welcome everyone to today's Biochemistry Seminar hosted by CII. I'm excited to announce the topic of today's presentation focusing on the characterization of a really novel receptor type belonging to the GPCR family. Our speaker is Lilia Sommer, a PhD student under the supervision of Dr. Robert Starke at Starke-Lab which deals with structural signal transduction. Let's give a warm welcome to Lilia as she shares her insights and findings with us.«

Er lächelte mir aufmunternd zu. Ich nahm einen großen Schluck Wasser, räusperte mich ein sechs- und siebenunddreißigstes Mal und startete meine fast auswendig gelernte Präsentation. An die nächsten fünfzehn Minuten und achtzehn Folien hatte ich nur wenig Erinnerung, da ich in geistiger Umnachtung irgendwie einfach agierte. Mein Mund redete genau die Worte, die ich gelernt hatte, meine Augen hingen an der gegenüberliegenden Wand, mal rechts, mal links, mal ließ ich sie durch die Sitzreihen schweifen, ganz wie es bei meinem Soft-Skill-Kurs »Präsentieren kann jeder, nur Mut!« gelernt hatte. Meine Stimme zitterte zu Beginn ganz leicht und die englischen Wörter kamen nur verwaschen über meine Lippen, aber spätestens nach Folie drei wurde ich gefasster, routinierter, flüssiger und auch etwas entspannter. Ich präsentierte meine groben Ergebnisse, meine Versuchsdurchführungen und die Fragestellungen, die wir noch angehen wollten. Ich beschrieb, was bisher fehlgeschlagen war, erzeugte damit sogar den ein oder anderen kurzen Schmunzler. Zwischendurch schaute ich nur einmal kurz zu Robert. Er wirkte weder genervt noch erschrocken, stattdessen lächelte er abwesend.

Und dann war ich plötzlich bei der letzten Folie angekommen, wo ich überschwänglich meiner AG, Robert, dem Institut, dem Sonderforschungsbereich für die Finanzierung meiner Forschung und allen Zuhörenden für ihre Aufmerksamkeit dankte. Ganz, wie man es von einer braven Doktorandin erwartete. Als ich die Acknowledgements fertig vorgelesen hatte, konnte ich das erste Mal seit langem wieder durchatmen. Ehe ich mich nach Fragen erkundigen konnte, übernahm Dario Santos und bedankte sich bei mir für die Präsentation und den interessanten Einblick in die GPCR-/Death-Rezeptor-Forschung am CII. Ein paar Fragen wurden gestellt, die ich ohne große Probleme beantworten konnte. Die meisten wollten wissen, wie wir darauf kamen, einen Death-Rezeptor als GPCR-Typ einzuteilen. Diese Fragen konnte ich aus dem Stehgreif beantworten, weil es ganz klassisch genau das war, was Robert und ich ständig gefragt wurden, wenn man Fragen zu unserer Forschung stellte und weil GPCRs normalerweise absolut nichts mit Death-Rezeptoren zu tun hatten.

Als ich alle Fragen beantwortet hatte, dachte ich, ich könnte nun endlich von der Bühne verschwinden. Aber dann räusperte sich jemand. Ganz hinten meldete sich eine Hand und mein Herz rutschte ein paar Etagen tiefer.

»There is another question at the back«, sagte Dario interessiert.

In der hintersten Reihe erhob sich ein Mann und trat ein paar Schritte hervor ins Licht.

»Hello, my name is Dr. Alex Winter«, sagte er. »And I will soon be working at this institute, leading my own research group on X-ray crystallography. I wanted to use this seminar as an opportunity to introduce myself. However, I also have a few questions. Thank you very much, dear Anneli, for the very successful presentation of your results. I just wonder about the statistical analysis procedure you chose. Could you please explain your choice in more detail?«

Er sah mich an, ohne eine Miene zu verziehen. Ich fühlte mich überrumpelt, hatte im Kopf bereits mit dem Seminar abgeschlossen und antwortete nur stammelnd, weil Robert bei uns der Statistikexperte war. Aber Alex Winter ließ nicht locker. Er fragte und fragte. Er zerriss meine Experimente und Statistik gnadenlos, ohne dabei mit der

Wimper zu zucken. Mir wurde erst eiskalt, dann heiß, weil ich rot anlief. Irgendwann gingen mir die Argumente aus.

Und dann geschah etwas völlig Unfassbares: Robert stand auf und begann, zu reden. Er stand mir bei. Er hebelte jede dieser Statistikfragen aus, erklärte alles, dass es vollkommen logisch klang, und sah Dr. Alex Winter dabei kämpferisch an. Aber Alex Winter ließ sich auch davon nicht beirren und stellte immer weitere Fragen. Irgendwann ging das Gespräch wie ein Schlagabtausch zwischen den beiden hin und her. Schonungslos. Als würden sie direkt hier um die Vormachtstellung im neuen Zweier-Büro kämpfen. Alle anderen Anwesenden und auch ich waren längst ausgestiegen.

Als das Seminar bereits zehn Minuten überzogen war, unterbrach Dario die beiden, die sich immer noch nicht einig waren, streng und beendete den Austausch harsch. Dann durfte ich die Bühne endlich verlassen und war wieder frei, sodass ich wieder dieselbe langweilige Doktorandin wie zuvor sein konnte, für die sich niemand, auch dieser Dr. Alex Winter nicht, interessierte. Das gefiel mir am meisten. Robert verschwand ohne ein weiteres Wort und Malte beglückwünschte mich überschwänglich und umarmte mich, weil ich dieser ketzerischen Inquisition standgehalten hatte und nicht schreiend davongelaufen war.

»Anneli«, rief Alex Winter und winkte mir von der anderen Seite des Saals auffällig zu. »Können wir nochmal sprechen?«

Ich sah ihn verwundert an, hatte aber absolut keine Lust, mit ihm zu sprechen. Er stand bei den ganzen AG-Leitern, vermutlich um sich offiziell vorzustellen und seine Hegemonialmacht darzulegen. Tobias, der dabei natürlich nicht fehlen durfte, sah missmutig aus und funkelte Alex Winter feindselig an. Von allen AG-Leitern fehlte nur

Robert, der in sein Büro zurückgegangen war. Er hatte seinen Part für heute erledigt. Mehr wissenschaftlicher Austausch war nicht zu erwarten.

»Später, ich habe grad überhaupt keine Zeit«, antwortete ich abgehackt und stürmte eilig aus dem Saal.

Alex Winter rief mir noch etwas hinterher, aber ich hörte es zum Glück nicht mehr. Ich rettete mich auf meine vertraute Insel, ins Labor, zurück. Hier fühlte ich mich sicher. Zwischen all den Zentrifugen, Spektrometern, Wasserbädern, Eisbottichen und Mikroreaktionsgefäßen fühlte ich mich wohl. Mit meinem eigenen Pipettensatz und dem Laborbuch unter dem Arm lief ich direkt zu meinen vorbereiteten Proben. Sie empfingen mich wie alte Freundinnen, denen ich wirklich etwas bedeutete.

Als ich den Deckel des ersten Mikroreaktionsgefäßes aufploppen ließ und mit meiner Pipette gekühlte Pufferlösungen vorlegte, fiel der ganze Seminar- und Präsentationsstress langsam von mir ab und ich konnte wieder durchatmen.

Hier, allein im Labor, auf meinem Laborhocker sitzend, mit den viel zu großen Handschuhen, weil niemand mir Handschuhgröße XS bestellen wollte, war ich sicher. Ich legte Pufferlösung in alle 150 Proben vor und überlegte, wie ich die Verdünnungsreihe am geschicktesten starten sollte. Als die Labortür schwungvoll aufgerissen wurde, erstarrte ich augenblicklich. Es gab nur diese eine einzige Person, die in diesem Moment stören konnte und der es egal war, ob ich hier arbeitete und mich konzentrieren wollte oder nicht. Alle anderen waren gerade beim Mittagessen, weil sie – gefangen in ihrer selbst festgelegten Routine – immer um diese Uhrzeit Mittagspause machten.

»Anneli«, sagte eine dunkle Stimme hinter mir und räusperte sich. »Kann ich kurz mit dir sprechen?«

Ich blinzelte, aber hörte nicht auf, meine Verdünnungsreihe zu pipettieren, und wollte ihn nicht ansehen. Wieso konnte er mich nicht einfach in Ruhe lassen?

»Ich kann grad nicht«, sagte ich kühl, ohne ihn anzuschauen.

»Das ist nicht schlimm, ich kann warten.«

Ich hielt wütend inne und sah schließlich doch auf, sodass sich unsere Blicke trafen. Diese hellblauen Augen brannten sich wie eiskaltes Feuer in meine Netzhaut ein. Die vereinzelten goldenen Sprenkel bemerkte ich im künstlichen Laborlicht das erste Mal.

»Ich kann grad nicht«, wiederholte ich abgehackt. »Ich muss mich konzentrieren!«

Schwungvoll schnipste ich die blaue Pipettenspitze in den Labortischmüll und legte die Pipette auf die Laborbank. Alex Winter lächelte entschuldigend.

»Sorry«, sagte er und fing meinen Blick sofort wieder ein. »Soll ich dir vielleicht das Pipettierschema vorlesen? Hilft dir das?«

Hitze stieg in meine Wangen. Der Gedanke, dass er mein Pipettierschema vorlas, mit dieser tiefen, ruhigen Stimme, gefiel mir mehr, als ich zugeben und vor allem zulassen wollte. Natürlich wusste ich, dass er nur Spaß gemacht hatte. Wieso sollte er hier Zeit mit mir verbringen wollen? Wir kannten uns nicht. Wir waren nur Nachbarn, die zufälligerweise das Gleiche studiert hatten und nun auch noch im gleichen Institut arbeiten würden.

Ich ignorierte meine heißen Wangen und fixierte ihn mit den Augen.

»Alex Winter, was willst du von mir? Jetzt und hier?«

Alex Winter räusperte sich, fast schon verlegen.

»Ich möchte wirklich nur über deine Forschung sprechen. Es sieht für mich so aus, als würdet ihr euch verrennen. Robert hat eklatante Denkfehler im Seminar gezeigt und ich möchte verhindern, dass du unnötig Zeit verschwendest.«

Dann fiel sein Blick auf meine blaue Pipette.

»Oh, die ist ja an der Seite kaputt«, murmelte er und strich nachdenklich über das abgesprungene Plastik. »Wie ist das denn passiert?«

Ich war drauf und dran zu sagen, dass wohl etwas von dem Plastik am Plunger abgebrochen sein musste, als ich mir einen besonders schlimmen Quälgeist vom Leibe halten wollte, der mich bei meinen Versuchsreihen störte. Da ich aber weder sonderlich spontan noch überzeugend schlagfertig war, stammelte ich nur verlegen und viel zu leise: »Die habe ich schon so bekommen.«

Irgendwie war es mir ein dringendes Bedürfnis, das zu betonen, damit er nicht dachte, ich würde schlecht mit Laborequipment umgehen, wo ich meinen eigenen Pipettensatz doch so heiß und innig liebte und niemals absichtlich schlecht behandeln oder beschädigen würde.

Alex Winter hob überrascht beide Augenbrauen.

»Das heißt, du hast keinen *neuen* Pipettensatz bekommen, als du hier angefangen hast?«

Ich schluckte.

»Nein, dafür gab es kein Budget. Aber ich durfte mir Pipetten aus dem Institutsfundus aussuchen, die dann zur Generalüberholung und Rekalibrierung eingeschickt wurden«, flüsterte ich stimmlos, wich seinem intensiven Blick aus und schämte mich, dass mein Pipettensatz und vermutlich auch meine damit erzielten Daten in seinen Augen nun einen »Makel« trugen, der mir jedoch völlig egal war.

Alex Winter schüttelte ungläubig den Kopf. »Das heißt, du promovierst in Roberts AG und er hat nicht einmal das Geld, für adäquates Forschungsequipment zu sorgen?«

Er sah mich eingehend an. Tja. Er würde sich wundern, wenn er erfuhr, für was Roberts AG alles kein Geld hatte und was wir – im Gegensatz zu anderen AGs – spülten, autoklavierten und weiterverwendeten, obwohl es nur für einmalige Nutzung deklariert war. Robert würde am liebsten sämtliche Pipettenspitzen und Reaktionsgefäße wiederverwenden, wenn dies nicht zu aufwendig wäre. Er tarnte es mit seinem Umweltbewusstsein und dem Nachhaltigkeitsgedanken, aber eigentlich sollte das nur überdecken, dass unsere AG chronisch pleite war und er sich nicht gut genug um weitere Forschungsmittel bemühte.

»Ich muss mich jetzt wirklich konzentrieren. Können wir vielleicht irgendwann später reden?«, fragte ich ungeduldig, um ihm auszuweichen.

Das Thema war mir unangenehm. Ich wollte nicht mit ihm darüber sprechen, dass ich mir keine sonderlich herausragende AG zum Promovieren ausgesucht hatte. Das wusste ich auch so und es belastete mich. Dafür brauchte ich seine abschätzigen Blicke und den ungläubigen Tonfall seiner dunklen Stimme nicht, die doch viel lieber mein Pipettierschema vorlesen sollte.

Alex Winter warf nochmals einen skeptischen Blick auf meine abgebrochene Pipette und das Pipettierschema, das neben mir lag, nickte dann ernst und verließ wortlos das Labor.

Kapitel 5

Alex Winter zog etwa eine Woche nach meiner Präsentation in Roberts Büro, sodass es jetzt offiziell ein Zweier-Büro wurde, und in sämtliche Laborräume unserer Forschungsabteilung, die er direkt als stellvertretender Abteilungsleiter übernahm. Es wurden neue Kühlschränke und Tiefkühler angeliefert und das Kristallisationslabor wurde vollständig umgebaut.

Wir beobachteten diese Veränderung mit Skepsis. Die von Malte angesprochenen »tollen« Messgeräte wurden allerdings nicht geliefert und installiert. Darüber hinaus wurden wir eindringlich darum gebeten, Alex Winter eine gesamte Etage in unserem großen −80 °C-Labortiefkühlschrank freizumachen, damit er seine Proben langfristig lagern konnte. Das brachte uns in ziemliche Bedrängnis, da wir uns probentechnisch in diesem Gefrierschrank sehr ausgebreitet hatten und daher erst einmal konsequent umräumen, aufräumen und notgedrungen eben auch ausmisten mussten.

»Boah, das ist so nervig«, maulte Malte und nahm eine weitere Tüte mit aufgereinigtem Rezeptor. »Wieso kauft er nicht einfach einen eigenen −80er? Dann hat er nicht nur eine Etage, sondern einen ganzen verdammten Schrank für seine blöden Proben.«

»Ja, das wäre wirklich nur konsequent«, sagte ich nickend.

In diesem Moment ging die Tür zu unserem −80er Raum auf und Alex Winter trat ein, als hätten wir ihn unbewusst hergezaubert.

»Ach, ihr räumt mir ein Fach frei?«, fragte er scheinheilig überrascht und legte den Kopf schräg, weil wir gefühlt über den ganzen Fußboden verteilt saßen mit Tütchen, Boxen und Listen auf dem Schoß und zwischen den Füßen. »Bitte denkt aber beim nächsten Mal daran, dass ihr euren Kittel tragt. Grundsätzlich ist das hier auch ein S2-Raum und da haben wir Kittelpflicht.«

Er sah uns beide streng an und ich musste mir ein genervtes Augenverdrehen verkneifen, als ich den herablassenden Unterton hörte.

»Es geht dabei vorrangig um euren persönlichen Schutz. Immerhin tragt ihr Handschuhe. Bitte vergesst nicht, diese auszuziehen, bevor ihr die Türklinken nutzt. Ich habe jetzt schon häufig beobachtet, dass das hier gern missachtet wird.«

Er drehte sich um und verließ den Raum. Malte und ich sahen uns genervt an und nun konnte ich endlich aus vollem Herzen die Augen verdrehen, so sehr, dass Malte laut lachte. Im Grunde aber hatte Alex Winter nicht unrecht. Zur Einstufung der Gefährlichkeit der Labore wurden für die gentechnischen Arbeiten biologische Sicherheitsstufen eingerichtet. Die Sicherheitsstufe 2, kurz S2, wurde gentechnischen Arbeiten zugeordnet, bei denen von einem geringen Risiko für die menschliche Gesundheit oder die Umwelt auszugehen war. Für die Arbeit im Labor war vorgesehen, dass neben dem Laborkittel auch Schutzhandschuhe getragen werden mussten, falls die Hände Kontakt zu den biologischen Arbeitsstoffen haben könnten. Und trotzdem nervte seine Belehrung so sehr, eben weil wir die Risiken natürlich selbst kannten und abschätzen konnten.

Malte hatte noch ein Tütchen mit Proben in der Hand und wackelte damit vor meinem Gesicht herum.

»Wow, das ist von 2009, vielleicht ist es doch ganz gut, dass wir mal *tabula rasa* machen«, sagte er skeptisch. »Ob das überhaupt noch gut ist?«

»Das werden wir nie erfahren«, sagte ich seufzend.

Ich riss ihm genervt die Probentüte aus der Hand und warf sie in unsere große Mülltüte, die wir nach dieser Ausmistaktion ganz nach den offiziellen Laboratoriumsregularien vor der Entsorgung noch autoklavieren würden, damit potenzielle Viren, Prionen, Plasmide und DNA-Fragmente inaktiviert wurden. Wir beeilten uns, die Proben schnellstmöglich zu sortieren, damit sie nicht auftauten und wir keine Frostblasen an den Finger bekamen. Die eisigen Proben über einen längeren Zeitraum ohne Handschuhe zu händeln war sehr unangenehm.

Als wir endlich fertig waren, hatten wir fünf Kryoboxen geleert und einige Proteinproben zusammengefügt, sodass wir tatsächlich eine gesamte Etage für Alex Winter freimachen konnten. Zufrieden klatschten wir uns ab, zogen die Handschuhe aus und wärmten unsere Hände, weil sie vor Kälte taub geworden waren und schmerzten.

Wir brachten die volle Mülltüte zu den Autoklaven und waren beide froh, dass wir diese Woche keinen Autoklavierdienst hatten. In unserem Labor war es üblich, dass die Doktorand*innen wochenweise beim Autoklavieren von Laborequipment, Pufferlösungen und Abfällen aushalfen.

Auf dem Laborgang kam uns Alex Winter entgegen, als hätte er nur auf uns gewartet. Sein misstrauischer Blick fiel direkt auf unsere Hände, aber wir trugen natürlich keine Handschuhe und wir rannten auch nicht durch die Gänge, also verstießen wir auch gegen keine Regel.

»Fertig mit Umräumen?«, fragte er, weil ihm nichts einfiel, worüber er meckern konnte.

Wir nickten brav.

»Ja«, sagte ich dann, weil Malte beharrlich schwieg, Alex Winter aber darauf wartete, dass wir antworteten. »Dritter −80er von rechts, die untere Etage ist jetzt frei.«

Wir hatten von Robert nur den Auftrag bekommen, generell eine Etage freizumachen. Um welche Etage es sich dabei genau handeln sollte, war nicht festgelegt worden. Malte und ich freuten uns sehr, dass er nun die unterste Ebene des großen Schrankes bekam, wo man sich immer so unangenehm bücken musste, wenn man an seine Proben kommen wollte. Aus den Augenwinkeln sah ich, dass Malte zufrieden grinste. Alex Winter nickte einfach nur, als würde er den schelmischen Unterton gar nicht wahrnehmen, und ignorierte das Grinsen.

»Danke«, sagte er kurz angebunden.

Dann drehte er sich um und lief davon. Es war ungewohnt für mich, ihm ständig im Labor zu begegnen, wo er doch bisher eigentlich nur mein stummer, Pakete annehmender Nachbar war. Ihm nun permanent auf naturwissenschaftlichem Boden zu begegnen, und das auch noch quasi als mein Vorgesetzter, war nicht sehr angenehm, weil er ständig irgendwelche Verfehlungen bemerkte, kommentierte und alle stets und ständig zurechtwies. In kürzester Zeit hatte er sich schon einen schlechteren Ruf als Tobias erarbeitet, der gleichzeitig ebenfalls keine Gelegenheit ausließ, um über den Neuen herzuziehen.

Malte und ich gingen in unser Labor zurück und überlegten, was wir mit einigen Proben für Tests durchführen konnten, die wir nicht einfach wegwerfen wollten.

»Ich könnte einen Assay mit zehnfacher Konzentration machen«, überlegte ich.

»Aber würdest du dem Ergebnis trauen?«, fragte Malte skeptisch und seufzte. »Die Proben sind über fünfzehn Jahre alt.«

Er hatte natürlich recht. Was auch immer dabei herauskam, musste unbedingt mit frischeren Proben wiederholt und bestätigt werden.

»Vermutlich nicht«, sagte ich nachdenklich. »Und trotzdem würde ich gern wissen, ob diese alten Proben immer noch ›gut‹ sind.«

Malte nickte lächelnd. »Dann lass uns lieber ein paar unserer Standardtests machen, bei denen wir wissen, wie frische, intakte Rezeptoren reagieren!«

»Gute Idee, Malte.« Ich kramte ein altes Pipettierschema hervor und entwarf ein geeignetes Experiment, bei dem wir fast alle Proben, die wir vor der Vernichtung gerettet hatten, verwendeten. Leider war das Ergebnis sehr durchwachsen, sodass unser Fazit war, dass man besser keine fünfzehn Jahre alten Proben für seine wichtigen Experimente nutzen sollte.

Während ich die Auswertung in mein Laborbuch klebte, quietschte Malte kurz genervt auf.

»Das glaubst du nicht, Lilia!«, rief er kryptisch und schlug aufgeregt mit der flachen Hand auf seinen Schreibtisch.

Ich sah überrascht auf und drehte mich zu ihm, weil wir Rücken an Rücken an unseren Schreibtischen saßen.

»Was ist los?«, fragte ich und war in Gedanken immer noch bei der geeigneten Farbauswahl zur Markierung unseres Fazits.

Malte lachte zynisch.

»Das ist echt nicht sein Ernst«, sagte er kopfschüttelnd.

»Was meinst du denn?«, fragte ich ungeduldig.

»Na hör zu: *An alle, die vorhaben, noch länger in unserem Labor zu arbeiten: Als neuer Sicherheitsbeauftragter habe ich mich die letzten Tage genau umgesehen und leider sind mir einige Dinge aufgefallen, die nicht bis zur nächsten regulären Sicherheitsbelehrung warten können. Daher kommt bitte alle morgen Vormittag um 11 Uhr in den großen Konferenzraum, Etage 3. Bis morgen.* « Er räusperte sich. »Es gibt noch ein PS:

Anwesenheit ist Pflicht. Wer morgen aus welchen Gründen auch immer nicht dabei sein kann, darf erst wieder im Labor arbeiten, wenn er nachgeschult wurde. Darunter steht der ganze Quatsch noch auf Englisch.«

Malte musste die floskelhaften Grußworte erst gar nicht vorlesen. Ich wusste auch so, von wem diese Nachricht kam. Ein Blick in mein E-Mail-Postfach verriet mir, dass auch ich sie mit dem fetten Ausrufezeichen und dem Betreff in Großbuchstaben bekommen hatte. So wie alle, die in unserer Abteilung arbeiteten.

Malte stupste mich freundschaftlich an der Schulter an.

»Sollen wir das einfach ausfallen lassen?«, fragte er hoffnungsvoll.

»Und riskieren, dass wir dann die nächste Zeit nicht hier arbeiten dürfen?«

Malte zischte genervt. »Wer will uns denn davon abhalten? Alex Winter etwa?«

»Ja, höchstpersönlich sogar«, erklang eine dunkle Stimme hinter uns.

Erschrocken fuhren wir herum. Alex Winter stand mit einem mit Proben gefüllten Eisbottich und seinem Pipettensatz an der Laborbank. Er hatte es irgendwie geschafft, so leise durch die schwere Labortür zu schlüpfen, dass wir ihn gar nicht gehört hatten.

Hitze stieg sofort bis in meine Ohren. Verdammt, jetzt hatte er mitbekommen, wie wir über ihn redeten.

»Macht ihr euch etwa über die Laborsicherheit lustig?«, fragte er und funkelte angriffslustig in unsere Richtung.

»Nein«, sagte Malte zögernd. »Aber der Tonfall ist echt nicht cool.«

Alex Winter erwiderte seinen Blickkontakt kalt.

»Der Tonfall ist absolut nebensächlich, wenn es um die Sicherheit geht. Die hat oberste Priorität«, sagte er. »Und permanente Verstöße gegen die Sicherheit und die damit verbundenen Risiken sind im Übrigen auch nicht besonders *cool*.«

Bevor Malte antworten konnte, dabei hitzig wurde und sich um Kopf und Kragen redete, stieß ich ihm unsanft in die Seite.

»Keine Sorge, wir machen uns nicht lustig. Wir sind morgen dabei.«

»Aua«, sagte Malte und rieb sich beleidigt die Seite. »Aber ich kann morgen nicht, Lilia. Ich habe doch das Radioaktiv-Labor gebucht.«

Alex Winter sah wieder auf, fixierte uns eisig und runzelte die Stirn.

»Das verschiebst du, Malte«, sagte ich bestimmend. »Wir sind morgen auf jeden Fall dabei. Sicherheit hat für uns nämlich auch die oberste Priorität!«

Alex Winter nickte.

»Das hoffe ich«, sagte er herablassend.

Dann geschah etwas Seltsames. Kurz bevor er das Labor verließ, trafen sich unsere Augen und er lächelte mich leicht an. Es war das erste Mal, dass er mich nicht böse oder völlig gleichgültig ansah. Ich hatte nicht erwartet, dass er auch nett gucken konnte. Verwirrt blickte ich ihm hinterher, aber da war der Moment längst vorüber.

Kapitel 6

Als sich unsere Augen das nächste Mal wieder trafen, war von dem Lächeln keine Spur. Kühl, angespannt und aufmerksam stand Alex Winter vorn im Konferenzsaal und registrierte routiniert wie ein Computer, wie nach und nach alle Mitarbeitenden unserer Forschungsabteilung in den Saal kamen und sich hinsetzten. Malte, Robert und ich saßen irgendwo in der Mitte. Robert sah gar nicht begeistert aus, empfand dieses Treffen als Zeitverschwendung und hatte sich die ganze Zeit über den viel zu kurzfristigen Termin, den generellen Ton der E-Mail und die Drohung, dass man bei Nichtteilnahme nicht mehr im Labor weiterarbeiten durfte, aufgeregt. Viel lieber hätte er die Zeit mit statistischen Auswertungen verbracht. Nun saß er neben uns, war schlecht gelaunt und wartete, bis Alex Winter pünktlich um 11 Uhr die Türen des Konferenzsaals schloss und nach vorn aufs Podium ging.

»Schön, dass ihr alle da seid«, sagte er kalt. »Ich beginne den Termin auf Deutsch und werde danach alles auf Englisch erzählen.«

Dann lächelte er, aber wirkte dennoch kühl.

»I will start the safety instruction completely in German and repeat everything in English. I hope this procedure is suitable so that everyone is able to follow and understand the whole instruction.«

Unsere internationalen Kollegen nickten zurückhaltend und eingeschüchtert. Niemand wagte es, Alex Winter zu widersprechen oder gar zu kritisieren.

»Ihr wundert euch sicher, dass wir uns heute so kurzfristig und außerplanmäßig versammeln mussten. Wie ihr mitbekommen haben solltet, bin ich der neue Sicherheitsbeauftragte dieser Abteilung und ich habe euch alle ein bisschen begleitet, um die Abläufe und Gepflogenheiten des Labors kennenzulernen. Leider sind dabei vermehrt Defizite und schwere Verstöße gegen unsere allgemeinen Sicherheitsstandards aufgefallen, die ich nicht ignorieren kann und die unbedingt vermieden werden müssen. Aus diesem Grund werde ich euch heute die aktuellen Hygiene- und Sicherheitsstandards in Erinnerung rufen müssen. Es gilt, wie bisher, dass sich alle daran halten müssen. Verstöße führen dazu, dass Labore nicht mehr betreten werden dürfen. Die Regeln sind zum Schutz eurer eigenen Sicherheit und der Sicherheit aller anderen.«

Er räusperte sich, ließ seinen Blick streng über die Teilnehmenden schweifen und dann startete er einen langen Vortrag über die Sicherheitsvorschriften, die es in unseren S1- und S2-Bereichen der Labore gab. Natürlich wich dies nicht von dem ab, was Tobias uns bisher immer zu Jahresbeginn vorgekaut hatte: Im Labor durften wir nicht essen, nicht trinken und uns nicht schminken. Letzteres wurde von den Männern immer spöttisch kommentiert. Hahaha. Wir durften auf keinen Fall mit Schutzhandschuhen die Türklinken berühren, um von Raum A zu Raum B zu gelangen, da niemand wusste oder den Handschuhen ansehen konnte, was zuvor damit berührt wurde. Selbst wenn die Handschuhe völlig neu waren. Blablabla.

Alex Winter sprach ausführlich über die Gefährlichkeitseinstufung für gentechnische Arbeiten zur Herstellung von gentechnisch veränderten Organismen (GVO), die über das Gentechnikgesetz festgelegt und durch die Gentechnik-Sicherheitsverordnung ausgeführt wurden.

»Die GVO müssen sachgerecht aufbewahrt werden«, sagte Alex Winter und sah kritisch ein paar Kollegen an. »Aber das werde ich zu einem späteren Zeitpunkt kontrollieren und auf jeden einzelnen zurückkommen. Stichwort Formblatt Z ›Aufzeichnungen über gentechnische Arbeiten nach Gentechnik-Aufzeichnungsverordnung‹.«

Ein genervtes Raunen ging durch den Saal. Das Formblatt Z war eine Qual. Es dokumentierte alle gentechnisch veränderten Organismen, die man im Labor herstellte und nutzte, da jede gentechnisch veränderte Einheit gekennzeichnet und der zuständigen Aufsichtsbehörde gemeldet werden musste. Die Tabelle musste von allen Labormitarbeiter*innen zwingend aktuell gehalten werden, damit es bei Begehungen und Überprüfungen keine Unstimmigkeiten gab.

Ich hatte schon oft gehört, dass die systematische Ablage und das Auffinden von Informationen zu den GVO im Rahmen eines Audits durch die Überwachungsämter der einzelnen Bundesländer die Labore ab und zu in ziemliche Schwierigkeiten brachte, je nachdem wie viele GVO sie hergestellt hatten und lagerten. Hierbei war man sehr abhängig von der Ehrlichkeit der Forschenden, die gesetzlich verpflichtet waren, alles sorgsam zu dokumentieren.

»Bisher kündigt sich die Gentechnikaufsicht der Bezirksregierung Köln immer für eine Sicherheitsbegehung an«, fuhr Alex Winter fort. »Sollte sich das jedoch ändern, haben wir ein Problem. Das möchte ich nicht. Ich möchte, dass die Aufsicht zu jeder Zeit vorbeikommen kann, ohne etwas zu beanstanden, weil wir unsere Sicherheit ernst nehmen und uns an alle gesetzlichen Vorschriften halten. Weil es einfach eine Konvention im respektvollen Umgang miteinander ist. Und hier in gewisser Weise auch wieder zur Disziplin werden muss.«

Gentechnikaufsicht der Bezirksregierung Köln. Vier Worte, die alle Laborverantwortlichen in große Panik versetzen konnten. Dabei kontrollierte die Behörde nur das, was sowieso eingehalten werden musste, aber irgendwie im regulären Laborbetrieb oft nicht praktikabel war. So mussten stets halbe Labore umgeräumt werden, wenn sich die Gentechnikaufsicht zur Prüfung angekündigt hatte. Jedenfalls war es bisher immer so gewesen, egal, in welchem Labor ich bisher gearbeitet hatte – und ich hatte schon in wirklich vielen Laboren gearbeitet. Dass unser neuer Sicherheitsbeauftragter die Herangehensweise ändern wollte, war zwar löblich, aber ich konnte mir absolut nicht vorstellen, dass dies in unserer Abteilung auch nachhaltig funktionieren würde.

Alex Winter sah alle eindringlich mit misstrauisch gehobener Augenbraue an. Seine warnende Stimme hallte immer noch in meinen Ohren nach.

»Wir sind alle ein Team. Wir sind alle für einander verantwortlich. Und es kann und darf nicht zu viel verlangt sein, dass wir auf einander aufpassen und uns dabei an die gesetzlichen Vorgaben halten. Das werden wir schaffen, wenn ihr alle mitmacht!« Er lächelte matt und seufzte. »Das soll es für heute gewesen sein. Ich werde im Laufe der Wochen mit allen Einzelgespräche führen, eure Formblätter und Laborbuchaufzeichnungen überprüfen und dann werden wir das schon schaffen. Kommt jetzt bitte einzeln zu mir und unterschreibt, dass ihr heute belehrt wurdet und euch daran halten werdet!«

Murrend und behäbig standen alle auf, die den deutschen Part verstanden hatten, und trotteten zu ihm nach vorn, um zu unterschreiben. Tobias schimpfte leise vor sich hin. Vermutlich schämte er sich, dass er als Sicherheitsbeauftragter so versagt hatte, und wollte das nun verstecken, indem er Alex Winters Ansätze als »maßlos übertrieben« ins Lächerliche zog.

Als wir an der Reihe waren, reichte Alex Winter mir einen Stift. Während er von Weitem misstrauisch und imposant gewirkt hatte, wirkte er vom Nahem müde und matt, als müsste er eine Horde Kleinkinder bändigen und zum Mittagsschlaf ins Bett bringen. Unsere Augen trafen sich. Bisher war ihm nur Unmut, Spott und Abneigung entgegengebracht worden.

Ich nahm den Stift und unterschrieb.

»Danke«, sagte Alex Winter leise.

Als ich ihm den Stift zurückgab, konnte ich nicht verhindern, dass mir ein vorsichtiges Lächeln übers Gesicht huschte. Alex Winter registrierte es und sah aus, als würde er es erwidern wollen, jedoch nicht mehr die Kraft dafür haben. Er hatte sich wirklich keine einfache Aufgabe ausgesucht. Sicherheitsbeauftragter in einem Grundlagenforschungslabor zu sein, war eine undankbare Aufgabe, die, wenn man Tobias glauben konnte, auch noch ehrenamtlich war.

Malte, Robert und ich gingen danach schweigend ins Zweier-Büro. Wir setzten uns an den runden Tisch, obwohl es keine Jour-Fixe-Zeit war. Das hatten wir noch nie gemacht.

»Also? Gibt es irgendetwas, über das wir sprechen sollten? Etwas, das gegebenenfalls gegen die Vorschriften im Labor verstoßen könnte und wir konkret ändern müssen?«

Robert sah Malte und mich kurz an. Zu viel Blickkontakt war ihm nicht geheuer.

»Nein«, sagte Malte kopfschüttelnd. »Unser Labor ist sauber. Unsere GVO sind dokumentiert.«

Robert nickte erleichtert.

»Gut, dann haltet euch weiterhin an die Regeln!«, sagte er und schmunzelte, als würde er seine eigenen Worte nicht ernst nehmen können.

Kapitel 7

Alex Winter machte seine Drohung, alle zu einem Einzelgespräch aufzusuchen, schneller wahr, als mir lieb war. Er passte mich direkt am nächsten Tag nach einem anstrengenden Praktikumskurs ab, als ich müde ins Labor zurückkehrte und eigentlich nur noch schnell meine Sachen holen wollte, um zu meinen Eltern zu fahren. Er wartete an der Laborbank auf mich. Verwundert sah ich ihn an, als ich das Labor betrat. Malte war anscheinend schon nach Hause gegangen.

»Anneli, gut, dass du kommst«, sagte er und schob einen Stapel Papier zusammen. »Ich habe auf dich gewartet.«

Ich schluckte. Er hatte unsere Formblatt Z-Sammlung ausgedruckt und mitgebracht.

»Ich wollte gern mit dir reden«, sagte er streng.

»Hat das nicht bis morgen Zeit?«, fragte ich genervt und unterdrückte ein Gähnen und den Hunger. »Ich wollte gerade gehen. Ich bin verabredet.«

Alex Winters hellblaue Augen sahen mich eindringlich an.

»Es dauert nicht lange«, sagte er eisig.

Ich seufzte und stellte mich neben ihn. Mein Blick fiel auf die Papierlisten. Er hatte wie ein Lehrer mit einem Rotstift in den Tabellen herumgestrichen und korrigiert.

»Robert hat mir eure Formblatt Z-Sammlung ausgedruckt. Die würde ich gern mit dir durchgehen und mir die Lagerplätze anschauen«, sagte er.

Ich sah ihn fassungslos an. Vor ihm lagen bestimmt zwanzig Seiten voller Tabellen. Es würde eine halbe Ewigkeit dauern, ihm alle Proben zu zeigen.

»Vergiss es! Ich sehe mir deine Korrekturen gern die nächsten Tage an, aber das Zeigen der Proben müssen wir verschieben. Wie schon gesagt, ich bin verabredet«, erwiderte ich kühl.

Er hob eine Augenbraue.

»Mit wem?«, fragte er misstrauisch.

Ich blinzelte und griff nach den losen Zetteln.

»Das geht dich gar nichts an«, antwortete ich schnippisch, schmiss die Zettel auf meinen Schreibtisch, schnappte meinen Rucksack und lief wortlos an ihm vorbei, um das Labor zu verlassen.

Was dachte er sich, wer er war? Wieso sollte ich bei ihm Rechenschaft ablegen, mit wem ich verabredet war? Und wie konnte er glauben, ich würde alles stehen und liegen lassen, nur weil er der neue Sicherheitsbeauftragte unserer Abteilung war und anscheinend zu wenig zu tun hatte? Alle Formblätter durchzusprechen würde ewig dauern. Das machte man nicht mal einfach so nebenbei. Da hätte er mich mindestens vorwarnen müssen. Mit mir einen Termin ausmachen müssen.

Kopfschüttelnd verließ ich das Labor ohne ein Wort zum Abschied. Kein Alex Winter der Welt würde sich zwischen mich und das warme Essen meiner Mama drängen.

Er sah mir ausdrucksvoll hinterher und ich spürte seine eisblauen Augen in meinem Rücken, als ich weglief. War er enttäuscht? War ich zu schroff? Zu unfreundlich? Er hatte hier bisher keinen wirklich guten Einstand gehabt, sich direkt Tobias und irgendwie auch alle anderen zum Feind gemacht. Nun alle mit ihren Formblättern zu nerven und zu kontrollieren, war nicht besonders sympathisch, obwohl er natürlich recht hatte, wenn es wirklich so kritisch stand. Kurz dachte ich, er würde mir hinterherlaufen und mich aufhalten, aber das tat er nicht.

Die ganze Fahrt zu meinen Eltern dachte ich über diese Situation nach, grübelte, ob ich hätte netter reagieren sollen, grübelte, wieso er ausgerechnet mit unseren Formblättern anfangen wollte, die bei weitem nicht schlecht waren. Auch als ich bei meinen Eltern angekommen war, war ich noch immer in dieser Situation gefangen und konnte mich beim Essen nicht auf die Gespräche konzentrieren.

Meine Schwester Lisanne und mein Bruder Simon, die beide noch bei meinen Eltern wohnten, waren ebenfalls beim Essen dabei. Während Lisanne danach wieder verschwand, blieb Simon sogar noch bei mir sitzen und sah mich die ganze Zeit auffordernd an, als ob er irgendetwas von mir erwartete, was ich nicht mitbekommen hatte.

Als meine Mutter nach dem Essen beim viel zu süßen Nachtisch fragte, was mit mir los war, sprudelte es aus mir heraus wie aus einer frisch geöffneten Mineralwasserflasche. Ich erzählte ihr, was mich nicht losließ. Meine Eltern und Simon hörten aufmerksam zu und unterbrachen mich nicht. Als ich alles berichtet hatte, seufzte meine Mutter.

»Also, ich finde, du warst wirklich unnötig unfreundlich. So wie ich das einschätze, hat der neue AG-Leiter wenig Unterstützung bei euch in der Gruppe. Als Nachbarn habt ihr wenigstens diese eine Gemeinsamkeit, die euch irgendwie verbindet, sodass es naheliegend ist, dass er mit dir gestartet hat. Sei das nächste Mal einfach aufgeschlossener! Immerhin geht es ihm um deine Sicherheit und die ist uns natürlich auch das Allerwichtigste!«

Meine Mutter lächelte mich aufmunternd an.

»Aber er ist unhöflich und arrogant«, sagte ich abwehrend. »Ich kann ihn nicht leiden. Er bestimmt einfach so über meine Zeit, ohne Bitte und Danke. Er denkt, man lässt alles stehen und liegen, wenn er was will.«

Meine Mutter nickte.

»Ja, das ist unschön«, sagte sie zustimmend. »Und trotzdem solltest du über diesen Dingen stehen und freundlich sein. Sag ihm ruhig, dass die Art und Weise nicht so toll war bisher, aber sei niemals unfreundlich, denn das bist du nicht! Du bist ein hilfsbereiter, fröhlicher und zuvorkommender Mensch. Nutze das, hilf ihm, anzukommen, wo er doch so ziemlich allein grad unterwegs ist! Vielleicht kann er dich ja auch mit seiner Erfahrung bei der Promotion unterstützen. Euer Robert scheint da ja nicht so bewandert zu sein.«

Ihre Worte hingen mir noch lange nach. Meine Mama war die weiseste Frau, die ich je getroffen hatte. Sie hatte ein Herz aus Gold und war unfassbar scharfsinnig. Sie hatte einen siebten Sinn für die wirklich wichtigen Dinge im Leben. Und irgendwie war es ihr bisher immer gelungen, dass sie am Ende Recht behalten sollte mit all ihren Vermutungen. Wenn sie dieses Mal auch Recht behielt, könnte das mit der Zusammenarbeit mit Alex Winter vielleicht klappen. Dann wäre es nicht mehr so schwer, dass mein Nachbar in Roberts Büro saß und wir uns tagtäglich mehrmals über den Weg liefen.

Simon, der die ganze Zeit nur schweigend zugehört hatte, sagte trocken: »Bist du verknallt in den? Sieht der gut aus?«

Ich verdrehte die Augen. »Nein, natürlich nicht. Hast du mir grad zugehört? Der ist wirklich unsympathisch!«

Simon nickte, als würde er nachvollziehen können, wie schrecklich der neue AG-Leiter war.

»Soll ich dem mal was Besonderes programmieren?«, fragte er grinsend. »Einen speziellen Gruß von dir?«

Ich sah ihn erschrocken an und schüttelte den Kopf. Mein Bruder war ein absoluter IT-Spezialist, der sich vermutlich in fast jedes System einhacken könnte, wenn er dies tatsächlich vorhatte. Niemals würde ich aber auf die Idee kommen, ihn darum zu bitten, eine Schadsoftware oder Ähnliches für Alex Winter zu programmieren.

Simon zuckte nur gelangweilt mit den Schultern.

»Mein Angebot steht, Lilia, wenn er dir blöd kommt, kriegt er einen Virus«, sagte er und grinste verschmitzt, sodass ich ihm spielerisch in die Seite boxte.

Beim Verabschieden musste ich meiner Mutter versprechen, dass ich nicht nachtragend sein würde, sondern unbefangen auf den neuen AG-Leiter zuging. Und genau das würde ich machen. Genau das nahm ich mir für den kommenden Arbeitstag vor.

Als ich in meinem Wohnzimmer sitzend den Tag ausklingen ließ, hörte ich leise französische Musik, die aus einer der Nachbarwohnungen zu kommen schien. Ich konnte es nicht konkret zuordnen, aber ich wünschte mir von ganzem Herzen, dass die Musik von ihm ausgesucht worden war. Jemand, der einen ähnlichen Musikgeschmack hatte wie ich, konnte kein schlechter Mensch sein. Jemand, der diese Art von Musik hörte, durfte nur herzensgut sein. Das war quasi genetisch festgelegt.

An diesem Gedanken hielt ich mich fest wie an einem rettenden Strohhalm, als ich am nächsten Tag wieder ins Labor kam. Natürlich lagen die Formblätter immer noch auf meinem Schreibtisch. Ich überflog sie, prüfte die Anmerkungen und stellte fest, dass es einen Fehler beim Ausdruck der Exceltabellen gegeben haben musste. Als ich die Tabellen am PC öffnete, waren sie nicht verrutscht. Die wenigen restlichen Unstimmigkeiten korrigierte ich innerhalb kürzester Zeit.

Mit einem neuen Ausdruck lief ich ins Zweier-Büro, aber Alex Winter war noch nicht da. Robert, der versunken in eine Statistikkalkulation war, begrüßte mich mit einem

Schulterzucken. Die Klarstellung zu den korrekten Formblättern interessierte ihn nicht.

Ich legte die Ausdrucke auf Alex Winters Schreibtisch, der extrem aufgeräumt für einen wissenschaftlichen Schreibtisch war. Ich schrieb ihm eine kurze Nachricht und ging zurück ins Labor. Mittlerweile war auch Malte angekommen, aber er musste heute zwei Seminare begleiten und hatte sich danach für Experimente im Radioaktiv-Labor eingetragen, sodass wir uns kaum sehen würden.

Während ich pipettierte, wieder mit Kopfhörern auf den Ohren, da ich mich so am besten konzentrieren konnte, kam Alex Winter ins Labor. Er stellte sich neben mich und beobachtete mich schweigsam. Als ich ihn bemerkte, wurde ich verlegen rot und setzte die Kopfhörer ab.

»Hey«, sagte ich und erinnerte mich daran, dass ich meiner Mutter versprochen hatte, netter zu ihm zu sein.

Also lächelte ich freundlich. Aber Alex Winter erwiderte mein Lächeln nicht. Stattdessen rümpfte er die Nase.

»Du trägst keinen Kittel, Anneli«, sagte er kühl.

Ich riss die Augen auf und mein Lächeln erstarrte. Schon wieder war er abweisend und kalt, aber ich hatte es wenigstens versucht, netter zu sein.

»Das ist auch nicht nötig«, sagte ich bestimmt. »Hier trägt nie jemand einen Kittel. Ich habe mich noch nie bekleckert oder so.«

Alex Winter sah mich lange an, als könnte er prüfen, ob diese Aussage stimmte.

»Deine Handschuhe sind viel zu groß«, stellte er dann fest. »Das ist ein Risiko. Da kann man leicht etwas fallen lassen, sich verletzen oder etwas verschütten.«

Empört stemmte ich die Hände in die Seiten und verdrehte die Augen.

»Danke für den Hinweis. Ich kann nichts dafür, dass ich kleine Hände habe und Tobias sich bisher immer geweigert hat, für mich die Größe XS zu kaufen«, sagte ich trotzig. Ich war genervt von diesem Thema. Diesen elenden Handschuhkampf kämpfte ich schon seit mehr als zwei Jahren.

»Das hat er?«, fragte Alex Winter ungläubig.

Ich nickte und funkelte ihn wütend an.

»Es gibt ausschließlich Handschuhgröße M bis XL in den Laboren. Ich bin zurzeit die einzige Doktorandin in unserer Abteilung und die einzige, der sogar S noch zu groß ist«, sagte ich zu meiner Verteidigung und unterdrückte die aufkeimende Wut.

Alex Winter seufzte langgedehnt.

»Die neuen Ausdrucke sehen gut aus«, sagte er ausweichend. »Können wir die Lagerung der Vektoren und GVO noch durchgehen? Oder passt es grad nicht?«

Ich war überrascht, dass er dieses Mal tatsächlich erst fragte und nicht einfach über meine Zeit bestimmen wollte. Ich zögerte kurz und überlegte, ob ich mein Experiment verschieben könnte. Die wichtigen Proben waren noch gar nicht aufgetaut.

»Okay«, sagte ich dann und legte meine Pipetten vorsichtig ab. »Können wir machen. Ich kann dir auch die Proben von Malte zeigen.«

Alex Winter sah erleichtert aus und nickte.

»Gern«, sagte er.

Wir verließen das Labor und gingen einen Raum weiter, wo die meisten Tiefkühler unserer Abteilung standen. Als ich ihm unsere Boxen gezeigt hatte, die alle feinsäuberlich beschriftet und gut sortiert waren, nickte er zustimmend.

»Schön, dass wenigstens ihr die Organisation im Griff habt«, sagte er und wirkte ausgelaugt.

Ich sah ihn direkt an.

»So schlimm?«, fragte ich.

Alex Winter seufzte.

»Frag lieber nicht!«, sagte er leise.

»Keine so coole Aufgabe?«

Er lachte leise. »Nee, überhaupt nicht.«

Ich wusste nicht, was ich erwidern sollte, um ihn aufzumuntern. Aber ich hatte noch eine andere dringende Frage.

»Sag mal, die französische Musik gestern. War die von dir?«, fragte ich und fühlte mich dann doch irgendwie aufdringlich, als hätte ich eine geheime Grenze überschritten.

Alex Winter sah mich überrascht an. »War es zu laut?«

Ich schüttelte den Kopf.

»Nein, im Gegenteil«, sagte ich lächelnd.

Seine kühlen Augen wurden wärmer, als er mich ansah. Da bemerkte ich, dass auch er lächelte. Es war ungewohnt, dass er mich anlächelte, aber es fühlte sich gut an. Seine Augen waren für einen kurzen Moment von echten kleinen Lachfältchen umgeben, die mich dazu brachten, noch länger mitzulächeln.

»Also? War die Musik von dir?«, fragte ich erneut.

Alex Winter nickte und ich freute mich. Mehr noch, als ich vermutet hatte.

Kapitel 8

Mit guter Musik auf den Ohren und dem passenden Laborkittel stand ich im Protein-Labor. Eigentlich wollte ich die FPLC, ein Gerät zur quantitativen Auftrennung von Proteinen, nutzen, um meinen frisch exprimierten Rezeptor aufzureinigen. Dieses Verfahren hatte ich bestimmt schon fünfhundertmal durchgeführt und konnte alle Schritte auswendig. Die letzten Male war sogar die Trennschärfe noch besser geworden. Die Pufferlösungen hatte ich vorbereitet. Das einzige Problem war, dass ich sehr klein war und die Lösungsmittelflaschen im Abzug weit oben standen, wo ich nicht herankam. Meist half mir Malte dann. Mit seinen 1,90 m kam er fast überall heran, ohne sich viel Mühe geben zu müssen. Da Malte jedoch Urlaub hatte, war ich allein im Labor. Es war noch ziemlich früh, sodass die Chancen, eine helfende Hand zu finden, nicht sehr hoch waren. Für diesen Fall hatte ich jedoch auch eine Strategie entwickelt. Da wir seit ein paar Monaten keinen Tritt mehr hatten, schnappte ich mir den Labordrehstuhl, verkantete ihn an der Seite, damit er nicht wegrutschte, und konnte dann bequem hinaufklettern, mich nach den großen Glasflaschen bücken und sie oben einbauen. Normalerweise klappte das problemlos und sehr schnell.

Als ich jedoch auf dem Drehstuhl stand und mich nach den Pufferflaschen bücken wollte, öffnete jemand die Tür zum Labor. Ich zuckte erschrocken zusammen und rutschte dabei fast vom Stuhl, wurde aber von hinten festgehalten.

»Anneli!«, rief eine dunkle Stimme hinter mir.

Zum Glück hatte ich die schwere Flasche noch nicht in der Hand gehabt. Diese wäre mit Sicherheit heruntergerutscht und zersprungen. Das Halten von vollen 2-l-Flaschen war für jemanden mit sehr kleinen Händen und viel zu großen Handschuhen definitiv nicht zu empfehlen.

Zitternd drehte ich mich um und starrte in weit aufgerissene eisblaue Augen. Etwas Anderes sah ich nicht mehr, da der Stuhl plötzlich doch wegrutschte und ich zur Seite kippte, weil sich mein offener Laborkittel an der Stuhllehne verhakt hatte. Zwei kräftige Arme fingen mich auf. Mein Herz pochte und ich traute mich nicht, aufzuschauen. Ich schämte mich. Noch nie war mir so etwas im Labor passiert. Ich hatte noch nicht einmal etwas verschüttet oder herunterfallen lassen. Und nun hing ich erschrocken in diesen warmen Armen, die mich sicher aufgefangen hatten und auch immer noch schützend hielten.

Ausgerechnet der strengste Sicherheitsbeauftragte im Labor, den ich mir vorstellen konnte, hatte mich erwischt, wie ich am Laborabzug auf einem Drehstuhl stand, eine überdimensionale volle Flasche hochhieven wollte und dann auch noch fast herunterfiel. Ausgerechnet der Sicherheitsbeauftragte mit den eisblauesten Augen der Welt stand nun da und hielt mich in seinen Armen. Oh je.

»Anneli«, sagte er leise. »Bist du verletzt?«

Ich schälte mich aus seinem Sicherheitsgriff und wagte es nicht, ihn anzusehen. Meine Wangen glühten, die Knie zitterten und ich schüttelte betreten den Kopf.

»Dir ist schon klar, dass diese Aktion gegen so ziemlich alles verstößt, was ich bei der Sicherheitsauffrischung vorgestellt habe? Und damit gegen alles, was du unterschrieben hast?«

Für einen kurzen Moment hatte ich gehofft, er würde sich wirklich um mich sorgen. Dass er mich jetzt anmeckerte, war naheliegend. Und dieses Mal hatte er jedes recht dazu. Aber wäre er nicht ins Labor gekommen, wäre absolut nichts passiert. Im Gegenteil, dann würde die volle Flasche jetzt oben stehen und das Gerät laufen. So stand ich zitternd wie ein Häufchen Elend vor ihm und kämpfte mit mir selbst, um nicht auch noch in Tränen auszubrechen.

»Dir ist schon klar, dass ich dich jetzt suspendieren müsste? Dass du nicht mehr im Labor arbeiten solltest, wenn du mit Chemikalien in der Hand, die offensichtlich zu schwer für dich sind, auf einen verdammten Drehstuhl kletterst und die volle Glasflasche über deinen Kopf heben willst. Vollkommen allein! Was hast du dir dabei gedacht? Hast du eigentlich bei unserem Sicherheitsgespräch zugehört?«, fuhr er mich wütend an.

Nun platzten die Tränen doch aus mir heraus, einfach so, und ich schämte mich noch mehr. Wieso musste mein Körper mir so in den Rücken fallen und so reagieren, anstatt diese Situation souverän zu klären? Was sollte er von mir halten, wenn ich nur heulte, anstatt alles zu erklären?

Ich wollte etwas erwidern, wirklich, brachte aber nur ein jämmerliches Schluchzen hervor. Alex Winter funkelte mich kalt an. Dann hob er die Flasche ohne weitere Mühe nach oben und setzte sie an die richtige Stelle im Laborabzug. Er setzte den Pufferschlauch der FPLC ein und fixierte mich erneut mit diesen unfassbar hellen Eisaugen, die brennende Flecken auf meiner Netzhaut hinterließen.

»Ich hätte niemals gedacht, dass dir deine eigene Sicherheit so egal ist«, sagte er enttäuscht. »Das wird Konsequenzen haben.«

Dann drehte er sich um und verließ das Labor. Es war offensichtlich, dass er mich nicht leiden konnte. Als Nachbarin nicht und als Naturwissenschaftlerin auch nicht. Ich wusste von Malte, dass er in seinem unmittelbaren Umfeld stets nur Männer gehabt hatte. Man erzählte sich, dass es wohl einmal eine Doktorandin gegeben hatte, die dann aber so schlecht gewesen war, dass er sie in hohem Bogen wieder herausgeworfen hatte, ohne ihr die Chance zu geben, sich richtig zu beweisen.

In dieser eher kleinen Forschungsabteilung war ich die einzige weibliche Doktorandin, nachdem meine eine Kollegin in Elternzeit gegangen war und die andere nach beendeter Promotion die Wissenschaft verlassen hatte, weil in der Grundlagenforschung leider nicht viel Platz für Naturwissenschaftlerinnen war, die nicht ganz so flexibel waren, was den Wohnort betraf, und die dann auch noch einen festen Vertrag haben wollten.

Am meisten ärgerte mich, dass Alex Winter sich jetzt in seinen verdammten Vorurteilen gegenüber Frauen im Labor bestätigt fühlte. Ich hatte leichtsinnig gehandelt. Das war mir bewusst. Aber doch nur, weil dieses verdammte Labor nur für Menschen gebaut zu sein schien, die eine Körpergröße von mindestens 1,80 m hatten und ihre Handschuhe in L/XL trugen. Und diese Diskriminierung hatte ich zu meiner Verteidigung nicht einmal vorbringen können, weil mein verdammtes Gehirn direkt mit Tränen reagiert hatte.

Unfassbar! Niemals hatte ich einen Unfall im Labor gehabt. Alle Risiken konnte ich gut abschätzen. Mich selbst konnte ich gut einschätzen. Wieso musste er ausgerechnet in diesem einen Moment hereinplatzen und mich dabei so unnötig erschrecken, dass ich vom Stuhl kippte?

Im Prinzip war er an allem schuld. Aber anstatt für mich selbst einzustehen, hatte ich nur bemitleidenswert gewimmert und geheult. Ich fühlte mich unfair behandelt und von allen im Stich gelassen. Von Malte, weil er ausgerechnet heute Urlaub hatte und mir nicht helfen konnte. Von sämtlichen Laborraumplanern und -ausstattern, die allesamt männlich sein mussten, weil sie sich immer nur nach großen Männern richteten. Von der Person, die unseren einzigen Labortritt weggenommen hatte und von Tobias, den das nicht interessiert hatte. Am meisten jedoch fühlte ich mich von meinem eigenen Körper im Stich gelassen, weil er in der einen Situation, in der er rational hätte bleiben sollen, reagiert hatte wie ein kleines Mädchen, dem man den Lolli weggenommen hatte. Zudem war ich sicher, dass Wimmern, Schluchzen und Heulen sicherlich nicht gut bei jemandem ankamen, der sowieso schon nichts von Frauen in der Wissenschaft hielt.

Ich strich mir die Haare aus dem Gesicht und überlegte, ob ich laut loslachen oder lieber weiterheulen sollte. Die Art, wie Alex Winter die Konsequenzen und die Suspendierung betont hatte, versetzte mich immer noch in einen Schockzustand. Aber eigentlich wäre eine Suspendierung gar nicht so schlimm. Dann würde Robert wenigstens bemerken, was ich alles so nebenbei noch koordinierte und wie viel Aufwand diese ganzen Seminare und Praktika bedeuteten. So eine Suspendierung würde ja schließlich nicht ewig dauern. Oder?

Ohne nachzudenken rannte ich aus dem Labor ins Zweier-Büro. Robert war noch nicht da. Alex Winter saß aufrecht an seinem aufgeräumten Schreibtisch und studierte konzentriert einen Text an seinem Bildschirm.

»Bitte suspendier mich nicht!«, sagte ich völlig außer Atem. »Normalerweise bin ich vorsichtig. Mir ist noch nie was im Labor passiert und mir wäre auch heute nichts passiert, wenn du nicht ins Labor gestürmt wärest.«

Ich sah ihn enthusiastisch an, versuchte kämpferisch zu wirken, aber war schon wieder kurz davor, in Tränen auszubrechen. Ich wollte nicht suspendiert werden. Ich wollte im Labor arbeiten, meine Experimente machen und endlich diesen einen verdammten roten Faden finden, der meine Dissertation zusammenhielt wie einen Wollpullover. Ich verlor doch sowieso schon so viel Zeit durch die Lehre, da durfte ich nicht noch mehr verlieren, nur weil ich einmal nicht aufmerksam war. Und letztendlich war ja alles gut gegangen. Oder?

Alex Winter sah erstaunt hoch und legte den Kopf schräg. Zuerst dachte ich, er würde mich aufmunternd anlächeln, aber er starrte mich nur kühl an.

»Ich habe für dieses Verhalten kein Verständnis und ich bin wirklich enttäuscht«, sagte er. »Gerade von dir hätte ich mehr erwartet.«

Ich blinzelte die aufkeimenden Tränen weg. Die ebenfalls aufsteigende Wut war stärker.

»Aber das ist unfair«, sagte ich verteidigend. »Es ist nichts passiert. Ich bin halt klein und so früh ist meistens sowieso niemand da. Das Labor ist für so kleine Menschen nicht ausgestattet. Und den einzigen Labortritt hat vor ein paar Monaten irgendjemand weggenommen. Ich habe das gemeldet, natürlich, weil ich darauf angewiesen war, aber Tobias hat es nicht interessiert. Ich finde es unfair, dass ich ständig darunter leiden muss, so klein zu sein. Das ist diskriminierend. Wenn ich jetzt deswegen suspendiert werde, verliere ich noch mehr Zeit, wo ich doch schon so viel Lehre machen muss.«

Ich schnappte nach Luft, weil ich mich so in Rage geredet hatte. Alex Winter sah mich schweigsam an.

»Niemand redet davon, dich zu suspendieren«, sagte er dann leise.

Ich hielt inne. »Aber du meintest doch …?«

»Ich meinte nur, dass ich dich suspendieren müsste«, sagte er schulterzuckend. »Konjunktiv. Kein Indikativ. Du wirst nicht suspendiert. Aber wenn ich dich noch einmal in so einer heiklen Situation sehe, wenn du noch einmal so etwas Leichtsinniges im Labor machst, dann wird es definitiv Konsequenzen geben.«

Ich schluckte. Keine Suspendierung. Mein Herz schlug mir bis zum Hals. Ich war sicher. Ich wurde nicht suspendiert. Ich durfte weiterarbeiten.

Wir sahen uns einen Moment still an.

»Ist das klar?«, fragte er dann.

Ich nickte, obwohl ich mich immer noch unfair behandelt fühlte.

»Total klar«, sagte ich.

In diesem Moment kam Robert ins Büro und sah uns verwundert an.

»Guten Morgen. Was ist denn bei euch los?«, fragte er und gähnte ausgiebig.

Alex Winter holte tief Luft und kurz hatte ich Angst, dass er die Situation direkt mit Robert erörtern würde. Aber dann sagte er nur: »Nichts Wichtiges.«

Robert kratzte sich am Hinterkopf und nickte.

»Ach so«, meinte er.

Ich schlich mich aus dem Büro und lief ins Labor zurück. Meinen FPLC-Durchlauf konnte ich vergessen, dafür zitterte ich immer noch zu sehr. Ich trottete zu meinem Schreibtisch, setzte mich, verbarg mein Gesicht in meinen Armen und weinte bitterlich.

Kapitel 9

Vor der Mittagspause wurde ich von Robert im Labor abgepasst. Er kam völlig unvermittelt zu mir, als ich immer noch am Schreibtisch saß und auf meinen Monitor starrte. Von dem unglücklichen Zusammentreffen mit Alex Winter hatte ich mich mental noch immer nicht erholen können und konnte mich auch weiterhin nicht konzentrieren, weil ich mich so ärgerte.

Als Robert dann an meinem Schreibtisch auftauchte, kurz bevor ich mit den anderen Doktoranden Mittagspause machen wollte, erschrak ich fürchterlich. Zuerst dachte ich, Alex Winter hätte gepetzt. Aber in Roberts Blick sah ich keine Verärgerung oder Wut, eher Schuldbewusstsein. Er sah mich mitleidig an und räusperte sich verlegen. Dann berichtete er, dass es eine neue Vorlesungsreihe am Institut geben würde, die nach Genehmigung durch den Institutsleiter von Dr. Alex Winter ausgerichtet werden sollte und für die ich Tutorin werden sollte.

»Lilia, es tut mir leid, ich weiß, du hast wirklich viel zu tun«, sagte mein PI verlegen und wich meinem fassungslosen Blick aus. »Aber da hier kaum jemand richtig Deutsch spricht, die Kurse leider immer noch alle auf Deutsch sein müssen und Malte zu den angesetzten Übungszeiten bereits für eine andere Seminarreihe eingeteilt wurde, bist du als Tutorin ausgewählt worden. Alex meinte, er würde im Laufe des Tages noch auf dich zukommen.«

Ich schaute Robert entgeistert an und schluckte. Nein, nein, nein, ich wollte nicht Tutorin für einen Kurs sein, den Dr. Alex Winter leitete. Ich wollte auch nicht nachher mit ihm darüber reden. Ich wollte ihm am liebsten bis zu meinem Promotionsende aus dem Weg gehen, so sehr schämte ich mich immer noch, wenn ich daran dachte, wie ich in seine Arme gerutscht war.

Robert wurde ganz leicht rot um die Nase, als er die Panik in meinen Augen wahrnahm, und kratzte sich am Hinterkopf.

»Es tut mir wirklich leid, Lilia. Wenn die Uni ihre Voraussetzungen ändert, dass wir auch Kurse in Englisch anbieten können, werden die anderen auch etwas übernehmen, aber so sind uns leider gerade noch die Hände gebunden.«

Ich seufzte und sagte abwehrend: »Aber ich habe doch auch Versuche zu machen und schon so viel Lehre. Wie soll ich das alles schaffen? Immerhin endet der Vertrag bald – ich habe jetzt auch nicht mehr so viel Zeit und …«

Robert nickte. »Ich weiß. Ich versuche, dich so gut wie möglich zu unterstützen und freizuschaufeln, aber hör dir doch bitte erst einmal an, was Alex überhaupt vorhat, okay? Wir reden dann später noch einmal.«

Ich nickte notgedrungen. Mal wieder, weil ich immer nickte, wenn Robert kam und mir noch eine neue Aufgabe aufdrückte. Weil ich immer nickte, wenn irgendjemand kam und mir eine Aufgabe aufdrückte. Weil ich einfach nicht »Nein« sagen konnte. Letztendlich blieb mir ja doch keine Wahl.

Tobias hatte in diesem Semester sogar durchgedrückt, dass selbst die Kryo-EM-Heinis, die Deutsch sprechen konnten, auch von der Lehre befreit waren, da sie so unglaublich beschäftigt waren, das Elektronenmikroskop zu warten. Und zwar rund um die Uhr, unentwegt. Da würde keine Zeit für Lehre bleiben. Das war so unfair!

Da mir der Appetit vergangen war, wollte ich die Mittagspause nicht mehr mit den anderen Doktoranden verbringen, die durch ihre angeblichen Sprachhürden keine Lehre machen mussten, während ich einen Kurs nach dem nächsten aufgedrückt bekam.

Ich verließ das Institut und ging am Rhein spazieren. Das Wetter war immer noch schön, obwohl der Spätsommer längst vorbei war. Mit meinen Kopfhörern und der lauten Musik war ich in meinem eigenen Mikrokosmos, in dem es nur um mich ging und ich mich so richtig schön selbst bemitleiden konnte. Ich fühlte mich einsam, erfolglos und schlechter gestellt als die anderen Doktoranden. Ich fühlte mich unverstanden, von meinem eigenen PI im Stich gelassen und von meinem Rezeptorprotein genervt, das immer neue Hürden für mich aufstellte. Niemand hatte gesagt, dass es einfach werden würde. Niemand hatte gesagt, dass es schnell gehen würde. Aber allmählich verließ mich die Motivation und ich begann an mir selbst zu zweifeln und mich zu fragen, wieso ich mir das alles antat. Wieso ich nicht einfach, wie meine Mutter vorgeschlagen hatte, zum Finanzamt gegangen war. Dann wäre ich Beamtin und keine ausgebeutete Doktorandin, die mit ihrer 2/3-Stelle kaum über die Runden kam und vom Institut als billige Lehrkraft missbraucht wurde. Dann würde ich nicht ...

Plötzlich tippte mich jemand von hinten an und unterbrach meinen gedanklichen Selbstmitleidsanfall. Ich erschrak, drehte mich schlagartig um und war schon bereit, mich gegen meinen Angreifer zu verteidigen. Vor mir stand jedoch kein Taschendieb, der mich ausrauben wollte. Vor mir stand Dr. Alex Winter, der mir scheinbar wie ein Schatten an den Versen klebte. Seine hellblauen Augen lagen verborgen hinter großen, dunklen Sonnenbrillengläsern, in denen ich mich selbst spiegelte, aber seine Mundwinkel umspielte ein scheues Lächeln.

»Ich wusste nicht, dass du hier Pause machst. Stör ich?«, fragte er.

Ich kniff die Augen zusammen.

»Ja«, sagte ich und wollte weitergehen.

»Alles klar«, sagte er und lief einfach neben mir mit. »Ich dachte nur, dass es ganz gut passt, dass wir uns hier treffen. Vielleicht hat Robert es schon erwähnt, aber ich wollte heute sowieso noch mal mit dir sprechen.«

»Robert war bei mir und hat es mir erzählt«, sagte ich emotionslos.

Alex Winter nickte. »Und? Was sagst du dazu?«

Ich zuckte mit den Schultern.

»Ich finde das nicht gut. Ich mache schon so viel Lehre«, meinte ich zerknirscht.

Alex Winter nickte wieder. »Weißt du, diese Vorlesungsreihe ist meine erste Vorlesung. Die Seminare und Übungen konzipiere ich noch. Aber es wäre mir wichtig, wenn ich jemanden an meiner Seite habe, der erfahren ist.«

Ich kniff erneut die Augen zusammen, aber hinter seinen verspiegelten Sonnenbrillengläsern konnte ich absolut nichts erkennen.

»Mhm«, sagte ich und lief weiter. »Mir kommt es eher so vor, als gäbe es keine großartige Auswahl, wo wir doch sprach- und Kryo-EM-bedingt so eingeschränkt sind.«

Alex Winter folgte mir sofort.

»Das klingt bitter«, sagte er. »Aber du hast recht. Bezüglich der Sprache habe ich bereits mit der Universität Kontakt aufgenommen. Eine internationale Veranstaltung ist meines Erachtens sowieso viel sinnvoller. Ich glaube nicht, dass es besonders schwer wird, die Statuten zu ändern.«

Nun hielt ich überrascht inne. Robert hatte mir immer und immer wieder erzählt, die Uni weigere sich vehement, die Veranstaltungen auf Englisch zuzulassen. Und nun kam Alex Winter und es war auf einmal kein großes Ding? Hatte er wirklich diesen Koryphäenbonus? Oder hatte Robert diesen Vorschlag etwa gar nicht bei der Uni eingebracht und mich immer nur vertröstet?

»Wie meinst du das?«, fragte ich hellhörig. »Robert meint, die Uni will das nicht ändern.«

Alex Winter sah mich überrascht an.

»Oh«, sagte er. »Dann hat die Uni ihre Meinung vermutlich geändert. Bei meinem Vorschlag waren alle ganz angetan. Immerhin ist die Wissenschaft ein internationales Feld, da wäre es eine Verschwendung, wenn man die Studierenden nicht auch auf die Sprache der Wissenschaft vorbereitet.«

Er schmunzelte. Vermutlich überspielte er die Tatsache, dass Robert nie einen derartigen Antrag gestellt hatte. Mein Herz wurde schwer. Mein PI war wirklich eine Niete, wenn es darum ging, sich für sein Team einzusetzen. Das war sehr enttäuschend. Ich stellte mir kurz vor, wie Alex Winter als PI sein würde. Vermutlich würde er ein hohes Leistungsmaß voraussetzen, jedoch auch für seine Arbeitsgruppe bedingungslos eintreten. Es war schade, dass Robert nicht annähernd so war.

»Was für eine Vorlesungsreihe soll es denn überhaupt werden?«, fragte ich vorsichtig.

Da wir in den Schatten gelaufen waren, schob Alex Winter seine Sonnenbrille hoch und sah mich an. Die eisblauen Augen wirkten weniger kühl als heute Morgen, wo er mich erst gerettet und dann angemeckert hatte.

»Den Proteinen auf der Spur – der lange Weg zur vollständigen Struktur«, sagte er und wirkte stolz, dass er einen außergewöhnlicheren Namen der Vorlesungsreihe gefunden hatte als so etwas Profanes wie »Strukturbiologie« oder »Spektrometrische Methoden«.

»Es geht darum, in so etwa zwei Terminen jeweils eine Methodik zur Strukturaufklärung näherzubringen. Wir beginnen mit Massenspektrometrie, danach geht es weiter mit Röntgenkristallographie, NMR, Kryo-EM und anderen biophysikalischen Methoden, die bei der Strukturaufklärung unterstützen. Natürlich mache ich auch nicht alles selbst, sondern hole mir tolle Kollegen dazu, die ihre Fachexpertise und Anekdoten teilen können. Für die NMR konnte ich bereits einen echten Spezialisten überzeugen, der eigentlich nie Zeit hat, aber für uns eine Ausnahme machen wird.«

Er machte eine demonstrative Pause und sprühte nur so vor Begeisterung. Seine gesamte Mimik war völlig verändert, nicht mehr kühl und reserviert, sondern offen, zugewandt und mitreißend. Wow. Diese Ambition, diese Begeisterungsfähigkeit und diese Passion waren ziemlich ansteckend. Als Dozent würde er damit bestimmt einige Student*innen faszinieren. Thematisch war ich jedoch bereits ausgestiegen, als er das Wort »Strukturaufklärung« verwendet hatte. Für mich gab es nichts Schlimmeres als Strukturbiologie, obwohl dieses Thema natürlich sehr wichtig war und ich ja quasi im gleichen Feld arbeitete. Bisher war ich daran verzweifelt, dass es von meinem Rezeptorprotein noch keine gute Struktur gab und ich selbst auch keine Struktur auflösen konnte. Meine Abneigung gegenüber diesem Thema lag jedoch viel, viel tiefer und war auf eine sehr unschöne Erfahrung zurückzuführen, die ich an der Universität machen musste.

»Also bist du an Bord?«, fragte er hinreißend und sah mich so begeistert an, dass ich das Gefühl hatte, er würde mich auf eine Kreuzfahrt einladen.

Ich unterdrückte ein Seufzen und ein Augenverdrehen.

»Bleibt mir eine Wahl?«, fragte ich.

Alex Winter lachte leise.

»Nö«, sagte er lächelnd. »Mir ist trotzdem wichtig, dass du keine Bauchschmerzen damit hast. Ich schätze dich als sehr fleißige, organisierte Tutorin ein und habe bisher nur Positives gehört. Das brauche ich für meinen Kurs. Ich brauche jemanden, der wie ich für die Wissenschaft brennt und der mit Herz und Seele dabei ist. Ich brauche jemanden, dem ich meine Studenten ohne Zögern anvertrauen würde. Ich brauche dich.«

Sein Lächeln wurde breiter, hinreißender und die Lachfältchen wurden fröhlicher. In seinen Wangen hatten sich Grübchen gebildet, die ich noch nie zuvor gesehen hatte.

Wie sollte ich bei diesem Plädoyer noch ablehnen?

»Okay«, sagte ich leise, war gefangen von diesen fröhlich herumsprühenden, hellblauen Augen.

Alex Winter nickte.

»Sehr gut«, sagte er.

»Aber das ist nur ein Seminar? Oder auch ein Praktikum?«, fragte ich ängstlich.

Alex Winter hielt an und strich sich durchs Haar.

»Deine Aufgabe wird sein, die Übung zu leiten. Sie findet in den Wochen statt, wo auch die Vorlesungen sind. Ich schicke dir die Termine. In Planung sind zwölf Termine. Ein Praktikum wird vermutlich erst im nächsten Semester stattfinden, jedoch nur in speziellen Bereichen, z. B. bei uns in der Röntgenkristallographie. Allerdings werde ich das dann mit meinem Doktoranden machen, der vermutlich im Dezember anfängt«, erklärte er. »Das heißt, es wären erstmal zwölf Einzeltermine à 60 min, dienstags, von 13 Uhr bis 14 Uhr. Wäre das machbar?«

Ich seufzte. Die Uhrzeit war ungünstig.

»Ach ja, und die Übungen finden hier im Seminarraum statt. Du musst also nicht extra irgendwohin. Ich würde dir die Unterlagen jeweils am Tag zuvor aushändigen oder kurz mit dir durchsprechen, wenn du das magst. Aber eigentlich sollst du nur beaufsichtigten, dass die Studenten ihre Aufgaben durchführen und vielleicht ein paar Fragen beantworten.«

Ich runzelte die Stirn. »Aber ich habe keine Expertise für diese Themen. Wenn es Fragen zu NMR gibt oder so. Da kann ich doch gar nicht helfen.«

»Die Aufgaben werden auch keine Fachkenntnisse voraussetzen, eher Expertise im wissenschaftlichen Arbeiten generell. Und das kannst du, das weiß ich.« Er zwinkerte mir zu. »Lass es uns einfach ausprobieren! Wenn es nicht klappt, bleibt es bei dieser einen Vorlesungsreihe.«

Er schmunzelte, aber ich wusste, dass nichts in seiner bisherigen Wissenschaftskarriere »nicht geklappt« hatte und er davon ausging, dass die Vorlesung ein Erfolg wurde. Dann nickte ich zögerlich. Was blieb mir auch anderes übrig?

»Okay, fein, dann werde ich dich nicht weiter in deiner Pause stören. Die Details und Termine maile dir nachher!«, sagte er und lief, ohne auf meine Reaktion zu warten, davon.

Er ließ mich einfach stehen. Verärgert sah ich ihm hinterher und wollte einfach nur laut losschreien.

Kapitel 10

Alex Winter hielt tatsächlich Wort. Er mailte mir alle Informationen zu den Übungen und Vorlesungen zu. Ich las alles aufmerksam, um irgendetwas zu finden, einen einzigen kleinen Makel, damit die Vorlesungsreihe doch nicht gestartet werden konnte. Aber ich fand trotz akribischer Suche nichts. Sein Konzept war schlüssig und sehr interaktiv. Die Vorlesungsreihe würde bei den Studierenden bestimmt sehr gut ankommen. Da sie erst Ende Oktober starten würde, hatte ich noch ein bisschen Zeit, um mich intensiver darauf vorzubereiten, dass ich bald Tutorin für das Themengebiet »Strukturbiologie« sein würde. Sollte das jemals an meiner Universität bekannt werden, würden alle laut loslachen.

Die nächsten Tage war ich wieder sehr mit meinen eigenen Experimenten beschäftigt und dachte nicht an Alex Winter oder seine Vorlesung. Als ich etwa eine Woche später ins Labor kam, empfing mich Malte aufgeregt: »Stell dir das vor! Da hat er einfach schon seinen Artikel im IB gekriegt!«

Malte war fassungslos. Ich begrüßte ihn leise, legte meine Sachen ab und wandte mich dann seinem Bildschirm zu. Der IB, wie Malte es nannte, war eigentlich der offizielle Institutsblog, Immerwahr-Blog genannt, den unsere Kollegin Tanja betreute, die die Öffentlichkeitsarbeit für das gesamte Institut koordinierte. Neben den gewöhnlichen Social-Media-Kanälen führte sie über alles Erwähnenswerte den Immerwahr-Blog. Malte probierte schon seit Ewigkeiten, sie zu überzeugen, dass sie sein Thema aufgriff und darüber berichtete, da der Institutsblog, seit

Tanja ihn übernommen hatte, beachtlich an Reichweite und Einfluss gewonnen hatte.

Malte scrollte genervt durch den neuen Beitrag des Blogs. Dieses Mal stellte Tanja den großartigen Neuzugang Dr. Alex Winter vor, berichtete von seinem Werdegang, seiner Forschung und über alles, was er am Institut aufbauen wollte. Mehrere Fotos von ihm, aufgenommen im großen, lichtdurchfluteten Atrium des Instituts, erschienen beim Durchscrollen. Auf jedem dieser Fotos lächelte er warmherzig und offen. Eines davon gefiel mir besonders gut, da er direkt in die Kamera blickte, mit seinem dunklen Hemd, und so verdammt ehrlich lächelte, als wäre man als Gegenüber der Lichtblick des gesamten Universums. Es musste sich großartig anfühlen, selbst der Ursprung für genau dieses Lächeln zu sein.

Ich schüttelte mich kurz, weil mir meine abstrusen Gedanken bewusst wurden und mir ein Schauer den Rücken herunterlief. Malte bemerkte dies und sah mich fragend an, aber ich zeigte nur verständnislos auf den Blogeintrag.

»Der junge, charmante Alex Winter ist ein Sinnbild für die erfolgreiche Generation der Forschung im Nachwuchsbereich. Mit einer Promotion, die kürzer war als eine gesamte menschliche Schwangerschaft und zwei darauffolgenden Postdocs in den USA erzielte er bereits die allerbesten Ergebnisse und knüpfte die richtigen Kontakte. Was also ist sein Erfolgsgeheimnis?«, las ich vor und Malte verdrehte die Augen.

»Ich sehe die Grundlagenforschung als Herausforderung und versuche, mit einer winzigen Taschenlampe jedes noch so kleine Eck im Protein sichtbar zu machen. Rational, aber auch mit viel Herzblut«, zitierte Malte die Antwort mit genervt verzerrter Stimme. »Tzzz, als ob wir nicht rational und mit viel Herzblut dabei wären, wenn der verdammte Versuch zum hundertsten Mal nicht klappt.«

Sein Echauffieren brachte mich zum Lächeln. Ja, an Rationalität und Herzblut mangelte es uns gewiss nicht. Vermutlich mangelte es uns eher am Forschungsetat. Und dieser Fakt war ziemlich niederschmetternd.

»Mit der neuen Röntgenkristallographie-Einheit am CII geht ein lang gehegter Traum in Erfüllung. Ein großes Vorbild für Winter ist Ada Yonath, die sich auf dem Gebiet der Röntgenkristallographie gegen alle Hindernisse und Zweifler durchsetzte, die ihr Projekt für unmöglich erklärten. Diese unermüdliche Beharrlichkeit bescherte ihr 2009 sogar den Nobelpreis. Eine eigene Röntgenkristallographie-Einheit aufzubauen und den Pfaden Yonaths zu folgen, wird das CII, das für seine exzellente biophysikalische Methodik bekannt ist, komplettieren. Auf die Frage hin, ob Winter bereits Kontakt mit Yonath aufgenommen hatte, lächelte dieser nur geheimnisvoll. Es bleibt abzuwarten, was für großartige Entdeckungen ihm am CII gelingen werden. Dass man auf ihn zählen kann, stellte er bisher zu genüge unter Beweis. Das CII wünscht ihm für seine Forschung alles Gute und freut sich, diesem vielversprechenden, jungen Wissenschaftler eine Heimat zu bieten.«

Ich hielt inne, sah erneut das scheu lächelnde Bild von Alex Winter an und dachte daran, dass er im Interview tatsächlich davon gesprochen hatte, dass eine Wissenschaftlerin sein Vorbild war.

»Wow«, sagte Malte. »Angeblich hat Tanja keine Zeit, mein Projekt auf dem Blog zu bewerben. Aber wenn so ein Nature-Paper-Heini kommt, kriegt er direkt einen Eintrag mit professionellen Fotos. Das nenne ich mal Fairness.«

Ich legte tröstend eine Hand auf seine rechte Schulter. Ich verstand zwar nicht, wieso ihm dieser Blogbeitrag so wichtig war, aber Tanja hatte ihn wirklich schon diverse Male vertröstet. Sie hatte es sogar abgelehnt, als er anbot, den Beitrag selbst zu verfassen.

»Mach dir nichts draus!«, sagte ich aufmunternd. »Von all diesen Vorschusslorbeeren kann er sich auch nichts kaufen. Nun muss er sich erst einmal beweisen. Und wir wissen selbst, dass neben einer guten wissenschaftlichen Basis auch immer ein bisschen Glück gehört. Und Serendipität kann auch ganz schnell mal vorbei sein!«

Ich wusste genau, was Glück und Serendipität waren. Und weil ich es so gut wusste, wusste ich auch, dass mir beides im Labor viel zu oft fehlte. Glück war, wenn man ein Experiment zum ersten Mal durchführte und es direkt auf Anhieb funktionierte. Glück war, wenn ich morgens ins Labor ging und beide Ampeln vor dem Institut plötzlich auf Grün standen und ich nicht wie sonst immer ewig warten musste. Das geschah wirklich nur in sehr, sehr seltenen Fällen und wann immer es bis jetzt aufgetreten war, wusste ich, dass es ein guter Tag werden würde.

Und Serendipität war, wenn man unkonzentriert die falsche Pufferlösung nutzte und das Experiment trotzdem funktionierte, weil genau dieser Stoff X noch gefehlt hatte. Aber das war mir noch nie widerfahren. Dieses Prinzip kannte ich tatsächlich nur vom Hörensagen.

Malte grinste mich an.

»Ach ja, Lilli, es wäre nur so toll, wenn auch wir beide endlich mal etwas von dieser Serendipität abbekommen könnten, nur ein ganz bisschen, damit es endlich vorangeht«, seufzte er.

Kapitel 11

In der Mittagspause, als ich neidisch auf das Essen der anderen starrte, mein kärglich belegtes Brot in die Hand nahm und dachte, es könnte nicht mehr schlimmer kommen, riss Alex Winter die Tür zum Pausenraum auf.

»Anneli? Kannst du mal kurz mitkommen?«

Malte, der gerade erzählt hatte, hielt inne und funkelte Alex Winter wütend an. Ich selbst sah Alex Winter auch verärgert an. Nicht nur, dass er immer wieder meinen kompletten Vornamen nutzen musste, nein, es gab nicht einmal ein »Bitte« in seinem Wortschatz.

»Lilia«, korrigierte ich ihn grummelnd und warf einen Blick auf meinen Labortimer, der anzeigte, dass ich in nur fünfzehn Minuten schon die nächsten Proben nehmen musste. »Und eigentlich wollte ich jetzt etwas essen und habe keine Zeit.«

Die anderen, die wieder einmal über die aktuellen Nobelpreisträger im Bereich Chemie und Physik reden wollten, sahen uns neugierig an, als wären wir einer schlechten Soap entsprungen.

»Es ist wichtig«, insistierte Alex Winter. »Bitte.«

Ich seufzte. Malte sah mich mitfühlend an.

»Okay«, sagte ich, legte mein Brot in die Edelstahldose zurück (es würde mir sowieso nicht schmecken), schob den Stuhl demonstrativ nach hinten und folgte ihm.

Vermutlich dachten die anderen, Alex Winter würde mich anmeckern, weil ich etwas falsch gemacht hatte. Und nun ja, genau so etwas vermutete ich natürlich auch.

»Komm, wir gehen in mein Büro!«, sagte er knapp und schloss die Tür zu unserem Forschungstrakt mit seinem hellgrauen Transponder auf.

»Du meinst, euer Büro«, korrigierte ich ihn erneut.

Er blieb kurz stehen und dann lächelte er ertappt. Die schwere Brandschutztür fiel lautstark ins Schloss.

»Stimmt«, sagte er dann, nickte mir zu und lief weiter.

Als wir im Büro ankamen, stellte ich fest, dass Robert nicht an seinem Platz saß. Aber vermutlich hätte ich im Falle der Kritik von Alex Winter sowieso nicht auf seine Unterstützung zählen können.

»Setz dich!«, forderte mich Alex Winter auf und setzte sich auf seinen Schreibtischstuhl. Ich schnappte mir den leeren Stuhl des runden Besprechungstischs und ärgerte mich über seinen Tonfall.

»Also? Was habe ich falsch gemacht?«, fragte ich genervt und funkelte ihn an.

Alex Winter sah mich überrascht an, dann lachte er leise.

»So einen Ruf habe ich hier also jetzt schon?«, fragte er, aber ich ging nicht darauf ein, sondern starrte abwesend auf meinen Timer, der mir anzeigte, dass ich schon bald wieder zurück im Labor sein sollte.

Er schmunzelte, aber ich verstand nicht, was daran so lustig war.

»Was willst du?«, fragte ich ungeduldig. »Ich habe wirklich nicht viel Zeit und muss in weniger als zehn Minuten die nächsten Proben nehmen.«

Alex Winter nickte.

»Dann komme ich besser direkt zum Punkt.« Er machte eine demonstrative Pause und ich unterdrückte das Verlangen, mit den Augen zu rollen. »Ich habe dich zur Teilnahme für die *Membrane Marvels: Unraveling GPCR Structures Conference* angemeldet. In drei Wochen geht's los: drei Tage Barcelona, von Mittwoch bis Freitag. Allerdings müsstest du ein Poster vorbereiten.«

Wow. Ich hatte mit allem gerechnet von a) »deine Laborarbeit muss strukturierter sein« über b) »als Tutorin will ich doch lieber jemand anderes mit *Ahnung*« und c) »Formblatt Z muss immer noch ergänzt werden« bis hin zu d) »ich nehme ab sofort keine verdammten Pakete mehr für dich an, weil ich dich doof finde!«. Aber in keinem dieser Szenarien, die ich auf unserem Weg zum Büro in meinem Kopf durchgespielt hatte, kam eine proaktive Konferenzanmeldung vor. Und schon gar nicht bei der *Membrane Marvels*. Hier wollten alle teilnehmen, die in diesem Forschungsgebiet arbeiteten, und niemals zuvor hatte ich das Glück, als mickrige Doktorandin einer noch viel mickrigeren, bettelarmen Arbeitsgruppe ausgewählt zu werden. Mal davon abgesehen hatten wir in unserem Forschungsetat auch gar keine Finanzierung dafür.

»Aber …?«, setzte ich verwirrt an.

Alex Winter lehnte sich vor, genoss mein Erstaunen, meine Sprachlosigkeit und meine Verwirrung. Dann lächelte er.

»Um das Budget musst du dir keine Gedanken machen, das rechnen wir über die Nachwuchsförderung meines Fundings ab«, sagte er lässig. »Ich schicke dir die Infos per Mail. Sonja wird alles buchen, wenn du einverstanden bist.«

Ich blinzelte. Einmal. Zweimal. Dreimal. Dann starrte ich ihn an. Hatte ich mich verhört? Träumte ich? Ich durfte wirklich mit zur *Membrane Marvels* und müsste mich nicht einmal um die Finanzierung kümmern? Geschweige denn um die Anmeldung oder Reise? Die Teilnahme war nicht nur streng limitiert, sie war auch utopisch teuer, jedenfalls für eine kleine, mittellose Arbeitsgruppe wie unsere.

»Also?«, fragte Alex Winter schmunzelnd und genoss meine Sprachlosigkeit. »Bist du dabei?«

Ich nickte. Was für eine Frage! Natürlich würde ich dabei sein. So eine Gelegenheit würde ich niemals wieder bekommen.

Mehrere Minuten absoluter Stille verstrichen, in denen man nur unser leises Atmen und vielleicht, wenn man hervorragende Ohren hatte, auch mein viel zu schnell schlagendes Herz hören konnte, und wir sahen uns einfach nur in die Augen. Alex Winter lächelte immer noch.

»Aber … wie ist das möglich? Wie hast du mich da reingekriegt?«, fragte ich, als ich meine Sprache wiedergefunden hatte.

Alex Winter räusperte sich.

»Tatsächlich war es ganz einfach«, sagte er und wurde zu meiner Verwunderung rot um die Nase. »Ich bin Keynote Speaker zur Eröffnung und moderiere ein Discussion Panel am zweiten Tag.«

Ich schluckte. Wow.

Alex Winter war der diesjährige Keynote Speaker der *Membrane Marvels*. Als Keynote Speaker war er einer der Hauptredner, der als Gast vom Konferenzveranstalter eingeladen wurde, um einen mitreißenden Impulsvortrag zum Thema zu halten. Der Keynote Speaker hatte die Aufgabe, die Anwesenden zu begeistern. Er sollte alle auf die Konferenz einstimmen und spannende Inhalte vermitteln. Keynote Speaker einer wissenschaftlichen Konferenz zu sein, war eine große Ehre. Und in diesem Jahr hatte man Alex Winter gefragt, die Keynote Lecture zu halten. Das ergab Sinn. Vermutlich hätten sie ihm auch einen ganzen Konferenztag geschenkt, hätte er danach gefragt.

Bevor ich etwas sagen konnte, meldete sich mein Timer, den ich die gesamte Zeit nervös in der Hand hielt.

»Verdammt!«, rief ich, sprang so schnell auf, dass der Stuhl umkippte, und rannte hektisch ins Labor.

»Nicht auf den Gängen rennen, Anneli!«, rief Alex Winter mir hinterher, aber ich ignorierte ihn.

Mit 65 s Verspätung gelang es mir, meine nächste Probe zu nehmen, was ich zitternd in meinem Laborbuch vermerkte. Ich konnte es immer noch nicht fassen. Ich würde zur *Membrane Marvels* fahren! Ich, Anneli Cäcilie Sommer, genannt Lilia Sommer, würde tatsächlich dabei sein, wenn die renommierten Wissenschaftler*innen unseres Forschungsbereiches zusammenkamen, sich austauschten, Vorträge hielten, Diskussionsrunden gestalteten, ihre aktuellen Forschungsergebnisse vorstellten und vielleicht sogar über Hürden diskutierten. Ich würde Steven Paul Franklyn und Amy Xi kennen lernen und könnte mit ihnen vielleicht sogar sprechen, ihnen meine Arbeit vorstellen. Mein Herz klopfte laut vor Aufregung. Steven Paul Frankyln war ein absoluter GPCR-Superstar. Er hielt TED-Talks zu den ganz heißen Themen der Grundlagenwissenschaft und begeisterte mit seiner charmanten, intellektuellen, witzigen Art die Massen, die Bio und Chemie sonst immer langweilig fanden. Er war mindestens schon dreimal Keynote Speaker der *Membrane Marvels* und zurzeit sogar Mitorganisator. Ich hatte alles, jede Publikation, jeden Assay, jeden Review, von ihm verschlungen. Steven Paul Franklyn war ein Genie – der immer zur richtigen Zeit die richtigen Hypothesen aufstellte, die modernsten Experimente designte und irgendwie zu jedem noch so großen Problem eine hervorragende Lösung fand. Die tollsten Peer-reviewed Journals rissen sich förmlich um seine Forschungsergebnisse.

Nachdem ich meinen Timer für die nächste Probenahme zitternd auf eine weitere Stunde gestellt hatte, eilte ich zurück in Alex Winters Büro. Atemlos stürmte ich in den Raum, hob den Stuhl auf, der immer noch auf dem

Boden lag, und sah Alex Winter an. Er war schon wieder in einen Text am PC vertieft und sah überrascht auf, als er mich bemerkte.

»Wo ist der Haken?«, platzte es aus mir heraus.

Alex Winter runzelte die Stirn. »Ich glaube, ich kann dir nicht folgen.«

»Es muss einen Haken geben«, sagte ich misstrauisch. »Niemand hat je so etwas einfach so für mich gemacht. Was also verlangst du als Gegenleistung? Soll ich deinen Autoklavierdienst übernehmen … *für immer*? Ich sag dir gleich, ich werde nicht deine Wohnung putzen oder so.«

Ich starrte ihn an und wirkte vermutlich wie eine Wahnsinnige.

»Nein, nein, Anneli, herrje, weder Autoklavieren noch Putzen, keine Angst. Tatsächlich aber suche ich eine süße Masseurin, die nach Bedarf Zeit für mich hat«, antwortete er prompt, ohne mit der Wimper zu zucken.

Oha. Mir mussten direkt sämtliche Gesichtszüge entgleist sein, denn Alex Winter brach sofort in schallendes Gelächter aus.

»Du müsstest jetzt dein Gesicht sehen!«, sagte er keuchend, zwischen zwei Lachwellen.

Ich sah ihn finster an und schnaufte. Das war so widerlich, dass mir erneut die Worte fehlten, und es war alles andere als lustig.

»Nein, also wirklich, Anneli. Es gibt keinen Haken. Du musst nichts machen, außer mich begleiten, dein Poster präsentieren und networken. Keine erpresserischen Hintergedanken meinerseits, nur eine Konferenzanmeldung für eine vielversprechende Doktorandin. Irgendeinen Bonus muss man als Keynote Speaker ja haben.«

Ich konnte ihm kaum glauben. Nichts auf dieser Welt war jemals kostenlos für mich gewesen.

»Es kränkt mich aber, dass du direkt davon ausgehst, dass ich eine Gegenleistung dafür verlangen könnte.«

Ich wurde rot. Die Hitze in meinen Wangen machte mich nervös und ich zappelte unsicher herum.

»Warum hilfst du mir? Und das auch noch einfach so?«, fragte ich verwirrt. »Du kannst mich nicht mal leiden!«

Alex Winter überlegte kurz.

»Ich habe nie gesagt, dass ich dich nicht leiden kann«, sagte er leise. »Ich weiß, dass es eigentlich Roberts Job ist, dir Plätze bei den ganz wichtigen Konferenzen klarzumachen. Ich sehe, was alles möglich ist, und dann sehe ich dich, was du alles leistest. Und dann sehe ich Robert …«

Alex Winter brach mitten im Satz ab, aber er musste auch gar nicht weitersprechen. Robert Starke war kein sonderlich vernetzter PI. Das wusste ich auch so. Er wäre nie auf die Idee gekommen, von sich aus meine Konferenzteilnahme zu ermöglichen. Er schaffte es kaum, neue Förderanträge auszufüllen, geschweige denn fertigzustellen und auch wirklich einzureichen. Manchmal war es mir echt ein Rätsel, wie er an seinen Job gekommen war.

Aber hatte ich mich eben verhört? Hatte Alex Winter zugegeben, dass er mich doch nicht *nicht* leiden konnte?

»Ich habe den Abstract aus deiner Institutspräsentation genommen und ihn einfach eingereicht. Gerade kam die Zusage. Sei mir bitte nicht böse, dass ich es nicht mit dir abgesprochen habe! Das ist eigentlich nicht meine Art, so was hinter dem Rücken der Doktoranden zu machen, aber wir haben uns irgendwie nie gesehen, und dann habe ich es einfach gewagt, obwohl die Einreichfrist schon ausgelaufen war. Als Keynote Speaker konnten sie mir dann wohl doch nichts abschlagen und so bist du dabei.«

»Danke«, sagte ich heiser und blendete meinen Stolz einfach aus, weil ich nicht meiner tollen Forschungsergebnisse wegen ausgewählt worden war. Aber ich würde Steven Paul Franklyn sehen – und zwar ohne mich bis zu meinem Lebensende zu verschulden. Dafür würde ich meinen Stolz mehrfach einfach vergessen können.

»Danke, Alex.«

Und so wurde aus Alex Winter einfach nur Alex für mich. Alex, der mich konsequent immer Anneli nannte und der zu Hause Pakete für mich annahm. Alex, der mit dieser noblen Geste mehr PI für mich war, als Robert es jemals hätte sein können. Alex, der meine Forschung und mich wirklich gesehen hatte.

»Hast du noch Fragen?«

Ich schüttelte den Kopf, obwohl mein Kopf vor lauter Fragen schwirrte.

»Am besten bereitest du das Poster bis zum Ende der Woche vor. Dann sprechen wir darüber. Also, wenn du überhaupt mit mir darüber sprechen möchtest. Ansonsten könntest du natürlich auch mit Robert …«

Plötzlich konnte ich mich doch nicht mehr zurückhalten und fiel ihm um den Hals. Überrascht riss Alex, der immer noch auf seinem Schreibtischstuhl saß, die Augen auf und sah an sich herunter, wo ich irgendwo zwischen seinem Schlüsselbein und seinen Brustmuskeln klebte und mein Ohr an sein Herz legte, das auffallend ruhig schlug.

»Nein, nein, wir beide sprechen darüber, das wäre toll. Vielen Dank!«

Er lächelte und ich ließ verlegen von ihm ab.

»Ich muss nur Robert irgendwie verklickern, dass ich dann drei Tage weg bin. Und das Praktikum …«, sagte ich leise.

»Das wird Robert verkraften«, unterbrach Alex mich harsch. »Ich werde mit ihm sprechen, wenn er wieder da ist. Er wird sich bestimmt über diese Gelegenheit für dich freuen und Ersatz für deine Praktikumskurse finden. Zur Not muss er die Kurse selbst übernehmen!«

Ich schluckte. Das würde Robert ganz und gar nicht gefallen, irgendwelche Praktikumskurse selbst zu übernehmen. Zum Glück würde Alex ihm das beibringen.

»Danke«, wiederholte ich, als würde ich nur über einen sehr beschränkten Wortschatz verfügen. »Wirklich, danke! Das ist eine einmalige Chance!«

Alex warf mir ein hinreißendes Lächeln zu.

»Ich danke dir, dass du mich begleiten willst!«, sagte er.

Da mein Versuch noch immer lief, nickte ich ihm zu und zog mich dann ins Labor zurück, um ihn nicht weiter von seiner Arbeit abzuhalten. Ein kleiner Teil von mir wäre jedoch gern geblieben und hätte ihn ausgefragt, wie es dazu gekommen war, dass man ihn als Keynote Speaker ausgewählt hatte, und wie es sein konnte, dass er mich bisher immer abschätzig und missmutig behandelt hatte, mir dann aber so etwas ermöglichte, ohne eine Gegenleistung zu erwarten.

Natürlich waren Robert und Malte nicht so begeistert wie ich, als ich ihnen von meiner Konferenzteilnahme berichtete. Als ich Malte im Labor davon erzählte, hörte er emotionslos zu und wirkte reserviert, was völlig untypisch für ihn war, und meinte nur, dass er mir viel Erfolg wünschen würde. Aber seine Augen sahen überhaupt nicht danach aus, mir irgendetwas Gutes zu wünschen.

Dann dämmerte es mir: Malte war eifersüchtig. Er war neidisch, dass Alex mir zu dieser einmaligen Gelegenheit verhalf, dass er mich unterstützte und nicht ihn. Wir beide schwammen immer noch ziemlich planlos im offenen Meer der Dissertationsvorhaben und hatten eher unzusammenhängende Ergebnisse, die keine allzu großartige Geschichte berichteten. Momentan war es noch ein

Trauerspiel in mehreren unzusammenhängenden Akten. Es fiel mir schwer, mitanzusehen, dass mein bester Laborfreund, mein Laborzwilling, eifersüchtig auf mich war, aber ich wusste, dass Alex für Malte keinen weiteren Platz herausschlagen konnte. Es wäre auch völlig vermessen, ihn darum zu bitten, sodass ich Maltes Eifersucht zwar bemerkte, aber nicht mehr weiter adressierte.

Robert erfuhr von Alex von dieser großartigen Gelegenheit. Ich war nicht dabei, daher konnte ich nur erahnen, wie seine Gesichtszüge entgleisten, weil er direkt an die Praktikumskurse dachte, die ich dann nicht mehr begleiten konnte. Als wir uns im Jour-Fixe sahen, sagte er nur knapp, dass er sich freue, dass Alex mich über sein Funding einlud und dass ich die Postervorbereitung mit Alex durchsprechen solle, da er wenig Zeit dafür hätte. Vom Praktikum sagte er nichts. Über unseren internen Praktikumsmailverteiler sah ich, dass er versuchte in einer anderen Forschungsgruppe Ersatz zu finden, da ich ungeplant ausfallen würde, als wäre ich plötzlich schwerkrank geworden oder so. Den Kurs einfach selbst zu übernehmen, kam für ihn natürlich nicht in Frage.

Die Postervorbereitung für die Konferenzteilnahme sprach ich komplett mit Alex durch. Er war sehr aufgeschlossen und nahm sich wirklich viel Zeit für meine Fragen, sodass ich das Poster schnell fertigstellen konnte. Es war mein erstes Poster, das ich allein präsentieren würde. Robert, Malte und ich hatten vor ungefähr einem Jahr an einer Minikonferenz in unserem eigenen Institut teilgenommen. Dort hatten Malte und ich gemeinsam ein Poster präsentiert. Während ich an der besten Auflösung der Bilder arbeitete und die Schriftgrößen ausprobierte, die nötig waren, um ein DIN-A0-Poster sinnvoll zu füllen, ging mir Malte aus dem Weg und arbeitete fast ausschließlich im

Radioaktiv-Labor. Nur in der Mittagspause sahen wir uns und auch da sprach er vermehrt mit der Kryo-EM-Gang und ließ mich links liegen.

Es machte mich traurig, dass meine AG, für die ich alles gab, mein Team, sich nicht für mich zu freuen schien, und ich fühlte mich einsam und ungewollt. Ich streifte durch die Labore und dachte darüber nach, was sich hier wohl ändern würde, wenn ich einfach nicht mehr aus Barcelona zurückkommen würde.

Wenn ich auf der Konferenz nun jemanden fände, der begeistert von meinen Ideen, meinen Ansätzen und meiner Arbeit war. Jemanden, der über genügend Geldmittel verfügte, die wichtigsten Geräte, Prüf- und Verbrauchsmittel zu besorgen, und meine mickrige Doktorandinnenstelle finanzieren könnte. Jemanden, der sich wirklich über großartige Gelegenheiten für mich freuen konnte und mich unterstützte.

Als ich meinen Blick über die Laborbänke schweifen ließ, fiel mir auf, dass neben den Handschuhboxen in L und XL eine weitere Box aufgetaucht war. Ich lächelte und prüfte alle anderen Laborräume unserer Abteilung. Wie von Zauberhand standen sie da, nigelnagelneue Handschuhboxen in Größe XS, genau passend für meine kleinen Hände. Ich strich schweigend über die Pappbox.

Vielleicht musste ich doch gar nicht erst bis nach Barcelona fahren, um so jemanden zu finden.

Kapitel 12

Mein Herz schlug mir bis zum Hals. Ich hatte die ganze Zeit kein Auge zugemacht, weil ich so aufgeregt war. Nie zuvor war ich bisher in ein Flugzeug gestiegen. Nie zuvor war ich am Mittelmeer gewesen. Mit meiner Familie hatten wir in meiner Kindheit ausschließlich Urlaub im Thüringer Wald, in der Sächsischen Schweiz oder an der Mecklenburgischen Seenplatte gemacht. Einmal war es sogar an die Ostsee gegangen. Die große, weite Welt hatte ich jedoch noch nie gesehen.

Nach meinem Posterdruck war die Zeit sehr schnell vergangen. Sabine hatte bereits alles für unseren Aufenthalt in Barcelona gebucht. Sie schickte mir meine Flugtickets und eine Beschreibung, wie ich zum Hotel kam, das ganz in der Nähe der Konferenz lag. Ein bisschen enttäuscht war ich schon, als ich erfuhr, dass ich nicht mit Alex zusammen anreisen würde. Er war bereits in Barcelona gereist, um sich mit Kooperationspartnern zu treffen. Ich würde ihn dann erst bei der Konferenz wiedersehen.

Die Flugdauer betrug etwa zwei Stunden. In meiner Aufregung war ich natürlich schon zu früh am Flughafen. Die Zeit vor dem Check-Inn verbrachte ich damit, meinen Postertext zu lernen.

Die vielen Tourist*innen, die mit mir zusammen nach Barcelona kamen, schüchterten mich überhaupt nicht ein. Barcelona aber empfing mich wie eine verlorene Seele, die endlich heimgekehrt war. Ich streifte durch die Straßen und fühlte mich ganz und gar nicht fremd. Fast schon wie ein Fisch konnte ich mich in den schillernden Schwarm einreihen und schwamm einfach mit. Mein Ziel war ein Hotel in der Nähe des Kongresszentrums *Centre de*

Convencions Internacional de Barcelona (CCIB), wo die *Membrane Marvels: Unraveling GPCR Structures Conference* stattfinden würde. Das Gebäude lag fast am Meer, so viel hatte ich durch meine Internetrecherche ein paar Tage zuvor in Erfahrung bringen können. Mein Herzschlag wurde schneller, je näher ich dem CCIB, der Konferenz und dem Meer kam. An der U-Bahn-Station *El Maresme* stieg ich aus. Mit meiner Posterrolle, meinem Rucksack und dem kleinen Handgepäckskoffer stapfte ich in Richtung Hotel. Das CCIB würde ich erst morgen Vormittag aufsuchen, wenn die Konferenz offiziell begann.

In meinem Hotel checkte ich ein, brachte mein Gepäck ins Zimmer und ging sofort wieder nach draußen. Es war noch spätsommerlich warm, obwohl wir längst Oktober hatten. Ich hielt die Augen offen, aber konnte Alex nirgendwo sehen. Insgeheim hatte ich gehofft, ihn doch noch vor der Konferenz zu treffen.

Fröhlich lief ich die Straße immer weiter geradeaus. Hier musste es bald kommen, hinter all diesen hohen, modernen neuen Häusern. Und dann stand ich auf dieser langen Brücke, die über eine stark befahrene Hauptstraße führte, und sah es. Endlos weit, glitzernd im untergehenden Sonnenlicht lag es vor mir und war genauso faszinierend, majestätisch und einschüchternd, wie ich es mir vorgestellt hatte. Ich lief schneller, bis ich letztendlich rannte. Am Strand angekommen, zog ich meine Turnschuhe aus und rannte durch den Sand. Die ersten Wellenausläufer berührten meine Zehen und ich konnte durchatmen. Ich war angekommen. Der Stein in meinem Magen, die Angst und die Aufregung vor morgen waren das erste Mal seit Tagen nicht ganz so schwer.

Ich lief vorsichtig am Strand entlang und ließ meinen Blick über den Strandabschnitt schweifen. Es war gut besucht, einige badeten sogar oder surften. Von der Promenade drangen beschwingte Musik und ein angenehmes Rauschen menschlicher Gesprächsfetzen, die verschwommen und irgendwie nach Freiheit, Sommer und Urlaub klangen. Sogar die Luft roch nach Urlaub.

Kurz dachte ich darüber nach, die Konferenz einfach sausen zu lassen und stattdessen das katalanische Barcelona zu entdecken. Es war irgendwie schade, dass ich hier, in dieser großartigen Metropole, dieser schimmernden Perle am Mittelmeer, war und doch nichts mitkriegen würde, weil ich in einem Konferenzgebäude hocken musste, um wissenschaftliche Erkenntnisse anzuhören, die man letztendlich auch in Papern lesen konnte. Andererseits wäre ich ohne diese Konferenz gar nicht hier, sondern würde im Praktikumsraum stehen und Studierende, die absolut kein Interesse an Biochemie hatten, unterrichten, Proteine zu pipettieren.

Ich seufzte und zog einen klein gefalteten, zerknitterten Zettel aus meiner Tasche. Alex hatte mir das offizielle Programm der diesjährigen *Membrane Marvels* letzte Woche zugemailt. Nach dem Ausdrucken hatte ich es bestimmt schon einige hundert Male gelesen, weshalb es jetzt so zerknittert war.

Ich würde mein Poster bei den Postersessions bereits an Tag 1 der Konferenz präsentieren. Und all die großen GPCR-Wissenschaftler*innen würden vorbeikommen und sich mein Poster ansehen. Amy Xi und Steven Paul Franklyn zum Beispiel. Mein Herz raste. Wenn Steven Paul Franklyn vor meinem Poster stand, bekäme ich bestimmt keinen vernünftigen Satz heraus.

Ich lächelte verlegen und hoffte sehr, dass ich dann nicht zu sehr auftreten würde wie ein Fangirl.

MEMBRANE MARVELS:
Unraveling GPCR Structures Conference

Wednesday, day 1

11:00 – 13:00 *Registration and Welcome*

13:00 – 14:00 *Opening Ceremony and Keynote Lecture*

14:15 – 15:30 *Session 1*

Advances in GPCR Structural Biology

Chair: Prof. Dr. Amy Xi

— Dr. Nathan Lizz: »Recent Breakthroughs in Cryo-EM Techniques for GPCRs«

— Dr. Gabriel Cho: »X-ray Crystallography of GPCRs: New Insights and Challenges«

15:30 – 16:00 *Coffee Break*

16:00 – 17:30 *Session 2*

GPCR Signaling Mechanisms

Chair: Dr. Alex Winter

— Dr. Nicolas Meyers: »Mechanistic Insights from Structural Studies of GPCR Complexes«

— Prof. Dr. Amy Xi: »Allosteric Receptor Modulation: Insights and Structural Perspectives of GPCRs«

17:30 – 19:00 *Poster Session 1 and Reception*

Thursday, day 2

09:00 – 10:30 *Session 3*

Computational Approaches to GPCR Structure

Chair: Dr. Nikki Gomez

— Dr. Kim Lee: »Molecular Dynamics Simulations of GPCR Activation«

— Prof. Dr. Steven Paul Franklyn: »Machine Learning in GPCR Structure Prediction«

10:30 – 11:00 *Coffee Break*

11:00 – 12:30 *Session 4*

GPCR Ligand Discovery and Design

Chair: Prof. Dr. Robert Hill

- Dr. Emilia Cruz: »Structure-Based Drug Design Targeting GPCRs«
- Dr. Robert Jayton: »Novel Ligands from Virtual Screening Approaches«

12:30 – 14:00 *Lunch Break*

14:00 – 15:30 *Session 5*

Emerging Techniques in GPCR Research

Chair: Dr. Mario Kley

- Dr. Alex Winter »Single-Particle Analysis of GPCR Complexes«
- Dr. William Turner »Advances in Cryo-EM Data Processing for GPCRs«

15:30 – 16:00 *Coffee Break*

16:00 – 17:30 *Session 6*

GPCR Structure and Disease

Chair: Prof. Dr. Daniel Hunter

- Dr. Yann Moore »GPCR Mutations and Disease Mechanisms«
- Dr. Otto Heitmann »Therapeutic Targeting of GPCRs in Cancer«

17:30 – 19:00 *Poster Session 2 and Reception*

20:00 – 23:00 *Conference Gala Dinner (pre-registration required)*

Friday, day 3

09:00 – 10:30 *Session 7*

Future Directions in GPCR Research

Chair: Dr. Liam Zucker

- Dr. Anjay Patel »Innovations in GPCR Structural Techniques«
- Dr. Nikki Gomez »Interdisciplinary Approaches to GPCR Studies«

10:30 – 11:00 *Coffee Break*

11:00 – 12:00 *Closing Remarks and Awards Ceremony*

12:00 *Highlights & Farewell*

Kapitel 13

»Bon dia«, sagte die junge Frau, die am Empfang in einem zarten, rosafarbenen Anzug vor mir stand und lächelte. »Hola.«

Ich lächelte zurück. Ich beherrschte leider kein Spanisch, aber noch viel weniger konnte ich auf Katalanisch, das sie offenbar sprach, antworten.

»Hi«, antwortete ich deshalb und umklammerte nervös meine Posterrolle.

Mein Blick fiel auf ihr Namensschild. Cristina Ruíz. Cristina wusste natürlich auch ohne meine peinliche Reaktion, wo ich hinwollte, weil alle anderen, die schon vor mir zur Registrierung in der Schlange standen, zur gleichen Konferenz wollten. Sie reichte mir eine Liste, wo ich ihr meinen Namen zeigte und unterschrieb. Lächelnd gab sie mir ein Namensschild. Ich strich meinen Blazer glatt und atmete tief durch.

Schon von außen war das *Centre de Convencions Internacional de Barcelona* ein sehr imposantes Gebäude. Seine klare, geometrische Form und die Verwendung von Glas und Stahl, das ihm ein futuristisches Erscheinungsbild verlieh, waren beeindruckend. Mit den vielen blauen und grauen Glasplatten, die die Fassade verkleideten, im Sonnenlicht schimmerten und die Umgebung reflektierten, war das Konferenzgebäude schon von Weitem zu sehen. Von Innen war es genauso modern gehalten. Die Innenräume waren hell und offen, mit vielen Glasflächen, die natürliches Licht hereinließen.

Die Haupthalle, in der ich stand, war riesig. Überall hingen die Plakate und Banner der Konferenz. Ich blickte mich um. Es gab zahlreiche Konferenzräume und

Auditorien, die mit modernster Technik ausgestattet waren und minimalistische Elemente mit warmen Holzverkleidungen und farblichen Akzenten kombinierten, um eine angenehme Atmosphäre zu schaffen.

Cristina kam hinter mir hergelaufen und machte mich darauf aufmerksam, dass ich zuerst mein Poster an das mir zugeteilte Board hängen sollte. Ich nickte ihr dankbar zu und suchte den Raum für die Poster. Als ich ihn gefunden und mein Poster aufgehängt hatte, blickte ich mich vorsichtig um. Schon beim Frühstück hatte ich gehofft, Alex irgendwo zu sehen, um mit ihm noch einmal meine Notizen durchzugehen, aber er war nicht im Frühstückssaal des Hotels aufgetaucht. Auch hier konnte ich ihn nirgendwo entdecken. Also nahm ich meine Tasche, das Programmheft und die Karteikarten, die ich gestern im Flugzeug geschrieben hatte, und suchte mir einen Sitzplatz in der Mitte des Auditoriums, wo die Vorträge und Diskussionsrunden der Konferenz stattfinden würden. Vor dem Auditorium waren Tische mit Snacks und Getränken aufgestellt, aber vor lauter Nervosität hatte ich keinen Hunger, sodass ich mir nur eine Wasserflasche mitgenommen hatte.

Es füllte sich zügig. Schon bald waren fast alle Sitzplätze besetzt. Aufgeregtes Gemurmel erfüllte den Saal. Die meisten waren mindestens zu zweit angereist. Ich aber saß völlig allein da und beobachtete eingehend die anderen Konferenzteilnehmenden. Leider sah ich kein bekanntes Gesicht. Auch Alex nicht.

Pünktlich um 13 Uhr kam Steven Paul Franklyn als offizieller Veranstalter unter großem Beifall auf die Bühne. Er sagte ein paar Worte zum Gebäude, zum Ablauf der Konferenz und gab einen Überblick über die Ziele und Highlights. Dann sah ich Alex. Er stand vor der Bühne und sah zu Steven hoch. Er trug ein lässiges, weißes Hemd und eine dunkle Jeans. Seine dunkelbraunen Haare, die sonst immer durcheinander waren, hatte er gekämmt und streng frisiert, aber eine widerspenstige Strähne hatte sich trotzdem gelöst und fiel ihm in die Stirn.

Als er von Steven Paul Franklyn als diesjähriger Keynote Speaker angekündigt wurde, gab es tosenden Applaus und Jubel. Alex schlenderte lässig auf die Bühne und lächelte, während er aufmerksam das Publikum studierte. Er schien den ein oder anderen in den ersten Reihen zu erkennen, denn er verteilte gezielt stumme Willkommensgrüße, während er über die Bühne spazierte und sich feiern ließ. Als der Applaus allmählich verebbt war, übernahm er Franklyns Mikrofon und strahlte begeistert. Er war völlig in seinem Element und wirkte nicht ein bisschen aufgeregt, als er die langersehnte Keynote Lecture startete:

»Ladies and Gentlemen. It is a great honor to address you today on the fascinating and impactful field of G-protein-coupled receptors, commonly known as GPCRs. These remarkable proteins, which reside on the surface of our cells, play a pivotal role in transmitting signals from the outside world into the cell's interior, influencing virtually every aspect of human physiology. My name is Alex Winter and in the next twenty minutes, I'll tell you a bit about what I've learnt and experienced about GPCRs and their structure so far and what you'd better not imitate.« Gelächter. Ich machte heimlich ein Foto von ihm, wie er auf der Bühne hin- und herlief und einfach nur von innen heraus strahlte. »I hope that I can entertain you well, because after all, as keynote speaker – and somehow I might be important enough to act like that or Steven was not allowed to nominate himself for the position to be the official organiser of the conference and to take over the keynote lecture as the one and only leading scientist in the field of GPCRs.« Erneutes Gelächter. »Yeah, so, as your official keynote speaker today – oh wow, the more I say that, the more fantastic it sounds! – I am now allowed to open this great conference, where scientists from all over the world meet, come together in this great building, exchange information, discuss, help each other, get to know each other, connect, network and perhaps decide on tomorrow's cooperation ... that's absolutely amazing!«

Nun gab es kein Halten mehr. Die Menge feierte und jubelte Alex zu, als wäre er ein charismatischer Superstar. Aber vermutlich war er genau das für sie: ein charismatischer Superstar wie Steven Paul Franklyn.

Alex ließ seinen Blick über die Sitzreihen schweifen, aber er übersah mich. Dann begann er heiter und amüsant, über die GPCR-Strukturaufklärung zu berichten. Mit zahlreichen Anekdoten über seine eigenen GPCR-Erfahrungen sowie seiner kurzen Promotions- und seiner Postdoc-Zeit ließ er den Saal mitlachen, mitweinen, entsetzt aufjauchzen und mitfiebern. Es war erstaunlich, welche Kraft ein Saal mit bestimmt 500 Teilnehmenden ausstrahlte, die wie gebannt an seinen Lippen hingen, mit ihm lachten und völlig verzaubert waren, und wie sehr Alex dabei in seinem Element war.

Alex war der perfekte Keynote Speaker, der das Verlangen nach aktueller GPCR-Forschung unter den Teilnehmenden schürte, gleichermaßen after hoffte man, dass er immer weitererzählen würde.

Souverän hielt er seine Rede, komplett ohne Karteikarten oder Stichpunktzettel. Auf seinen spärlichen Präsentationsfolien stand nur das Nötigste. Das meiste übermittelte er wirklich einfach so. Und in jedem Wimpernschlag lag seine ganze Welt – voller GPCR-Abenteuer und Hoffnungen.

Als Alex mit einem strahlenden »Thank you for your time and see you within the conference.« seine Keynote Lecture schloss, erntete er tosenden Applaus. Franklyn stand bereits neben ihm und tätschelte ihm sanft die Schulter. Alex ließ seinen Blick eingängig über die Anwesenden schweifen und dann, endlich, trafen sich unsere Augen. Er zwinkerte mir lächelnd zu und ich war ebenfalls komplett begeistert von seiner Präsenz auf dieser Bühne und seinem Auftritt. Meine eigenen Nerven lagen allein schon bei dem Gedanken an die nachmittags stattfindende Posterpräsentation völlig blank.

Als der Applaus abebbte, Franklyn die Moderation wieder übernahm und die erste Session zum Thema »*Advances in GPCR Structural Biology*« einleitete, schlich sich Alex von der Bühne. Ein paar Teilnehmende standen direkt an der Treppe und beglückwünschten ihn, diese jedoch wimmelte er ziemlich schnell ab und bewegte sich zielstrebig auf genau die Reihe zu, in der ich saß. Aus den Augenwinkeln beobachtete ich, wie er sich an allen vorbeiquetschte und dann bei mir stand. Meinen Sitznachbarn forderte er ungeniert auf, ein paar Plätze aufzurutschen. Dann ließ er sich neben mich auf den Stuhl fallen und sah mich an.

»Und wie war ich?«, fragte er leise, während der erste Vortragende aus Session 1 auf die Bühne kam.

»Perfekt, absolut perfekt«, flüsterte ich fasziniert.

Seine fesselnden Worte waren immer noch in meinem Kopf. Ich war immer noch gefangen in seinen malerischen Beschreibungen und Anekdoten. Alles hatte sich so erfrischend und lebhaft angefühlt. Genau das sollte eine Keynote Lecture sein, faszinierend, mitreißend, beeindruckend. *A new GPCR star was born.*

Alex grinste breit.

»Ich hab's noch drauf«, sagte er, mehr zu sich selbst, und ich kicherte. Im gesamten Vortrag war er souverän und unerschrocken aufgetreten. Jetzt jedoch sah ich, dass diese Präsentation auch an ihm nicht so spurlos vorübergegangen war, wie es zuvor schien.

»Bist du gut hergekommen?«, fragte er dann völlig unvermittelt.

Ich nickte schüchtern.

»Wegen nachher ist auch alles klar?«

Erneut nickte ich schüchtern.

»Fein«, sagte er, lehnte sich zufrieden zurück und verfolgte den ersten Vortrag, während ich voller Panik an die Posterpräsentation dachte.

Den ersten wissenschaftlichen Vortragsblock des Tages moderierte Amy Xi. Sie stand auf der Bühne, in einem ihrer bunten Outfits mit überdimensionaler Brille. Nathan Lizz stand neben ihr und sprach über die jüngsten Durchbrüche in der Kryo-EM-Technik für GPCRs. Gabriel Cho folgte mit einem Vortrag über Röntgenkristallographie und die neuen Erkenntnisse und Herausforderungen bei der Untersuchung von GPCRs. Alex hob ab und zu die Hand und stellte Fragen oder warf einige Hypothesen ein, allerdings wurde er dann von Amy Xi sanft aber bestimmt abgeblockt, damit der Zeitrahmen nicht allzu sehr überzogen wurde.

Während der Kaffeepause hatte ich die Gelegenheit, alle Eindrücke sacken zu lassen. Alex war direkt mit einigen Teilnehmenden verschwunden. Die meisten hatten sich um die draußen aufgebaute Kaffeetafel versammelt und aßen Kuchen. Dies waren die wertvollsten Minuten einer Konferenz. Nun konnte man networken. Ich wollte gern mit anderen ins Gespräch kommen, aber alle wirkten, als würden sie sich kennen und waren bereits in Gespräche vertieft, sodass ich mich nicht traute, mich einfach dazuzustellen.

Der Vortragsblock am Nachmittag wurde von Alex geleitet und konzentrierte sich auf die Signalweiterleitung von GPCRs. Nicolas Meyers präsentierte einige interessante Einblicke aus strukturellen Studien zu GPCR-Komplexen. Danach folgte Amy Xi, die auch die Diskussionsrunde der ersten Sitzung moderiert hatte. Sie sprach über die allosterische Modulation von GPCRs. Die von ihr vorgestellten strukturellen Perspektiven zeigten das Potenzial für die damit verbundenen Möglichkeiten für die Medikamentenentwicklung. Ich mochte ihre Art und Weise der Präsentation sehr. Wie Alex in der Keynote Lecture hatte sie mich bereits mit ihren ersten Sätzen eingefangen und fasziniert. Wenn ich doch nur genauso lebhafte, mitreißende Präsentationen halten könnte!

Nach ihrem Vortrag moderierte Alex völlig entspannt die Diskussionsrunde. Es gab einige Wortmeldungen und auch ich traute mich, eine Frage zu stellen, was Alex mit einem offenen Lächeln kommentierte.

Die Postersession startete dann unverhofft nach dem zweiten Vortragsblock. Nach der Podiumsdiskussion verkündete Steven Paul Franklyn, dass nun alle Posterpräsentator*innen auf die Bühne kommen sollten, und zwar in der Reihenfolge, wie ihr Poster gelistet war, um es in zwanzig Sekunden vorzustellen und Werbung zu machen. Hilfesuchend sah ich Alex an, der mir aufmunternd zunickte.

Zitternd reihte ich mich an Position 28 in die Schlange ein und überlegte, was ich sagen sollte. Meine Vorredner*innen meisterten diese Herausforderung sehr gut. Einige nuschelten leicht und die chinesischen Doktorand*innen waren schwer zu verstehen, aber trotzdem meisterten sie alles ohne Aussetzer. Während des Wartens hatte ich mir hektisch einen Text zurechtgelegt und ihn auf die Rückseite einer Karteikarte gekritzelt. Als Nr. 27, ein Postdoc aus Australien, fertig war, trat ich zitternd mit rasendem Herzen ans Rednerpult.

»Äh, hi, my name is Lilia Sommer. I'm a PhD student from Germany and I'm investigating a totally new kind of receptor which should be a GPCR but also acts as a new type of receptor. My poster number is 28, so, I am happy to meet you there and discuss my results with you.«

Ich schluckte. Ich hatte so schnell gesprochen, dass ich weniger als zehn Sekunden gebraucht hatte. Egal. Nach dem höflichen Applaus verließ ich die Bühne. Geschafft.

Alex sah mich lächelnd an und nickte erneut. Er wusste, dass ich vor Aufregung fast umkam, aber es störte ihn nicht. Und das erleichterte mich.

Die Postersession selbst fand in dem großen, angrenzenden Raum statt, wo ich am Vormittag mein Poster bereits aufgehängt hatte. Eine Postersession auf einer wissenschaftlichen Konferenz war eine beliebte Methode, um Forschungsergebnisse, meist von Doktorand*innen und Postdocs, in einem interaktiven und informellen Rahmen zu präsentieren. Die Teilnehmenden bewegten sich frei im Raum, erkundeten die Poster, stellten Fragen und diskutierten mit den Präsentierenden. Dies ermöglichte eine direkte und persönliche Interaktion, die in formelleren Vorträgen oft nicht möglich war. In der hinteren Ecke war eine Bar aufgebaut, an der sich alle mit Getränken und Snacks versorgen konnten. Neben den Präsentationen gab es reichlich Gelegenheit für Networking. Hierbei konnte man im persönlichen Gespräch Kontakte austauschen, mögliche Kooperationen diskutieren und Feedback zu den vorgestellten Forschungsarbeiten teilen.

In dieser Runde sollten vierzig Poster präsentiert werden. Die Poster waren in Reihen angeordnet und wurden nach thematischen Schwerpunkten gruppiert. Jeder Stand hatte ausreichend Platz für die Präsentierenden und die interessierten Besucher*innen. Die Teilnehmenden der Konferenz strömten in den Raum und begannen, sich umzuschauen. Ich lief sofort zu meinem Poster und stellte mich wartend daneben, in der Hoffnung, niemand würde zu schwere Fragen stellen.

Der Raum füllte sich mit einer Vielzahl von Gesprächen und Interaktionen. Mein Wunsch war, dass Steven Paul Franklyn und Amy Xi vorbeikommen und sich mein Thema anhören würden und dass ihnen spontan einfiel, wie sie mir weiterhelfen konnten. Ein bisschen hoffte ich auch, dass sie mir eine Stelle in ihren topausgestatteten Laboren anbieten würden, aber das war reines Wunschdenken. Noch nie hatte ich davon gehört, dass jemand bei einer Postersession die eigenen Idole so sehr von sich überzeugen konnte, dass eine Anstellung daraus folgte.

Ich strich meinen Blazer glatt und umklammerte meine Karteikarten. Natürlich wusste ich, was ich sagen wollte, aber die Karten gaben mir Sicherheit. Ich stand neben meinem Poster und war bereit, meine Arbeit zu erklären. Um mich herum waren bereits leidenschaftliche Diskussionen entfacht. Zu mir kam jedoch niemand.

Trotz meiner Hypernervosität wollte ich auch endlich daran teilhaben und anderen mein Thema vorstellen. Wieso nur waren alle in lebhafte Gespräche vertieft, aber zu mir kam niemand?

»Hey, alles okay bei dir?«, sagte eine dunkle Stimme hinter mir. »Warst du schon fleißig am Präsentieren?«

Ich drehte mich um und sah Alex.

»Geht so«, brummte ich unzufrieden.

Er wirkte müde, aber lächelte und gab mir eine Flasche Wasser. Dankbar, dass er an mich gedacht hatte, trank ich einen großen Schluck.

»Kommt noch«, sagte er und zwinkerte mir zu. »Vertrau mir!«

Er sollte Recht behalten. In der Zeit, in der er an meinem Poster stand, kamen einige Wissenschaftler*innen vorbei und heuchelten Interesse an meinem Poster. Meist sahen sie aber nur Alex an und lenkten das Thema irgendwann darauf, was sie mit Alex alles für neue spannende Projekte machen könnten und ob er nicht demnächst mal Zeit für einen Call hätte.

Genervt stellte ich mich an den Rand. Niemand interessierte sich für meinen außergewöhnlichen Rezeptor. Alle interessierten sich ausschließlich für Alex. Dann stand Steven Paul Franklyn plötzlich an meinem Poster, sprach mich an und mein Herz setzte kurz aus. Aber dann realisierte ich, was er wirklich von mir wollte, und alles in mir zog sich zusammen. Er wollte, dass ich ihm rasch etwas zu trinken hole, und ich sollte die Fanschar, die sich rund um Alex gebildet hatte, auflösen, damit er sich selbst mit Alex zu den aktuell wichtigen Superthemen austauschen konnte. Beim Sprechen checkte er mich von oben bis unten ab und grinste widerlich. Mein Herz zerbrach in tausend Stücke. Mein GPCR-Held war ein chauvinistischer Arsch.

Ich schluckte schwer und fragte, ob ich ihm nicht zuerst mein Poster vorstellen könnte. Franklyn schüttelte jedoch den Kopf und hatte dann noch die Dreistigkeit, seine Hand auf meine Schulter zu legen und mir zuzuflüstern, dass ich ihm, wenn ich mich mit dem Getränk beeilen würde, mein Poster durchaus heute Abend in seinem Hotelzimmer näherbringen könnte. Ich war wie erstarrt. Ekel überkam mich.

In diesem Moment kam Alex dazu, als hätte er meinen stummen Hilfeschrei oder das Zersplittern meines Herzens gehört, und stellte sich schützend vor mich, sodass Franklyn meine Schulter wieder loslassen musste. Obwohl ich am liebsten vor Wut und Enttäuschung geschrien hätte, schaffte es Alex, die Situation charmant aufzulösen, indem er Franklyn wegzog, einen kleinen Spaß machte und ihm vorschlug, gemeinsam mit ihm zur Bar zu gehen, wenn er doch so unglaublich durstig war, dass er schon Teilnehmerinnen bitten müsste, ihn mit Getränken zu versorgen. Er könne als Veranstalter schließlich nicht wollen, dass mein Poster ohne Präsentatorin stünde.

Während sie sich entfernten, stieg Wut in mir auf. Wie hatte er mich so behandeln können? Wie hatte ich mich so in ihm täuschen können, wo ich sämtliche Vorträge, TED-Talks und Artikel von ihm gelesen hatte. Er war verheiratet! Seine Frau hatte zwei kleine Kinder! Wie konnte er mir anbieten, ihn in seinem Hotelzimmer zu besuchen? Eine größere Demütigung und Herabwürdigung hatte ich in meinem gesamten Leben noch nicht erfahren. Am liebsten hätte ich mein Poster zerrissen und wäre auf der Stelle gegangen.

»Are you okay, my dear?«, fragte eine vorsichtige Stimme hinter mir.

Amy Xi lächelte mich sanft an.

»Yes, absolutely«, sagte ich, schluckte die Demütigung, die Erniedrigung und meine Wut herunter.

Immerhin hatte ich noch Amy und es sah im Moment nicht so aus, als würde auch sie mich für ein bisschen Spaß nach einem anstrengenden Konferenztag auf ihr Hotelzimmer einladen wollen.

»Your research topic sounds very interesting. Would you like to tell me a bit about it?«, fragte Amy.

Ich nickte scheu und begann, ihr mein Poster vorzustellen. Amy hörte sich alles aufmerksam an. Meine Aufregung war völlig verschwunden. Amy Xi stellte Fragen, sie hörte mir zu und am Ende war sie sich sicher, dass mein Thema viel Potenzial hätte. Direkte Vorschläge, was ich anders machen könnte, hatte sie zwar nicht und sie bot mir vor Begeisterung leider auch keinen Job an, aber sie wirkte ernsthaft interessiert. Und das machte die Demütigung und jegliches Desinteresse der anderen wieder wett.

Als wir fast eine halbe Stunde gesprochen hatten, kam Alex dazu. Er begrüßte Amy und wurde von ihr freundschaftlich umarmt. Selbstverständlich kannten sich die beiden. Kurz hatte ich Angst, Amy wäre auch nur hier, um mit Alex zu reden, aber sie wandte sich danach direkt wieder mir zu und so sprachen wir die restliche Zeit der Postersession zu dritt über mein Thema.

Amy Xi behandelte mich vollkommen auf Augenhöhe, obwohl ich noch Doktorandin war und keine zahlreichen Publikationen bei den üblichen Journalen vorweisen konnte. Amy lobte meine Ambitionen und meine Kontrollexperimente. Sie mochte mein Poster. Sie lachte sogar über den Titel des Posters. *»A Death Receptor in GPCR disguise«*. Der Titel war mir spontan kurz vor dem Posterdruck eingefallen, sodass ich die Datei extra noch einmal geändert hatte. Diese Überschrift war so viel besser als all diese langweiligen Postertitel, die es sonst immer gab, wie z. B. *»Systematic Analysis of GPCR Ligand Binding«* oder *»Investigation of GPCR Interactions with G-Proteins«*.

Als die Postersession längst vorbei war, verabschiedete sich Amy mit einem freundlichen »See you tomorrow!« und ich starrte ihr fasziniert hinterher. Sie war im direkten Austausch noch viel sympathischer als im Podcast. Alex wimmelte rasch die letzten Interessent*innen ab, die unbedingt noch mit ihm zu einer möglichen Kooperation sprechen wollten. Damit war der erste Konferenztag beendet.

Alex hatte uns eine erfrischende Limonade mitgebracht und wir stießen mit den Glasflaschen an. Kurz dachte ich, er würde mich umarmen. Tat er aber nicht. Stattdessen half er mir beim Abhängen und Zusammenrollen des Posters.

»Gut gemacht, Anneli«, sagte er und schob das Poster in die von mir geöffnete Posterrolle. »Und es tut mir leid.«

»Was meinst du?«

»Das mit Steven«, sagte er leise. »Dass ich es nicht geschafft habe, dich vor dieser Situation zu schützen. Dass ich zu spät eingeschritten bin.«

Er schüttelte verächtlich den Kopf. »Es ist einfach unfassbar, dass er sich so völlig unangebracht verhält. Früher war das nicht so, aber seit ein paar Jahren wird es immer schlimmer.«

Ich schniefte kurz, weil mir wieder in den Sinn kam, wie schlecht ich mich gefühlt hatte. Wie gedemütigt ich wurde.

»Es tut mir wirklich leid, dass er so zu dir war. Normalerweise ist er höflich und freundlich und ganz und gar nicht so!«

Alex stand unruhig vor mir und trat ein paar Schritte zurück.

»Wir sollten gehen«, sagte er. »Es war ein langer Tag und morgen geht es schon früh weiter.«

Wir packten unsere Sachen zusammen und verließen das CCIB. Kurz bevor wir beim Hotel ankamen, traute ich mich dann doch noch zu fragen: »Wollen wir noch zusammen irgendwo was essen?«

Alex blieb stehen und lächelte mich an.

»Oh, das wäre wirklich schön«, sagte er. »Aber ich bin leider schon verabredet.«

Mein Herz setzte kurz aus. Wieso fühlte es sich so an, als würde er es herausreißen und mitnehmen?

Er sagte nicht, was er stattdessen vorhatte und mit wem, aber irgendwie fühlte es sich an, als würde er ein Date haben. Ich versuchte, meine Enttäuschung zu verbergen.

»Okay«, sagte ich. »Dann sehen wir uns morgen beim Frühstück.«

Alex überlegte.

»Vermutlich sehen wir uns erst auf der Konferenz. Ich habe sehr früh noch einen Call mit meinen Kooperationspartnern in Australien, da werde ich es gar nicht zum Frühstück schaffen und direkt zur Konferenz kommen. Aber du kannst mir gern einen Sitzplatz freihalten.«

Er lächelte.

»Okay, dann bis morgen«, sagte ich leise, aber da hatte er sich schon weggedreht und lief davon.

Kapitel 14

»Guten Morgen«, sagte Alex leise und setzte sich am nächsten Morgen auf den Platz, den ich ihm im Auditorium des CCIB freigehalten hatte. Er gähnte und sah müde aus.

»Alles okay bei dir?«, fragte ich besorgt.

Alex nickte.

»Viel zu tun, wenig Schlaf. Typisch Konferenz halt«, sagte er leise und lächelte matt.

Ich hatte uns einen Platz in der Mitte des Auditoriums gesucht, um einen guten Blick auf die Vortragenden und ihre Präsentationen zu haben. Der Vortragsblock begann mit einer Einführung der Diskussionsleiterin Nikki Gomez, die kurz die Bedeutung von computerbasierten Ansätzen zum Verständnis der GPCR-Strukturen erläuterte. Als die erste Fachpräsentation zum Thema der Molekulardynamik-Simulationen begann, hörte ich nur halbherzig zu. Neben Kryo-EM gehörten auch Simulationen nicht zu meinem Interessengebiet. Ich stand lieber klassisch im Labor und zeigte durch echte Experimente, was machbar war und was nicht. Dass beides, also das Realexperiment und die darauf basierende Simulation, bereits Hand in Hand gingen, war mir natürlich klar.

Auch die zweite Präsentation verfolgte ich nur mit einem Ohr. Steven Paul Franklyn sprach über die Vorhersage von GPCR-Strukturen in Hinblick auf die zunehmende Bedeutung von KI in der wissenschaftlichen Forschung. Er war eloquent und witzig wie immer und alle hingen an seinen Lippen, aber ich konnte ihm nicht zuhören. Ekel stieg in mir auf. Auf der Bühne wirkte er wie ein komplett anderer Mensch, wie der strahlende GPCR-

Superstar, den alle vergötterten. Aber unter dieser Maske steckte ein widerlicher Charakter. Alles in mir sträubte sich, jetzt noch zu ihm aufzuschauen, ihn jetzt überhaupt noch anzuschauen. Wer weiß, bei wie vielen Doktorandinnen er mit dieser Masche bisher Erfolg gehabt hatte, weil sie sich unter Druck gesetzt fühlten?

Alex schien im Laufe der Vorträge wieder wacher zu werden. In der Diskussionsrunde stellte er einige Fragen. Nikki Gomez warf ihm die ganze Zeit ein strahlendes Lächeln zu, aber er war so in der Wissenschaft versunken, dass er diesen Annäherungsversuch nicht bemerkte.

In der Kaffeepause nahm er mich das erste Mal mit. An der Kaffeetafel traf er eine schlanke, barbiehafte Blondine, mit roten Lippen und auffällig geschminkten Augen.

»Salut chéri!«, flötete sie und drückte ihm auf jede Wange einen Kuss. Zweimal.

»Anneli, das ist Chloé«, sagte er zu mir und lächelte leicht. »Chloé, c'est Anneli.«

Chloé sah mich überrascht an, wandte sich zu Alex und flüsterte ihm etwas lachend in Ohr, worauf er leicht rot wurde. Dabei streichelte sie besitzergreifend über seinen Rücken. Ich räusperte mich genervt und hatte absolut keine Lust, hier die ganze Zeit mit all den Damen konfrontiert zu werden, die ihn permanent anhimmelten.

»Salut Anneli«, sagte Chloé dann mit übertrieben freundlicher Stimme, als sie sich endlich von Alex losreißen konnte und mich bewertend von oben bis unten anschaute. »Gefällt es dir, mit Alex auf dieser Konferenz zu sein?«

»Ja«, sagte ich knapp, wich ihrem Blick aus und verdrehte innerlich die Augen.

»Chloé und ich haben zusammen studiert«, sagte Alex und erklärte, weshalb sie so gut Deutsch sprach.

»Ich geh schon mal an unseren Platz zurück. Dann könnt ihr beide in Ruhe reden«, sagte ich zu Alex und ging. Es war offensichtlich, dass Chloé eifersüchtig war und Alex unter keinen Umständen mit mir teilen wollte, obwohl ich gar nicht vorhatte, ihr Alex wegzunehmen.

Ehe ich den Sitzplatz im Auditorium erreicht hatte, holte er mich bereits ein.

»Wieso bist du weggegangen? Ich glaube, es wäre gut, wenn du mal mit Chloé sprichst. Sie forscht auch an neueren Rezeptortypen«, sagte er und sah mich überrascht an.

»Danke schön, aber es wirkte auf mich nicht so, als ob Chloé mit mir reden wollte«, sagte ich gleichgültig.

Alex kniff verunsichert die Augen zusammen.

»Wie meinst du das?«

Ich seufzte. »Ach komm schon, das hast du doch bemerkt. Sie wollte nur mit dir reden. Ich habe eure traute Zweisamkeit doch nur gestört.«

Alex blinzelte zweimal, dann brach er in schallendes Gelächter aus.

»Oh nein, keine Chance. Da läuft nichts zwischen uns«, sagte er lachend, als wäre der Gedanke zu abwegig. »Wir kennen uns schon sehr, sehr lange. Rein wissenschaftlich, freundschaftlich, nichts weiter.«

Ich zog die Augenbrauen hoch und war nicht sehr überzeugt.

»Und das weiß sie auch, ja?«, fragte ich skeptisch.

Alex nickte.

»Klar, Chloé ist meine größte Kritikerin«, sagte er leise, während der nächste Vortragsblock eingeleitet wurde.

Als Emilia Cruz auf der Bühne stand und direkt ein strahlendes Lächeln zu Alex warf, verdrehte ich die Augen. Zugegeben, Alex Winter sah gut aus, okay, sogar sehr gut, und diese hellblauen Augen konnten sich auf die Netzhaut brennen. Aber ihn die ganze Zeit so sehr anzuschmachten, selbst wenn man eine Präsentation halten sollte? Das war unprofessionell und lächerlich.

»Und was ist mit Emilia Cruz?«, fragte ich. »Oder Nikki Gomez?«

Alex sah mich erneut fragend an. »Was soll mit ihnen sein?«

Ich lachte leise und schüttelte den Kopf.

»Egal«, flüsterte ich. Er schien es wirklich nicht zu bemerken.

Nach den Vorträgen und der Diskussionsrunde gab es eine längere Mittagspause. Alex wollte mir gerade etwas erzählen, da wurde er von zwei Männern unterbrochen. Lachend fielen sie sich zur Begrüßung um den Hals. Die GPCR-Welt war tatsächlich eine große Familie.

Bevor ich auch hier wieder nur störte und weil dann auch noch Emilia in seine Richtung geschlichen kam, verschwand ich. Ich nahm mir von der Mittagstafel zwei belegte Sandwiches und nutzte die Gelegenheit, um an die frische Luft zu gehen. Ein paar Straßen weiter setzte ich mich auf eine Bank und genoss die Ruhe. Langsam essend ging ich meine Notizen durch. Tatsächlich schweiften meine Gedanken aber ab und landeten wieder bei Alex. Er schien wirklich mit allen vernetzt zu sein und jede*n zu kennen. Und alle liebten ihn.

Ich genoss die Sonne auf meinem Gesicht und die frische Brise in meinem Nacken. Das Wetter war fabelhaft. Die restliche Pause verbrachte ich damit, mich ein bisschen zu sonnen und Musik zu hören. Als ich wieder ins klimatisierte Auditorium zurückkehrte, waren die meisten schon da. Der Platz neben mir blieb jedoch leer.

Der Nachmittagsblock wurde von Mario Kley aus Österreich geleitet und konzentrierte sich auf neue

Techniken. Mit einem Lächeln kündigte er Alex an, der nun an der Reihe war, einen Vortrag zu halten. Alex spazierte fröhlich auf die Bühne und sprach ausführlich über die Einzelpartikelanalyse als Technik zur Untersuchung von GPCR-Komplexen. Er faszinierte mich mit seiner tollen Präsentation und ich machte heimlich ein Foto von ihm, als er vorn stand und grinste.

Nach ihm hielt William Turner eine Präsentation über modernere Ansätze in der Kryo-EM und wie diese die GPCR-Forschung revolutionieren könnten. Nach dem Diskussionspanel kam Alex zu mir.

»Ich habe dich in der Mittagspause gesucht«, sagte er.

»Ich war draußen und habe mir ein bisschen die Umgebung angeschaut«, antwortete ich. »Nachher würde ich gern auch noch etwas von Barcelona sehen.«

Alex sah mich durchdringend an.

»Sabine hat es dir nicht gesagt, oder?«, fragte er leise.

Ich legte den Kopf schräg.

»Was gesagt?«, fragte ich verwirrt.

»Wir nehmen nachher an dem Gala-Dinner teil«, sagte er schmunzelnd. »Barcelona muss noch ein bisschen auf dich verzichten. Zuerst musst du mit diesen ganzen GPCR-Heinis ein opulentes Gala-Dinner genießen.«

Ich schluckte.

»Ein Gala-Dinner?«, fragte ich ungläubig.

Alex nickte. In Gedanken ging ich meinen kleinen Koffer durch. Ich hatte nicht viel mitgenommen, ein Gala-Dinner-Outfit würde ich jedenfalls vergeblich suchen.

»Oh je, ich habe gar nichts anzuziehen«, flüsterte ich erschrocken.

Alex grinste.

»Ach, das glaube ich dir nicht«, sagte er und beugte sich näher zu mir.

Er zwinkerte mir zu, während ich sicherlich dunkelrote Wangen bekam. Hatte er etwa gerade mit mir geflirtet?

Ich wollte etwas darauf erwidern, aber wir wurden unterbrochen.

»Alex, viens vite!«, rief eine hohe Frauenstimme hinter uns. *Chloé.*

Unser Blickkontakt riss ab und Alex wandte sich um.

»Bin gleich wieder da«, murmelte er, sprang auf und eilte zu Chloé.

Beide begannen leise zu diskutieren. Ich verdrehte die Augen, stand ebenfalls auf und wollte mir etwas zu trinken holen. Am Getränkestand fiel mir ein junger, blonder Mann auf, der unschlüssig vor sich hinstarrte. Als ich mich neben ihn stellte, um mir eine Wasserflasche zu nehmen, drehte er sich um und stieß ungeschickt mit mir zusammen.

»Oh, Verzeihung«, sagte er verlegen und kratzte sich an der Schläfe. »Äh, I meant, sorry, I'm really sorry.«

Ich sah in seine warmen, schokobraunen Augen. Sein Namensschild verriet, dass er Maximilian Huber hieß.

»Kein Problem«, sagte ich und lächelte ihn aufmunternd an.

Er schluckte.

»Oh, du sprichst Deutsch?«, fragte er mit fränkischem Akzent.

Ich nickte. Dann hielt er mir seine Hand hin.

»Maxi Huber«, sagte er. »Ich komme aus Bayreuth.«

Ich grinste und ergriff die Hand.

»Lilia Sommer aus Köln«, antwortete ich und wir lachten beide.

»Wie schön, jemanden zu treffen, der auch deutsch kann«, sagte Maxi und wirkte erleichtert. Sein Akzent war niedlich. Überhaupt wirkte er auf mich wie ein Teddybär, den jemand aus Versehen auf diese Konferenz mitgebracht und anschließend vergessen hatte.

»Wer ist dein PI?«, fragte Maxi.

Ich zögerte.

»Mein PI? Den kennst du sicher nicht«, sagte ich und erzählte ihm von Robert. Natürlich kannte er Robert nicht.

»Mein PI ist Otto Heitmann«, sagte Maxi. »Er hält nachher auch noch einen Vortrag.«

Ich nickte interessiert, aber der Name sagte mir überhaupt nichts.

»Wir untersuchen therapeutische Ansätze von GPCRs in der Krebstherapie an der Uni München«, erklärte Maxi stolz. »Ich bin heute auch mit meinem Poster dran. Vielleicht kommst du ja später noch vorbei?«

Ich lächelte.

»Vielleicht«, murmelte ich.

Dann war die Kaffeepause vorüber und ich ging zurück zu meinem Sitzplatz, auf dem bereits jemand saß und mit Alex Winter schäkerte. Ich stöhnte genervt. Als Alex mich bemerkte, verscheuchte er seine namenlose Verehrerin, die ihm zum Abschied noch ein anhimmelndes Lächeln schenkte.

»Da bist du ja wieder«, sagte er, als ich mich auf den angewärmten Stuhl setzte.

»Stimmt«, sagte ich kurz angebunden.

»Das war Véronique Lacroix aus Basel«, erklärte er. »In ihrem Labor gibt es einen neuen interessanten Kristallisationsroboter, von dem sie mir erzählt hat.«

Ich nickte betont langsam und hob eine Augenbraue.

»Natürlich, ihr habt nur über einen neuen Kristallisationsroboter geredet«, wiederholte ich langgedehnt.

Alex blinzelte verwirrt.

»Ja, genau«, sagte er.

»Ja, genau«, wiederholte ich spöttisch.

Er legte den Kopf schräg und sah mich unschlüssig an.

»Glaubst du mir nicht?«

Ich runzelte die Stirn. »Naja, sie hat die ganze Zeit an ihren langen, blonden Haaren herumgedreht. Und sie hat dir dieses besondere Strahlen zugeworfen. Ich glaube nicht, dass es ihr dabei *nur* um den Kristallisationsroboter ging.«

Alex stutzte und ich glaubte ihm, dass ihm wirklich nicht aufgefallen war, wie sehr sie ihn angehimmelt hatte.

»Hmm«, machte er nachdenklich. »Vielleicht hat sie mich doch aus anderen Beweggründen nach Basel eingeladen.«

»Es geht mich nichts an, aus welchen Gründen dich irgendeine Frau hier anschmachtet und zu sich einlädt«, sagte ich müde.

Alex fing meinen Blick wieder ein und hielt ihn fest.

»Und was ist mit dir? Schmachtest du mich auch an?«, fragte er mit tiefer Stimme.

Ich kniff die Augen zusammen, wich seinem intensiven Blick aber nicht aus.

»Das hättest du wohl gern!«, sagte ich leise, weil der nächste Vortragsblock bereits begonnen hatte.

Alex kam ein bisschen näher zu mir, sodass ich seinen frischen Geruch wahrnehmen konnte, der mir mehr gefiel, als ich mir lieb war.

»Wer weiß?«, flüsterte er mir ins Ohr, sodass sein Atem in meinem Nacken kribbelte.

Hitze schoss mir bis unter die Haarspitzen.

Er rutschte wieder weg und zwinkerte mir spitzbübisch zu, sodass ich wusste, dass er sich einen Spaß daraus machte, mich zu verwirren. Ich verdrehte die Augen und versuchte, mich auf das Vortragsthema zu konzentrieren und nicht ständig an seinen frischen Alex-Geruch zu denken, der mir immer noch in der Nase lag.

Den Vortrag von Otto Heitmann verfolgte ich aufmerksamer, vermutlich weil ich zuvor Maxi kennengelernt hatte. Als ich mir Stichpunkte in meinem Notizbuch machte, fragte mich Alex leise, ob mich das Thema sehr interessieren würde.

»Ich denke schon«, sagte ich und zuckte unschlüssig mit den Schultern.

»Ich kann dir Otto nachher vorstellen, wenn du möchtest«, flüsterte er.

Ich sah ihn verwundert an.

»Du kennst hier echt jeden, oder?«, murmelte ich.

Alex zuckte mit den Schultern.

»Bringt der Job so mit sich, schätze ich«, sagte er leise und lachte in sich hinein.

Es war wirklich bewundernswert, wie stark Alex in der GPCR-Welt vernetzt war. Kein Wunder, dass sich alle um eine Kooperation mit ihm nur so rissen.

Zur zweiten Postersession wollten wir beide gemeinsam von Poster zu Poster gehen, aber natürlich wurde Alex irgendwann einfach weggefangen wie einer dieser kostbaren Koikarpfen, die im Teich schwammen und plötzlich verschwunden waren.

Also lief ich allein durch den Posterraum, sah mir die Themen an, lauschte den Fachgesprächen und stellte ab und zu ein paar Fragen. Es war beruhigend zu sehen, dass auch die anderen noch offene Fragestellungen hatten und dass auch bei ihnen nicht alles aus dem Stand funktionierte. Misserfolge und Fehlschläge gehörten dazu. Eine hohe Frustrationsgrenze und viel Resilienz waren unabdingbar für gute Forschung. Dazu kamen noch die Eigenschaften, tolle, lebhafte Präsentationen zu halten und zu netzwerken. All diese Eigenschaften waren noch ausbaufähig bei mir.

Als ich bei Maxis Poster ankam, stand er unschlüssig davor. Ich trat zu ihm und sein Gesicht hellte sich auf.

»Lilia!«, rief er, als würden wir uns schon ewig kennen. »Du hast es hergeschafft!«

Ich lachte leise.

»Ja, klar«, sagte ich. »Bin ja neugierig, was du so zu präsentieren hast.«

Dankbar zeigte er auf sein Poster und begann, zu erzählen. Es war ein seltsames Gefühl, ihm zuzuhören, weil er so tat, als wären wir dicke Freunde. Als er bei der Auswertung angekommen war, schlenderte Alex gerade mit einer seiner Fangemeinschaften vorbei.

»Bist du eigentlich nachher beim Gala-Dinner?«, fragte Maxi in genau diesem Moment.

»Ja«, sagte ich nickend.

»Ach cool«, sagte Maxi beruhigt. »Dann können wir ja zusammensitzen?«

Ich zögerte und mein Blick wanderte automatisch zu Alex. Auch Alex schaute in diesem Moment auf und lächelte mich matt an, aber er war immer noch in seine Konversation vertieft.

»Mal schauen«, sagte ich dann.

»Cool«, sagte Maxi. »Es ist erleichternd, nicht mehr so verloren zu sein.«

Ich wusste sofort, was er meinte. Es war auch seine erste Konferenz. Die GPCR-Welt hatte uns beide wohl noch nicht aufgenommen und willkommen geheißen, obwohl wir hier waren, aber wir würden das Beste daraus machen und durchhalten.

Ich bemerkte, dass sich Alex' Gefolge auflöste. Alex sah mich an, dann kam er direkt auf uns zu.

»Sorry, aber die Dame geht leider schon mit mir zum Gala-Dinner«, sagte er mit einem charmanten Lächeln zu Maxi.

Maxi sah Alex ehrfürchtig an.

»Alexander Winter«, stammelte er leise, als wäre Alex eine Gottheit, die es zu verehren galt. Dann wandte er sich zu mir und flüsterte: »Du hast mir gar nicht gesagt, dass du mit Alexander Winter hier bist!«

Ich musste ein Kichern unterdrücken, weil er so absurd verlegen dabei aussah und den Vornamen »Alexander« so seltsam betonte.

»Außerdem müsste ich die Dame einmal rasch entführen, wenn das okay für dich ist«, fuhr Alex fort und schob mich mit seinem Arm in die andere Richtung, ohne auf Maxis Antwort zu warten. Maxi nickte nur wortlos. Es hatte ihm wahrhaftig die Sprache verschlagen.

Ich folgte Alex wortlos ans andere Ende des Posterraums.

»Alles okay?«, fragte ich.

Er nickte. »Das Gleiche wollte ich dich fragen. Du wirktest grad so, als ob du gern woanders sein würdest.«

Ich runzelte die Stirn. »Und deswegen hast du mich weggelotst?«

»Exakt«, sagte Alex und blickte rasch auf sein Handy. »Aber ich meinte es ernst. Ich hoffe doch, du bist nachher beim Gala-Dinner meine Begleitung?«

Er lächelte mich offen an und mein Herz machte einen kleinen Sprung.

»Na, wenn du schon so lieb fragst«, sagte ich und wollte nicht zu sehr errötete.

»Ich hoffe, dass diese Entscheidung nicht das Herz des jungen Mannes bricht, der dich grad so angehimmelt hat«, sagte er leise und blinzelte zweimal.

Ich lachte.

»Ich glaube, das hast du fehlgedeutet. Wenn überhaupt hat er dich angehimmelt«, sagte ich trocken. »Ich glaube, er gehört definitiv auch zu deiner Fanschar.«

Alex grinste.

»Oh«, machte er gespielt überrascht. »Und was ist mit dir? Gehörst du auch dazu?«

Bevor ich mit glühenden Wangen und Ohren vor ihm herumstammelte, wurde er jedoch abgelenkt, sodass ich ihm für diese Frage meine Antwort schuldig blieb. Ich hätte es sowieso nicht geschafft, mein »Ja« spontan in ein glaubhaftes »Niemals« umzuwandeln.

Kapitel 15

»Anneli«, sagte Alex und reichte mir galant die Hand.

Er trug einen dunkelblauen Anzug, ein helles Hemd und eine gepunktete Krawatte. Die Haare hatte er mit Haargel zur Seite gekämmt. Er sah absolut hinreißend aus. Wirklich Gala-Dinner-mäßig.

Ich wurde rot. Ich dagegen sah absolut un-Gala-Dinner-mäßig aus. Ich hatte keine besonders formelle Kleidung für die Konferenz mitgebracht. Das Formellste, was ich auf die Schnelle finden konnte, war ein schwarzes Kleid, das ich mit einem Blazer am letzten Konferenztag hatte tragen wollen, dazu schwarze Absatzschuhe, nicht sehr formell und schon gar nicht Alex-Gala-Dinner-mäßig. Trotzdem lächelte mich Alex breit an, als er mich sah.

Wir fuhren gemeinsam zum Veranstaltungsort. Als wir in die U-Bahn stiegen, wollte er wissen, wie mir die Konferenz bisher gefiel. Ich erzählte ihm ehrlich, dass es mir gut gefiel, ich aber eigentlich eine höhere Erwartung gehabt hatte. Er fand es schade, dass es so wenig fachlichen Austausch an meinem Poster gegeben hatte, meinte aber, dass auf dieser Konferenz nur die alteingesessenen GPCR-Wissenschaftler*innen waren, die eventuell noch nicht bereit waren für mein Thema.

»Vielleicht wäre dein Thema besser auf der nächsten *GPCR-New Insights and More* im Februar in Helsinki aufgehoben«, sagte er nachdenklich.

Ich nickte, aber wusste, dass es für mich keine nächste Konferenz geben würde, wenn ich weiterhin bei Robert bliebe. Denn dann würde ich im Praktikumsraum stehen und Studierenden Proteinbiochemie vermitteln. Für Reisen nach Helsinki war kein Geld da und für ein Konferenzstipendium unseres Instituts war mein Output zu gering. Eine nochmalige Einladung von Alex würde ich vermutlich auch nicht erhalten. Also schwieg ich und wollte mich auf die jetzige Konferenz konzentrieren, um nicht melancholisch zu werden.

Als wir nach etwa zwanzig Minuten bei dem Veranstaltungsort ankamen, wurden wir mit einem roten Teppich empfangen. Am Eingang des Hotels, in dem ein großer Saal gemietet war, gab es einen Fotografen, der von allen Teilnehmenden, die ankamen, Fotos vor einer GPCR-Wand machte, auf der das Logo der Konferenz und sämtliche Sponsoren abgebildet waren.

Alex zog mich ohne jegliche Berührungsängste an seine Seite und lächelte routiniert, als hätte er im Leben nichts anderes gemacht. Der Fotograf schoss ein paar Bilder, während ich mit rasendem Herzen an seiner Seite stand und nicht verstehen konnte, wieso ich so auf ihn reagierte.

Als der Fotograf fertig war, mussten wir eine Einverständniserklärung unterzeichnen, dass die Fotos auf der Website veröffentlicht werden durften. Alex und ich gingen danach in den aufwendig dekorierten Saal. Die elegant gedeckten Tische mit den pastellfarbenen Blumenarrangements und den großen Kristallleuchtern fielen mir direkt ins Auge. Die Tische waren bereits sehr gut gefüllt.

Eine hektische Frau mit dunklem Anzug und Klemmbrett eilte auf uns zu. Sie sprach Alex auf Spanisch an, mich ignorierte sie. Alex antwortete ihr ebenfalls auf Spanisch. Oder war es Katalanisch? Ich konnte es nicht zuordnen. Es war faszinierend, wie viele Sprachen er flüssig sprach.

Sein Blick fiel sorgenvoll zu mir und die Frau schüttelte den Kopf. »Du Anneli, es tut mir leid. Sie haben eine strenge Sitzordnung und wollen die Präsentatoren an einem gesonderten Tisch da vorn.«

Er schluckte verlegen.

»Und ich bin nicht wichtig genug, um auch am VIP-Tisch sitzen zu dürfen?«, fragte ich genervt.

Alex hob entschuldigend die Schultern.

»Wenn du das zu schlimm findest, dann lehne ich ab und setze ich mich mit zu dir an den Tisch«, sagte er.

Ich atmete tief aus und schüttelte den Kopf.

»Nein, lass nur und geh zu deinem VIP-Tisch! Unser großartiger Keynote Speaker darf da doch nicht fehlen«, sagte ich ironisch. »Ich suche mir derweil einen Platz beim Fußvolk.«

Dann drehte ich mich um und ging zu den hinteren Tischen, die noch leerer waren und für die die Sitzordnung vermutlich nicht so streng war. Ich wollte mich nicht zu Alex umdrehen und jämmerlich wirken. Ich wollte nicht enttäuscht sein, weil ich mich auf den Abend mit ihm gefreut hatte, aber ich wollte auch nicht, dass er für mich seinen Premiumplatz aufgab.

Als ich am anderen Ende des Saals angekommen war, drehte ich mich dann aber doch um. Alex war bereits fröhlich im Gespräch mit Nikki Cruz und Chloé vertieft. Ich verdrehte die Augen. Irgendwie hatte ich gehofft, dass er mir hinterherlaufen würde. Stattdessen war er schon wieder von seinen Verehrerinnen umzingelt.

»Hey Lilia«, sagte jemand hinter mir so vollkommen unverhofft, dass ich erschrak und zusammenzuckte.

Ich drehte mich um. Maxi stand vor mir und lächelte unsicher. Er trug ein schwarzes Hemd, eine dunkle Jeans und eine rote Fliege. Sein dunkles Brillengestell wirkte sehr dominant. Im Gegensatz zu Alex war er ganz und gar nicht festlich gekleidet, aber Alex war nicht hier, sondern schäkerte irgendwo mit seiner Fanschar und wer war ich, dass ich mich über Maxis Outfit beschweren konnte?

»Hi«, sagte ich und winkte zögerlich.

»Gut, dass du jetzt da bist. Ich dachte schon, du kommst nicht mehr«, murmelte Maxi. »Komm mit, unsere Plätze sind dahinten! Ich habe extra mit der Saalplanerin die Sitzordnung angepasst, damit wir nebeneinandersitzen können.«

Er berührte mich kurz am Arm und schob mich nach links. Zum allerletzten Tisch. Wow, Wahnsinnsplätze!

Normalerweise war eine Konferenztischordnung sorgfältig geplant und die Teilnehmenden nach ihren Forschungsgebieten gruppiert, um den Austausch zu fördern. Ich fragte mich, wo ich sonst hätte sitzen dürfen und Unmut machte sich in mir breit.

Als wir uns gesetzt hatten, kam ein Kellner und schenkte uns Wasser ein. Dann begann Maxi mich über Alex auszufragen, über seine Arbeit, seine Publikationen, seine Kooperationen und wieso er nicht mein PI war, ich aber trotzdem mit ihm hier war.

Ich antwortete brav, meist ziemlich einsilbig, dass ich es nicht wüsste, was auch immer stimmte. Ich wusste absolut nichts über Alex und sein Leben, nur die Punkte, die in unserem Institutsblog thematisiert wurden und dass er mein Nachbar und der härteste Sicherheitsbeauftragte war, den man sich vorstellen konnte.

Das Dinner begann mit einer kurzen Begrüßung von Steven Paul Franklyn. Danach wurde Alex auf die kleine Bühne genötigt und musste auch etwas sagen. Ich sah ihm an, dass es ihm unangenehm war. Während er sprach, bemerkte ich den faszinierten Blick von Maxi. Er war ihm total verfallen, wie der gesamte restliche Saal vermutlich auch.

Es wurde ein mehrgängiges Menü serviert, das lokale Spezialitäten umfasste. Es gab Gazpacho, Paella und eine

Crema Catalana. Mir jedoch war der Appetit seit Franklyns Rede gründlich vergangen, obwohl das Essen mit kulinarischer Raffinesse zubereitet war. Ich wollte mich gern noch mit den anderen an unserem Tisch unterhalten, aber Maxi erzählte und erzählte und fand einfach kein Ende. Mittlerweile kannte ich bereits jedes Experiment, das er jemals im Labor gemacht hatte. Zwischen den einzelnen Gängen gab es kurze Ansprachen und Danksagungen. Amy Xi erzählte einige Laboranekdoten, bei denen der Saal gespannt zuhörte und lachte. Ich lugte ab und zu in Alex' Richtung, aber er war immer in Gespräche vertieft. Er hatte mich vollkommen vergessen.

Als das Essen vorbei war, nutzte ich die erstbeste Gelegenheit, um vor dem immer noch erzählenden Maxi zu flüchten. Eine Band spielte spanische Musik und einige tanzten auf der eher provisorischen Tanzfläche. Ich schlich mich durch den Saal und hoffte, irgendjemanden zu finden, mit dem ich reden konnte und der nicht Maxi war.

»Lilia, warte doch mal!«, rief Maxi mir hinterher.

Hektisch drehte ich mich weg, tat so, als hätte ich nichts gehört, und lief weiter, bis ich mit jemandem zusammenstieß.

»Aua«, sagte ich und rieb mir die Stirn, die schmerzhaft pochte.

Dann blickte ich auf und sah in die hellblausten Augen dieser Welt, die umrahmt waren von langen, dichten, schwarzen Wimpern. Ich war mit Alex Winter zusammengestoßen.

»Oh«, sagte er und schmunzelte. »Das trifft sich gut. Zu dir wollte ich gerade.«

Ich sah ihn an und wollte etwas erwidern, war aber gefangen in diesen blauen Augen, sodass ich nur stumm blinzeln konnte.

»Da wir jetzt schon auf der Tanzfläche stehen ... willst du zufällig tanzen?«, fragte er dann und der Unterton in seiner Stimme wirkte unsicher.

Ich nickte, als er den Arm um meine Seite legte und meine rechte Hand nahm.

»Hast du einen guten Sitzplatz beim Fußvolk gefunden?«, fragte er spöttisch, als er zu einer Drehung ansetzte.

»Geht so«, murmelte ich.

»Dein Schatten beobachtet uns«, stellte Alex nüchtern fest.

»Deine Schatten auch«, erwiderte ich nur trocken, während Chloé und Nikki tuschelnd auf der anderen Seite standen und ebenfalls zu Alex schielten.

Wir lachten beide.

»Gefällt dir Barcelona?«, fragte Alex dann.

»Weiß nicht«, sagte ich schulterzuckend. »Ich habe ja noch gar nichts gesehen, bis auf das Hotel, das Konferenzgebäude und die Wege dazwischen.«

»Stimmt«, sagte er nickend. »Viel Freizeit gibt es nicht.«

Dann erhellte sich sein Gesicht, als hätte er einen grandiosen Einfall.

»Wie wäre es, wenn wir einfach ein bisschen länger bleiben und erst am Sonntag wieder nach Hause fahren? Dann könnten wir uns noch das echte Barcelona außerhalb dieses Konferenzgebäudes ansehen.«

Ich blieb mitten auf der Tanzfläche stehen und sah ihn sprachlos an.

»Die zwei Tage mehr tun nicht weh und dann sehen wir beide wenigstens mal was von dieser Stadt. Mir hat mal jemand geflüstert, dass sie toll sein soll«, meinte er und zwinkerte mir verheißungsvoll zu.

Ich zögerte. Wie konnte er das ernst meinen? Und wieso sollte man so ein Angebot ablehnen? Was war der Haken?

Alex sah mich direkt an und antwortete, als würde er meine Gedanken kennen: »Kein Haken, versprochen!«

Ich unterdrückte ein Grinsen.

»Und was ist mit dem Hotel und dem Rückflug?«

Alex zuckte mit den Schultern.

»Ich gebe Sabine nachher Bescheid. Sie wird alles umbuchen«, sagte er. »Du bist natürlich eingeladen. Ein bisschen Sightseeing tut mir auch mal ganz gut. Also, bist du dabei?«

»Okay«, sagte ich.

Alex lächelte. Wir sahen uns lange in die Augen. Ich verbot mir, in dieser Gestik und Mimik irgendetwas hineinzudeuten. Am Ende des Tanzes jedoch beugte ich mich nochmals zu ihm.

»Kannst du mich vielleicht nach draußen begleiten? Ich würde gern gehen, will aber Maxi nicht begegnen.«

Alex sah mich überrascht an und hob eine Augenbraue.

»Belästigt er dich?«, fragte er und ein wütender Schleier huschte durch seine eisblauen Augen.

Ich schüttelte hastig den Kopf.

»Nein, nein. Er nervt nur ein wenig«, sagte ich seufzend.

Alex nickte. »Alles klar, dann bring ich dich raus.«

Er nahm meine Hand und zog mich aus dem Saal, der sich allmählich leerte. Als wir an Maxi vorbeiliefen, winkte ich ihm nur stumm zu, aber Alex ließ glücklicherweise keine weitere Kontaktaufnahme zu. Draußen an der frischen Luft fiel meine innere Anspannung ab. Alex hielt immer noch meine Hand.

»Danke für die Rettung«, murmelte ich verlegen.

Alex lächelte.

»Jederzeit gern«, sagte er. »Du kannst aber auch noch bleiben und ich stelle dir ein paar Wissenschaftler vor.«

»Nein«, sagte ich. »Ich bin müde.«

Er nickte.

»Verstehe«, sagte er. »Dann versuche ich, sie dir morgen vorzustellen.«

Er lächelte mich an, drehte sich um und ging wieder hinein. Ich blickte ihm stumm hinterher. Kurz war ich enttäuscht, dass er nicht angeboten hatte, mich zum Hotel zu begleiten. Diesen Gedanken verwarf ich aber schnell wieder und spazierte zur U-Bahn. Mein Herz schlug seltsam schnell und meine Hand kribbelte immer noch leicht genau da, wo er sie berührt hatte.

Kapitel 16

Der letzte Konferenztag begann damit, dass ich fast zu spät gekommen wäre. Alex saß bereits im Auditorium und wartete. Beide Plätze neben ihm waren noch frei.

»Guten Morgen«, sagte er lächelnd, als er mich sah.

»Guten Morgen«, erwiderte ich völlig außer Atem.

»Sabine hat heute Morgen bereits alles umgebucht. Im Hotel können wir bleiben, Rückflug ist auf Sonntagabend verschoben.«

Mein Herz machte einen Hüpfer. Das hieß, ich könnte doch noch etwas von dieser tollen Stadt erleben. Und das mit Alex an meiner Seite. Ich fühlte mich seltsam beschwingt. Da störte es mich auch nicht, dass sich Chloé direkt auf den anderen Platz neben Alex setzte und beide verräterisch miteinander tuschelten, leider auf Französisch, was es mir trotz guter Ohren absolut unmöglich machte, irgendetwas zu verstehen.

Der letzte Vortragsblock drehte sich um die Zukunft und alles, was mit GPCR-Forschung noch zu erreichen war. Ein Wissenschaftler aus Delhi sprach über die neuesten Techniken zur Untersuchung der Strukturen von GPCRs. Alex verdrehte ein paar Mal die Augen, weil er andere Ansichten hatte, aber er sagte nichts. Danach war Nikki Gomez an der Reihe. Sie sah hinreißend aus in ihrem rosafarbenen Kostüm und den hohen Schuhen. Ihre langen haselnussbraunen Haare fielen ihr in festen Korkenzieherlocken über den Rücken. Nikki Cruz war nicht nur schön, sie war auch wirklich schlau. Ihr Verstand war messerscharf und ihre Präsentation war bis auf diesen nervigen Akzent absolut perfekt. Ich sollte in weiblicher Solidarität neben ihr stehen, sie bejubeln und mich freuen, dass sie so ein Positivbeispiel für erfolgreiche Frauen in der Wissenschaft war. Trotzdem nervte sie mich mit ihrem niedlichen, puppenartigen Gesicht, der perfekten Figur und diesem Akzent. Und vor allem nervte es mich, dass sie Alex winkte, obwohl sie bereits auf der Bühne stand, und dass dieser ihr zulächelte.

Ich pustete mir resigniert eine Haarsträhne aus dem Gesicht und atmete tief durch, um diese Abneigung herunterzuschlucken. Nikki Gomez sprach über die Bedeutung interdisziplinärer Ansätze zur Untersuchung von GPCRs und erläuterte, wie die Kombination von Chemie, Biologie, Informatik und anderen Disziplinen zu neuen Erkenntnissen führen konnte. Zum Abschluss lächelte sie zuckersüß und animierte jede*n dazu, die nächste Pause noch einmal aktiv zu nutzen, um verstärkt Networking zu betreiben und mögliche Kooperationen zu identifizieren. Denn nur, wenn wir mit unserem gesamten Fachwissen vernetzt agierten, konnten wir gute wissenschaftliche Facharbeit leisten und all die noch nicht bekannten Dinge aufdecken. Wow. Ihre Schlussworte waren stark.

Als sie fertig war, schwiegen alle. Sie hatte recht. In der Wissenschaft waren Ellenbogen, gute Ideen und Schnelligkeit nötig, zusammen mit dem benötigten Equipment und den finanziellen Mitteln. Am Ende aber zählte für die wirklich großen Entdeckungen eben auch, wer alles mitarbeitete und welche Bereiche abgedeckt waren.

In der Kaffeepause blieb Alex das erste Mal ausschließlich bei mir. Er fragte mich, ob ich netzwerken wolle, aber dazu hatte ich keine Lust. Stattdessen schnappten wir uns etwas zu trinken und flüchteten auf die Außenterrasse. Im Sonnenschein überlegten wir, womit wir unsere Sightseeing-Runde starten könnten. Als Chloé dazukam, wimmelte Alex sie ab. Es tat gut, auch einmal sein Mittelpunkt zu sein. Nur widerwillig gingen wir nach der Pause wieder ins Auditorium zurück. Steven Paul Franklyn stand auf der Bühne, bedankte sich bei allen Teilnehmenden und Redner*innen und reflektierte die Höhepunkte der Konferenz. Anschließend folgte die Preisverleihung, bei der herausragende Posterpräsentationen und Vorträge ausgezeichnet wurden. Den Preis für den besten Vortrag gewann ... *Überraschung*: Dr. Alex Winter.

Lässig grinsend spazierte er auf die Bühne und bedankte sich brav, während seine Fans ihn feierten und ihm zujubelten. Er erhielt eine Urkunde – auch in der Wissenschaft waren alle urkunden- und zertifikatversessen – und einen Gutschein für die Teilnahme an der nächsten *Membrane Marvels*-Konferenz, die, wie Franklyn unter tosendem Beifall verkündete, im nächsten Jahr in Südkorea stattfinden würde. Wow. Ein Stich in meiner Brust ließ mich spüren, dass ich das nächste Mal nicht dabei sein würde.

Alex kam wieder an seinen Platz zurück und ich gratulierte ihm.

»Ach das war nur der Keynote-Lecture-Bonus«, sagte er leise und winkte ab, als wäre sein Preis nichts Besonderes.

Ich schloss die Augen und erinnerte mich an seine Keynote Lecture, wie begeistert er sie vorgetragen hatte und wie sehr er mich mitgerissen hatte. Wie sehr er jedes Mal einfach alle Zuhörer*innen mitriss, wenn er auf der Bühne stand und über seine Forschung sprach. Er hatte diesen Preis definitiv verdient. Er war der beste Redner gewesen. Mit ganz großem Abstand.

Dann verkündete Franklyn den Gewinner des Posterpreises. Ein junger Chinese, der mir bisher nicht aufgefallen war, kam zögerlich auf die Bühne, um seinen Preis entgegenzunehmen, als er aufgerufen wurde.

Alex runzelte die Stirn.

»War ja klar, dass es Li Zheng wird. Er ist der Doktorand seines neuesten Kooperationspartners«, flüsterte er mit sarkastischem Unterton. »Das ist so unfair, niemand hatte hier wirklich eine reelle Chance auf den Posterpreis. Dabei hättest du ihn zum Beispiel viel mehr verdient.«

Er sah mich aufgebracht an und ich wurde verlegen. Mit keiner Silbe hatte ich je daran gedacht, den Preis für das beste Poster der Konferenz zu gewinnen. Obwohl ich mich natürlich über die 5.000 € gefreut hätte, um beim nächsten Mal in Südkorea auch dabei zu sein.

Die Konferenz endete damit, dass alle Vortragenden und Diskussionsleiter*innen auf die Bühne gingen, um jeweils einen Aspekt dieser Konferenz zu nennen, der sie weitergebracht hatte. Es war lustig zu sehen, wie unterschiedlich die wichtigsten Erkenntnisse und Momente der letzten Tage von allen wahrgenommen und zusammengefasst wurden.

Zum Abschluss wurde noch das obligatorische Gruppenfoto gemacht. Das ganze Auditorium versuchte sich vorn zusammenzuquetschen. Aufmerksam beobachtete ich die Szenerie. Alex stand immer noch auf der Bühne, direkt in der Mitte bei Frankyln. Seine Verehrerinnen waren ebenfalls nach vorn gestürmt und hatten sich um ihn geschart. Nikki Cruz hing strahlend an seinem rechten Arm, während Véronique Lacroix sich an seine linke Seite kuschelte. Ich seufzte und lief langsam nach vorn, um mich irgendwo an die Seite zu stellen. Maxi winkte aufgeregt, aber ich tat so, als würde ich ihn nicht bemerken und lief zur anderen Seite. Als ich zwischen die Menschenreihen rutschte, um auf dem Foto nicht allzu weit vorn zu stehen, spürte ich eine Hand, die meinen Arm umschloss und mich vorsichtig nach oben zog. Ich stolperte nach hinten und sah Alex, der mich zu sich auf die volle Bühne zog.

Bevor der Fotograf das Foto schoss, hatte er schon den Arm um mich gelegt und grinste schief. Ich starrte ihn verblüfft an. Von Nikki und Véronique war nichts mehr zu sehen. Dann folgte ich seinem Beispiel und lächelte, obwohl ich innerlich zitterte. So nah war mir Alex bisher nur im Labor gewesen, als er mich am Abzug aufgefangen und ich für einen Moment in seinen Armen gelegen hatte. Mein Herz raste und ich war mir nicht sicher, woher diese innere Anspannung kam.

Als die Fotos geschossen waren, sich die Gruppe auflöste und wir alle allmählich wieder einigermaßen Luft bekamen, brachen die meisten auf. Maxi nutzte diese Gelegenheit und kam noch einmal zu mir, um sich zu verabschieden.

»Schade, dass du gestern so plötzlich verschwunden bist«, murmelte er verlegen. »Bleiben wir in Kontakt?«

»Ist das nicht der Sinn einer Konferenz?«, fragte ich kryptisch und blieb ihm eine echte Antwort schuldig.

Er lächelte schüchtern, versprach, mir zu mailen und umarmte mich, als Alex zu uns kam.

»Komm Anneli, wir wollen los! *Barcelona is waiting*!« Er zwinkerte mir zu, als er meine Hand ergriff und mich wegzog.

Maxi sah ihn schüchtern an.

»Hallo Herr Winter«, stammelte er.

Alex grinste ihn an.

»Alex reicht vollkommen«, sagte er ihm zuzwinkernd, dann wandte er sich wieder zu mir. »Bist du soweit?«

Ich nickte lächelnd und verabschiedete mich noch einmal kurz bei Maxi, der allerdings erneut nur Augen für den tollen Dr. Alex Winter hatte. Aber Alex achtete nicht auf seinen Fanboy. Er zog mich aus dem CCIB und machte ein Abschlussfoto von uns vor dem Gebäude. Dann fuhren wir mit der U-Bahn zu unserem ersten Sightseeing-Ziel. Nach drei Tagen Dauersitzen wollten wir uns die Beine vertreten und frische Luft schnappen.

Die ganze Fahrt über redeten wir über die Konferenz. Alex berichtete mir, dass er ziemlich genervt von dem Trubel war, der um seine Person gemacht wurde, weil er wie alle anderen auch nur die neuesten Erkenntnisse lernen und neue Kooperationspartner kennenlernen wollte. An der U-Bahn-Station *Vallcarca* stiegen wir aus und liefen den Rest des Weges zu Fuß.

Der Park *Güell* lag auf einer Anhöhe. Die Anlage war wunderschön gestaltet und gehörte zu den wohl bekanntesten Sehenswürdigkeiten von Barcelona. Ich kannte mich in der Kunst- und Architekturszene nicht aus, aber selbst ich wusste, dass der Park etwas ganz Besonderes war und durch den Architekten Antoni Gaudí gestaltet wurde.

Zuerst kamen wir auf die große Terrasse. Wir setzten uns auf die mit bunten Bruchkeramiken verzierte, gewundene Bank oberhalb der Säulenhalle und genossen den Ausblick auf die Stadt. In der Ferne funkelte das blaue Meer. Es war der perfekte Start in das Sightseeing-Abenteuer. Die Sonne schien, aber es war zum Glück nicht zu heiß, und die grünen Sittiche zwitscherten fröhlich in den Palmen.

Natürlich machten wir auch Fotos und Selfies. Alex hatte überhaupt keine Berührungsängste. Er war vollkommen anders als im Labor. Er war fröhlich, witzig, nett. Er war jemand, den man einfach in sein Herz schließen und mögen musste, je besser man ihn kannte.

Als wir uns vom Aufstieg erholt hatten, spazierten wir langsam durch die liebevoll gestaltete Parkanlage und waren von dem märchenhaften Gewirr aus Wegen,

Viadukten, Mauern und Brücken verzaubert. Alex hielt ab und zu und las Passagen aus seinem Reiseführer am Handy vor. Er hatte eine sehr angenehme Vorlesestimme. Obwohl wir erst seit der Konferenz mehr miteinander zu tun hatten, fühlte es sich fast so an, als wären wir richtig befreundet.

Und als wir nebeneinander durch den Park schlenderten, ploppten wie aus dem Nichts diese merkwürdigen Gedanken in meinem Kopf auf. Gedanken darüber, wie es wohl wäre, seine Hand zu halten. Gedanken darüber, wie ich mich fühlen würde, wenn er jetzt meine Hand nahm. Eine bisher ganz tief verborgene leise Stimme flüsterte mir zu, dass auch ich den ersten Schritt machen könnte, aber ich ignorierte sie. Niemals würde ich so einen Schritt auf Alex zumachen. Sehnsüchtig linste ich auf seine Hand, die sich nur wenige Zentimeter entfernt von der meinen befand. Wenn ich einen kleinen Schritt in seine Richtung machen würde, würden sich unsere Hände berühren. Aber ich traute mich nicht. Noch nicht.

An einem kleinen Stand, wo lokal hergestellte Kunst verkauft wurde, kaufte er zwei Mosaiksalamander-Magneten und schenkte mir einen davon. Dankbar sah ich ihn an und streichelte behutsam über den hübschen Magneten. Er würde mich für immer an diesen schönen Nachmittag erinnern. Er und die vielen gemeinsamen Fotos, die wir gemacht hatten.

Als wir den Park verließen, fuhren wir mit der U-Bahn ins historische *Barri Gòtic*. Während der Fahrt las Alex aus dem Reiseführer vor und ich hörte ihm aufmerksam zu. Das Gotische Viertel war ein Labyrinth aus engen Gassen, die voller Geschichte, Charme und Überraschungen steckten. Unser Spaziergang durch dieses Viertel war wie eine Reise in die Vergangenheit Barcelonas. Wir sahen uns zuerst die beeindruckende Kathedrale an und schlenderten dann gemütlich durch die engen, historischen Gassen. Als es richtig voll wurde, passte Alex akribisch auf, dass wir nicht getrennt wurden. Einmal legte er sogar seinen Arm um meine Seite und schirmte mich damit vom Trubel ab.

An der *Plaça de Sant Felip Neri* machten wir eine kleine Pause. Der kleine Platz lag direkt im Herzen Barcelonas, war aber trotzdem ziemlich versteckt. Er hatte eine ruhige, fast schon intime Atmosphäre, die im völligen Gegensatz zu den belebteren Teilen des *Barri Gòtic* stand. Wasser plätscherte in einem kleinen Brunnen, angrenzend lag eine kleine barocke Kirche, deren Fassade noch immer die Narben der Bombensplitter aus dem Spanischen Bürgerkrieg zeigte. Ein Brautpaar machte Fotos. Die idyllische Atmosphäre machte mich glücklich. Auch Alex wirkte zufrieden. Er hatte im Schatten endlich seine Sonnenbrille abgesetzt und sah mir in die Augen.

»Und wie gefällt es dir bisher?«, fragte er.

Ich lachte fröhlich.

»Absolut fantastisch«, sagte ich ehrlich. Die Stadt war mir direkt ans Herz gewachsen.

»Bist du schon müde?«, fragte er, weil der Abend allmählich anbrach. »Oder wollen wir noch etwas machen?«

Ich drehte mich einmal im Kreis.

»Was schwebt dir vor?«, sagte ich.

Er zückte sein Handy und überlegte kurz.

»Es ist ja noch nicht so spät. Hier in der Nähe ist das Viertel *El Born*, da kann man laut diesem Artikel wohl gut essen.«

Er sah vom Handy auf und lächelte mich offen an. »Und ich schulde dir ja immerhin noch ein Essen.«

»Klar«, sagte ich. »Machen wir.«

»Und danach gehen wir auf ein Konzert. Mir schwebt da tatsächlich auch schon eines vor.«

Alex fing meinen Blick ein und spielte damit. Im Licht- und Schattenspiel dieses Platzes strahlten seine Augen noch heller als sonst und ich konnte sehen, dass sich kleine goldene Funken im Hellblau versteckt hatten.

»Das ist eine tolle Idee!«, sagte ich.

Alex schmunzelte. Dann setzte er seine Sonnenbrille wieder auf und nickte. Wir liefen durch die schmalen Straßen weiter durch die Stadt, bis wir in das Viertel kamen, von dem Alex gelesen hatte. In einem süßen Lokal in einer ruhigeren Seitenstraße setzten wir in den kleinen Innenhof und aßen Tapas. Es war das erste Mal, dass wir zusammen aßen. Wir unterhielten uns über (wie sollte es anders sein?) die Wissenschaft. Alex brannte für alles, was damit in Verbindung stand. Wenn er über seine Forschung sprach, leuchteten seine Augen begeistert. Wenn er über die Wissenschaft sprach, leuchtete sein gesamter Körper. Er war wirklich der perfekte Dozent, der voller Funken all die trockensten Themen lebendig machen konnte und ich hätte ihm ewig zuhören können. Aber er erzählte nicht nur, er fragte mich auch nach meiner Meinung, meinen Ideen und meinen Ansichten. Er sprach mit mir auf Augenhöhe, obwohl er wie Franklyn einer der gefeierten GPCR-Superstars war und ich nur eine unbeachtete Doktorandin, die leider viel zu viel studentische Lehre machte und kein Geld für die wirklich coolen Experimente hatte.

Als die Sonne untergegangen war, wurde es frischer. Alex bemerkte, dass ich fror, und bot mir seinen dünnen Pullover an, den er die ganze Zeit um die Schulter gebunden trug. Erst wollte ich ablehnen, aber dann nahm ich sein Angebot dankbar an und zog den Pullover über, der ganz fantastisch nach Alex roch.

Nach dem Essen zogen wir weiter durch den kühlen Abend Barcelonas, der nicht minder schön war. An den Straßenecken wurde Musik gemacht und die vielen verschiedenen Sprachen der Tourist*innen brachten ein spannendes, internationales Flair in die Umgebung.

Alex führte uns zu einem kleinen Club, in dem heute Abend eine französische Band spielen würde. Der Saal war schon ganz gut gefüllt, als wir ankamen. Ich kannte die Band nicht, aber Alex erklärte, dass er diese Serendipität unbedingt nutzen musste, weil er es bis jetzt noch nie geschafft hatte, die Band live zu sehen. Mich musste er gar nicht erst überzeugen. Ich war so elektrisiert von der Atmosphäre Barcelonas, dass ich ihm vermutlich überallhin gefolgt wäre.

»Die Band ist in Frankreich sehr bekannt«, sagte er, als er vom Getränkestand zurückkam und mir ein Glas überreichte, »aber außerhalb Frankreichs kennt man sie kaum.«

»Woher kennst du sie denn?«, fragte ich.

»Ich habe zwei Semester an der Sorbonne in Paris studiert«, sagte Alex. »Da waren sie leider nicht auf Tour.«

Ich hatte nicht gewusst, dass er schon während des Studiums herumgekommen war.

»Sprichst du daher so gut Französisch?«

Alex lächelte.

»Von ›so gut‹ bin ich vermutlich noch weit entfernt, aber ich gebe mir Mühe und man versteht meist, was ich will«, sagte er schmunzelnd. »An der Sorbonne habe ich Chloé kennengelernt und irgendwie sind wir beide im GPCR-Sumpf hängen geblieben. Sie hat dann auch noch zwei Semester in Deutschland studiert.«

Als er Chloé erwähnte, zog sich meine Brust zusammen. Ich wollte ihn noch mehr fragen, viel mehr, wollte alles wissen, was er erlebt hatte, aber dann begann die Band zu spielen und riss mich musikalisch vollkommen um. Vom ersten Ton an war ich schockverliebt. Alex jubelte und begann, sich im Takt des Liedes zu bewegen. Die Menge jubelte ebenfalls, als der Sänger auf Französisch zu singen begann, und die Energie der Musik durchströmte mich.

Alex begann, laut mitzusingen, sodass ich in meiner Tanzbewegung innenhalten musste und ihn anstarrte. Beim Singen wanderten seine Augen von der Bühne zu mir. Dann ergriff er meine Hand und tanzte mit mir, ohne mit dem Singen aufzuhören. Irgendwann nahmen wir beim Tanzen immer mehr Raum auf dieser kleinen Tanzfläche ein, weil die Menschen, die um uns standen, zur Seite gingen, uns Platz machten und beobachteten. Wir füllten jeden freien Quadratzentimeter mit Lebenslust, Fröhlichkeit und dieser elektrisierenden Spannung, die immer größer wurde, je ekstatischer wir uns bewegten. Es war fantastisch. Das Konzert war toll, die Musik war toll, am tollsten aber war es, dass wir alles gemeinsam erlebten.

Die einzelnen Lieder verschwammen. Alex sang fröhlich mit und ließ mich nicht eine Sekunde los, während wir tanzten. Völlig schwerelos drehten wir uns, lagen uns in den Armen und er streichelte mir über das Haar. Meine Sehnsucht nach ihm stieg. Ich wollte noch mehr von ihm. Ich wollte ihn ganz und gar. Und ein bisschen fühlte es sich so an, als ging es ihm genauso.

Dann endete die Musik und wir erwachten aus unserer tänzerischen Umnachtung. Alex lächelte verlegen und ließ meine Hand los. Mein Herz raste. Endorphine, Serotonin und Adrenalin wurden durch meinen Körper gepumpt, wie immer, wenn man körperlich und emotional intensiven Situationen ausgesetzt war. Ich war euphorisch dank der vielen Endorphine in meinem Blut, zufrieden und glücklich dank des Serotonins und energiegeladen dank des Adrenalins. Meine Haut prickelte genau dort, wo er mich kurz zuvor noch berührt hatte. Völlig außer Atmen und mit rasendem Herzen erinnerte ich mich an die biochemischen Prozesse, die dazu führten: Als Belohnung für das schöne Gefühl wurde Dopamin freigesetzt, dies erhöhte das Gefühl von Euphorie, Energie und Motivation und sorgte dafür, dass man sich glücklich und aufgeregt fühlte.

An seiner Schläfe lief ein kleiner Schweißtropfen herunter. Ich schluckte, biss mir auf die Unterlippe und dachte an die vielen Hormone, um mich auf etwas anderes zu konzentrieren. Oxytocin und Vasopressin waren ausgeschüttet worden, direkt, als er beim Tanzen meine Hand gehalten hatte. Beides verstärkte das Gefühl von Nähe und Verbundenheit. Noradrenalin war ausgeschüttet worden, erhöhte die Herzfrequenz und die Aufmerksamkeit auf das Gegenüber. Ein Kribbeln, als er mich ansah, erinnerte mich an eine weitere Wirkung dieses Hormons: Es sorgte für Schmetterlinge im Bauch.

Alex grinste und strich mir vorsichtig die zerzausten Haare aus dem Gesicht. Die Hormone wirbelten hemmungslos in mir herum, ließen mich taumeln und zittern. Sie ließen mein Blut aufgeregt durch meinen Körper rauschen und ich wusste plötzlich, dass diese Kombination sehr gefährlich war und mein Verderben sein könnte, wenn ich nicht aufpasste.

Er zwinkerte mir zu, als wir den Konzertsaal langsam verließen. Da bemerkte ich, dass es zum Aufpassen schon viel zu spät war.

Kapitel 17

Als wir uns am nächsten Tag zum Frühstück trafen, hatte sich mein Gemüt wieder abgekühlt. Ich schob diese merkwürdigen Gedanken und Gefühle auf die elektrisierende Mischung aus Euphorie, Barcelona-Hype, Freude über Sightseeing und Konzert, vermengt mit Dehydration und After-Konferenz-Hoch. Alex hatte auf dem Rückweg keine Annäherungsversuche unternommen oder irgendetwas gesagt, was darauf hindeuten würde, dass es ihm genauso ergangen war wie mir.

Beim Frühstück war er kurz angebunden, hatte seinen Laptop mit heruntergebracht und tippte eifrig, um E-Mails zu bearbeiten, während wir schweigend aßen. Ich beobachtete ihn, als er tippend und vollkommen konzentriert vor mir saß und mich gar nicht bemerkte.

Für den Samstag hatten wir uns den Besuch der *Sagrada Família* aufgehoben. Danach wollten wir zu einem Markt und *Barceloneta* erkunden. Ich freute mich besonders auf das Meer. An Baden war zwar nicht zu denken, aber trotzdem fieberte ich richtig darauf hin, einmal noch vor dem Nachhausefahren da zu sein.

Als er endlich mit seinen E-Mails fertig war, fuhren Alex und ich mit der U-Bahn zur *Sagrada Família*. Am Eingang teilte man uns mit, dass man Tickets vor Wochen bereits hätte reservieren müssen und dass es für diesen Tag keine Möglichkeit gab, spontan in die Kirche zu kommen. Die Schlange vor der Kirche war trotz der nur online buchbaren Eintrittskarten und Einlasszeitfenster sehr lang.

Enttäuscht sahen wir uns beide an. Wir waren reservierter als am gestrigen Tag, hatten bisher kaum mit einander gesprochen.

»Na gut, dann ist das halt so«, sagte Alex schulterzuckend und lächelte mich das erste Mal heute an. »Dann schauen wir uns die *Sagrada Família* eben nur von außen an.«

Wir traten ein paar Schritte zurück und schauten hoch. Der Anblick des imposanten Bauwerks war überwältigend. Die Fassaden waren mit feinen Details verziert. Ich war immer noch enttäuscht, dass wir die innere Schönheit und den angeblich spektakulären Lichteinfall verpassten, aber gleichzeitig war ich auch von der Außenansicht fasziniert.

Wir spazierten langsam um die *Sagrada Família* herum und Alex las wieder aus seinem Onlinereiseführer vor. Die Kirche hatte drei Hauptfassaden, die alle sehr unterschiedlich gestaltet waren und jeweils eine eigene Geschichte erzählten. Wir liefen mehrere Runden um die Kirche herum und waren beeindruckt von den hohen Türmen, die sich in den Himmel reckten. Jeder Turm war einem Heiligen gewidmet und die Spitzen waren mit bunten Keramik- und Glasmosaiken verziert, die im Sonnenlicht funkelten. Begeistert machte ich Fotos. Alex lachte, wartete geduldig und folgte mir.

»Komm, wir machen ein Selfie vor der *Sagrada*«, sagte ich dann.

Alex zögerte nicht lange, rückte näher an meine linke Seite, legte den Kopf schief und setzte ein perfektes Fotolächeln auf. Ich schoss mehrere Fotos von uns, die erst brav waren und dann in lustigen Grimassen endeten. Im Hintergrund thronte die *Sagrada* wie eine überdimensionale Kleckerburg, majestätisch und ruhig, und sah uns schweigend beim Faxenmachen zu. Als sich beim Herumalbern unsere Köpfe automatisch zueinander bewegten und unsere Nasenspitzen berührten, zuckten wir beide erschrocken zurück, als wäre ein Blitz eingeschlagen. Alex kam als Erster wieder zur Besinnung und knuffte mir freundlich in die Seite.

»Du musst mir versprechen, diese Fotos niemals irgendjemandem im Labor zu zeigen, sonst nimmt mich niemand mehr ernst«, sagte er und grinste breit.

Ich lachte.

»Das kann ich nicht garantieren«, erwiderte ich neckend. »Was zahlst du dafür?«

Alex erwiderte mein Lachen.

»Was willst du denn haben?«, frage er und legte interessiert den Kopf schräg.

Ich überlegte kurz. »Was hast du denn zu bieten?«

Er lachte noch lauter auf.

»Also, wenn du das nicht längst weißt, bin ich wirklich enttäuscht«, sagte er und zwinkerte mir zu.

Ich wurde verlegen und drehte mich schnell weg, damit er es nicht mitbekam. Wieso sagte er so etwas?

Kapitel 18

Am späten Nachmittag hatten wir es nach einer aufregenden Erkundungstour durch das Viertel *Barceloneta* endlich ans Meer geschafft. Wir setzten uns in den Sand und ich genoss den Blick auf das weite Blau. Die Sonne tauchte alles in ein rötliches Licht.

Irgendwann waren wir aufgestanden und spazierten an der Strandpromenade entlang. Ich lief auf der Meeresseite und er rechts neben mir. Nachdem wir den ganzen Tag herumgealbert hatten, war nun Ruhe eingekehrt. Beim Laufen berührten sich unsere Hände immer und immer wieder, erst eher zufällig, dann fast schon wie zwei schwingende Magnete, die beim Hin- und Herpendeln zueinanderfanden und sich wieder verloren, weil ihre Kräfte in die entgegengesetzte Richtung verliefen. Ich wusste nicht mehr, von wem es letztendlich ausging, aber irgendwann verhakte sich einer unserer Finger und blieb einfach beim anderen. Es folgte direkt der zweite Finger und dann fast schon automatisch verhakten sich auch die anderen Finger. Alex umschloss meine kleine Hand mit der seinen und schlenderte einfach unbeirrt weiter. Keiner sagte etwas. Nach außen mussten wir wie ein Pärchen wirken, dass entspannt nach einem anstrengenden Tag am Meer spazierte. In mir drin jedoch war nichts entspannt und von Ruhe war keine Spur. Mein Herz schlug mir bis zum Hals und ich wusste nicht, was ich sagen oder machen oder fühlen sollte.

Wie konnte das passieren? Wir waren nicht einmal Freunde. Wir waren zwei Kollegen, die irgendwie die Freude an der Wissenschaft teilten und diesen aufwühlenden Konferenzbesuch hinter sich hatten. Zu Hause würden wir wieder unterschiedliche Wege gehen. Wir würden uns nur noch ab und zu im Labor sehen, er würde mich anmeckern, wenn ich die Laborstandards und -richtlinien missachtet hatte. Wir würden uns im Zweier-Büro sehen, wenn ich Robert meine Ergebnisse vorstellte. Und ich würde meine Pakete weiterhin bei ihm abholen, weil ich es mal wieder nicht geschafft hatte, bei der Paketlieferung zu Hause zu sein. Wie konnte es also passieren, dass er jetzt meine Hand hielt und es sich gut anfühlte? So gut sogar, dass ich gar nicht wollte, dass er sie wieder losließ?

Alex schlenderte neutral neben mir, als würde er gar nichts davon mitbekommen, wohingegen in mir drin ein komplettes Gefühlschaos ausgebrochen war und ich nicht wusste wohin mit all diesen verwirrenden Gedanken. Wenn nichts geschah, würde ich einfach immer weiter neben ihm herlaufen, sogar bis ans Ende der Welt.

Dann plötzlich hielt er an und drehte sich zu mir. Seine Hand hielt meine Hand fest umschlossen. Er räusperte sich leise und sah mich mit diesem intensiven Alex-Blick an, den er bisher immer nur verwendet hatte, wenn jemand im Labor etwas falsch gemacht hatte.

»Lilia, ich …«, begann er, aber dann wurden wir auseinandergerissen, als ein kleiner Junge mit seinem Laufrad direkt durch uns hindurchlief.

Wir sprangen erschrocken zur Seite. Alex bückte sich, um den Kleinen aufzuhalten und zu verhindern, dass er hinfiel, nachdem er ins Straucheln gekommen war. Die Mutter des Jungen kam völlig außer Atem hinterher und bedankte sich eifrig auf Spanisch (oder war es Katalanisch?), während sie den Kleinen, der nach diesem Schreck bitterlich zu weinen begonnen hatte, behutsam auf den Arm nahm, um ihn zu trösten. Alex lächelte, wandte sich zu dem Jungen und sprach ihn auf Spanisch an. Der Junge zögerte, dann wischte er sich mit dem Ärmel über die laufende Nase und schüttelte vorsichtig den Kopf. Als Alex antwortete, lachte der Junge wieder und beide klatschten sich fröhlich ab.

Die Mutter des Kleinen lächelte Alex dankbar an. Dann setzte sie ihn wieder ab, half ihm beim Aufsteigen aufs Laufrad und eilte ihm hinterher, nachdem der Kleine wieder losgeflitzt war.

Ich hatte nichts, was sie gesprochen hatten, verstanden und senkte verlegen den Kopf. Erst viel später, am Abend im Hotelzimmer, wurde mir bewusst, dass dies der Moment war, wo er das erste Mal »Lilia« zu mir gesagt hatte.

»Wir sollten ins Hotel zurück. Es wird schon dunkel«, sagte Alex und vergrößerte den Abstand zwischen uns.

Ich drückte meine Fingernagelspitzen nervös in meine Handfläche und traute mich nicht, zu fragen, was er eigentlich sagen wollte, bevor wir von dem kleinen Wirbelwind unterbrochen wurden. Traute mich nicht zu fragen, wieso er meine Hand genommen hatte. Und wieso um Himmels Willen er sie jetzt nicht sofort wieder nahm, weil sie doch irgendwie magnetisch voneinander angezogen wurden und so gut zusammenpassten.

Stattdessen nickte ich nur matt.

»Ja«, sagte ich leise und versuchte, nicht zu enttäuscht zu wirken.

Als wir uns umdrehten, um zurückzulaufen, war die Distanz zwischen uns größer denn je.

»Was hast du vorhin eigentlich zu dem Jungen gesagt?«, fragte ich, um die peinliche Stille zwischen uns zu durchbrechen.

Alex schmunzelte. »Ach, nur dass sein Helm megacool ist und er so schnell unterwegs ist, dass er doch bestimmt ein Superheld ist.«

Ich lächelte und wollte weiterreden, aber da klingelte sein Handy. Er nahm ab und redete leise, wirkte aber wieder gestresst. Als er aufgelegt hatte, seufzte er gedehnt.

»Sei mir nicht böse, aber leider muss ich den Abend wohl vor meinem Laptop verbringen. Wir müssen unbedingt den Diskussionspart für das neue Paper fertigkriegen. Zu Hause sind schon alle sauer, dass ich einfach in Barcelona geblieben bin.«

Er sah mich an und lächelte entschuldigend, aber seine Augen glänzten schalkhaft.

»Kein Problem, ich habe auch noch zu tun«, sagte ich leise, obwohl dies eine Lüge war.

Kapitel 19

Im Hotelzimmer angekommen klopfte mein Herz immer noch ein bisschen schneller als sonst. Ein Blick in den Spiegel verriet, dass auch meine Wangen auffällig gerötet waren. Ich war unruhig. Um mich abzulenken, nahm ich meinen Laptop und bastelte an meinem Einleitungstext für die Dissertation, aber so richtig konzentrieren konnte ich mich schließlich doch nicht. Es gefiel mir nicht, dass Alex allein im Zimmer nebenan saß und arbeitete. Wir hatten den ganzen Tag zusammen verbracht. Wir hatten die drei Tage davor zusammen verbracht. Eigentlich war ich davon ausgegangen, dass wir auch die restliche Zeit in Barcelona gemeinsam verbringen würden.

Als sich mein Magen meldete, klappte ich meinen Laptop schwungvoll zu, schnappte meine Sachen und verließ das Hotel. Ich kaufte im Supermarkt an der Ecke zwei Flaschen Cola und Wasser und besorgte im Restaurant gegenüber zwei Pizzen.

Ich lief zurück ins Hotel und wusste einfach instinktiv, dass Alex noch immer am Laptop in seinem Hotelzimmer saß und vor lauter Arbeit alles vergessen hatte. Ich wusste, dass er Hunger haben musste, aber zu beschäftigt und konzentriert war, dies rechtzeitig wahrzunehmen, weil er beim Arbeiten einfach alles um sich herum vergaß. Ich wusste es ganz genau, weil Alex in diesem Punkt, bei voller Konzentration und Begeisterung, tatsächlich genauso war wie ich.

Als ich vor seiner Hotelzimmertür stand, zögerte ich. Ich wollte ihn nicht stören und schon gar nicht übergriffig sein. Trotzdem wusste ich, wie schrecklich es manchmal war, sämtliche menschlichen Bedürfnisse bei der Arbeit völlig auszublenden. Dann hob ich meine rechte Hand, während ich die Tüte mit den Getränken und die zwei Pizzakartons mit der linken Hand balancierte, und klopfte laut an. Einmal. Zweimal. Dreimal.

Stille.

Als ich schon abwog, ob er überhaupt da war, bewegte sich plötzlich etwas im Zimmer und die Tür wurde aufgerissen.

»Oh, Anneli«, sagte Alex überrascht blinzelnd, weil er vermutlich erst durch das Klopfen in der Realität angekommen war und nicht mit mir gerechnet hatte.

Er trug eine dunkle Jogginghose, ein lässiges T-Shirt und schwarze Socken. Es war das erste Mal, dass ich ihn ohne Hemd sah. Auf der Innenseite seines rechten Unterarms blitzte ein filigranes Tattoo hervor. Es handelte sich um die Kristallstruktur eines Proteins, so viel konnte ich auf die Schnelle erkennen. Drum herum schwebten ein paar kleine Sterne. Ich verspürte den Drang, die Struktur vorsichtig mit den Fingern nachzuzeichnen. Aber ich konnte nicht länger darüber nachdenken, denn Alex sah mich auffordernd an.

»Ich dachte, du hast bestimmt noch nichts gegessen, und hab Pizza mitgebracht«, sagte ich leise.

Alex' Blick fiel auf die Pizzakartons und er grinste.

»Du bist ein Engel«, sagte er erleichtert und nahm mir beide Kartons ab.

Sein Hotelzimmer war ordentlich und es lag nicht, wie in meinem Zimmer, überall Kleidung herum. Auf einem kleinen Tisch am Fenster stand sein aufgeklappter Laptop. Alex sah sich unschlüssig um, dann stellten wir die Pizza auf das ordentlich gemachte Bett (er hatte sogar vorbildlich die Tagesdecke darübergelegt) und setzten uns im Schneidersitz gegenüber.

»Ich wusste nicht, was du gerne magst, deswegen habe ich meine Lieblingssorte gewählt«, sagte ich schüchtern. Die Extraportion Knoblauch verschwieg ich.

Alex lächelte mich dankbar an.

»Absolut perfekt«, murmelte er, griff nach dem ersten Stück und biss hungrig hinein.

Wir aßen schweigend. Nach dem zweiten Stück stand Alex auf, verschwand kurz im Badezimmer und kam mit zwei feuchten Tüchern wieder.

»Für die Hände«, murmelte er leise, gab mir eines der Tücher und wischte sich mit dem anderen die Mundwinkel ab.

Ich grinste. Er war so unfassbar penibel, dass er mich ein bisschen an meine Mutter erinnerte, die auch alles immer direkt aufräumen und abwischen musste.

»Dein Tattoo gefällt mir«, sagte ich und starrte fasziniert auf seinen Unterarm.

Alex lächelte.

»Das habe ich mir in Berkeley, mehr oder weniger spontan, zu Beginn meines ersten Postdocs stechen lassen. War nicht besonders kreativ, weil alle aus unserer Gruppe so was Ähnliches vorhatten«, sagte er. »Es zeigt meine allererste selbst aufgelöste Kristallstruktur aus der Promotionszeit.«

Noch während er sprach, wollte ich das Tattoo berühren und seine Haut unter meinen Fingerspitzen spüren. Aber ich traute mich nicht.

»Und was bedeuten die Sterne?«, fragte ich.

Alex schmunzelte und streichelte abwesend über die Sterne.

»Sagen wir mal so: Die Struktur konnte ich nur durch die Hilfe einer Frau lösen, die mir damals den entscheidenden Tipp gegeben hatte. Ohne sie wäre ich gescheitert und niemals der geworden, der ich heute bin. Die Sterne stehen daher irgendwie für sie«, sagte er und lächelte.

Ich wusste nicht genau, was er damit sagen wollte, aber es schien nicht, als wollte er dies ausführlicher erklären. Es musste sich um eine ganz besondere Frau handeln, die ihm weitergeholfen hatte und die ihm auch immer noch viel bedeutete, da er einen ganz verliebten Gesichtsausdruck angenommen hatte. Und obwohl das alles schon ewig her war, immerhin war Alex nach seiner Promotion für zehn Jahre in den USA gewesen, blitzte ein Fünkchen Eifersucht in mir auf und ich dachte daran, dass für mich noch nie jemand so schöne Sterne auf seinen Unterarm tätowiert hatte.

»Hast du noch andere Tattoos?«, fragte ich neugierig. »Noch mehr 3D-Strukturen oder so?«

Er schüttelte lächelnd den Kopf.

»Eine reicht«, sagte er. »Was ist mit dir?«

Ich schüttelte ebenfalls den Kopf.

»Du könntest dir das Gesicht deines großen GPCR-Idols stechen lassen. Und zwar genau hier«, sagte Alex frech grinsend und strich dabei vorsichtig über mein Schlüsselbein.

Ein Blitz durchzuckte meinen Körper, als er mich berührte, und setzte jede meiner Zellen in Flammen.

»Ich glaube nicht, dass ich gern ein Bild von Amy Xi auf dem Körper haben möchte«, sagte ich brennend, aber rutschte nicht zurück.

»Wer redet denn von Amy?«, fragte Alex empört.

Er suchte meinen Blick, fing ihn ein, fing mich ein und spielte damit. Die Goldsprenkel tanzten verspielt vor meinen Augen herum, während das tiefe, weite Eiswasser mich umgab und ich allmählich darin versank. Brennend und voller Herzklopfen. Absolut verloren.

Wir aßen schweigend weiter und mein Herz raste. Als wir aufgegessen hatten, nahm Alex einen großen Schluck Cola, stand auf und faltete die Pizzakartons zusammen, um sie in einer Mülltüte zu entsorgen, die er irgendwo aus dem Schrank hervorgezaubert hatte.

»Wow, da war echt viel Knoblauch drauf«, murmelte er.

Ich lachte und dachte an die Extraportion, die ich ihm absichtlich verschwiegen hatte.

»Schlimm?«

Er schüttelte den Kopf.

»Wir sind ja unter uns. Du musst mich ja auch nicht küssen oder so«, murmelte ich.

Er lachte, setzte sich wieder im Schneidersitz vor mich und nahm einen weiteren großen Schluck Cola.

»Das kannst du nicht wissen«, sagte er grinsend. »Was wäre, wenn uns hier jetzt jemand überfällt und dazu zwingt?«

Ich blinzelte verwirrt.

»Na ja, selbst wenn, wäre es nicht so schlimm. Bei mir war ja auch Knoblauch drauf«, sagte ich rasch. Hitze stieg in meinen Wangen auf und wanderte bis unter meine Haarspitzen.

Er funkelte mich enthusiastisch an.

»Aber wir sind Wissenschaftler«, sagte er leise und das Funkeln wurde intensiver. »Das muss natürlich zuerst in einem Experiment bewiesen werden. Und statistisch gesehen, wenn man die Probandenzahl bedenkt, mit so einer kleinen Stichprobe wären definitiv mehrere Durchläufe erforderlich, um eine angemessene Datenmenge zu sammeln und die statistische Aussagekraft bei zwei Probanden ist natürlich auch eher begrenzt, also könnten wir uns die drei Sternchen als Signifikanzniveau vermutlich abschminken.«

Er überlegte und hatte vermutlich irgendwelche statistischen Tests vor Augen. Ich jedoch sah ihn fassungslos an und konnte ihm nicht mehr folgen, weil ich von Statistik nicht viel Ahnung hatte und meine Gedanken permanent darum kreisten, dass es immer noch ums Küssen ging.

Er hielt inne, bemerkte meinen Blick, der an seinen Lippen klebte. Er zündete diese eine kleine Flamme in meinem Herzen an, die die ganze Zeit vor sich hin schwelte und darauf wartete, einnehmend zu brennen. Dann zog er mich mit einem Ruck zu sich.

»Aber vielleicht reicht erst einmal ein erster Probedurchlauf als Vorversuch«, flüsterte er und küsste mich.

Meine Welt implodierte. Das Gefühl war überwältigend. Alex war überwältigend. Flächendeckend. Ich war verloren in seinem Alex-Geruch, seinem Alex-Geschmack, seinem gesamten Alex-Sein.

Ich versank tiefer und tiefer und konnte nur noch eines: lichterloh für ihn brennen. Er schmeckte nach Pizza, Knoblauch, Cola und einer aufregenden Alex-Mischung und ich konnte mir in diesem Moment absolut keinen besseren Geschmack vorstellen als diesen. Meine Wangen glühten, weil ich nicht damit gerechnet hatte, und mein Herz raste. Der Druck seiner Lippen war so aufregend, dass mir die Luft wegblieb. Er hatte die Arme um mich gelegt und drückte mich an seine warme Brust. Mit den Händen fuhr er mir über den Rücken, den Nacken und durchs Haar. Ich wollte ihn einfach immer und immer weiterküssen. Unfassbar. Ich wurde wahrhaftig von Dr. Alex Winter geküsst, den ich ja eigentlich gar nicht leiden konnte, der wegen jeder Kleinigkeit mit mir im Labor meckerte und der nichts von Frauen in der Wissenschaft hielt.

Wieso fühlte sich das alles nur so gut an? Wieso war er mir auf einmal gar nicht mehr so unsympathisch? Wieso ließ ich zuerst das Händchenhalten, die Berührung am Schlüsselbein und jetzt diesen Kuss zu? Und wieso bitte versagte mein innerer Fluchtinstinkt nun schon zum dritten Mal in seiner unmittelbaren Gegenwart und es machte mir absolut nichts aus?

Ich wollte einfach immer und immer weiter in diesem Kuss versinken und ihn noch näher bei mir haben. Seufzend rutschte ich näher zu ihm und fuhr mit den Händen durch sein kurzes, feines Haar, bis ein lauter Ton uns aufschrecken und auseinanderfahren ließ.

»Verdammt!«, fluchte Alex und sah mich entschuldigend an. »Da muss ich leider wirklich rangehen.«

Er schob mich von seinem Schoß.

Ich glühte. Ich verglühte. Ich versank endgültig. Alles drehte sich. Ich wollte nicht, dass es aufhörte. Ich wollte so viel mehr. Ich wollte alles.

»Klar«, murmelte ich, aber da war er schon am Laptop und nahm den eingehenden Videoanruf an. Das Bild eines jungen, blonden Mannes mit Bart und Brille ploppte groß am Desktop seines Laptops auf.

»Hi Alex, how are you?«, begann der Mann fröhlich mit amerikanischem Akzent. »Oh, am I interrupting? Who's in the background?«

»Hi David«, sagte Alex cool, zu cool, und winkte. »I was just about to call you, too. The person in the background is just a PhD student I'm with at a conference in Barcelona. She'll be gone in a moment.«

Alex warf mir einen eindringlichen Blick zu, dass ich doch bitte jetzt sofort gehen solle, damit er wieder seiner wichtigen Arbeit nachgehen konnte.

Das Glühen erlosch und eisige Kälte traf mich mit voller Wucht. Mitten ins Herz. Der Kloß in meinem Hals wanderte ebenfalls direkt in mein Herz. Ich sprang sofort vom

Bett und raste aus dem Zimmer. Mein Herz raste immer noch, obwohl es abgewiesen wurde, und meine Wangen glühten verräterisch hoffnungsvoll.

An der Tür hörte ich David lachen. »Haha, just a PhD student? And that's why she's sitting on your bed? Come on, Alex, cut the crap!«

Beide lachten laut. Sein auffälliges Lachen fuhr mir durch Mark und Bein, erschütterte mich. Ich fühlte mich benutzt und lächerlich. Wieso war ich auf ihn hereingefallen? Wieso hatte ich mich bei diesem Blender nur so wohl gefühlt?

Vermutlich lachten beide immer noch über die dämliche PhD-Studentin, die sich viel zu viel eingebildet hatte.

Wie hieß bloß dieser britische Biochemiker und Nobelpreisträger (!), der auf einer Konferenz bei einer Diskussion zur Rolle von Frauen in der Wissenschaft nichts Besseres zu tun hatte, als zu sagen, dass Mädchen im Labor nur zu Problemen führten, weil es nur drei Dinge gab, die mit ihnen passierten: »*Mann verliebt sich in sie, sie verlieben sich in Mann und wenn Mann sie kritisiert, heulen sie.*«

Vollkommen egal, wie er hieß, wer er war oder was geleistet hatte, um einen Nobelpreis zu bekommen. So wie er dachten viele Männer in der Wissenschaft. *Zu viele.* Mir war unbegreiflich, wie es überhaupt dazu kommen konnte, dass auch im 21. Jahrhundert immer noch so viele Unterschiede zwischen den Geschlechtern gemacht wurden und wie man(n) tatsächlich auch nur annehmen konnte, Frauen in der Wissenschaft wären nur Verführerinnen.

Und vor diesem ganzen Hintergrund, der mir doch so bekannt war und gegen den ich seit meinem Biochemie-Studium so sehr ankämpfte – wie hatte ich mich nur dazu hinreißen lassen können, mich von Alex Winter küssen zu lassen und das dann auch noch zu genießen, nur um mich dann direkt wegschicken zu lassen?

Ich schüttelte mich vor Abscheu und stürzte in die Dusche, um den ganzen Alex-Mist von mir abzuwaschen. Als das heiße Wasser über meine Hand rann, wurde mir klar, dass das der eigentliche Preis war, den ich für die Teilnahme an der Konferenz zahlen musste. Wer hätte gedacht, dass es gleichzeitig der höchste Preis war, den man verlangen konnte? Wer hätte gedacht, dass ich mit meinem eigenen Herzen zahlen musste?

Diese Erkenntnis traf mich so sehr, dass ich weinen musste. Meine Tränen vermischten sich mit dem heißen Duschwasser, sodass nur mein fürchterliches Schluchzen verriet, wie miserabel ich mich wirklich fühlte.

Kapitel 20

In der Nacht beschloss ich, die Erinnerung an den letzten Tag auszulöschen. Ich wollte nie wieder darüber nachdenken oder darüber reden. Und ich wollte Alex wieder fies, überheblich, blöd und doof finden.

Also fasste ich den Entschluss, noch vor dem Frühstück meinen Koffer zu packen. Ich schrieb einen Zettel, dass ich mich spontan mit einer Freundin, die sich in Barcelona aufhielt, treffen wollte und daher schon früher ausgecheckt hatte und dass wir uns dann später beim Flughafen sehen würden. Den Zettel schob ich unter seiner Hotelzimmertür hindurch, dann checkte ich aus, ohne Frühstück, und verließ das Hotel.

Da ich nicht wusste, wohin, fuhr ich direkt zum Flughafen. Den Rückflug, den Sonja für uns gebucht hatte, konnte ich leider nicht umbuchen, weil die früheren Flüge unglaublich teuer waren. Ich verbrachte den letzten Tag der Reise am Flughafen und wartete darauf, dass die Zeit verging. Und jede Minute, die verging, bewirkte, dass mein Hass auf Alex größer wurde und ich mich selbst noch stärker verabscheute, weil ich auf ihn hereingefallen war.

Die Zeit verging unglaublich langsam, zog sich zäh wie Kaugummi und ich war traurig, dass ich weder den letzten Tag unseres Sightseeing-Programms wahrnehmen konnte, noch das Meer noch einmal gesehen hatte. Um mir die Zeit zu vertreiben, schrieb ich an meinem Methodenteil für die Dissertation. Ich war so vertieft in die Arbeit, dass ich gar nicht bemerkte, wie sich jemand neben mich setzte und mir in die Seite zwickte.

»Hey du Ausreißerin«, begrüßte mich Alex fröhlich, als wären wir die allerbesten Freunde.

Als hätte es diesen Kuss niemals gegeben.

Ich grummelte kurz und rückte von ihm weg. Alex lachte und rutschte kumpelhaft hinterher.

»Am besten gibst du mir mal deine Nummer, dann müssen wir nicht mehr über Zettel auf Hotelzimmerböden kommunizieren«, sagte er und hielt mir sein Handy unter die Nase, aber ich sah ihn nur mit großen Augen an.

»Kein Interesse«, raunte ich ihm zu und ignorierte das hingehaltene Telefon.

Alex sah mich irritiert an. »Alles okay? Hab ich was falsch gemacht?«

Da ich verhindern wollte, dass er den gestrigen Tag erwähnte oder aufwühlende Fragen stellte, nahm ich das Telefon dann doch.

»Kleiner Scherz«, sagte ich und tippte einfach irgendeine Nummer ein.

»Merci«, sagte Alex.

Leider drückte er sofort auf anrufen.

»Oh, ich glaube, du hast dich vertippt«, sagte er schulterzuckend und hielt mir das Telefon erneut hin. Diese Hartnäckigkeit war wirklich beachtlich.

Also tippte ich die richtige Nummer ein. Was blieb mir auch anderes übrig?

»Merci«, sagte er erneut und schon vibrierte mein Telefon in der Hosentasche. Alex bestätigte dies mit einem süffisanten Lächeln. Falls ihm auffiel, dass keine der von mir eingetippten Zahlen mit der zuvor eingetippten Nummer übereinstimmte, so zeigte er es nicht.

Ich wandte mich wieder meinem Laptop zu, um ihm zu signalisieren, dass ich nicht gestört werden wollte. Aber wie immer beachtete er dieses Signal nicht.

»Wie war dein Tag? Was habt ihr Schönes gemacht? Hat es sich gelohnt, mich zu versetzen?«

Alex grinste mich an, aber mir wurde übel. Wieso war er so selbstgefällig?

»Ja, es war toll«, murmelte ich und wandte mich noch demonstrativer zum Laptop zurück.

»Sorry, wenn ich dich nerve«, begann er dann. »Ich bin auf jeden Fall froh, dass wir das gemacht haben.«

Er fixierte meinen Blick mit seinen Augen und zog mich sofort wieder in diesen unglaublichen Alex-Bann, den ich doch so dringend meiden wollte. Der mich verglühen ließ.

»Ich wollte auch gern noch mal wegen gestern mit dir reden. Lilia, ich …«

Mir wurde erst heiß, dann eiskalt, aber dann konnte ich mich endlich aus diesem Bann befreien. Er hatte schon wieder Lilia gesagt!

»Ja, ich auch. Vielen Dank, dass du mir das ermöglicht hast. Wirklich, vielen, vielen Dank! Aber bitte, Alex, lass mich einfach weiterarbeiten! Du hast doch bestimmt auch noch viel zu tun. Seid ihr denn jetzt mit dem Text für das Paper fertig?«

Alex blinzelte unschlüssig, als hätte er eine andere Reaktion erwartet, dann seufzte er, rutschte weg und wich meinem Blick aus.

»Na ja, sagen wir so: Es gestaltet sich schwieriger als vermutet«, murmelte er.

Wir nickten beide fachmännisch und damit war die Unterhaltung zum Glück beendet, da das Boarding begann. Im Flugzeug saßen wir nicht nebeneinander, da wir zu unterschiedlichen Zeitpunkten eingecheckt hatten. Ich versank den ganzen Flug mehr oder weniger in meinem Sitz am Gang, nachdem mein Sitznachbar, ein überdimensional breiter, alter Mann, die Armlehne und sogar darüber hinaus auch noch den Platz einnahm, dabei schlief und schnarchte.

Ich hatte mein Notizbuch herausgeholt und versuchte mich an einer groben Ergebnisdarstellung. Nur einmal bemerkte ich Alex, als er in Richtung Toilette an mir vorbeiging und mir zuzwinkerte. Bei seinem Rückweg zum Sitzplatz beugte er sich dann doch zu mir.

»Wenn du die Achseneinteilung anders skalierst, vielleicht logarithmisch, wird es deutlicher«, flüsterte er in mein Ohr, sodass es kitzelte.

Ich sah ihn erschrocken an, weil ich weder damit gerechnet hatte, angesprochen zu werden, noch damit, seine Stimme so nah an meinem Ohr zu hören.

»Nächstes Mal müssen wir darauf achten, dass wir nebeneinandersitzen. Dann kannst du auch mal die Armlehne haben. Ich bin da nicht so rigoros und platzeinnehmend«, sagte er leise lachend und lief zu seinem Platz zurück, ohne auf meine Reaktion oder Antwort zu warten.

Ich sah ihm hinterher, bis er sich hingesetzt hatte. *Nächstes Mal …*

Er hatte es wieder geschafft, mich völlig aus dem Konzept zu bringen. Dies gelang ihm mit nur einem einzigen Blick oder der Tatsache, dass er im Flugzeuggang ganz nah hinter mir stand und plötzlich in mein Ohr flüsterte. Dass er mit seinen Lippen, die mich gestern geküsst hatten, fast mein Ohr berührte. Die kleine Flamme war immer noch nicht erstickt.

Ich schüttelte vehement meinen Kopf. Solche Gedanken durfte ich auf gar keinen Fall zulassen. Seine Aktion war übergriffig und unangebracht. Ich wollte gar nicht, dass er mir irgendetwas ins Ohr flüsterte. Ich wollte, dass er mich einfach ab sofort in Ruhe ließ.

Der restliche Flug verlief unspektakulär. Nachdem wir das Gepäck erhalten hatten, bot Alex an, ein Taxi zu rufen, aber ich wollte nicht noch mehr in seiner Schuld stehen und weigerte mich. Natürlich folgte er mir dann zur S-Bahn, die natürlich viel, viel länger für die Strecke benötigte als ein Auto. Das hatte ich bei meiner vehementen Weigerung leider nicht bedacht.

Alex war die ganze S-Bahnfahrt über ruhig. Er hatte sich auf den gegenüberliegenden Platz gesetzt und arbeitete an seinem Laptop. Er sah müde aus. Meine Wut ihm gegenüber war irgendwie verraucht, seitdem wir den Flughafen verlassen hatten, obwohl ich mit Macht versucht hatte, sie aufrechtzuhalten. Normalerweise war ich kein nachtragender Mensch und auch in diesem Fall schien sich das nicht zu ändern.

Als wir an unseren Wohnungen ankamen, erwog ich sogar ganz kurz, ihn zum Abschied zu umarmen, ließ es dann aber doch bleiben und winkte nur scheu. Es würde sich also nichts zwischen uns ändern. Wieso nur fühlte es sich dann gerade so an, als ob sich einfach alles änderte?

Kapitel 21

Als ich nach der Rückkehr aus Barcelona wieder ins Labor kam, begrüßte mich Malte fröhlich, umarmte mich und dann wollte er alles wissen. Er wollte wissen, wie Barcelona war, wie die Konferenz war, ob ich neue Kooperationspartner*innen klargemacht hatte und ob ich den Posterpreis eingesackt hatte.

Mein Gesichtsausdruck musste seine anfängliche Neugier und den Übermut jedoch direkt wieder ausgebremst haben, denn nach seinem Fragenschwall sah er mich nur ernst an.

»War nicht so gut?«, fragte er abschließend.

Als Antwort feuerte ich die Posterrolle wütend in die Ecke und meinen Rucksack gleich dazu.

»Schlimm?«

Ich unterdrückte ein Schluchzen. Die ganze Nacht hatte ich geübt, alles einfach wegzulächeln, aber jetzt klappte es trotzdem nicht. Malte legte schützend beide Arme um mich und streichelte über meinen Kopf.

»So schlimm?«

Ich nickte, ohne ihn anzusehen.

»Ja«, sagte ich und versank in seiner Umarmung. »Steven ist ein arroganter Arsch, den alle feiern und der nur mit mir reden wollte, weil er dachte, ich könnte ihm privat die Konferenznacht etwas verschönern. So widerlich! Und die meisten anderen haben sich erst für mein Thema interessiert, als Alex bei mir stand, aber dann auch nur, um ihn in ein Gespräch zu verwickeln und eine Kooperation mit ihm klarzumachen.«

Ich schniefte. »Die Arbeit einer einfachen Doktorandin wurde leider nicht mal mit einem flüchtigen Seitenblick beachtet. Immerhin konnte ich mit Amy Xi sprechen. Sie war toll.«

Malte zischte leise. »Jetzt verstehst du, wieso Robert diese Veranstaltungen meidet. Es ist immer das Gleiche: Bist du wer, reißen sich alle um dich. Bist du noch niemand, interessiert sich keiner. Jeder ist nur auf seinen eigenen Vorteil bedacht und von Alex Winter erhoffen sich alle eine tolle Publikation.«

Ich nickte und schniefte erneut. »Es gab absolut keine neuen Erkenntnisse oder neuen Input, der uns weiterhilft.«

Ich verschwieg ihm, dass Alex mich vor Steven bewahrt hatte und dass wir eine schöne Zeit zusammen hatten. Ich verschwieg ihm auch, wie ausgelassen wir beide zusammen waren, und den einen Kuss, der alles in mir durcheinandergebracht hatte. Er sollte nicht wissen, dass auch ich auf Alex hereingefallen war. Und eigentlich immer noch am Fallen war.

»Na ja, egal, immerhin warst du kostenlos auf einer Konferenz in Barcelona«, sagte Malte beruhigend, löste sich von mir und zwinkerte mir aufmunternd zu. »Tut doch ab und zu schon mal ganz gut, was Anderes zu sehen, als nur Labor, Seminar und Praktikum. Und es gibt wirklich schlimmere Orte für eine Konferenz als Barcelona. Selbst, wenn man mit einem so unsympathischen Menschen dort ist wie Alex Winter.«

Ich schniefte ein letztes Mal und unterdrückte das Verlangen, Alex vor ihm zu verteidigen. Alex war manchmal vieles: arrogant, herablassend, überkorrekt, streng, aber ganz und gar nicht unsympathisch.

»Den Posterpreis hat ein Chinese gekriegt. Der war der Doktorand von Franklyns neuem Kooperationspartner.«

Malte zuckte gelangweilt mit den Schultern.

»Egal«, sagte er.

»Und? Was habe ich hier verpasst?«

Malte überlegte kurz.

»Ach nichts weiter«, sagte er. Dann erhellte sich seine Miene. »Oh doch, wir haben im Abteilungsseminar endlich beschlossen, dass wir dieses Jahr zum Teambuilding in einen Escape Room gehen. Als Laborgruppen. Das wird bestimmt lustig.«

Ich runzelte die Stirn. Für gewöhnlich mied ich solche Termine und hatte noch nie an den Teambuilding-Terminen teilgenommen. Als Rätselfan horchte ich jedoch auf.

»Ach so?«

»Ja«, sagte er lächelnd. »Der Termin steht ja schon lange fest. Endlich konnten sich alle auf ein Event einigen. Wir wollten die Gruppen erst auslosen, aber Tobias hat direkt rumgeheult, dass die Kryo-EM-Leute zusammen in einer Gruppe sein sollen.«

Ich verdrehte die Augen.

»Deswegen bilden wir beide mit Robert eine Gruppe, ach, und Alex Winter ist auch bei uns.«

Nun verdrehte Malte die Augen. Teambuilding mit Alex Winter, Escape Room zusammen mit Alex Winter – wieso nur hatte ich das leise Gefühl, dass ich dieses Teambuilding auch wieder dringend meiden sollte?

»Wehe, du denkst auch nur ansatzweise darüber nach, nicht zu kommen und mich mit Robert und Alex Winter allein zu lassen«, sagte Malte drohend und hob den Zeigefinger. »Dann rede ich niemals wieder mit dir!«

Ich bezweifelte stark, dass Malte dies wirklich durchhalten würde, aber ich wusste auch, dass er schrecklich nachtragend war.

»Keine Sorge«, sagte ich leise. »Ich bin dabei. Immerhin war ich als Kind in einem Detektivclub.«

Malte grinste und wir klatschten uns ab. Dann setzte ich mich auf den Labordrehstuhl und schoss lachend durch den Raum. Manchmal, wenn wir lange im Labor blieben und schon alle nach Hause gegangen waren, machten wir Wettrennen mit den Stühlen auf den langen Laborgängen. Ich wirbelte auf dem Drehstuhl herum und achtete gar nicht mehr auf Malte. Plötzlich wurde ich unsanft gebremst.

»Im Labor wird nicht mit den Drehstühlen gespielt, Anneli!«, sagte eine leise Stimme hinter mir. Alex war ins Labor gekommen und hielt mich auf dem Drehstuhl fest. Er sah mich ernst an und ich wurde rot.

»Exzessives Drehen auf Drehstühlen im Labor ist aus Sicherheitsgründen strengstens untersagt«, sagte er streng, aber ich war mir auf einmal nicht sicher, ob nicht auch ein bisschen Ironie in seiner Stimme mitschwang.

Er sah mich bestimmt an, aber seine Hand lag eine Millisekunde länger als nötig auf meiner Schulter. Irgendwie fehlte noch, dass er mich zum Nachsitzen verdonnerte. Dann verließ er das Labor wieder.

»Boah, du hättest mich ja mal vorwarnen können«, sagte ich wütend und stemmte die Hände in die Seiten, als ich mich direkt zu Malte wandte.

Er hob entschuldigend beide Hände.

»Sorry, es ging einfach zu schnell«, murmelte er. »Ich muss jetzt auch weg. Bin dann mal wieder im Radioaktiv-Labor. Bis später!«

Als ich meinen PC startete, las ich eine Mail von Robert. Er wollte mich sehen. Ich schnappte mein Laborbuch und lief zu ihm ins Zweier-Büro. Natürlich war auch Alex da, als ich mich mit Robert an den kleinen Tisch setzte.

»Na? Wie geht's dir?«, fragte Robert und grinste mich an. »Hast du den Posterpreis klargemacht?«

Ich schüttelte den Kopf. Mich ärgerte immens, dass anscheinend alle davon ausgingen, dass ich diesen dämlichen Posterpreis gewonnen hatte, und ich mich ständig rechtfertigen musste, warum es nicht so war.

»Wenn's nach mir gegangen wäre auf jeden Fall«, sagte Alex und mischte sich ohne Vorwarnung in unser Gespräch ein. »*A Death Receptor in GPCR disguise* ... das ist mit Abstand der beste Titel, den ich je bei einer Konferenz auf einem Poster gelesen habe.«

Er zwinkerte mir grinsend zu. Robert nickte gönnerisch, dabei war diese Phrase ganz allein mein Einfall gewesen.

»Na ja«, sagte ich genervt, weil Alex sich eingemischt hatte und ich durchaus in der Lage war, für mich allein zu sprechen. »Ansonsten war es ziemlich ernüchternd. Unser Thema hat niemanden großartig interessiert. Die meisten wollten nur mit Alex sprechen.«

Robert zog die Mundwinkel nach unten.

»Typisch«, sagte er. »Diese GPCR-Struktur-Leute sind alle gleich!«

»So schlimm war es gar nicht«, warf Alex ein, der natürlich seine Kollegen und sich selbst verteidigen musste. »Anneli hat das Poster toll vorgestellt und ein paar ernsthafte Gespräche gab es ja doch.«

Ich verdrehte die Augen.

»Aber es gab keine neuen Erkenntnisse?«, fragte Robert.

Ich schüttelte traurig den Kopf und verdrängte die unguten Situationen mit Steven und Alex.

»Das würde ich nicht so sehen«, sagte Alex und mischte sich schon wieder ein. »Wir könnten noch mal über die Statistik reden.«

Robert warf ihm einen bitterbösen Blick zu. Beim Statistikthema kannte er keinen Spaß und wollte sich von niemandem hereinreden lassen.

»Halt dich lieber zurück, Alex!«, forderte er ihn auf, wurde in diesem Moment jedoch angerufen und ging an sein Telefon.

Alex grinste und stand auf. Er ging langsam an uns vorbei und beugte sich zu mir herunter.

»Übrigens mach ich am Freitag eine kleine Party«, sagte er leise, während Robert immer noch telefonierte. »Es kann also etwas lauter werden.«

Robert sah ihn an, als wäre er verrückt. Er wusste natürlich nicht, dass Alex und ich Nachbarn waren. Aber ich hatte auch kein sonderlich großes Interesse, ihn aufzuklären, und reagierte nicht auf Alex.

»Wenn du magst, komm doch auch«, flüsterte Alex mir dann ins Ohr, sodass ich Gänsehaut bekam.

Er lachte leise und verließ das Zweier-Büro. Robert legte auf und schüttelte verständnislos den Kopf.

»Ich vermisse die Einzelbürozeiten«, sagte er seufzend.

Dann widmeten wir uns meinem Laborbuch und redeten über die nächsten zwei Wochen, die ausnahmsweise ruhig waren, weil es keinen Praktikumskurs gab, den ich betreuen musste. Das Seminar mit Alex war erst nächste Woche und dafür hatten wir bereits alles vorbereitet.

Den ganzen Tag über konnte ich mich nicht konzentrieren und überlegte, ob Alex seine Einladung ernst gemeint hatte. Die restliche Woche ließ mich der Gedanke nicht los, dass er sich mit dieser Einladung eigentlich lustig über mich machen wollte.

Ich arbeitete extralang im Labor, um ein Zusammentreffen auf dem Heimweg oder im Institut zu vermeiden, und ich wies mich an, nicht mehr darüber nachzudenken. Es war erstaunlich, wie Alex sich allmählich in meine Gedanken eingeschlichen hatte und auch so schnell nicht mehr herauszukommen schien.

Malte verbrachte die ganze Woche fast ausschließlich im Radioaktiv-Labor, sodass auch er keine große Ablenkung für mich war. Wann immer wir uns jedoch sahen, ging es nur um dieses Teambuilding-Ding, was mich wirklich nervte. Ich spielte ernsthaft mit dem Gedanken, diesen Termin ausfallen zu lassen.

Als ich am Freitagabend nach Hause kam, hing ein Zettel im Hausflur, dass es etwas lauter werden könnte und man gern auf ein Getränk der Wahl vorbeikommen und einfach mitfeiern sollte, wenn es zu laut wäre. Ich schlich mich an seiner Tür vorbei und huschte in meine Wohnung. Aus seiner Wohnung kam laute Musik, die von lautem Gelächter mehrerer Personen begleitet wurde. Als ich mich auf meine Couch setzte, fühlte ich mich plötzlich ausgeschlossen. Ich nahm mein Smartphone und sah mir die Fotos an, die wir in Barcelona gemacht hatten und die Alex mir geschickt hatte. Die wir vor dem Kuss gemacht hatten, der alles geändert hatte. Alex und ich lächelten breit vor der *Sagrada Família*. Wir sahen zufrieden aus. Nur einen Wimpernschlag später war ich wieder an der *Carrer de la Marina*, lehnte neben ihm. Ich konnte mich noch an alle Einzelheiten erinnern. An seinen Gesichtsausdruck, als die Sonne ihn blendete und er seine Sonnenbrille aufsetzte. An seinen Arm, den er für das Foto um mich gelegt hatte.

Ich scrollte schnell weiter, als das Gefühl in meiner Magengegend zu schlimm wurde. Ich vermisste Barcelona. Ich vermisste die Zeit vor dem Kuss, als wir unbeschwert durch die Stadt streiften. Wie Freunde. Ich vermisste das Tanzen auf dem Konzert, als die Musik uns schweben ließ. Ich vermisste seinen Charme und seine witzigen Sprüche. Ich vermisste den Barcelona-Alex. Den Labor-Alex vermisste ich nicht, denn er war kurz angebunden, genervt und schlecht gelaunt.

Die Fotos von Barcelona, die ich auf unserem Streifzug gemacht hatte, erinnerten mich schmerzlich daran, dass all diese Momente existiert hatten. Dann kamen die Fotos von der Konferenz, die Alex gemacht hatte. Ich neben meinem Poster und lächelte scheu. Alex, der einfach ein Selfie von uns machte und dabei grinste wie ein Honigkuchenpferd. Alex, der zufrieden nach seiner Keynote Lecture auf mich zugekommen war. Mit glühenden Wangen nach der After-Presentation-Endorphinausschüttung. Alex bei seiner Keynote Lecture zum Beginn der Konferenz, leicht verwackelt, weil ich das Foto heimlich gemacht hatte, als er dynamisch auf der Bühne hin- und hergewandert war und voller Herz und Seele über seine Forschung gesprochen hatte.

Die Musik auf der anderen Seite der Wand holte mich in die Realität zurück. Ich wäre nie auf die Idee gekommen, seiner Einladung zu folgen, aber hier zu sitzen, alles zu hören und doch nicht dabei zu sein, war zu viel für mich. Daher beschloss ich, früh ins Bett zu gehen und seine Party einfach zu verschlafen. Zu lauten Klängen elektronischer Musik schlief ich nach langem Hin- und Hergewälze endlich ein. In dieser Nacht träumte ich das erste Mal von Alex und es sollte nicht das letzte Mal sein.

Kapitel 22

»Habt ihr noch Fragen?«, fragte die viel zu stark geschminkte Frau, die sich uns als Tina ohne Nachnamen vorgestellt hatte, und lächelte breit. Ihre Augen wanderten kurz zu uns, nur um dann wieder bei Alex hängen zu bleiben und ihn zu fixieren.

Wir waren die dritte Gruppe, die das Spiel begann. Drei weitere Gruppen warteten noch draußen, bis die nächsten Escape Rooms freiwurden. Die Gruppe um Tobias und Dario war als erste Gruppe bereits kurz vor uns gestartet.

»Ich glaube, wir haben alles verstanden«, sagte Alex mit ruhiger Stimme und lächelte brav zurück.

Tina lachte künstlich, als hätte er einen überragenden Witz gemacht, und warf spielerisch ihr rot gefärbtes, unechtes Haar zurück, als wäre sie Arielle höchstpersönlich.

»Und wenn nicht, ihr wisst ja, wo ihr mich findet«, flötete sie mindestens eine Oktave zu hoch und klimperte mit ihren Wimpern. »Ich werde euch die ganze Zeit beobachten und helfen, falls ihr mich benötigt.«

Wir wussten alle, dass sie eigentlich meinte, dass sie Alex die ganze Zeit beobachten würde. Wer sollte es ihr übelnehmen?

»Es geht los, sobald ihr die Mission gelesen habt. Wer ist der Teamkapitän und nimmt den Umschlag an sich?«

Alex beugte sich schnell vor.

»Ich«, sagte er und nahm ihr den Umschlag ab.

Robert, Malte und ich verdrehten genervt die Augen und waren verärgert. Als Team hatten wir mit keiner einzigen Silbe darüber abgestimmt, dass Alex hier und jetzt unser Teamkapitän war.

»Viel Glück«, sagte Tina.

Sie zwinkerte Alex aufreizend zu und öffnete eine Tür an der Seite des großen Vorraums. Alex lief in den angrenzenden Raum und wir folgten ihm zögernd.

»Sollen wir ihn einfach schnappen, fesseln und irgendwo verstecken, damit er für immer hierbleibt?«, raunte Malte mir zu und ich musste unwillkürlich lachen. Die Vorstellung, Alex in einen Escape Room zu sperren, war äußerst verlockend.

»Die Zeit startet, sobald ihr die Mission kennt und mir ein Zeichen gebt«, ertönte Tinas Stimme plötzlich aus einem großen Lautsprecher an der Wand.

Vorsichtig schauten wir uns um. Wir standen in einer ziemlich authentisch wirkenden, völlig heruntergekommenen Laborkulisse.

»Okay, Team, ich hoffe, es ist okay, dass ich die Teamführung übernommen habe«, sagte Alex entschuldigend, ohne es wirklich ernst zu meinen.

Er öffnete den Umschlag und holte einen Zettel hervor.

»Dann lese ich mal unsere Mission vor«, sagte er und räusperte sich. »Also, hört gut zu und konzentriert euch: *Eine tödliche Virusinfektion bedroht die Welt. Ihr seid eine Gruppe von Wissenschaftlern, die in ein verlassenes Forschungszentrum eingedrungen ist, um Hinweise auf ein geheimes Experiment zu finden, das dort stattgefunden hat. Das Experiment, an dem der berüchtigte Wissenschaftler Dr. X beteiligt war, hatte fatale Folgen und führte zur Freisetzung eines sehr gefährlichen Virus'. Einer von euch wurde bereits unwissentlich infiziert und ihr habt nur noch eine Stunde Zeit, um einen Antikörper zu finden und als letzte Hoffnung der Menschheit die Ausbreitung des Virus' zu stoppen. Durchsucht das verlassene Labor nach Hinweisen. Das verschwundene Laborbuch des Wissenschaftlers mit seinen Aufzeichnungen zu dem Experiment können weiterhelfen – aber wo steckt es?«*

Alex sah uns herausfordernd an.

»Tzzz, Dr. X«, wiederholte ich mit hochgezogener Augenbraue und pustete mir genervt die Haare aus dem Gesicht. Die Inhaber des Escape Rooms hatten sich wirklich keine besonders kreative Geschichte ausgedacht. Niemand würde sich freiwillig Dr. X nennen. Nicht einmal Superschurken bei Mickey Mouse hießen so!

»Jeder muss ein Los ziehen«, sagte er und verteilte die kleinen Lose. »Die dürfen erst geöffnet werden, wenn wir das Signal bekommen. Vermutlich beinhalten sie die Information, wer von uns versehentlich infiziert wurde.«

Alex lachte mit vor Freude sprühenden Augen. Nicht einmal als er seine erste Vorlesung gehalten hatte, bei der ich anwesend war, hatten seine Augen so gestrahlt.

»Dann geht es jetzt los«, sagte Tinas Stimme aus dem Lautsprecher. »Viel Glück und seid vorsichtig!«

Ein großer digitaler Countdown schaltete sich ein und begann, von 60:00 min im Sekundentakt herunterzuzählen. Malte sah sich vorsichtig um und verzog angewidert das Gesicht.

»Ob wir uns hier wirklich mit irgendwas infizieren?«, fragte er.

Alex und ich schüttelten nur wortlos den Kopf.

»Und was machen wir jetzt?«, fragte Robert ratlos und ließ seinen Blick zwischen Alex und mir hin- und herwandern.

Auch er fühlte sich unwohl. Mir jedoch gefiel die Szenerie. Ich liebte Rätsel aller Art und wollte die Rätsel unbedingt schneller als Alex lösen, um ihm zu zeigen, was ich draufhatte. Nicht umsonst war ich die beste Ermittlerin unseres Detektivclubs in der Schule gewesen.

Während Malte und Robert immer noch ratlos herumstanden und völlig deplatziert wirkten, suchten Alex und ich bereits eilig den gesamten Raum ab. Überall lagen verrostete Laborgeräte herum und die Wände waren mit Rissen und Schimmel bedeckt. Aber wo war das Laborbuch des Wissenschaftlers? Hinter einem abgeblätterten Periodensystem der Elemente, das an der Wand hing, lugte etwas hervor.

»Ein Safe!«, rief ich aufgeregt.

Sofort stürmten Alex und ich dahin, während Malte und Robert immer noch unschlüssig das verstaubte Equipment ansahen und sich bemühten, bloß nichts zu berühren.

Alex entfernte das Periodensystem vorsichtig von der Wand, da er größer war als ich, und dann standen wir vor einem Safe, der in die Wand eingelassen war. Am Safe klebte ein Zettel mit mehreren Zahlenfolgen, bei denen immer eine Zahl fehlte und durch ein X ersetzt wurde. Das erste Rätsel!

Zahlenfolgen waren meine absolute Spezialität. Wir nahmen den Zettel ab und beugten uns fachmännisch über die abgedruckten Zahlenfolgen. Alex hatte seine Brille aufgesetzt, die er nur selten trug und die ihn immer wie einen viel zu niedlichen Nerd aussehen ließ. Wetteifernd lösten wir abwechselnd eine Zahlenfolge nach der nächsten, bis wir in kürzester Zeit einen zehnstelligen Code für den Safe entschlüsselt hatten. Alex grinste mich stolz an, als ich vorsichtig die Zahlenkombination eingab. Ein kleines Klicken signalisierte, dass sich der Safe öffnete.

Freudestrahlend fiel Alex mir um den Hals und zusammen schwankten wir ein bisschen hin und her.

»Fantastisch«, sagte er. »Wir sind das perfekte Team!«

Die anderen beiden klatschte er ab. Ich sah ihn verwirrt an. Wieso umarmte er mich? Seine körperliche Nähe irritierte mich. Seit unserer Rückreise aus Barcelona hatten wir nur wenig Zeit miteinander verbracht und wenn, dann hauptsächlich, um das Seminar für seine Vorlesungsreihe zu planen und zu besprechen. Ich holte die Aufgaben, die ich mit den Studierenden machen sollte, bei ihm ab und berichtete ihm einen Tag später über das Seminar. Das lief seit vier Wochen so. Aber wir waren uns in der ganzen Zeit niemals so nahegekommen.

»Hey, sei vorsichtig!«, raunte ich ihm zu, um ihn zu bremsen. »Ich könnte infiziert sein und dich anstecken.«

Alex sah mich erschrocken an, dann lachte er aus vollem Herzen.

»Das ist mir egal«, sagte er dann leise zu mir. »Ich löse alle Rätsel und dann rette ich erst dich und dann die ganze Welt. Das ist meine Bestimmung.«

Er zwinkerte mir überzeugt zu. Ich drehte mich weg und holte vorsichtig ein zerfleddertes altes Lederbuch aus dem Safe.

»Das muss das Laborbuch von Dr. X sein«, sagte Alex und ich musste kichern, weil der Name so lächerlich klang. Leise fiel er in mein Lachen ein.

»Habt ihr schon weitere Hinweise entdeckt?«, fragte er dann die anderen beiden, die sich im Hintergrund hielten.

Sein Blick huschte zum tickenden Countdown, der mittlerweile bei 54:15 min angekommen war. Wir waren wirklich schnell auf die Lösung des ersten Rätsels gekommen. Von den anderen beiden kam jedoch keine Unterstützung. Robert war von allem genervt und Malte ekelte sich vor dem verstaubten Labor. Er hatte sich sogar schon selbst mitgebrachte Latexhandschuhe angezogen. Beide schüttelten nur den Kopf.

Also übernahmen Alex und ich die Untersuchung des Laborbuchs. Es enthielt jedoch keine lesbaren Texte.

»Hmm, es ist verschlüsselt«, sagte Alex leise.

»Wir müssen den Inhalt dechiffrieren«, meinte ich.

Alex nickte.

»Das können wir nicht ohne weitere Hinweise. Es gäbe unendlich viele Möglichkeiten.« Er sah mich nachdenklich an. »Wir müssen uns noch einmal umschauen.«

Ein begeisterter Funke in seinem Blick steckte mich an und riss mich mit. Wir durchsuchten das Labor noch einmal und fanden ein weiteres Rätsel.

Auf einem der verstaubten Labortische fanden wir mehrere Bilder von Chemikalien. In einer Art Memory mussten wir zehn verschiedene Chemikalien identifizieren und ihre Eigenschaften zuordnen, um einen weiteren Hinweis zum Dechiffriercode freizuschalten. Als wir diesen gefunden hatten, machten wir uns wieder über das Laborbuch her. Die Aufzeichnungen des Wissenschaftlers waren schnell entschlüsselt, weil Alex und ich perfekt zusammenarbeiteten. Wir erfuhren die Hintergründe zu dem Virus und dem Antikörper, den wir herstellen mussten, um die Infizierten zu retten. Im Nebenraum, einem Kontrollraum mit Monitoren und Schalttafeln, zu dem wir durch die Lösung eines weiteren Rätsels Zugang erlangten, fanden wir ein Puzzle aus DNA-Sequenzen, die auf verschiedenen Objekten im Raum verteilt waren.

Nach dem richtigen Zusammensetzen der Sequenzen konnten wir den Code für den Antikörper entschlüsseln und in einen Computer eingeben, der nur ein Eingabefenster für die DNA-Sequenzen zeigte. Nach der Eingabe erschien eine Art Rezept.

»Damit können wir bestimmt den Antikörper herstellen«, sagte Alex leise.

Ich konnte mich kaum auf die Fragen und Rätsel konzentrieren, da er mich nach jedem gelösten Rätsel länger umarmte.

»Seht mal hier!«, sagte Malte dann und unterbrach die Umarmung. »Hier steht ein medizinisches Diagnosegerät.«

Wir fuhren auseinander und sahen das Gerät an, welches tatsächlich die Beschriftung »medizinisches Diagnosegerät« trug. Vermutlich sollten wir es verwenden, um den Infizierten unseres Teams zu identifizieren. Wir steckten unsere ungeöffneten Lose hinein und warteten. Als Robert sein Los einführte, blinkte das Gerät rot und ein Alarm schaltete sich ein.

»Infiziert! Infiziert! Infiziert!«, rief eine Computerstimme.

Robert seufzte gelangweilt. »Auch wenn es völliger Quatsch ist, dass ihr in dieser kurzen Zeit eine Virus-DNA entschlüsselt und einen Antikörper dafür synthetisiert, sollte ich euch vermutlich jetzt viel Erfolg wünschen, um mich zu retten.«

Ich lächelte. Er hatte wirklich keinen Sinn für dieses Spiel und nahm alles viel zu ernst.

Mit dem Alarm öffnete sich eine verschlossene Kammer im Laborraum, in der das Gegenmittel hergestellt werden sollte. Wir konnten den DNA-Code dort eingeben. Der Blick auf den Countdown verriet, dass wir nur noch siebzehn Minuten dafür hatten. Wir mussten also schnell handeln, um den Antikörper zu synthetisieren und den infizierten Robert zu retten, bevor die Zeit ablief. Plötzlich blinkten an einem unscheinbar wirkenden Gerät die Worte »Kalibrierung erforderlich« auf. In den Aufzeichnungen von Dr. X lasen wir, dass in diesem »Antikörper-Gerät« der Antikörper hergestellt werden sollte. Auf der letzten Laborbuchseite gab es einen Hinweis, um die Kalibrierung vorzunehmen. Wir mussten verschiedene Einstellungen im Gerät ändern und konnten schließlich die eingegebene

Virus-DNA analysieren und den Antikörper herstellen. Das Gerät brummte laut und dann füllte sich eine durchsichtige Flüssigkeit in ein Reagenzglas.

»Die Antikörperlösung«, sagten Alex und ich begeistert.

»Hier, trink das, Robert!«, drängte ich.

Robert sah mich an, als wäre ich wahnsinnig.

»Ich trinke doch keine dubiose Flüssigkeit aus einem Möchte-Gern-Labor«, weigerte er sich kopfschüttelnd.

»Aber es rettet dich«, sagte ich beharrlich. »Und es beendet unsere Mission.«

Robert sah mich so wütend an, dass ich mich ein bisschen fürchtete und zurückwich.

»Sie hat recht, Robert«, sagte Alex und roch an der Flüssigkeit. »Das ist bestimmt nur Wasser, riecht nach absolut nichts.«

»Es gibt einige Drogen, die aufgelöst in Wasser nach nichts riechen. *Oder schmecken*«, sagte Robert skeptisch.

»Es beendet dieses Spiel«, insistierte Alex. »Sei kein Spielverderber! Wir sind so weit gekommen und unsere Zeit ist fast vorbei.«

Robert sah ihn hasserfüllt an. »Das widerstrebt jeder meiner Zellen, eine unbekannte Flüssigkeit aus einem Labor, dazu noch so einer dreckigen *Laborattrappe*, einfach zu trinken. Als Sicherheitsbeauftragter solltest du mich davon unbedingt abhalten.«

Alex lachte.

»Als Sicherheitsbeauftragter wäre mir vor allem wichtig, dass mein Kollege, der sich mit einem tödlichen Virus angesteckt hat, das die Menschheit ausrottet, gerettet wird«, sagte er. »Also trink jetzt diese verdammte Flüssigkeit!«

Robert blinzelte skeptisch. »Wehe, ihr rettet mich nicht, wenn ich plötzlich umfalle!«

Er setzte das Reagenzglas an und trank es mit einem Zug aus. Dann verzog er angewidert das Gesicht. Als er das Glas geleert hatte, stoppte der Countdown.

»Gut gemacht, ihr habt alle Rätsel gelöst, das Virus entschlüsselt, den Antikörper hergestellt und euren Kollegen gerettet. Und das sogar in einer rekordverdächtigen Zeit von 46 Minuten und 23 Sekunden«, ertönte Tinas Stimme durch den Lautsprecher. Sie hatte uns die ganze Zeit beobachtet.

»Wenn Robert sich nicht so geziert hätte, wären wir sogar noch schneller gewesen«, murmelte Alex abwesend.

Die Tür, durch die wir in die Spielumgebung gekommen waren, öffnete sich. Tina strahlte Alex an, Robert, Malte und mich ignorierte sie.

»Wirklich toll gemacht«, sagte sie und klatschte in die Hände.

»Und die anderen beiden Gruppen? Was ist mit denen?«, fragte Alex neugierig.

»Die sind noch beschäftigt«, sagte Tina und legte den Kopf schräg.

Alex lachte.

»Dann sind wir das Gewinnerteam?«, fragte er hoffnungsvoll.

Tina nickte. »Absolut.«

Alex schritt auf mich zu und ich hatte das Gefühl, dass er mich wieder umarmen wollte, um unseren Sieg zu feiern, aber Malte stellte sich dazwischen und zog mich weg.

»Lass uns bloß rausgehen!«, sagte er. »Ich bin froh, wenn ich keine heruntergekommenen, verstaubten Labore mehr sehen muss. Auch wenn sie nur Kulisse sind!«

Kapitel 23

Ich folgte Robert und Malte in den Vorraum, wo die anderen drei Gruppen noch warteten, endlich an die Reihe zu kommen. Malte zog demonstrativ die Handschuhe aus, entsorgte sie und desinfizierte alles sorgfältig. Dann setzte er sich neben Robert auf eine Bank im Vorraum.

Da nach dem Exit Game noch ein gemeinsames Labor-Abendessen geplant war, mussten wir warten, bis auch die anderen Gruppen fertig waren. Ich wollte mich zu Robert und Malte setzen, aber beide hatte begonnen, auffallend stark über das Spiel und das unrealistische Setting zu lästern. Also setzte ich mich auf den einzigen freien Platz auf der anderen Seite. Direkt neben Alex.

»Und fandest du es auch so schlimm wie Robert und Malte?«, fragte Alex und sah mich fragend an.

Ich schüttelte den Kopf.

»Ich fand es toll«, sagte ich ehrlich. »Und die Hintergrundstory hat perfekt zu uns gepasst.«

Alex grinste.

»Ich fand es auch toll«, sagte er. »Und es erleichtert mich ungemein, dass ich auf dich zählen kann, sollten wir mal in eine vergleichbare Situation kommen.«

Wir lachten leise.

»Ja, ich bin eine Meisterdetektivin«, sagte ich und hob stolz das Kinn. »Ich war schon immer besonders gut im Rätsellösen. In der Schule war ich in einem Detektivclub.«

Alex funkelte mich neugierig an.

»Eine Detektivkollegin«, sagte er.

Ich lachte ebenfalls und hielt ihm meine Hand hin.

»Gestatten, Lilia Sommer, prädestiniert für Zahlenfolgen und Rätsel aller Art, Meisterin im Dechiffrieren«, ich zwinkerte ihm kokett zu, während er mich fasziniert anstarrte. »Besonders gut in spezialgelagerten Sonderfällen!«

Alex blinzelte zweimal und atmete ruhig. Dann lächelte er und nahm meine Hand.

»Sehr erfreut, Lilia Sommer. Gestatten, Alex Winter, zuständig für Recherchen und Archiv.«

Wir sahen uns an, dann prusteten wir los. Es war ein gutes Gefühl, jemanden gefunden zu haben, der genauso viel Freude an Logik, Rätsel und Geheimnissen hatte wie ich. Jemanden aus der großartigen Detektivzunft.

»Ich war ein riesengroßer Fan von Detektivliteratur«, sagte Alex.

Ich nickte wissend.

»Das kenne ich«, sagte ich. »Literatur und Hörspiele.«

Alex grinste. »Was war dein bester Fall als Meisterdetektivin?«

Ich überlegte.

»Vermutlich die Klärung, wieso die Brötchen aus dem Pausenraum der Schule ständig verschwanden«, meinte ich. »Aber den Antikörper zu finden, um die ganze Welt zu retten, war auch nicht so übel.«

Alex griente.

»Auch nicht so übel«, wiederholte er leise. »Es war eine Meisterleistung! Aber Brötchendiebe dingfest zu machen, klingt auch nicht ganz so unspektakulär. Wer war der Täter?«

Ich sah ihn schmunzelnd an. »Es gab tatsächlich zwei Täter. Einen, der das Fenster immer sperrangelweit öffnete, und einen, der die Gelegenheit nutzte, um durch das offene Fenster zum Brötchenkorb zu gelangen und sich zu bedienen.«

Der Gedanke an diese clevere Elster erwärmte mein Herz auch jetzt noch so viele Jahre später.

Alex hörte mir aufmerksam zu, als ich einige Anekdoten meines Detektivclubs erzählte, und lächelte abwesend.

»Gut gemacht, Frau Detektivin«, sagte er und zog den unsichtbaren Hut vor mir.

»Ich habe gar keine Lust auf das Essen nachher mit der Kryo-EM-Gruppe. Schlimm genug, dass wir bald auch noch Weihnachtsfeier mit denen haben«, sagte ich leise und blickte demonstrativ auf die Uhr.

Alex sah mich verwundert an.

»Mhm«, sagte er leise. »Ich habe zwei Karten für eine Vorstellung im Planetarium von meiner Schwester für heute geschenkt bekommen, die wollte ich eigentlich verfallen lassen, weil wir alle zu diesem Essen gehen.«

Ich sah ihn mit großen Augen an. Hatte ich mich gerade verhört? Er wollte Karten fürs Planetarium verfallen lassen? Ich liebte das Planetarium. Ich liebte alles, was mit dem Weltall zu tun hatte und wäre ich ein bisschen besser in Mathematik gewesen, hätte ich bestimmt Astrophysik studiert. In manchen Träumen war aus mir keine Biochemikerin geworden, sondern eine tolle Astronautin.

»Du hast Karten fürs Planetarium und willst die nicht nutzen, um stattdessen mit den Kryo-EM-Leuten essen zu gehen, die du sowieso jeden Tag siehst?«, fragte ich ungläubig.

Alex lachte leise und kratzte sich verlegen am Hinterkopf.

»Na ja, nicht nur mit den Kryo-EM-Leuten. Auch mit den Proteinbiochemie-Leuten«, sagte er dann. »Aber jetzt, wo du es laut aussprichst, klingt es wirklich absurd. Ich dachte, als Neuer sollte man diese festen Labor-Teambuilding-Events schon ernst nehmen.«

Ich starrte ihn mit offenem Mund an. Eine Minute verging. Mein Herz hämmerte stolz gegen meine Brust.

Wenn es um Vorstellungen im Planetarium ging, wurde es persönlich! Das ließ man nicht verstreichen. Ganz besonders nicht, wenn die Alternative wäre, Tobias beim Essen zuzusehen und seine großkotzigen Geschichten zu hören. Ein kühler Schauer lief mir den Rücken herunter.

»Ich geh mit dir«, sagte ich vorschnell, ohne noch einmal konkret darüber nachzudenken.

Alex legte den Kopf schräg.

»Und das Essen?«, fragte er unsicher.

»Ist total unwichtig«, winkte ich rasch ab, stand auf, mit einem breiten Grinsen im Gesicht, und lief zu Malte und Robert, die noch immer in einer angeregten Lästerpartie versunken waren.

»Hey ihr beiden, ich komm doch nicht mit zum Essen. Mir ist was dazwischengekommen«, sagte ich und, ohne auf ihre Reaktion zu achten, drehte ich mich um und lief lächelnd davon. Die Aussicht, den Abend doch nicht mit den Kryo-EM-Typen verbringen zu müssen, hob meine Stimmung.

»*Let's go!*«, raunte ich Alex zu, der immer noch auf der Bank saß und mich sprachlos anstarrte. Dann zuckte er mit den Schultern und kam mir hinterher.

»Fällt vermutlich eh nicht auf, wenn ich nicht da bin«, murmelte er.

Als wir das Gebäude verließen, war ich über meine eigene Spontanität und Kühnheit selbst überrascht.

»Was ist denn das Thema der Vorstellung?«, fragte ich.

Alex überlegte kurz.

»Sternstunden und unendliche Weiten, glaube ich«, sagte er.

Meine Augen leuchteten vor Freude. Ich kannte diese Vorstellung natürlich schon (ich kannte sie alle!), aber es war definitiv die beste von allen.

»Mein Auto steht dahinten«, sagte Alex und zeigte zur Straße.

Ich nickte und folgte ihm. Da das Planetarium auf der anderen Seite der Stadt lag, war die Fahrt mit dem Auto wirklich ein Vorteil. Alex führte mich zu einem roten BMW. Ich verdrehte innerlich die Augen.

»Das Auto gehört eigentlich meinem Vater. Nach meiner Rückkehr aus den Staaten hat er es mir geliehen, bis ich ein eigenes habe. Bisher fehlte mir aber schlichtweg die Zeit, mich nach einem Auto umzuschauen«, erklärte er, während er das Auto aufschloss, als müsste er sich vor mir rechtfertigen.

Ich stieg auf der Beifahrerseite ein.

»Stell dir den Sitz ruhig so ein, wie du ihn brauchst!«, sagte Alex, wartete einen Moment, bis ich mit der Sitzeinstellung fertig war und mich angeschnallt hatte, und fuhr dann los.

Er fuhr ruhig, routiniert und sicher. Ich hatte oft ein ungutes Gefühl, wenn ich zu einem Fremden ins Auto steigen sollte, aber das war bei Alex nicht so.

Als er in einer Seitenstraße beim Planetarium parkte und ich die faszinierende Kuppel sehen konnte, fühlte es sich an, wie nach Hause kommen. Ganz hier in der Nähe war ich aufgewachsen und als Kinder waren wir sehr, sehr oft in den Vorstellungen des Planetariums gewesen. So oft, dass ich neben der Schule dort gearbeitet hatte. Meine Sehnsucht nach den unerklärlichen Weiten des Weltalls konnte bisher aber kaum gestillt werden.

»Wieso schenkt dir deine Schwester Karten fürs Planetarium?«, fragte ich neugierig, als wir ausstiegen.

Alex überlegte einen Moment, ehe er antwortete.

»Vermutlich, weil sie mich für einen langweiligen Nerd hält und sich wünscht, dass ich zum *Big Bang Theory*-Cast passe, und immer noch nicht begriffen hat, dass ich *Bio*physiker und nicht *Astro*physiker bin«, meinte er und ich war mir nicht sicher, ob er das im Spaß meinte, da es matt und traurig klang. »Fast wäre ich wirklich mal bei der NASA gelandet.«

Ich sah ihn begeistert an. »Im Ernst?«

Er nickte. »Ja, parallel zum zweiten Postdoc hatte man mir sehr nahegelegt, dass ich mich dort bewerben soll. Sie suchten dringend einen Biophysiker, der sich mit Röntgenstrukturen auskennt. Ich hätte dort auch anfangen können und hatte einige einflussreihe Fürsprecher.«

»Aber?«

»Na ja, sagen wir so, mir wurde ziemlich schnell bewusst, dass ich dann sehr NASA-spezifisch arbeiten muss und sehr eingeschränkt bin und das war doch eher nichts für mich, schätze ich. Außerdem wollte ich wieder nach Deutschland zurück.«

Wow, er wäre tatsächlich fast bei der NASA gelandet. Das kam unerwartet. Das war cool.

»Also warst du auch vor Ort und konntest dir alles ansehen?«

Alex blieb stehen und sah mich an. »Du meinst die Labore am *Jet Propulsion Laboratory*?«

Ich nickte.

»Ja, ich war am JPL, natürlich. Tolle Ausstattung, tolle Teams. Ich war auch am *Ames Research Center* im *Silicon Valley*, das war sehr beeindruckend«, sagte er.

Er schmunzelte und ich fand das Thema so unglaublich interessant, dass ich ihn am liebsten noch weiter ausgefragt hätte, aber wir waren schon am Eingang des Planetariums angelangt und liefen in den Vorraum. Ein vertrauter Geruch stieg in meine Nase und Erinnerungen an meine Jugend kamen mir automatisch in den Sinn.

»Hey, Lilia. Bist du's?«, rief eine aufgeregte Stimme hinter uns.

Ich drehte mich erschrocken um, weil ich nicht damit gerechnet hatte, erkannt und angesprochen zu werden. Mit schnellen Schritten kam eine Frau mittleren Alters auf mich zu. Meike arbeitete, seitdem ich denken konnte, im Planetarium. Sie hatte ein unschlagbares Gedächtnis, vergaß nie ein Gesicht, einen Namen oder eine Stimme.

»Wie schön, dass du mal wieder hier bist«, sagte sie, als sie vor uns stehen blieb.

Alex blinzelte verwirrt.

»Bist du mit deinem Freund hier?«, fragte Meike direkt.

Hitze stieg in meinen Wangen auf.

»Nein, nein, wir sind nur Kollegen«, sagte ich schnell.

Meike nickte.

»Ach so«, sagte sie und wirkte enttäuscht. »Ich habe jetzt Feierabend und muss leider schon weg. Schade, ich hätte gern noch mit dir gesprochen. Wir bieten bald auch Science Slam an. Wäre das nicht was für dich? Du bist doch Wissenschaftlerin, hat mir deine Mama erzählt. Dann kannst du mal dein Labor verlassen und deine Forschung hier bei uns im Planetarium präsentieren, um die Herzen der Zuschauer*innen zu gewinnen, denn das Publikum bildet die Jury und wählt jeweils die beste Darbietung.«

Sie sah mich auffordernd an, aber ich wich ein paar Schritte zurück. Dafür war ich wirklich nicht cool und nicht lustig genug. Nicht Alex-mäßig genug. Auch im Gewinnen von Herzen war er sehr begabt. Leider.

»Nein, das ist nichts für mich«, sagte ich schnell und lachte peinlich berührt.

Alex stieß mir sanft in die Seite.

»Ich glaub schon, dass das was für dich wäre«, meinte er leise, aber ich schüttelte nur den Kopf.

Niemals könnte ich vor Publikum meine Forschung in lockerem Stil präsentieren. Niemals würde mich irgendeine Konferenz als Keynote Speaker buchen – ich konnte keine Zuhörer*innen fesseln. Ich konnte niemanden mit meinen Worten verzaubern oder zum Lachen bringen. Nicht so wie Alex. Ganz besonders nicht so wie Alex …

»Aber was ist mit dir? Du kannst das auf jeden Fall. Ich habe es in Barcelona selbst erlebt«, sagte ich ausweichend.

»Das heißt, er hat dabei dein Herz gewinnen können?«, fragte Meike und grinste, während ich am liebsten im Boden versunken wäre und wieder glühte.

Alex schmunzelte still.

»Ich überlege es mir«, sagte er. »Aber nur, wenn du mein Groupie bist.«

Nun wurde ich wirklich rot. Mit glühenden Wangen schaute ich Meike verlegen an, die uns aufmerksam beobachtete. Ich hoffte inständig, dass sie meiner Mutter beim nächsten Zusammentreffen nichts von dieser peinlichen Situation verriet.

»Na gut, sprecht das am besten noch mal unter euch ab und sagt mir dann Bescheid!«, sagte Meike. »Und grüß deine Mama von mir, Liebes! Ich muss los.«

Meike lächelte mich an und umarmte erst mich, dann Alex, der überrascht die Umarmung über sich ergehen ließ. Dann verabschiedete sie sich und lief mit schnellen Schritten davon.

»Wow«, sagte Alex, als sie außer Hörweite war. »Wer war das denn?«

Ich lächelte.

»Das war Meike. Sie arbeitet hier schon ewig. Ich bin in dieser Gegend großgeworden. Meine Eltern wohnen immer noch hier. Wir waren oft im Planetarium und da haben sich meine Mutter und Meike angefreundet«, erklärte ich.

»Ihre Art hat sich seit damals nicht geändert. Sie war schon immer so direkt.«

Da die Vorstellung bald begann, konnten wir in den Vorstellungssaal gehen. Ich hätte gern noch weiter mit ihm über die NASA gesprochen, aber freute mich auch auf die Zeit im Planetarium. Direkt neben ihm. Als das Licht ausgeschaltet wurde, begann ich mich langsam zu entspannen. Immerhin konnte er jetzt nicht mehr sehen, wie rot ich immer noch war.

Ein Mitarbeiter, der sich als Chris vorstellte, begann, durch die Vorstellung zu führen. Ich kannte ihn nicht, aber er hatte eine beruhigende Stimme, auf die ich mich voll und ganz konzentrieren konnte. Ich hörte ihm aufmerksam zu, obwohl ich den groben Inhalt natürlich schon kannte. Als ich meine Hand auf die Armlehne legte, musste ich an die Situation im Flugzeug denken. Alex hielt Wort und machte mir die Armlehne nicht strittig. Allerdings hätte ich sie gern mit ihm geteilt.

Die ruhige Stimme berichtete von den unendlichen Weiten des Weltalls und den unvorstellbaren Entfernungen zwischen den Galaxien und Sternen. Das Weltall war ein Schauplatz unendlicher Möglichkeiten und Entdeckungen. Von den geheimnisvollen Schwarzen Löchern, die Materie verschlangen und Raum und Zeit verbogen, bis hin zu den fernen Planeten, die vielleicht Leben beherbergen könnten, gab es immer etwas Neues zu erforschen und zu verstehen. Die glitzernden Sternennebel, die leuchtenden Galaxien und die unbekannten Planeten ließen mich nach wie vor staunend im Sitz versinken und ich unterdrückte das Verlangen, mich beim Zuhören an Alex zu kuscheln.

Alex wirkte genauso begeistert wie ich, aber machte immer noch keine Anstalten, seinen Arm auf die Armlehne zu legen und mich zu berühren. Tief in mir pochte diese verbotene Sehnsucht, er würde meine Hand halten, so wie er sie in *Barceloneta* an der Strandpromenade gehalten hatte. Ein warmes Gefühl breitete sich in meiner Brust aus, als ich daran dachte. Oh je, es war ein viel zu gutes Gefühl. Ich steckte schon wesentlich tiefer drin, als ich es bisher angenommen hatte. Das war ganz und gar nicht gut.

Ich versuchte, meinen Arm noch weiter in seine Richtung zu schieben, vorsichtig, heimlich, um ihn ganz zufällig zu berühren, aber leider war er so weit weggerutscht, sodass ich enttäuscht aufgeben musste.

Als die Vorstellung vorbei war und das Licht wieder angeschaltet wurde, sahen wir uns scheu an.

»Hat es dir gefallen?«, flüsterte Alex mir zu und sein Blick fiel auf meinen Arm, der in der Hoffnung auf eine zufällige Berührung von ihm immer noch halb über der Armlehne in seinen Platz hereinragte.

Ich nickte und zog den Arm vorsichtig wieder zurück.

»Es war wie immer toll«, sagte ich leise und versuchte meine Enttäuschung zu verbergen, dass er konsequent alle Versuche meinerseits ignoriert und keine Annäherung zugelassen oder initiiert hatte.

Wir erhoben uns langsam und schlenderten aus dem Veranstaltungssaal. Wir liefen schweigsam zum Auto zurück.

Ich gähnte. Die Sonne war längst untergegangen und es war ungemütlich kalt. Der November hatte sich den ganzen Tag von seiner besten Seite gezeigt, jetzt aber war es trotzdem kalt und ungemütlich. Alex fuhr wortlos nach Hause. Ich kuschelte mich in den Autositz, drehte mich zum Beifahrerfenster und verfolgte die vorbeirasenden bunten Lichter der am Abend pulsierenden Stadt, die vor meinen Augen verschwammen.

Als Alex längst eingeparkt und den Motor abgestellt hatte, wandte er sich zu mir.

»Wir sind da«, sagte er leise. »Bist du eingeschlafen?«

Vorsichtig streichelte er mir über den Kopf, als würde er wirklich denken, dass ich eingeschlafen war, weil ich nicht antwortete. Ich sah ihn mit müden Augen an, da zog er seine Hand wieder zurück, als hätte er sich seine Fingerspitzen, die mich noch gar nicht berührt hatten, an mir verbrannt.

»Wollen wir?« Er deutete mit dem Kopf auf die Autotür und nickte. Wir liefen zu unserem Wohnhaus. Der Hausflur empfing uns kühl. Als wir vor den Wohnungen ankamen, schaltete sich das Deckenlicht aus, sodass wir im Dunkeln unschlüssig vor unseren Wohnungstüren standen wie schon ein paar Wochen zuvor, als wir aus Barcelona zurückkamen.

»Danke«, sagte ich. »Es war gar nicht mal so schlecht heute. Dabei hasse ich Teambuilding-Events.«

Alex schmunzelte zurückhaltend.

»Und? Sind wir jetzt ein Team?«, fragte er dann.

Ich zögerte. »Weiß nicht, was denkst du?«

Alex lächelte und die kleinen Fältchen an seinen Augen verrieten, dass es ein echtes Lächeln war. Die Farbe seiner schönen Augen war im dunklen Hausflur leider nicht zu erkennen, dafür leuchteten die Augen gespenstisch hell und hielten meinen Blick nach wie vor in ihrem Bann. Manchmal musste ich mich ermahnen, lieber nicht zu lange hineinzuschauen, um nicht noch weiter darin zu versinken und alles um mich herum zu vergessen, obwohl ich nichts lieber als das machen wollte.

»Ich glaube schon, dass wir ein hervorragendes Detektivteam abgeben«, sagte er leise und machte einen Schritt auf mich zu.

Ich wich instinktiv zurück. Ich durfte ihn nicht zu nah an mich heranlassen. Beim letzten Mal musste ich einen zu hohen Preis zahlen. Er meinte es nicht ernst mit mir. Er konnte es gar nicht ernst meinen. Alex Winter mochte keine Frauen im Labor. Alex Winter mochte nur sich selbst.

Wieso also verbrachte ich trotzdem so gern Zeit mit ihm? Wieso konnte sich mein Kopf nicht endlich durchsetzen, wieder vernünftig sein, meinen Prinzipien folgen und nicht mehr in diesem verträumten Alex-Blick versinken?

»Bis morgen dann«, sagte ich ausweichend, als ich wieder einigermaßen rational denken und handeln konnte.

Alex zögerte. »Morgen bin ich nur kurz im Labor. Ich fliege zum LCLS am SLAC in Stanford, bei San Francisco, wo ich meinen Postdoc gemacht habe. Das Team möchte mir einige Fortschritte zeigen und mit mir ein paar Aspekte evaluieren und abschließen.«

Ich blinzelte. Das war schön für ihn. Wieder würde er reisen und bestenfalls sprang auch ein Paper dabei heraus. Wieder würde er weit weg sein. Sehr weit weg. Wieso nur fühlte ich mich so schlecht dabei?

»Zur Weihnachtsfeier bin ich wieder da und halte dir Tobias und seine Kryo-EM-Leute vom Hals.« Lachend zwinkerte er mir zu und der Schalk blitzte in den hellen Geisteraugen auf. Ein Blitz durchzuckte meinen Körper und ich fühlte mich elektrisiert.

»Also dann, gute Reise«, murmelte ich, aber ich wollte nicht, dass er ging.

»Schlaf gut, Meisterdetektivin und Weltallspezialistin Lilia Sommer!«, sagte Alex leise und auch wenn er mich sicherlich nur damit aufziehen wollte, fühlte es sich nicht für mich an, als würde er sich über mich lustig machen.

Wir drehten uns fast zeitgleich um und schlossen unsere Wohnungstüren auf. Ohne ihn noch einmal anzusehen, verschwand ich hektisch in meiner Wohnung. Meine Knie waren zittrig und mein Herz schlug mir bis zum Hals. Er hatte nicht versucht, mich zu küssen. Er hatte nicht einmal versucht, meine Hand zu nehmen oder meinen Arm durch Zufall zu berühren. Er war die ganze Zeit einfach nur nett zu mir gewesen. Vielleicht könnten wir doch Freunde werden. Wieso aber zog sich bei diesem Gedanken alles schmerzhaft in mir zusammen? Was passte meinen Zellen nicht daran, wenn wir tatsächlich Freunde wären?

Als ich meine Jacke auszog, bemerkte ich einen kleinen gefalteten Zettel in meiner Jackentasche, auf dem stand: »*Weil du doch gerne dechiffrierst: ...*« Es folgte eine auf den ersten Blick wirr aussehende Buchstaben- und Zahlenkombination. Er musste mir den Zettel unbemerkt zugesteckt haben, als wir das Planetarium verlassen hatten.

Mein kleines Detektivinnenherz machte einen Salto. Bis tief in die Nacht probierte ich sämtliche Dechiffrierarten durch, die mir bekannt waren und die ich händisch testen konnte. Erst in den frühen Morgenstunden hatte ich endlich den Inhalt seines Zettels entschlüsselt: »*Im menschlichen Körper befinden sich 0,2 mg Gold.*«

Kapitel 24

»Könnt ihr bitte mal endlich andere Musik anmachen?«, maulte Tobias nun schon zum dritten Mal. Er hatte sein viertes Bier längst ausgetrunken und wurde mit jeder weiteren Flasche unausstehlicher.

Malte verdrehte die Augen, stand auf und ging zum Laptop, der die Weihnachtsplaylist abspielte. Mit seinem Weihnachtshut, den Weihnachtsglöckchen und dem Ugly X-Mas Sweater sah er witzig aus. Überhaupt waren ausschließlich Malte und ich der Aufforderung gefolgt, in weihnachtlichen Outfits zur Laborweihnachtsfeier zu erscheinen. Ich selbst trug ebenfalls einen Ugly X-Mas Sweater sowie eine Weihnachtsleggings und fühlte mich sichtlich unwohl darin. Beides hatte ich mir von meiner Schwester Lisanne ausgeliehen, die ein riesiger Weihnachtsfan war. Zusätzlich hatte sie mir noch Ohrringe, Haarklammern und einen roten Haarreif mit überdimensionalem Geschenk gegeben. Den Schmuck zu tragen, hatte ich verweigert, aber um den Haarreif war ich nicht herumgekommen. Obwohl er an den Seiten drückte und ich ihn schon ein paar Mal abgesetzt hatte, bestand Malte darauf, dass ich ihn weiterhin trug.

»Und was ist deiner Meinung nach ›bessere Musik‹?«, fragte Malte genervt.

Tobias zuckte mit den Schultern.

»Alles«, sagte er völlig unkonkret. »Mach doch was von Mark Forster an!«

Malte verdrehte noch stärker die Augen und ich brach in schallendes Gelächter aus. Momentan fand ich alles extrem lustig. Vielleicht hatte ich tatsächlich schon ein bisschen viel Alkohol getrunken. Es war unklug, mit Malte ein geheimes Trinkspiel zu beginnen, wo immer dann getrunken werden musste, wenn Tobias unangenehm auffiel, insbesondere, weil ich eigentlich so gut wie nie Alkohol trank und dementsprechend nichts vertrug und weil Tobias einfach mit jedem Atemzug unangenehm war. Malte dagegen war mit seinen 1,90 m immer noch komplett klar.

Die Weihnachtsfeier unserer Abteilung fand im größten Konferenzraum des Instituts statt. Hinten an der Wand stand ein langer Buffet-Tisch, auf dem alle mitgebrachten Speisen und Getränke standen. Als das Buffet eröffnet wurde, hatten sich alle Kryo-EM-Leute direkt auf das gesamte Essen gestürzt, sodass dieser Bereich ziemlich geplündert aussah. Nur unweit davon entfernt standen die zu langen Tafeln zusammengeschobenen Tische, die weihnachtlich mit Tischläufern, Weihnachtssternen und Lichterketten dekoriert waren. Einen Weihnachtsbaum gab es zwar nicht, aber trotzdem hatten wir es geschafft den Raum mit viel weihnachtlicher Deko sehr ansprechend zu schmücken. Für die alkoholischen Getränke (hauptsächlich Bier) gab es eine riesige Wanne mit Eis, damit die Flaschen kalt blieben. Der heiße Glühwein, der von einem Magnetrührer aus dem Labor warmgehalten wurde, füllte den Raum mit einem angenehmen Geruch.

Für die Musik war Malte verantwortlich. Er hatte eine aus meiner Sicht wunderbare Playlist zusammengestellt, die leise im Hintergrund lief und eigentlich allen bis auf Tobias und seiner Kryo-EM-Crew zusagte. Er maulte die ganze Zeit herum, weil er offenbar nicht verstanden hatte, dass das Ziel einer Weihnachtsfeier war, weihnachtlich zu feiern, was natürlich unmittelbar mit Weihnachtsmusik verbunden war.

Unser Abteilungsleiter hatte bereits zu Beginn dieser Feier die übliche Floskelrede gehalten, um ein erfolgreiches Jahr abzuschließen, allen zu danken und zu sagen, wie fantastisch sie waren, wenn sie Paper veröffentlicht hatten. Blablabla. Ich konnte mir dieses leere Gerede nicht anhören, weil ich in der Dankesrede auch gar nicht eingeschlossen wurde. Immerhin hatte ich kein überragendes Funding für die Abteilung eingeholt, kein exzellentes Paper veröffentlicht und auch sonst der Abteilung keine große Ehre gebracht. Also starrte ich nur mit leerem Blick auf meine Schuhe und fühlte mich ausgeschlossen, unwichtig und unnütz.

Die Tanzfläche war noch leer und würde vermutlich auch leer bleiben, wenn weiterhin dieser entsetzliche Deutsch-Poeten-Pop gespielt wurde. Geschenke-Wichteln würde es nach dem Debakel im letzten Jahr auch nicht mehr geben. Wir wollten ungern erneut mit ansehen müssen, wie sich die Betrunkenen um die Wichtelgeschenke prügelten. Stattdessen hatten wir dieses Jahr das erste Mal eine Fotoecke mit weihnachtlichem Hintergrund und Requisiten für lustige Erinnerungsfotos eingerichtet. Bislang hatten aber hauptsächlich Malte und ich dort Fotos gemacht.

Die Kryo-EM-Gang saß nur unfassbar laut am Tisch, futterte schmatzend und ertrank förmlich in Lobesreden über sich selbst, wie toll alle in diesem Kalenderjahr gewesen waren, was für großartige Helden und unermüdliche Kämpfer, und trank ein Bier nach dem anderen, was den Geräuschpegel im Raum erheblich steigerte.

Alex war nicht anwesend, obwohl er mir versprochen hatte, da zu sein, und das gefiel mir ganz und gar nicht. Seit seiner Dienstreise nach Stanford hatte ich ihn nicht mehr gesehen. Robert erwähnte vor ein paar Tagen nebenbei, dass Alex eigentlich längst wieder da sein wollte, er aber auch nicht mehr wüsste.

Seit ich seine erste geheime Nachricht dechiffriert hatte, schrieben wir uns ständig verschlüsselte Botschaften per E-Mail. Wir schrieben nie etwas Privates. Es wurden immer nur Daten und Fakten verschlüsselt, die zum Nachdenken oder Schmunzeln anregen sollten. Interessante Fakten, die völlig unzusammenhängend waren und nichts mit unserem Forschungsthema zu tun hatten. Unnützes Wissen. Und es machte jedes Mal mehr Spaß, die Nachrichten mit immer weiter abgewandelten Dechiffrierschlüsseln zu decodieren. Auf meine erste Antwort »*Marie Curie war die erste Person, die ZWEI Nobelpreise erhielt.*«, schrieb er beispielsweise einfach: »*Wenn Koalas gestresst sind, bekommen sie Schluckauf.*« und »*Die meisten Bewegungsmelder reagieren nicht auf Bewegung, sondern auf Wärme.*«

Frustriert griff ich nach dem nächsten Glühweinglas. Es nervte mich, dass er nicht da war. Ich wollte mit ihm reden, über die Botschaften, über seine Forschungsreisen und darüber, wieso er Frauen in der Wissenschaft verachtete, aber so besonders war. Ich wollte wissen, wieso ich ständig an ihn denken musste und wieso er ständig die gleichen Dinge gut fand wie ich. Wir hörten die gleiche Musik, wir waren die gleichen Naturwissenschaftsfreaks, wir liebten beide Detektivthemen und Dechiffrieren. Und wir hatten ein Faible für unnützes Wissen. Es war erwiesen, dass Frauenherzen schneller schlugen als Männerherzen, aber wann immer ich an Dr. Alex Winter dachte, schlug mein Herz definitiv viel zu schnell.

Die Musik änderte sich und riss meine Aufmerksamkeit wieder ins Hier und Jetzt. Deutsch-Poeten-Pop war ätzend. Leider wusste ich nicht, wie Alex darüber dachte, und ich traute mich nicht, ihm eine Nachricht zu schreiben und zu fragen. Privates tauschten wir nie aus. Ich hoffte inständig, dass Tobias sich ab jetzt, da er seinen Musikwunsch bekommen hatte, besser verhielt. Viel mehr Glühwein und Amaretto würde ich jedenfalls nicht vertragen.

Als Malte die Playlist geändert hatte, wirkte Tobias auf jeden Fall zufriedener. Seine Gruppe hatte das Thema gewechselt und redete nun über das »krasse« Forschungsbudget von Alex. Sein neuer Doktorand, Misha Graf, der offiziell erst im Januar angefangen würde, saß zwischen den Kryo-EM-Leuten und wirkte ein wenig überfordert. Alex hatte ihn zum Kennenlernen hierher bestellt und nun wusste er nicht so richtig, was er ohne Alex als Supervisor machen sollte. Aber ehe ich ihn retten konnte, hatte ihn Tobias bereits unter seine Fittiche genommen und direkt an den Kryo-EM-Tisch gezerrt.

Misha war mittelgroß, hatte pechschwarzes, volles Haar und dunkelbraune Augen. Sein Teint war blass, was seine markanten Gesichtszüge hervorhob und die hohen Wangenknochen und die schmale, gerade Nase betonte. Seine Stimme hatte ich bis jetzt noch nicht gehört, denn bei den Kryo-EM-Leuten kam er nie zu Wort.

»Der kann mit seiner ganzen Kohle doch locker noch eine TA und zwei Postdocs anstellen«, grölte Chris unangenehm. Er war einer von Tobias' prolligen Postdocs, bei dem ich immer noch nicht verstand, wie er jemals das Abitur hatte bestehen können. Natürlich war auch hier die Abkürzung für TA automatisch weiblich konnotiert. Natürlich konnte es in diesen beschränkten Kryo-EM-Gehirnen nur Technische Assistentinnen geben.

Ich verdrehte die Augen und Wut brodelte in mir.

»Ich hoffe, sie ist jung und hübsch«, sagte Stefan, ein Doktorand von Tobias, mit widerlichem Grinsen. »Wir haben hier echt Bedarf an hübschen Dingern.«

Sein abfälliger Blick wanderte demonstrativ zu mir und ich wollte ihm für diese widerliche Aussage am liebsten direkt vor die Füße kotzen. Sehr toll, dass wir Frauen im Labor wieder einmal nur aufs Äußere reduziert wurden. Wie schade, dass ich ihm nicht jung und hübsch genug war!

»Du musst trinken«, sagte Malte trocken und trank seinen Glühwein aus. Nüchtern war diese Weihnachtsfeier auf jeden Fall wirklich nicht zu ertragen.

»Aber Tobias hat doch gar nicht geredet«, protestierte ich aufgebracht.

»Chris und Stefan sind seine Schützlinge. Ergo vertreten sie auch seine Ansichten. Und schau mal, wie süffisant und zufrieden Tobias bei diesen Aussagen die ganze Zeit guckt«, sagte Malte nur schulterzuckend. »Also los, Lilly, Prost!«

Er füllte etwas aus unserem heimlich mitgebrachten Amarettovorrat in mein Glas und ich sah ihm angewidert dabei zu. Mein Magen wollte das nicht trinken. Aber mein Kopf wollte diese Kryo-EM-Leute nicht mehr hören. Und mein Herz wollte Alex, der immer noch nicht da war.

»Boah, mehr vertrage ich wirklich nicht«, flüsterte ich und fühlte mich schummrig. War es normal, dass mein Mund langsamer sprach als meine Gedanken im Kopf entstanden?

»Bist du etwa schon betrunken?«, fragte Malte mit glasigen Augen.

Ich nickte unschlüssig. Natürlich war ich schon betrunken. Allein das Einatmen der Glühweindämpfe in diesem Raum ließ mich betrunken werden!

Vorsichtig stand ich auf und torkelte zum Laptop, um neue Lieder in die Playlist zu laden. Mehr als ein Lied von Mark Forster mit seinen Friede-Freude-Eierkuchen-Songs konnte ich nicht aushalten. Es fiel mir schwer, mich auf das Klicken am Laptop zu konzentrieren und gleichzeitig an

Songs zu denken, die wir stattdessen hören könnten. Mein Blick war ebenfalls glasig. Mein Körper wollte den überschüssigen Alkohol loswerden und mir wurde übel. Malte leitete mich vom Laptop zum Stuhl zurück.

»Hier trink mal etwas Wasser!«, sagte er und schob mir ein Glas hin. »Es ist echt langweilig, mit dir Trinkspiele zu spielen, wenn du direkt betrunken bist.«

Dann stand er auf und verschwand auf die Toilette. Der Kryo-EM-Tisch lachte erneut dreckig und ich wusste, dass sie sich über mich lustig gemacht hatten. Wütend sprang ich auf, was vielleicht in meiner Situation nicht besonders klug war, weil sich alles drehte. Trotzdem schlich ich schwankend zu diesen widerlichen Menschen. Mutig und kämpferisch.

»Hey«, rief ich, aber es fiel mir schwer, deutlich zu sprechen. »Seid still! Ihr nervt!«

Die Männer sahen mich überrascht an, dann lachten sie.

»Ach schau an, das Mäuschen gibt uns die Ehre. Hat dich dein Wachhund endlich aufstehen lassen, ja?«, zischte Stefan.

Ich kniff die Augen zusammen, weil er gleich zweimal vor mir stand und ich entscheiden sofort musste, welcher von beiden nun der richtige Stefan war, um im Fall der Fälle auch den echten Stefan zu treten.

»Halt die Klappe, Stefan!«, antwortete ich. »Und nur damit du es weißt, TA steht für Technische Assistenz. Das können auch Männer sein. Das sind nicht per Definition Frauen. Klar?«

Stefan sprang auf und kam näher auf mich zu.

»Ach so?«, fragte er.

»Jaha«, antwortete ich. »Und seid weniger sexistisch! Im Labor gibt es gar keinen Bedarf an hübschen Dingern!«

Der Tisch grölte.

»Oh doch, den gibt es sogar dringend«, sagte Stefan.

Wütend kniff ich die Augen zusammen.

»Sorry Leute, dass ich euch nicht hübsch genug bin«, lallte ich. »Aber ihr seid auch nicht sonderlich ansehnlich.«

Stefan lachte hämisch und machte einen weiteren Schritt auf mich zu.

»Wenn du diesen viel zu großen Pulli ausziehst, können wir vielleicht mal erkennen, ob du auch 'ne hübsche Maus bist«, flüsterte er zu mir und griff nach meinem Pulloversaum, um ihn hochzuziehen. Innerlich erstarrte ich und konnte mich nicht rühren.

Plötzlich legte sich eine Hand auf meine Schulter und zog mich weg. Mein Kopf drehte sich. Alex war da. War er schon immer so groß gewesen?

»Was ist hier los?«, fragte er streng.

Als Stefan ihn sah, murmelte er irgendwas von »War doch nur Spaß« und setzte sich kleinlaut wieder an den Kryo-EM-Tisch, während ich immer noch vor Schreck zitterte. Der Hass in seinen Augen ließ mir das Blut in den Adern gefrieren.

Alex zog mich zur Fotoecke, weil es dort etwas ruhiger war. Er sah mich eindringlich an, während ich gar nichts sagen konnte und sich immer noch alles drehte.

»Hat er dir etwas getan?«, fragte Alex leise.

Er musste mich stützen, weil ich das Gleichgewicht nicht halten konnte. Meine Augen füllten sich mit Tränen Dieser Stefan wollte vor allen Anwesenden meinen Pullover ausziehen. Er hatte seine widerlichen Fingerspitzen schon am Saum meines Pullovers gehabt und ich hatte mich wie erstarrt nicht wehren können. Das war erniedrigend. Das war beschämend. Das war zu viel. Wenn Alex nicht gekommen wäre … Ich wimmerte und wollte mich in Alex' Arme werfen, aber dann hielt ich inne. Alex war einer von ihnen. Alex dachte auch nicht gut von Frauen. Wem würde er glauben, wenn ich das jetzt sagte? Seinem Männerkollegen oder mir, einer betrunkenen Doktorandin in einem Ugly X-Mas Sweater mit überdimensionalem Geschenkhaarreif auf dem Kopf?

Ich schniefte, da standen plötzlich auch zwei Alex' vor mir.

»Du weinst ja«, flüsterten beide gleichzeitig. Sie fixierten mich mit ihren Augen, aber ich wusste nicht, wer von ihnen der Echte war.

»Wo warst du? Du wolltest mich doch vor der Kryo-EM-Gang retten. Du hast es versprochen!«, herrschte ich beide dann an und tippte dabei mit dem Zeigefinger drohend vor mir herum, bis ich die Brust des echten Alex' traf.

»Stimmt, das wollte ich«, sagte Alex leise. »Aber ich habe nicht geahnt, dass es tatsächlich auch nötig sein würde.«

»Warum warst du nicht da?«, fragte ich vorwurfsvoll. »Ich habe dir vertraut!«

»Ich bin jetzt da«, antwortete er direkt.

»Wieso erst jetzt?«

Alex seufzte ebenfalls. »Ein Blizzard in New York City hat mich ausgebremst.«

»Das ist eine Ausrede«, warf ich ein. »Du warst doch gar nicht in New York. Du warst in Kalifornien. In der Sonne. Da, all diese niedlichen Sommersprossen verraten es.«

Wie durch ein Wunder schaffte ich es, auf die Sommersprossen in seinem Gesicht zu tippen. Es machte irgendwie Spaß. Er zog sein Gesicht nicht einmal weg, sondern ließ es einfach über sich ergehen.

»Lilia, ja, ich war in Kalifornien, aber ich musste in New York City umsteigen. Und dann kamen diese Schneestürme, die die gesamte Stadt für mehrere Tage lahmgelegt haben. Ich konnte wirklich nicht eher weg. Es tut mir leid, ich wollte dich nicht warten lassen.«

»Das hast du aber«, erwiderte ich beleidigt und schwankte, weil die Welt unter meinen Füßen plötzlich wackelte und auch das Beben in mir drin stärker wurde. Ich fasste mir an die Stirn, weil mein Kopf dröhnte, und versuchte, es auszublenden.

Alex stand, ohne zu schwanken, vor mir. In seinem schicken dunkelblauen Hemd. Groß und gut aussehend. Endlich.

»Wollen wir lustige Fotos machen?«, fragte ich kokett, klimperte mit den Wimpern und machte einen Schritt auf ihn zu, aber meine Füße gaben nach.

Mein Augenaufschlag war etwas Besonderes, das hatte man mir schon öfter gesagt. Alex war jedoch völlig immun dagegen. Er fing mich zwar beim Fallen auf (das Auffangen schien bei uns zur Gewohnheit zu werden), aber dann schob er mich auf den Fotohocker in der Ecke, anstatt mich in seinen starken Armen zu halten, anzulächeln und zu küssen. Dabei luden meine Lippen doch förmlich dazu ein, von ihm geküsst zu werden. Vielleicht musste ich sie nur noch mehr in Szene setzen? Enttäuscht zog ich meine Unterlippe demonstrativ vor und blinzelte ihn an. Aber auch dagegen war er offenbar immun.

»Ich hole dir ein Glas Wasser«, murmelte er und verschwand trotz meines Protests.

Als er wiederkam, mit Wasserglas, hatte er Malte im Schlepptau. Beide stritten gedämpft.

»Das habt ihr nicht ernsthaft gemacht, oder? Ein Trinkspiel? Wie alt seid ihr, bitte, sechzehn?«, herrschte Alex ihn wütend an.

»Ich wusste nicht, dass es so eskaliert«, stammelte Malte unglücklich und sah mich an, aber ich konnte meine

Augen nicht von Alex nehmen. Braun gebrannt mit diesen Sommersprossen und diesem wütenden Funkeln in den Augen sah er sogar noch besser aus! »Ich wollte ja auf sie aufpassen ...«

Alex sah ihn zornig an.

»Hast du aber nicht!«, zischte er. »Sie kann kaum noch die Augen offenhalten. Das nennst du aufpassen?«

»Was kann ich dafür, dass Lilly keinen Alkohol verträgt?«

Alex sah ihn verächtlich an. Malte hatte sich in die Ecke gesetzt und schmollte beleidigt, weil Alex ihn angemeckert hatte. Ich fand es sehr amüsant und kicherte.

»Mir fehlen echt die Worte«, sagte Alex kopfschüttelnd. Dann wandte er sich zu mir. »Hier, trink das!«

Sein Ton war eisig. Da ich das volle Glas kaum halten konnte, half er mir dabei, führte es an meine trockenen Lippen und ich trank. Mein Magen rebellierte und wollte nichts mehr aufnehmen, aber Alex sah so wütend aus, dass ich mich nicht traute, mich zu widersetzen. Die Übelkeit wurde stärker und mir wurde schwarz vor Augen. Jetzt bloß nicht ohnmächtig werden, das wäre ...

Kapitel 25

Als ich die Augen öffnete, lag ich in meinem Bett. Mein Kopf dröhnte wie bei der Landung eines Düsenjets. Der pochende Schmerz ließ mich fast direkt wieder ohnmächtig werden. Ich wälzte mich vorsichtig auf die Seite. Auf dem Nachttisch stand ein volles Wasserglas. Daneben lag Ibuprofen.

Wie war ich hierhergekommen? Meine letzte Erinnerung war, dass Alex endlich zur Weihnachtsfeier gekommen war und mich vor den blöden Kryo-EM-Leuten gerettet hatte. Und dass er mit Malte gestritten hatte.

Ich massierte meine pochenden Schläfen. Wer auch immer die Schmerztablette auf dem Tisch deponiert hatte, wusste genau, was ich jetzt dringend brauchte. Hastig richtete ich mich auf, als ich dazu in der Lage war, nahm die Tablette aus dem Blister und schluckte sie zusammen mit dem Wasser eilig herunter. Dann legte ich mich wieder ins Bett und betete, dass ich mich nicht übergeben musste. Ich schloss die Augen und hoffte, dass sich die Welt um mich herum nicht mehr so drehen würde. Was hatte ich mir nur dabei gedacht, auf Maltes dämlicher Trinkspielidee einzugehen?

Ich versuchte, mich angestrengt daran zu erinnern, wie ich nach Hause gekommen war. Irgendjemand musste mir geholfen und mir den Ugly X-Mas Sweater ausgezogen haben, denn ich trug nur noch mein Top und die Leggings.

Als die Tablette nach einer gefühlten Ewigkeit, in der ich immer wieder eindöste und hochschreckte, langsam zu wirken begann, ich die Augen wieder schmerzfrei öffnen konnte und sich nicht mehr sofort alles drehte, wagte ich es, aufzustehen. Ich schlich aufmerksam durch die

Wohnung, um etwaige Spuren vom gestrigen Abend zu finden, fand aber nur meinen Wohnungsschlüssel, der auf der Küchentheke lag, wo ich ihn niemals selbst hingelegt hätte. Verdammt, wer hatte mich gestern nach Hause gebracht?

Da ich mit meiner Erinnerung nicht weiterkam, beschloss ich, erst einmal zu duschen. Unter der heißen Dusche kamen dann endlich die ersten Fetzen meiner Erinnerung zurück, langsam, aber ich erschrak und war gleichzeitig peinlich berührt, als ich feststellte, woran ich mich genau erinnern konnte:

… Alex hatte Mühe, mich zum Auto zu hieven, weil ich wie in Trance war.

»Keine Sorge, Lilia, ich bringe dich jetzt nach Hause. Es wird alles gut«, murmelte er mantraartig, während ich neben ihm her stolperte.

Als wir am Auto ankamen, wurde ich wieder etwas klarer. Die frische Luft und das kalte Wasser hatten geholfen. Aber ich war nicht klar genug, um rational und normal zu handeln, denn ich versuchte ihm die ganze Zeit klarzumachen, dass ich gar nicht so viel getrunken hatte. Dass wir lieber wieder zurückgehen und feiern sollten.

Alex blieb stur. Er reagierte einfach gar nicht mehr auf mich. Also änderte ich meine Taktik. Im Auto dachte ich, es wäre wirklich eine gute Idee. Eine verdammt gute sogar.

»Sag mal, willst du mich eigentlich je wieder küssen oder findest du mich auch nicht hübsch genug?«, fragte ich honigsüß, bevor wir ausstiegen, und versuchte, mein Lallen zu unterdrücken.

Alex stellte den Motor ab und sah mich überrascht an.

»Bitte was?«, fragte er.

»Willst du mich je wieder küssen oder findest du mich auch nicht hübsch genug?«, wiederholte ich die Frage.

Alex blinzelte und überlegte. »Wer hat das denn gesagt?«

»Stefan«, murmelte ich. »Und dann wollte er, dass ich mich ausziehe.«

»Das kann nicht sein«, sagte er ungläubig.

»Doch«, protestierte ich.

»Aber das hast du nicht gemacht, oder?«, fragte er.

Ich ignorierte seine dämliche Frage. Nicht einmal im durchgeknalltesten Zustand hätte ich das gemacht. Nicht einmal, wenn ich kurz vor dem alkoholischen Koma stehen würde. Anstatt zu antworten, pustete ich genervt die Ponysträhnen aus der Stirn und wir stiegen aus dem Auto aus.

»Also findest du mich auch hässlich?«, fragte ich mit beleidigtem Unterton und sah ihn vorwurfsvoll an.

»Das habe ich nie gesagt.«

»Aber gedacht.«

»Nein, auch das nicht.«

»Also findest du mich hübsch?«, fragte ich kokett.

Er seufzte und kam auf mich zu. »Spielt das wirklich eine Rolle?«

»Also findest du mich doch hässlich.«

Er seufzte erneut.

»Wie kommst du darauf?«, wollte er wissen.

»Wenn es nicht so wäre, würdest du ja zugeben können, dass du mich hübsch findest«, meinte ich beleidigt.

Er sah mich ungläubig an und wollte etwas erwidern. Aber ich sollte niemals erfahren, was er mir zu sagen hatte. Noch während er Luft holte, fühlte ich mich gar nicht gut. Dann beugte ich mich vor und kotzte ihm direkt vor die Füße ...

Die Erinnerung brach ab. Zum Glück. Ich konnte diese Peinlichkeit kaum ertragen. Ich schüttelte fassungslos den

Kopf und stellte die Temperatur des Duschwassers höher, als würde dies die schrecklichen Erinnerungen wieder ungeschehen machen. Stattdessen tauchten nur noch mehr Erinnerungsfetzen auf, wie ich ihn bezirzen wollte, während er mir in die Wohnung half.

»Findest du mich heiß?«, fragte ich ihn im Treppenhaus, während er den Arm um meine Hüfte gelegt hatte und mir beim Hochgehen half.

Auch dieses Mal schwieg Alex beharrlich, was mich trotz (oder gerade wegen?) des Alkohols ziemlich wütend machte. Das Deckenlicht flackerte und erlosch. Ich erinnerte mich, dass ich daran dachte, die Dunkelheit zu nutzen und im Treppenhaus mit ihm herumzumachen. Aber glücklicherweise hatte ich das dann doch nicht versucht. Oder etwa doch?

Ich würde ihm niemals mehr in die Augen schauen können, was definitiv schlimm wäre bei diesen fantastischen, hellblauen Augen, in denen ich am liebsten versunken wäre. Schlimm genug, dass wir Nachbarn waren, aber hier konnte ich ihm im Hausflur aus dem Weg gehen. Wie sollte ich ihm bitte im Labor aus dem Weg gehen? Er saß mit meinem PI in einem Büro. Er war unser stellvertretender Abteilungsleiter. Er war unser Sicherheitsbeauftragter.

Ich schlich ins Wohnzimmer und kuschelte mich in meine dickste Decke. Wie sollte ich ihm je wieder unter die Augen treten? Dann hielt ich inne. Betrunkene faselten doch oft nur verrückten Stuss. Er würde vermutlich all das gar nicht glauben, was ich in offensichtlich vollkommen geistiger Umnachtung von mir gegeben hatte. Es war doch offensichtlich, dass ich nur Müll erzählt hatte? Oder?

Kapitel 26

Als ich ein paar Tage später seine nächste geheime Botschaft entschlüsselte, die er mir irgendwann nach der Weihnachtsfeier ins Laborbuch gelegt hatte, war ich mir jedoch nicht mehr so sicher, ob es für ihn wirklich so offensichtlich war, dass ich auf der Weihnachtsfeier nur Müll erzählt hatte: »*Betrunkene und Kinder sagen immer die Wahrheit. Diese Redewendung konnte mit Studie (fast) belegt werden. Alkohol wirkt auf das Gehirn und beeinflusst die Funktionsfähigkeit der Nervenzellen. Dadurch wird die Hemmung des Verhaltens verringert und die Impulskontrolle beeinträchtigt. Dies kann dazu führen, dass Betrunkene (fast) immer die Wahrheit sagen. And what about you?*«

Ich hatte beschlossen, dass ich ihn im Labor einfach nicht auf den Abend der Weihnachtsfeier und meine diversen Fauxpas ansprechen würde und dass ich alles vehement abstreiten würde, sollte er mich jemals dazu befragen. Genauso hatte ich es auch am Montag bei Malte gemacht, der sich kleinlaut bei mir entschuldigt hatte und gefragt hatte, ob ich gut nach Hause gekommen war. Ich hatte einfach so getan, als würde ich mich an gar nichts mehr erinnern und es wirkte auf mich, dass Malte ziemlich erleichtert war, genau das von mir zu hören.

Es fiel mir nicht schwer, mit dem ganz normalen Alltag weiterzumachen, denn Alex war schon wieder verreist. Seit Barcelona war er so oft unterwegs, dass er auch gar keine Pakete mehr für mich annehmen konnte. Was in Anbetracht der Tatsache, dass ich mich total vor ihm blamiert hatte, vermutlich nicht allzu schlimm war. Seine Vorlesung übernahm ein anderer Dozent, der mir für die Übung eine ausführliche Anweisung zumailte, genauso wie Alex es zuvor geplant hatte. Jedenfalls gelang es mir, alles zu ignorieren und auszublenden, sogar diese eine geheime Nachricht über das Betrunkensein. Die nächsten Nachrichten, die wir uns schrieben, sollten dann wieder das übliche unnötige Wissen beinhalten und das taten sie auch.

Als ich ein paar Tage später in meinem E-Mail-Postfach die nächste Nachricht erhielt, war ich erleichtert: »*Die Azteken haben den Flummi erfunden.*«

Definitiv unnützes Wissen. Perfekt. Es war wieder alles gut zwischen uns.

Ich nutzte die restliche Laborzeit vor Weihnachten, um endlich einen Gesamtdatensatz zu erstellen. Robert hatte mich mit der Statistik unterstützt und wir brüteten stundenlang über meinen Diagrammen und Kurven und überlegten, wie wir die Darstellung anpassen konnten, um aussagekräftiger zu werden und um die Signifikanz zu zeigen. Bei einer der Experimentreihen hatte ich das Gefühl, dass der Kurvenverlauf damals, als ich die Reihe gemessen und grob ausgewertet hatte, leicht verschoben war, aber es waren mittlerweile so viele Versuche, die ich durchgeführt hatte, dass ich das bestimmt verwechselt hatte.

Da Mitte Dezember keine Vorlesungen, Seminare und Praktika mehr stattfanden, hatte Robert viel Zeit. Wir saßen fast jeden Tag zusammen und formten an meinem Modell herum. Ich hatte ihm meine ersten fertiggestellten Abschnitte der Dissertation zur Korrektur geschickt.

Am letzten Tag vor den Weihnachtsferien, in denen das Labor für gewöhnlich geschlossen war, kam ich verschlafen ins Institut. Die meisten hatten schon Urlaub und waren so wie Malte für die Feiertage in die Heimat gefahren, was bei den vielen internationalen Mitarbeitenden des gesamten Clara-Immerwahr-Instituts wirklich etwas ausmachte. Auch Robert, alle anderen Doktoranden und die meisten TAs waren bereits im Urlaub, sodass ich in ein völlig verlassenes Labor kam. Auf meinem Schreibtisch lag ein weihnachtlich verpacktes Geschenk mit großer roter Schleife. Überrascht blickte ich mich um, was vollkommen seltsam war. Ich legte meinen Mantel über den Schreibtischstuhl und stellte meinen Rucksack in die Ecke. Dann hob ich das Geschenk an und schüttelte es vorsichtig, als wäre ich ein kleines Kind. Es war schwerer als gedacht und klapperte. Abwesend fuhr ich mit den Fingern über die Schleife, die sich hochwertig samtig anfühlte.

Leider lag keine Karte dabei. Von wem konnte dieses Geschenk also sein? Es war völlig unüblich sich bei uns in der Abteilung etwas zu Weihnachten zu schenken. Auch ich hatte bisher niemandem etwas geschenkt. Generell schenkten wir uns hier nichts – man konnte sich tatsächlich schon geehrt fühlen, wenn jemand überhaupt an den Geburtstag oder so dachte und gratulierte.

Vorsichtig öffnete ich die übergroße Samtschleife und löste das Klebeband vom Geschenkpapier. Vielleicht hatte ein*e Pharmareferent*in ein aufwändig gestaltetes Werbegeschenk verteilt? Ich sah das Papier kritisch an, entdeckte aber keine Logos von irgendwelchen bekannten Laborbedarfsfirmen.

Als ich das Geschenkpapier entfernt hatte, stockte mir der Atem. Vor mir lag ein Karton mit einem nigelnagelneuen Pipettensatz eines Premiumherstellers. Mein Herz raste. Es gab nur eine einzige Person, die meine Pipettensammlung je bemerkt oder kommentiert hatte.

Ich öffnete den Karton und holte die einzeln verpackten Pipetten heraus. Kurz schaute ich mich um, damit ich nicht vielleicht doch jemanden übersehen hatte, der mich jetzt beobachtete und vor dem ich mich blamieren konnte. Es war immer noch niemand da. Dann griff ich alle fünf

Pipetten, drückte sie an mein Herz und vollführte einen kleinen Freudentanz. Es war toll, ein eigenes Set an Pipetten zu haben. Aber ein eigener, komplett unbenutzter, neuer Pipettensatz einer führenden Herstellermarke – das hätte ich mir niemals erträumt. Nun könnte ich all meine bahnbrechenden Erkenntnisse mit genau diesen Toppipetten erzielen. Ich fühlte mich leicht wie eine Feder und gleichzeitig stark wie eine Profiboxerin. Ich konnte damit einfach alles schaffen, was ich mir jemals vorgenommen hatte. Mit diesen Pipetten war ich im Labor quasi unbesiegbar!

Sanft strich ich über die blaue Pipette, die im Gegensatz zu meiner alten nicht kaputt war. Dann flitzte ich aus dem Labor und hielt vor dem verschlossenen Zweier-Büro. Ich klopfte vorsichtig an, aber es war niemand da. Das Institut war wirklich gespenstisch leer. Ich beschloss, meine neuen Pipetten noch einmal in Ruhe anzuschauen und dann direkt einzuweihen. Mit einem breiten Grinsen ging ich ins Labor zurück.

Als ich in mein E-Mail-Postfach blickte, gab es eine neue Mail ohne Inhalt. Im Betreff las ich nur: »*Merry Xmas!*«

Ich atmete tief durch, zweimal, und sammelte meine wirren Gedanken, die wie junge Rehe vollkommen durcheinander sprangen. Dann schrieb ich eine Antwort an den heißesten Weihnachtsmann der Welt, der mir in diesem Moment unfassbar fehlte.

Kapitel 27

»Hey, was machst du denn noch so spät hier?«, fragte ich in der zweiten Januarwoche, als ich auf dem Weg aus dem Labor noch Licht im Zweier-Büro sah. Es konnte nur Alex sein, der auch noch da war. Robert verließ das Labor spätestens um 16 Uhr.

Alex sah ziemlich geschafft aus. Vorhin hatte er beim Kryo-EM-Seminar teilgenommen, um mit den Kryo-EM-Leuten die widerliche Situation auf der Weihnachtsfeier zu besprechen. Obwohl ich nicht dabei gewesen war, hatte ich von Malte, der immer bestens über alles informiert war, erfahren, dass es wohl ziemlich laut geworden war. Und dass Alex ziemlich wütend gewesen war, da es absolut kein Verständnis für das Fehlverhalten gab.

Er hatte sich nach dem Seminar dann sogar noch Stefan geschnappt, ihn im Beisein seines PIs zur Rede gestellt und ihm eine offizielle Strafe verhängt, obwohl Tobias alle möglichen Einsprüche vorgebracht hatte. Letztendlich musste Alex die Karte des stellvertretenden Abteilungsleiters ziehen, eine wirklich mächtige Karte, und Stefan musste sich offiziell bei mir entschuldigen, was er kleinlaut hinter sich brachte. Zusätzlich wurde er verdonnert, für drei Monate den kompletten Autoklavierdienst zu übernehmen. Sehr zum Missfallen von Tobias, aber gegen einen resoluten stellvertretenden Abteilungsleiter hatte er keine Chance.

Mein Herz flatterte immer noch, wenn ich daran dachte, wie Alex für mich eingetreten war und gekämpft hatte und dass Stefan mit seinem Übergriff nicht davongekommen war. Das hatte ich nicht erwartet. Das Gefühl der Rückendeckung war eine vollkommen neue Erfahrung für mich.

Und nun saß Alex erschöpft von seinem langen Tag und diesem schweren Kampf an seinem Computer und rieb sich die müden Augen. Ich wollte mich bei ihm bedanken, weil er sich für mich eingesetzt hatte, aber gleichzeitig wollte ich mit ihm auf gar keinen Fall über die Weihnachtsfeier sprechen, wo ich mich durch den Alkohol so extrem danebenbenommen hatte und einige äußerst pikante Dinge zu ihm gesagt hatte.

»Ach, ich will noch nicht nach Hause«, sagte Alex leise und lächelte müde.

»Warum?«, fragte ich.

Er zuckte mit den Schultern.

»Dann kann ich mich nicht mehr dagegen wehren«, flüsterte er.

Ich runzelte die Stirn. »Du sprichst in Rätseln. Was ist los?«

Alex seufzte. »Meine Eltern wollen, dass ich zu ihnen komme. Die ganze Familie ist da. Um meinen Geburtstag zu feiern.«

Ich sah ihn mit großen Augen an.

»Du hast heute Geburtstag?«, fragte ich ungläubig.

Er nickte. Wow. Er war durch und durch ein Winter, wenn er sogar im Hochwinter geboren wurde.

»Und du bist lieber hier, allein, als bei deiner Familie, die mit dir feiern will?«

Er nickte erneut.

»Das ist alles nicht so leicht«, murmelte er verlegen.

Ich trat einen Schritt auf ihn zu und legte meine Arme um ihn, obwohl er auf seinem Schreibtischstuhl saß.

»Herzlichen Glückwunsch zum Geburtstag«, flüsterte ich ihm ins Ohr. »Für das neue Lebensjahr wünsche ich dir nur Sonnenschein.«

Er erwiderte die Umarmung.

»Und Sommer?«, fragte er, aber ich reagierte nicht und ließ ihn in dem Glauben, ich hätte es nicht gehört.

»Ich geh mit dir«, sagte ich dann.

Er lehnte sich zurück und sah mich verwundert an. »Was meinst du?«

»Ich begleite dich zu deiner Familie, damit du Geburtstag feiern kannst. Sieh es als mein Geburtstagsgeschenk für dich!«

Seine eisblauen Augen sahen mich fragend an. »Bist du sicher? Es ist nicht einfach im Hause Winter.«

»Eine Sommer schafft alles, sogar eine Winter-Party«, sagte ich lachend.

Er legte seine rechte Hand auf meine Wange und strich mit dem Daumen sanft über meinen Nasenrücken. Es kitzelte und fühlte sich vertraut an, sodass in meinem Bauch die Schmetterlinge wild durcheinanderflogen.

»Dann kann ja nichts mehr schiefgehen, wenn ich den Sommer auf meiner Seite habe«, flüsterte er.

Er schmunzelte und ich kicherte verlegen. Unsere Gesichter waren wieder so nah beieinander, dass sich unsere Nasenspitzen fast berührten. Wenn ich mich nur ein bisschen weiter nach vorn lehnen würde, könnte ich ihn küssen. Oh, wie sehr würde ich ihn jetzt gerne küssen?

Ich wartete kurz, damit er den ersten Schritt machen konnte, aber nichts geschah.

»Meine Mutter hat mir schon fünf Nachrichten auf die Mailbox gesprochen. Wenn du wirklich mitkommen willst, sollten wir los.«

»Alles klar«, sagte ich selbstbewusst und rückte von ihm weg. »Ich bin soweit.«

Alex grinste mich an, fuhr seinen PC herunter, nahm seine Sachen und schaltete das Licht aus. Wir verließen schweigend das Institut und liefen zügig zum angrenzenden Parkplatz zu seinem Auto. Ich setzte mich fast schon routiniert auf den Beifahrersitz, der immer noch perfekt für mich eingestellt war. Alex setzte sich hinters Steuer und startete den Motor.

»Du wirst gleich wissen, wieso ich mich eigentlich drücken wollte«, sagte er leise, sah mich mit einem geheimnisvollen Strahlen in den Augen an und fuhr los.

Ich lachte.

»Solange es etwas zu essen gibt, bin ich glücklich«, sagte ich.

»Oh keine Sorge, es wird etwas zu essen geben«, murmelte Alex abwesend, »und das nicht zu knapp.«

Ich sah ihn still an.

»Danke Alex, dass du dich vorhin für mich eingesetzt hast«, flüsterte ich.

Ich wusste, dass es nicht einfach für ihn gewesen war. Auch wenn seit der Weihnachtsfeier etwas Zeit vergangen war, war Alex direkt nach der Urlaubszeit und dem Jahreswechsel zum Abteilungsleiter gegangen, hatte sich mit ihm höchstpersönlich dazu ausgetauscht und offiziell das nächste Kryo-EM-Seminar der Arbeitsgruppe abgewartet, um mit allen Beteiligten darüber zu sprechen. Was leider nicht so gut geklappt hatte, weil die Kryo-EM-Leute beratungsresistent und widerlich waren.

»Was meinst du?«, fragte Alex ernst, als wüsste er wirklich nicht, wovon ich gerade sprach, und kräuselte seine schöne Nase leicht, sodass es mir schwerfiel, nicht aufzuseufzen.

Wieso hatte er all diese zuckersüßen Moves drauf, sodass ich mich immer schwerer zurückhalten konnte? Und wieso musste er es mir so verdammt schwer machen?

Als ich mich wieder auf unser Gespräch konzentrieren konnte, sagte ich: »Na, dass du das mit den Kryo-EM-

Leuten geklärt hast. Und dass du für mich eingestanden bist und Stefan gezeigt hast, dass das scheiße war.«

Alex atmete länger als üblich aus.

»Davon weißt du?«, fragte er, aber er wirkte nicht sehr überrascht.

Ich lachte leise.

»Natürlich«, sagte ich empört und klang dabei mindestens eine halbe Oktave zu hoch. »Ich arbeite mit Malte zusammen. Er weiß alles.«

Alex nickte, als wäre das ein wichtiger Fakt, den man nicht vernachlässigen durfte.

»Tja, was soll ich sagen? War kein so schönes Seminar für die Arbeitsgruppe, fürchte ich«, sagte er dann. »Ich wollte es eigentlich nicht an die große Glocke hängen. Aber ich hoffe, dass sie jetzt einfach mal in sich gehen und sich selbst reflektieren. Solche Äußerungen und Übergriffe sind nicht zu tolerieren. Weder hier im Labor noch generell. Wenn das noch mal vorkommt, sind sie wegen Nötigung dran. Da verstehe ich keinen Spaß.«

Als er das sagte, fühlte ich mich klein und naiv, weil ich mich so hatte belästigen lassen und durch den Alkohol nicht in der Lage war, mich zu wehren. Aber vermutlich wäre ich auch ohne Alkohol in eine Schockstarre verfallen.

Wieso reagierte mein Körper auch wie ein Reh, dass mitten in der Nacht in das grelle Scheinwerferlicht eines auf sich zu rasenden Autos starrte, anstatt zu fliehen? Wieso hatte mein Hormoncocktail im Blut nicht dazu geführt, sofort klar im Kopf zu werden, meinen verdammten Selbsterhaltungstrieb auszuleben, mich zu wehren und diesem widerlichen Menschen ein für alle Mal zu zeigen, dass man(n) so nicht mit Frauen umging?

Alex hatte die Augen stur auf die Straße gerichtet und mein Verlangen, ihn zu umarmen und ganz nah an mein

Herz zu drücken, stieg ins Unermessliche. Er fuhr stadtauswärts. Seine Eltern wohnten in einer dieser Villenstraßen im Stadtteil Hahnwald. Kurz bevor wir ankamen, begann er, mir im Schnelldurchgang die wichtigsten Details über Familie Winter mitzuteilen und mich vorzubereiten.

»Bitte lass dich nicht einschüchtern! Meine Familie ist durch und durch eine Juristen-Familie und damit so *unnaturwissenschaftlich* wie nur möglich. Meine Mutter, Elisabeth Winter, war Richterin am Oberlandesgericht Köln, einem der *höchsten* ordentlichen Gerichte des Landes Nordrhein-Westfalen, wie sie bei jeder Gelegenheit betont. Mein Vater, Friedrich Winter, ist ebenfalls Jurist und arbeitet im Landtag Nordrhein-Westfalen und in der Bundestagsverwaltung, pendelt also immer zwischen Köln und Berlin. Meine drei Schwestern, Nathalie, Rosa und Elena sind nach dem Jurastudium direkt Staatsanwältinnen geworden, alle inzwischen verheiratet und zurzeit in Elternzeit – sehr zur Freude meiner Mutter.«

Er machte eine demonstrative Pause und sah mich an.

»Noch kannst du aussteigen und weglaufen«, sagte er schmunzelnd.

»Vergiss es!«

Alex nickte.

»Na dann, auf eigene Gefahr«, sagte er und stellte den Motor ab.

Als wir an der Tür klingelten, warf mir Alex ein entschuldigendes Lächeln zu.

»Bitte verzeih alle dummen Sprüche meiner Familie!«, flüsterte er. »Und jedes übergriffige Verhalten!«

Ich sah ihn an und grinste.

»Angst, Winter?«, fragte ich.

»Träum weiter, Sommer!«, flüsterte er und zwinkerte mir zu.

In diesem Moment, als mein Herz noch flatterte, weil er eines meiner Lieblingsfilmzitate kannte, wurde die Tür vor uns aufgerissen und eine Frau mit kurzen, schick frisierten, grauen Haaren stand vor uns.

»Benedikt!«, rief sie fröhlich. »Mein Junge, lass dich drücken!«

Sie riss ihn an sich, umarmte ihn herzlich und flüsterte ihm Glückwünsche ins Ohr. Alex zierte sich ein wenig und ich musste mich ziemlich beherrschen, nicht direkt loszulachen, als ich realisierte, wie sie »Benedikt« betont hatte. Kein Wunder, dass er sich als Rufnamen »Alex« ausgesucht hatte.

Als sie ihn losließ, rief sie: »Friedrich, komm her, dein Sohn ist endlich da!«

Dann fiel ihr Blick auf mich und sie runzelte die Stirn.

»Und wer sind Sie?«, fragte sie und musterte meine zerschlissenen Schuhe.

Die eisblauen Augen hatte Alex definitiv von seiner Mutter geerbt. In ihrem stechenden Blick lag Abneigung, aber auch Überraschung. Sie hatte nicht erwartet, dass ihr Sohn jemanden mitbrachte, genauso wenig hatte ich erwartet, nach der Laborarbeit noch auf eine feine Gesellschaft zu stoßen, sonst hätte ich mich umgezogen und ganz sicher nicht diese kaputten Schuhe gewählt.

»Hallo, Frau Winter, ich bin Lilia Sommer«, sagte ich und schüttelte der verdutzten Frau die Hand.

»Ist sie deine Freundin?«, fragte seine Mutter neugierig.

Alex hob rasch beide Hände.

»Nein, nein. Sie ist nur eine Kollegin aus dem Labor«, sagte er lachend und winkte ab, als wäre der Gedanke zu absurd.

Frau Winter runzelte die Stirn und mein Herz schmerzte.

»Ach, und wieso bringst du sie dann mit? Bist du verliebt in sie?«, fragte sie.

Ich sah Alex kurz an und auch er blickte mit seinen eisblauen Augen für einen winzigen Moment zu mir, sodass sich unsere Blicke trafen. Der Moment wurde länger. Und länger. Dann riss der Blickkontakt wieder ab. Seine Wangen waren leicht errötet.

»Ich wollte nur ein bisschen naturwissenschaftliche Unterstützung auf der Feier haben, um nicht komplett in euren Juristen-Gesprächen unterzugehen«, sagte er lachend, nahm ganz selbstverständlich meine Hand und zog mich an seiner Mutter vorbei ins Haus.

Im Türrahmen zum Flur stand ein älterer Mann mit graumeliertem, kurzem Haar und randloser Brille. Er trug einen dunkelblauen Anzug mit Krawatte und sah wie eine ältere, gediegenere Version seines Sohnes aus. Als er Alex sah, breitete er die Arme aus.

»Alles Gute, mein Sohn«, sagte er laut mit tiefem Timbre. »Schön, dass du da bist.«

Alex lächelte und ließ sich drücken.

»Oh, wer ist denn deine reizende Begleitung, Sohnemann?«, fragte der Mann, als die Umarmung beendet war und sein Blick auf mich fiel.

Er lächelte mich charmant an.

»Friedrich Winter, werte Dame, ich bin der Vater dieses jungen Herren«, sagte er und schüttelte meine Hand.

Ich war von dieser Höflichkeit so überrumpelt, dass ich den Drang unterdrücken musste, einen Knicks zu machen.

»Lilia Sommer«, sagte ich kurz und erwiderte sein Lächeln offen. »Ich arbeite mit Ihrem Sohn zusammen.«

Friedrich Winter schmunzelte.

»Erstaunlich, du hast wahrhaftig den Sommer mitgebracht«, murmelte er mehr zu sich selbst als zu seinem

Sohn und griff damit unser Wortspiel auf. »Bemerkenswert.«

Er schlug seinem Sohn so kräftig auf den Rücken, dass Alex unweigerlich husten musste. »Pass gut auf sie auf! Sommer kann man immer gebrauchen.«

Dann drehte er sich um und gab den Weg frei für drei junge Frauen, die schon ungeduldig warteten und ihm dann alle zusammen um den Hals fielen.

»Ben, Benni, Ben … *Geburtstagsben!*«, riefen sie wild durcheinander, kicherten und sangen dann laut und schräg ein Geburtstagslied, während sie ihn hin- und herschaukelten.

Das mussten seine drei Schwestern sein, die im Moment ganz und gar nicht wie Staatsanwältinnen wirkten, sondern vielmehr wie eine Horde aufgescheuchter, überdrehter Teenies, die unverhofft ihrem großen Idol gegenüberstand. Natürlich drehten sie sich nach ihrem Begrüßungsangriff zu mir und musterten mich überprüfend.

»Hi, ich bin Rosa«, sagte eine der Schwestern. Sie war wie die gesamte Familie Winter groß gewachsen und schlank. Ihre dunkel gefärbten Haare fielen ihr locker über die Schulter. Ihre Augen waren groß und braun und leuchteten warm, während sie sprach.

»Das sind Elena und Nathalie. Wir sind Bens Schwestern«, sagte Rosa und dann umarmte sie mich ebenfalls überschwänglich, als würden wir uns schon lange kennen.

Ben … es war erstaunlich, wie viele verschiedene Namen dieser Mensch hatte und wie selbstverständlich er auf alle reagierte.

»Ich bin Lilia«, sagte ich schüchtern.

Die drei Frauen sahen mich grinsend an. Die kleinste von ihnen, vermutlich Nathalie, boxte ihrem Bruder mit dem Ellbogen spielerisch in die Seite.

»Wie aufregend«, murmelte die dritte Schwester, Elena. »Ben hat noch nie eine Frau mitgebracht.«

»Er war ja auch zehn Jahre in den USA«, warf Rosa ein. Alle drei lachten.

»Und woher kennt ihr euch? Wie lange seid ihr schon zusammen? Wie hältst du es mit Ben aus? Ist er nicht super nervig? Wollt ihr heiraten? Wollt ihr Kinder?«, platzte es aus allen drei Schwestern zeitgleich heraus, sodass ich verwirrt ein paar Schritte zurücksetzte und mich hilfesuchend umblickte.

»Hey, hey, hey«, grätschte Alex schützend dazwischen und schirmte mich mit seinen Armen ab, als wäre er mein Bodyguard und ich ein umjubelter Promi. »Lasst Lilia doch erstmal ankommen! Ihr seid viel zu laut, viel zu direkt und viel zu neugierig – nicht, dass sie gleich wieder wegläuft. Ich habe eigentlich gehofft, Familie Winter könnte einmal einen guten ersten Eindruck machen.«

»Dann hättest du uns vorwarnen müssen«, sagte Rosa lachend.

Er sah seine Schwestern genervt an, drehte sich um, ergriff wieder meine Hand und zog mich weg. Erleichtert folgte ich ihm die Treppe hinauf, in den zweiten Stock, in ein Zimmer. Alex ignorierte alle weiteren Fragen und Rufe seiner Schwestern, die dann verstummten und in wildes Kindergekreische übergingen.

»Puh«, machte er, ließ sich auf einen abgewetzten Sessel fallen und sah mich müde an. »Ich habe dich ja gewarnt, dass es anstrengend und übergriffig wird.«

Ich erwiderte seinen Blick aufmerksam und lachte leise, konnte aber ein Kopfschütteln nicht unterdrücken.

»Du hast noch nie eine Frau mitgebracht?«, war alles, was ich sagen konnte, weil es alles war, was in meinem Kopf geblieben war.

Alex zuckte gelangweilt mit den Schultern. »Hat sich irgendwie nie ergeben. Es wären vermutlich auch alle schreiend weggelaufen. Dass du noch da bist, ist erstaunlich. Drei Schwestern und diese Jura-Mutter sind schon der Endgegner. Dass du überhaupt noch in einem Stück herumlaufen kannst, grenzt schon fast an ein Wunder.«

Ich sah mich neugierig in dem Zimmer um. Ein großer Schreibtisch stand am Fenster, daneben ein volles Bücherregal, eine Kommode mit ein paar Pokalen, ein Teleskop und ein ordentlich gemachtes Bett. An den Wänden hingen ein überdimensionales Periodensystem und verschiedene Sternenkarten. Dass er ein Fan des Universums war, wusste ich von unserem Besuch im Planetarium. Dass er aber so ein großer Fan war, mit Sternenkarten und eigenem Teleskop, das war mir neu. Mein Blick blieb an einem Sternenbild kleben, das fast exakt so aussah wie die Anordnung der fünf kleinen Leberflecke auf seiner linken Wange. Seit ich diese Anordnung das erste Mal gesehen hatte, hatte ich das Gefühl gehabt, sie würde einem Sternenbild ähneln.

»Kassiopeia«, sagte ich leise.

Alex sah mich fragend an.

»Die Leberflecke auf deiner Wange! Ich wusste, dass sie einem Sternenbild ähneln«, sagte ich und lächelte triumphierend, weil ich endlich die Bestätigung hatte.

Alex nickte.

»Stimmt«, sagte er. »Das habe ich schon oft gehört.«

Dieser eine kurze Blick durch sein Zimmer verriet mehr über ihn, seine Persönlichkeit und sein Leben, als er mir in der gesamten Zeit, die wir uns kannten, mitgeteilt hatte. In der Ecke stand ein schwarzer Cellokoffer, der mit mehreren bunten Stickern beklebt war. Musikalisch war er also auch noch!

»Ist das dein Zimmer?«, fragte ich leise.

Alex nickte. »Ja, oberstes Stockwerk, damit ich nicht heimlich aus dem Fenster springen und abhauen konnte. Dabei waren meine Schwestern immer viel schlimmer als ich.«

Er lachte leise.

»Es ist alles noch wie damals«, sagte er. »Meine Eltern haben nichts verändert, obwohl ich ihnen nahegelegt habe, hier endlich ihr Sportzimmer einzurichten.«

Er kratzte sich verlegen lachend am Hinterkopf.

»Du hast ein Periodensystem-Poster«, stellte ich nüchtern fest.

»Selbstverständlich!«, entgegnete er stolz.

»Und ein eigenes Teleskop«, erwähnte ich.

Alex lachte. »Ist das so abwegig?«

Ich schritt auf sein Bücherregal zu. Neben den üblichen Verdächtigen, die er vermutlich im Deutschunterricht gelesen hatte, standen dort auch mehrere Werke russischer Autoren und ganz viele Detektivromane.

»Wow, das ist also unser *Benedikt* privat«, sagte ich leise und stellte mich vor den Sessel, auf dem er saß. »Unser *Benedikt* mit dem Sternenbild auf der linken Wange.«

Ich schaute ihn frech grinsend an.

»Nenn mich nicht so!«, forderte er und grinste ebenfalls.

»Und wenn ich es doch mache, *Benedikt*?«

Alex verdrehte die Augen.

»Das dürfen nur echte Winter-Nachfahren«, meinte er.

Ich legte den Kopf schräg.

»Eine Sommer darf alles, was sie will«, sagte ich und hob mein Kinn herausfordernd in die Höhe.

Alex stand auf und machte einen Schritt auf mich zu.

»Das glaubst aber nur du«, sagte er, kniff die Augen zusammen und folgte mir mit schalkhaftem Lächeln.

Wir tobten durch sein Zimmer; ich wich ihm aus, flink wie ein Wiesel, aber dann fing er mich doch ein, indem er mich auf sein Bett schubste und festhielt. Wir rauften ein wenig auf seinem Bett, er kitzelte mich und ich lachte aus vollem Herzen und wehrte ihn spielerisch ab. Erst dann realisierte ich, wie nah er mir dabei war. So nah, dass seine beiden Hände die meinen umfassten und er direkt über mir lehnte.

Als er innehielt und unser Lachen verstummte, sahen wir uns beide schweratmend in die Augen. Ich räusperte mich, um den riesigen Kloß in meinem Hals zu entfernen, der mir die Luft zum Atmen abschnürte. Mein Herz raste und diese ungeahnte Hitze ließ mich kochen, ließ mich brennen.

»Lilia«, flüsterte Alex und kam noch näher.

Ich zog ihn mit beiden Händen in meine Richtung, so sehr wollte ich diese Berührung von ihm, so sehr wollte ich ihn und hoffte, dass er der Spannung, die sich zwischen uns aufgebaut hatte, nachgeben würde. Als sich seine Lippen langsam näherten und er mich mit seinen eisblauen Augen fixierte, sodass ich mich nicht mehr rühren konnte, wurde seine Zimmertür aufgerissen.

»Benedikt? Bist du hier? Es gibt gleich Essen«, rief seine Mutter und erschrak, weil sie uns in dieser innigen Position erwischt hatte. »Oh ich störe. Entschuldigung.«

Sie knallte die Tür zu, ohne auf eine Reaktion von uns zu warten, und murmelte: »Nur eine Kollegin!«

Alex' Gesicht war immer noch ganz nah vor dem meinen.

»Oh«, machte er nur und grinste.

Ich lächelte. Dann zog ich ihn noch näher zu mir und machte damit den verdammten ersten Schritt, den ich mir so sehr von ihm erhofft hatte. Ich küsste ihn so heftig und losgelöst, als würde unser Leben davon abhängen. Küsste ihn so besitzergreifend, als könnte ich jedes einzelne Mal, wo ich ihn dringend küssen wollte, aber nicht konnte und mich zurückhalten musste, nachholen. Ich wollte mich nie mehr zurückhalten.

Unser Kuss war heftig und intensiv, aber er war gleichzeitig auch eine Erlösung. So sehr hatte ich mir seit Barcelona gewünscht, wieder von ihm geküsst zu werden. So sehr hatte ich gehofft, er würde den ersten Schritt machen und auf mich zukommen. Wir brannten beide. Intensiv. Stürmisch. Verdurstend. Verhungernd. Zusammen.

Nach dem Kuss, als mein Herz so schnell schlug, dass ich fürchtete, es würde aus meiner Brust herausspringen und Alex direkt vor die Füße fallen, ließ er von mir ab, stand auf und wich vor mir zurück. Er sah mich lange an und sagte nichts.

Ich konnte in seinem Gesicht nichts lesen, wusste nicht, ob er den Kuss bereute oder wiederholen wollte. Ich wusste nicht, was das alles für uns bedeutete. Und ob es überhaupt ein Uns gab.

»Lass uns am besten wieder heruntergehen! Beim Essen versteht meine Mutter nämlich absolut keinen Spaß.«

Er lächelte mich scheu an, stand auf und es fühlte sich auf einmal wirklich so an, als würde er alles bereuen. Ich stand ebenfalls auf und vergrößerte den Abstand zwischen uns. Es brachte mir keine Sicherheit, nein, dafür war es längst zu spät.

Ein Ziehen in der Magengegend wies mich immer wieder darauf hin. Nur eine Kollegin. Eine Kollegin, die man, wenn es einem gerade ganz gut passte, einfach so küssen und verrückt machen konnte. Küssen war keine Liebe. Küssen war austauschbar. Das Spiel mit dem Feuer hatte ich verloren.

Wir liefen die Treppe still herunter ins Erdgeschoss, als wären wir zwei Kinder, die etwas angestellt hatten, was man besser nicht hätte machen sollen, und nun fürchteten, dass die Eltern es bemerken könnten und schimpfen würden. Wie heimlich den Süßigkeitenschrank leer zu essen.

Nur wussten die Eltern, bzw. seine Mutter in unserem Fall, längst Bescheid und die Bauchschmerzen kamen nicht von zu viel Schokolade, Keksen und Gummibärchen. Ich überlegte, ob ich vielleicht doch einfach meine Sachen nehmen und verschwinden sollte, aber dann nahm er wieder meine Hand, als wäre es keine dieser besonderen, herzflatternden Gesten, und führte mich ins große Esszimmer, wo ich an seiner Seite einfach weiter verbrannte. Und wieder ließ ich mich einfach mitreißen und genoss diese Berührung. Meinen persönlichen Alex-Moment.

Im Esszimmer stand ein riesiger Tisch, der eingedeckt war wie in einem Nobelrestaurant. Alex' gesamte Familie saß schon, sogar die Nichten und Neffen.

»Da seid ihr ja«, rief eine der Schwestern, vermutlich Elena. Mein Kopf war immer noch durcheinander vom Kuss, dass ich es nicht mehr wusste.

»Schön, dann können wir ja gleich anfangen«, sagte Frau Winter streng.

Sie saß am Kopf der Tafel, gegenüber von ihrem Mann. In der Mitte waren zwei leere Plätze nebeneinander, auf die wir uns setzten. Die Schwestern saßen neben ihren Kindern und Ehemännern.

»Das sind Hanna, Toni, Levi, Simon und Carla«, sagte Alex und zeigte auf seine Nichten und Neffen, die zwischen Babyalter und maximal vier Jahren waren.

»Und das sind Felix, Hendrik und Richard«, sagte Alex und stellte seine Schwager vor.

»Oh hi«, sagte ich und winkte kurz. »Ich bin Lilia.«

Die Männer nickten mir zu, die Kinder sahen mich neugierig oder gar nicht an. Die zwei Babys wurden von ihren Müttern gefüttert.

Frau Winter hatte jedem einen vollen Teller hingestellt. Es gab einen Braten. Da ich kein Fleisch aß, stocherte ich in den Kartoffeln herum, aber ich traute mich nicht, etwas zu sagen.

»Alles okay?«, flüsterte Alex mir zu. »Du isst ja gar nichts.«

»Ich esse kein Fleisch«, flüsterte ich verlegen.

Alex' Pupillen weiteten sich.

»Oh«, sagte er, stand auf und lief sofort mit unseren Tellern in die Küche.

Seine Mutter schaute ihm hektisch hinterher.

»Was hat er? Was soll das?«, fragte sie irritiert.

Bevor sie ebenfalls aufspringen und ihm folgen konnte, kam er bereits wieder zurück, mit zwei frischen Tellern, auf denen nur Kartoffeln und Gemüse lagen.

»Benedikt, was ist los?«

Alex lächelte mich verschmitzt an, stellte die Teller wieder hin und setzte sich. »Ach weißt du, wir haben da so einen Versuch im Labor, einen Monat nur vegetarisch zu essen.«

Er lächelte seine Mutter hinreißend an, aber diese hob skeptisch die Augenbrauen.

»Und das nimmst du so ernst, dass du das sogar nach Feierabend befolgst? An deinem Geburtstag? Wenn deine Mutter extra für dich dein Lieblingsessen gekocht hat?«

Alex ließ sich davon nicht beirren.

»Ja, du kennst mich doch, wenn ich einmal eine Herausforderung annehme, dann ziehe ich das durch«, sagte er lächelnd, pikste sich zwei Erbsen mit der Gabel auf und schob sie sich genussvoll in den Mund.

Ich sah ihn verwundert an, aber schämte mich auch. Völlig ohne Grund hatte er sein Lieblingsessen für mich aufgegeben, um nun trockene Kartoffeln und Gemüse zu essen.

Bei Tisch wurde bei Familie Winter nicht geredet. Nur einmal wandte sich Herr Winter in meine Richtung und sprach mich an: »Und Sie arbeiten mit meinem Sohn zusammen, ja?«

Ich lächelte ihn an.

»Ja und nein. Wir arbeiten im gleichen Institut, aber in unterschiedlichen Arbeitsgruppen. Ich promoviere erst noch«, sagte ich.

Herr Winter räusperte sich.

»Also sind Sie wie Benedikt auch so eine Biologin?«, fragte er und es wirkte, als würde es ihn eigentlich gar nicht interessieren.

»Ich bin Biochemikerin, ja, genau, wie Ihr Sohn. Obwohl er sich vermutlich gerade eher als Biophysiker bezeichnen würde«

Herr Winter lachte. »Biologie, Biochemie, Biophysik, völlig egal. Hatten Sie kein Interesse an Jura?«

Das war sein wunder Punkt. Sein Sohn hatte sich gegen das Familiengen »Jura« entschieden und wandelte abtrünnig auf naturwissenschaftlichen Pfaden.

»Nein, das hatte ich nicht«, sagte ich ehrlich.

Alle drei Schwestern hielten Inne und sahen auf.

»Jura ist praktisch unser zweiter Vorname«, sagte Rosa. »Nur Ben hat sich für Alex entschieden.«

Sie lachte über ihren Witz, aber Alex sah betrübt aus. Dieses Thema begleitete ihn vermutlich schon sehr lange.

»Und stellt er sich gut an, in Ihrem Labor, Fräulein Sommer?«, fragte Herr Winter dann.

Ich war verwirrt.

Wusste seine Familie nicht, was für ein herausragender Wissenschaftler er war? Was für eine tolle Leistung er während der Dissertation und den zwei Postdocs in den USA erzielt hatte?

Ich sah Alex irritiert an, aber er winkte nur ab.

»Selbstverständlich«, sagte ich. »Er leitet seine eigene Arbeitsgruppe und ist ein renommierter Wissenschaftler. Er war sogar Keynote Speaker auf der größten Konferenz unseres Fachgebiets.«

Seine Eltern aber waren davon wenig überzeugt.

»Er könnte immer noch Patentanwalt werden«, murmelte seine Mutter. »Horst hat letzte Woche erwähnt, dass man als Patentanwaltskandidat nach einem naturwissenschaftlichen Hochschulstudium immer noch leicht einsteigen kann. Man muss nur eine dreijährige Ausbildung absolvieren, parallel dazu noch das Studium im allgemeinen Recht, und kann dann sogar europäischer Patentanwalt werden oder zur Patentanwaltskammer gehen. Horst sucht aktuell wieder neue Kandidaten. Na, Benedikt, wie klingt das für dich?«

Alex' Mundwinkel verzogen sich nach unten.

»Das klingt nach etwas, das ich ganz sicher nicht machen werde«, sagte er und seine eisblauen Augen leuchteten kalt auf.

Mein Herz setzte kurz aus, weil ihn dieses Thema so belastete und er sich vermutlich bei jedem Besuch rechtfertigen musste, wieso er sich nicht für Jura entschieden hatte. Es machte mich traurig, wo doch gerade Alex ein brillanter Naturwissenschaftler war und mit Leib und Seele genau das verfolgte, was zu ihm passte.

»Schade«, sagte seine Mutter nur und senkte traurig den Blick.

Kapitel 28

»Wieso wollen Sie so sehr, dass Ihr Sohn etwas mit Rechtswissenschaften macht?«, fragte ich nach dem Essen, als ich beim Abräumen half.

Die Schwestern von Alex hatten sich bereits verabschiedet, da es ziemlich spät geworden war und die Kinder ins Bett gebracht werden mussten. Alex saß mit seinem Vater im opulenten Wohnzimmer und hatte sich zu einer Partie Schach überreden lassen. Im Hintergrund lief klassische Musik, aber ich kannte mich zu wenig in diesem Bereich aus, um zu erkennen, um welches Stück es sich handeln könnte.

Alex' Mutter nahm mir langsam das Geschirr ab, spülte es kurz vor, ehe sie es in die Geschirrspülmaschine stellte.

»Es wäre einfach toll, wenn die gesamte Familie in der gleichen Branche tätig ist. Ich war mit Leib und Seele Richterin am Oberlandesgericht Köln und es war eine gute, eine wichtige Arbeit.«

Ich sah Frau Winter ernst an. »Und Sie glauben, Ihr Sohn macht keine wichtige Arbeit?«

Frau Winter hielt nachdenklich in ihrer Bewegung inne und strich abwesend über den leeren Teller. »Er ist kein Arzt oder so.«

Ich überlegte kurz. Neben Jura war in ihren Augen anscheinend nur noch die Medizin passend. »Gerade für die Medizin ist die Grundlagenforschung von entscheidender Bedeutung, weil sie das Verständnis für die zugrunde liegenden Mechanismen von Krankheiten, biologischen Prozessen und medizinischen Behandlungen vertieft. Durch die Erforschung grundlegender biologischer Prinzipien werden neue Erkenntnisse über Krankheitsursachen,

Risikofaktoren und Therapiemöglichkeiten gewonnen. Diese Erkenntnisse bilden die Grundlage für die Entwicklung neuer Medikamente, Therapien und diagnostischer Verfahren, die das Potenzial haben, das Leben von Millionen von Menschen zu verbessern und Krankheiten zu heilen, die heute noch unheilbar sind. Darüber hinaus ermöglicht die Grundlagenforschung wichtige Fortschritte in der Präzisionsmedizin. Diese Ansätze könnten in Zukunft dazu beitragen, maßgeschneiderte Behandlungsstrategien zu entwickeln, die effektiver und weniger invasiv sind, um die Gesundheit und Lebensqualität der Menschen zu verbessern.« Ich holte kurz Luft. »Und Ihr Sohn, Frau Winter, ist verdammt gut in dem, was er tut. Seine Forschung ist wichtig, wird angewendet und ist anerkannt. Seine Hypothesen haben sich bisher immer als goldrichtig herausgestellt und er hat tolle, innovative Ansätze in unseren Bereich gebracht.« Ich hielt erneut inne. »Aber das ist im Grunde alles gar nicht wichtig.«

Frau Winter sah mich fragend an. »Nicht?«

Ich nickte. »Nein, wichtig ist nur, was Ihr Sohn macht, wofür er mit Leib und Seele brennt. Nicht jedem ist es vergönnt, eine Aufgabe zu finden, die ihn erfüllt. Bei Ihnen, Ihrem Mann und Ihren Töchtern ist dies die Rechtswissenschaft und das ist fantastisch! Bei Ihrem Sohn jedoch ist dies die klassische biochemische und biophysikalische Grundlagenforschung. Wenn er von seiner Arbeit spricht, leuchten seine Augen. Er brennt für sein Thema und er ist verdammt gut darin. Sie sollten stolz auf ihn sein, anstatt ihm das Gefühl zu geben, er verschwende seine Zeit, weil er keinen juristischen Weg eingeschlagen hat.«

»Und er ist wirklich gut in seinem Job?«, fragte sie skeptisch, als könnte sie sich nicht vorstellen, dass man außerhalb der Juristerei erfolgreich sein kann.

»Er ist der Beste!«, übertrieb ich und hoffte, dass Alex mich nicht gehört hatte. »Und irgendwie ist er damit ja auch so was wie der Anwalt all jener Patient*innen, die keine Patient*innen mehr werden, weil die Krankheit behandelbar wurde.«

Okay, der letzte Satz war definitiv zu viel. Frau Winter aber sah mich mit großen Augen an.

»Anwalt der Patient*innen«, murmelte sie und lächelte plötzlich, als hätte sie eine Erkenntnis. »Danke, Frau Sommer.«

»Nennen Sie mich bitte Lilia!«, unterbrach ich sie freundlich.

Sie lächelte. »Danke, Lilia, dass Sie hier sind und dass Ihnen mein Sohn so am Herzen liegt. Passen Sie weiterhin so gut auf ihn auf! Er kann wirklich froh sein, Sie an seiner Seite zu haben.«

Sie strich mir fürsorglich über die linke Schulter und räumte den Geschirrspüler weiter ein. Ich wollte ihr am liebsten noch widersprechen, dass ich ja gar nicht so an seiner Seite war, wie sie jetzt sicherlich dachte, aber sie wirkte sehr vertieft in ihre Gedanken, dass ich es einfach dabei beließ. Vermutlich war es sowieso nur eine Floskel.

Ich ging ins Wohnzimmer und stellte mich neben Alex, der seinem Vater gegenübersaß und aufs Schachbrett starrte. Seine Figuren, schwarz, waren schon deutlich reduziert.

»Aber die Einschätzung ist wirklich interessant. Das grundrechtsgleiche Recht aus Artikel 103 Absatz 3 GG enthält kein reines Mehrfachbestrafungsverbot, sondern ein Mehrfachverfolgungsverbot, das Verurteilte und Freigesprochene gleichermaßen schützt«, sagte sein Vater mit glühenden Augen, dann seufzte er. »Ach, Junge, konzentrier dich doch! Der Turm ist jetzt auch weg.«

Alex sah mich hilfesuchend an. Vermutlich hatte ihn sein Vater mit viel zu langweiligen Gesetzgebungsverfahrensinfos überhäuft.

»Rette mich!«, flüsterte er mir zu. »Ich bin grottenschlecht im Schach und ich kann diese Geschichten über aktuelle Urteile und Präzedenzfälle nicht mehr hören.«

Ich warf einen Blick aufs Schachbrett.

»Darf ich übernehmen?«, fragte ich.

Alex lächelte dankbar. Sein Vater sah mich verwundert an, dann nickte er. Alex stand auf und ich setzte mich. Dann stellte Alex sich hinter mich und beobachtete das Geschehen.

Nach kurzem Überlegen wählte ich einen Zug mit dem letzten Läufer, der ihm geblieben war. Ich hatte früher viel Schach mit meinem Opa gespielt, hatte von ihm gelernt, immer mindestens drei, vier Züge voraus zu sein. Alex' Vater war ein guter Schachspieler, aber er unterschätzte erst seinen Sohn (vermutlich, weil er seine schlechten Schachfähigkeiten kannte) und dann auch mich, sodass er schnell aus der Deckung kam und leichtsinnig wurde.

Während wir nach und nach die Figuren setzten, ich mit dem Läufer und der Dame erst seine beiden Läufer, dann den Turm und nun auch seinen Springer schlug, dabei seinem König immer näher und näher kam, wurde Herr Winter immer stiller. Alex dagegen fieberte richtig mit, beugte sich immer weiter vor, sodass er schon bald ganz nah an mir lehnte und seine rechte Hand auf meiner Schulter lag. Als ich die Dame setzte, war sein Schicksal besiegelt. Wo auch immer er den König nun hinsetzte, er konnte mir nicht mehr entkommen.

»Schachmatt«, sagte ich leise.

Als Herr Winter dies erkannte, lächelte er und sah mir dabei direkt in die Augen.

»Es war mir ein großes Vergnügen, Fräulein Sommer«, sagte er und schüttelte meine Hand wie ein würdiger Verlierer.

»Lilia, bitte«, meinte ich lächelnd.

»Gern, Lilia. Beim nächsten Mal spielen wir direkt von Beginn an und lassen uns von diesem Dilettanten nicht stören.«

»Hey, dieser Dilettant ist immer noch dein heißgeliebter Sohn«, protestierte Alex vehement. »Der zufälligerweise heute Geburtstag hat. Also sei etwas netter, bitte!«

Sein Vater sah ihn ernst an.

»Bring sie ja das nächste Mal auch mit!«, forderte er ihn auf. »Vermassle es nicht, mein heißgeliebter Sohn!«

Alex sah mich mit seltsamem Glanz in den Augen an und streichelte dabei sanft über meine Schulter, sodass mein Herz wieder etwas schneller schlug.

»Es ist schon spät«, sagte ich.

Alex verstand, worauf ich hinauswollte. Wir verabschiedeten uns und ich musste seinen Eltern noch zweimal inständig versprechen, beim nächsten Mal auch wieder dabei zu sein.

»Du hast meinen Vater im Schach geschlagen, das war großartig. Er verliert sonst nie. Aber natürlich war es nur meine exzellente Vorarbeit, die dazu geführt hat«, sagte Alex, als wir dann im Auto saßen, und sah mich mit einem selbstgefälligen Grinsen schalkhaft an. Ich lachte aus vollem Herzen.

»Wenn du weitergespielt hättest, wärest du in weniger als fünf Zügen geschlagen worden«, meinte ich nur schulterzuckend. »Aber, ja, gern geschehen.«

Alex lächelte und startete den Motor.

»Meine Eltern waren schwer beeindruckt von dir«, sagte er leise.

»Nur deine Eltern?«, fragte ich.

»Ich bin auch schwer beeindruckt von dir. Aber das weißt du ja bestimmt.«

Nein, das wusste ich nicht. Woher auch?

»Danke auch für deine flammende Rede über meine Großartigkeit vor meiner Mutter.«

»Oh, das hast du gehört?«

Er lachte. »Es war nicht zu überhören. Mein Vater konnte bis zuletzt nicht glauben, dass du da wirklich von mir sprichst.«

Er räusperte sich und atmete tief durch. Vielleicht konnte er es selbst nicht glauben, was für ein toller Mensch er war? Ich hätte ihn gern umarmt, an mich gedrückt und getröstet, weil er doch irgendwie immer nur die Anerkennung seiner Familie wollte und bisher nie ernst genommen wurde bei dem, was er tat. Ich wollte ihn an mein Herz drücken und ihm zeigen, dass ich neben der Anerkennung noch viel mehr für ihn hatte. Dass mein Herz für ihn brannte. Lichterloh.

Schüchtern starrte ich auf meine Hände. Sie waren verkrampft. Die gesamte Situation war verkrampft. Verdammt. Wenn ich doch nur etwas lockerer und mutiger wäre. Aber meine Tagesration Mut war bereits aufgebraucht, als ich Alex vorschlug, ihn zu seiner Familie zu begleiten. Das musste vorerst genügen. Nun war er an der Reihe. Ich legte ihm mein Herz zu Füßen und hoffte, er würde es finden und nicht drauftreten. Mehr konnte ich nicht machen.

Als wir zu Hause ankamen, bedankte sich Alex noch einmal für den seelischen Beistand. Ich hoffte kurz, er würde mich zum Abschied umarmen, aber er hob nur schüchtern die Hand.

Kapitel 29

Ich sah ihn fast vier Wochen nicht. Im Jour-Fixe ließ Robert in einem Nebensatz fallen, dass er bei einem Kollaborationspartner für Molekulardynamik-Simulationen war, der spezialisiert für molekulare Modellierungen von Wechselwirkungen zwischen Rezeptoren und deren räumlichen Bewegungen war. Außerdem nahm er mit Misha an der *GPCR-New Insights and More*-Konferenz in Helsinki teil, wo er wieder einmal einen Vortrag hielt. Ich wäre gern mitgefahren, aber natürlich hatte Alex seinen Doktoranden zu dieser Konferenz mitgenommen und Roberts AG hatte kein Reisebudget für eine Fahrt nach Helsinki.

Am letzten Wochenende im Februar wollten die Doktorand*innen unseres Promotionsprogrammes nach dem letzten Termin des Kolloquiums gemeinsam feiern gehen. Diese Veranstaltung wurde als begleitendes, interdisziplinäres Modul für Promotionsstudierende mit dem Schwerpunkt »Grundlagenforschung« angeboten und sollte den Zweck erfüllen, den wissenschaftlichen Austausch während des wissenschaftlichen Forschungsprozesses zu fördern. Ich mochte das Kolloquium nicht, da in der allgemeinen Laborarbeit schon genug wissenschaftlicher Austausch für meinen Geschmack stattfand, aber es war eine Pflichtveranstaltung unseres Promotionsprogrammes und zusammen mit Malte dann doch irgendwie aushaltbar.

Der Abschluss sollte auf einer großen 90er Party gefeiert werden. Das wiederum passte sehr gut zu mir. Als bekennendes Raver Girl liebte ich Eurodance und hatte große Freude an 90er Partys. Zusammen mit Annika, die in einem anderen Labor in Neurobiologie promovierte, Sandy, die in Bioinformatik promovierte, und Malte fuhr ich am Abend nach dem letzten Kolloquium zu dem Club, wo die Party stattfand. Vor Ort trafen wir viele andere Doktorand*innen des Kolloquiums, die wir eher nur vom Sehen kannten. Auch aus unserem Labor kamen einige bekannte Gesichter, obwohl die meisten nichts mit dem Kolloquium zu tun hatten, sodass sich die 90er Party schnell zu einem generellen Treffpunkt unseres Instituts entwickelte.

Ich tanzte von der ersten Sekunde an. Da ich klamottentechnisch nicht viel aus den 90ern zu bieten hatte, trug ich ein gestreiftes Shirt, eine abgeschnittene Jeans über einer dünnen Leggings und schwarze Plateauschuhe, mit denen ich Malte, der zwei Köpfe größer war als ich, das erste Mal bis zur Schulter reichte. Die Haare hatte ich nach meinem großen 90er-Jahre-Idol in zwei Zöpfe geflochten.

Malte stand mit Annika am Rande der Tanzfläche und unterhielt sich mit ihr. Wenn die beiden zusammen waren, wirkte es immer, als hätte er ganz besonderes Interesse an ihr. Sandy war zum Rauchen rausgegangen, also tanzte ich völlig allein zu meiner Lieblingsmusik.

Während »Another Night« aus den überdimensionalen Lautsprecherboxen dröhnte, drehte ich mich fröhlich und befreit in meinem eigenen kleinen Tanzkosmos, in den bisher niemand eingedrungen war, sicherlich weil meine losgelösten Bewegungen nicht sonderlich ansehnlich oder vorhersehbar nach außen wirkten und niemand riskieren wollte, meinen ausgestreckten Arm ins Gesicht oder meinen Ellbogen in den Magen gerammt zu bekommen. Wenn ich tanzen ging, fühlte ich mich, wie im Labor auch, allein am besten. Ich wurde von niemandem eingeengt, ich musste niemandem etwas vormachen oder gar beeindrucken, ich konnte mich völlig frei bewegen und schief mitsingen und störte niemanden. Nicht einmal, wenn ich zuvor massig Knoblauch gegessen hatte. Heute war es auch nicht anders. Malte stand bei Annika und trank ein Bier. Sandy, die wieder zurückgekommen war, stand bei irgendjemanden, den ich nicht kannte, und ich tanzte allein. Diese Eurodance-Meisterhits, die der DJ gerade als Medley spielte, konnte ich auf keinen Fall, ohne zu tanzen und mitzusingen, verstreichen lassen.

Als »No Limit« angespielt wurde, fühlte ich mich großartig, weil ich mich genauso fühlte. Malte und Annika, beide mit Bierflaschen in der Hand, gesellten sich zu mir und unterbrachen mich in meiner Tanzextase.

»Na, Lilly, alles gut bei dir?« Malte sah mich lächelnd an. Wenn er besonders glücklich war, nannte er mich manchmal Lilly, obwohl ich das nicht mochte.

Wir tanzten ausgelassen und sangen mit. Annika hatte irgendwann den Arm um Malte gelegt und ich fühlte, dass ich irgendwie störte. Ich drehte mich zur Seite und versuchte ein bisschen Platz zwischen uns zu schaffen, aber Malte folgte mir fast schon magnetisch in der Bewegung. Ich drehte mich elektrisiert zu »Is This The Love«, war wieder in meiner eigenen Tanzblase. Als dann auch noch »Herz an Herz« gespielt wurde, jubelte ich ekstatisch und drehte mich schneller.

Und dann sah ich ihn und verharrte in meiner Bewegung. Niemals hätte ich damit gerechnet, dass auch er hier war. Er stand hinten an der Bar, umringt von den Doktoranden der Kryo-EM-AG, mit einer verwaschenen Jeans, einem zerschlissenen T-Shirt und einem Bier in der Hand. Er wurde von mehreren Doktoranden gleichzeitig belagert, wirkte aber nicht, als ob er wirklich zuhören würde. Sein Blick schweifte durch den Raum.

Dann trafen sich unsere Augen, noch bevor ich mich wegdrehen oder wegrennen konnte. Mein Herz sendete ein Signal, genau wie im Lied. Direkt an sein Herz. Mein Herz sendete ein SOS in seine Richtung und schlug schneller, als ich zulassen wollte.

Er hielt den Blickkontakt länger als nötig, viel länger als nötig, und ich stand völlig bewegungslos auf der Tanzfläche, während um mich herum alles feierte. Als er mir mit seiner Bierflasche zuprostete, spürte ich leichte Vertigo in mir aufsteigen. Das Gefühl des Drehens und Schwankens, das Gefühl, mich nicht sicher im Raum bewegen zu können, wurde stärker, je länger ich in diese eisblauen Augen starrte, die zwar weit von mir entfernt waren, aber doch mit jedem Atemzug näher wirkten.

Mit einem Ruck wurde ich aus der Situation gerissen. Ich taumelte einige Schritte in die andere Richtung und knallte gegen Malte, der mich sicher auffing. Immerhin war das Schwindelgefühl sofort wieder verschwunden.

»Läuft da was zwischen dir und Winter?«, fragte Malte misstrauisch und sah mich ernst an.

Ich wich seinem Blick aus. »Hä? Wie kommst du denn darauf?«

Malte zuckte mit den Schultern. »Keine Ahnung, so wie er dich immer ansieht. Viel länger als üblich, viel länger als andere, viel intensiver.«

Ich schüttelte den Kopf.

»Das bildest du dir ein!«, rief ich gegen die laute Musik an.

Aber ich war eine grottenschlechte Lügnerin. Ich schaffte es nicht einmal, mich selbst zu überzeugen. Ich wollte jedoch auch nicht, dass Malte etwas falsch verstand oder – noch schlimmer – etwas falsch herumerzählte, wo es doch faktisch gar nichts zu erzählen gab. Also blieb mir nur die Ablenkung.

»Und was ist mit dir und Annika?«, fragte ich ihn direkt.

Malte sah mich überrascht an.

»Was meinst du?«, fragte er.

Ich lächelte. Die Ablenkung funktionierte. »Na ihr wirkt sehr vertraut. Was läuft da zwischen euch?«

Malte wurde rot um die Nase. Es war immer wieder goldig zu sehen, wie leicht er mit seinen 1,90 m zu verunsichern war.

»Was soll da sein?«, fragte er scheu. »Da ist nichts.«

Ich lachte. »Das glaube ich dir nicht. Annika zieht dich förmlich mit ihren Augen aus.«

Malte legte den Kopf schräg.

»Bist du sicher?«, fragte er.

Ich nickte. Ich kannte diese Blicke nur zu gut. Ich nutzte die gleichen Blicke, den gleichen Augenaufschlag, das gleiche Leuchten in den Augen. Nur gingen meine Blicke nicht in Maltes Richtung.

»Sehr sicher«, sagte ich überzeugt nickend. »Wo ist sie eigentlich?«

Malte wusste es nicht, war aber von meiner Information so aus der Bahn geworfen, dass er zur Bar gehen wollte. Ich winkte ihm lächelnd hinterher und begann zu tanzen. Wenigstens konnte ich nun »Barbie Girl« wieder allein genießen und musste mich nicht vor Malte oder jemand anderem rechtfertigen. Neben mir tanzte eine Gruppe betrunkener Männer, die auch jedes Wort kannten und lautstark mitgrölten.

Dann fühlte ich eine Hand in meiner und drehte mich erschrocken um.

Alex. Er stand vor mir, lächelte geheimnisvoll und fixierte mich mit seinen eisblauen Augen, dass eiskalte Blitze durch meine Venen zuckten und mich elektrisierten. Das Brennen wurde stärker. Er zog mich nach hinten, aus dem direkten Blickfeld unserer gesamten Kollegenschaft, wo es ein bisschen dunkler und ruhiger war, als »Million Miles From Home« ertönte. Wie passend, denn genauso fühlte ich mich plötzlich.

»Hey kleines Raver Girl«, flüsterte mir Alex ins Ohr.

Wir sahen uns einfach an. Minuten verstrichen. Ich lächelte. Seine Hand in der meinen fühlte sich unfassbar schön an. Die ersten Töne von »Hardcore Vibes« erklangen und ich war im Rave-Himmel. Direkt an seiner Seite.

»Ich liebe dieses Lied«, rief ich verzückt und zog ihn wieder in Richtung Tanzfläche, wo wir in der feiernden Menge versanken, uns an den Händen hielten und tanzten.

Er tanzte nicht ganz so ekstatisch wie ich, eher zurückhaltend, aber er ließ mich nicht eine Sekunde aus den Augen und er ließ auch meine Hand nicht ein einziges Mal los. Auch nicht, als sich eine größere Gruppe den Weg durch die Menge bahnte und uns dafür entzweien wollte. Da zog er mich einfach in seine starken Arme. Eigentlich hätte es mir unangenehm sein müssen, weil ich glühte und verschwitzt war, aber in seinen Armen, direkt an seiner Brust und seinem Herzen fühlte ich mich wohl, als ob ich genau dorthin gehörte. Er roch nach Sehnsucht, Meeresrauschen und Nervenkitzel, ein bisschen zitronig und sandelholzig. Er roch fantastisch.

»Steht dir«, flüsterte er mir ins Ohr undlächelte dabei verheißungsvoll.

Ich sah ihn fragend an und hörte auf zu tanzen.

»Hier bei mir zu sein«, ergänzte er kryptisch.

»Ich wusste nicht, dass du hier bist«, rief ich ihm zu.

Alex lachte, strich mir eine verschwitzte Haarsträhne von der Wange und hinterließ ein kribbelndes Gefühl auf meiner Haut.

»Willst du was trinken?«, fragte er.

Ich nickte.

Die Tanzerei hatte mich in der Tat sehr durstig gemacht. Aber ich war noch nicht bereit, seinen Körperkontakt aufzugeben. Ich wollte ihn für mich allein, mich noch mehr in seinen Armen verstecken, mich noch mehr im Moment und in ihm verlieren, und ich hoffte, er würde auch mich nicht loslassen wollen. Aber dann ließ er doch, ohne zu zögern, meine Hand los, als wäre es nichts Besonderes, verschwand in Richtung Bar und ließ mich allein auf der Tanzfläche zurück. Enttäuscht baute ich erneut meine Tanzblase auf und verdrängte meine sehnsuchtsvollen Gedanken. Ich wollte lieber die Musik auskosten und ihm nicht hinterher jammern.

Auf einmal standen Annika und Malte wieder bei mir. Annika hielt Maltes Hand und strahlte. Malte sah mich miesepetrig an.

»Von wegen, da läuft nichts«, brummte er mir ins Ohr.

Ich kicherte nervös. »Und *vice versa!*«

Malte sah auf seine Hand, mit der er Annikas Hand hielt, und grinste verlegen. Bevor wir uns weiter austauschen konnten, kam Alex zurück. Er zögerte, als er Annika und Malte sah, dann reichte er mir eine Flasche Cola.

»Danke«, rief ich ihm gegen die laute Musik zu.

Ich traute mich nicht, ihn vor den anderen beiden zu umarmen oder seine Hand zu nehmen. Alex nickte Annika und Malte zur Begrüßung zu und hielt mir seine Bierflasche zum Anstoßen hin. Dankbar stieß ich mit ihm an. Immerhin suggerierte dies ein kleines bisschen Zweisamkeit.

»Wollen wir ein bisschen an die Seite gehen?«, flüsterte Alex mir so nah ins Ohr, dass es kitzelte.

Als wir am Rand ankamen, bereute ich die Entscheidung direkt. Alex wurde sofort von einigen Doktoranden belagert, weshalb sich der Abstand zwischen uns fast schon automatisch vergrößerte, obwohl ich mich magnetisch von ihm angezogen fühlte – wie alle anderen Doktoranden anscheinend auch. Ich trank meine Cola und überlegte, ob ich zurück zu Annika und Malte auf die Tanzfläche gehen sollte. Beide tanzten eng zusammen und wirkten sehr vertraut. Da wollte ich dann doch lieber nicht stören.

Also stellte ich die Colaflasche auf den Tresen und ging auf die Toilette. Mein Plan war, beim Zurückkommen zu Alex vorzudringen, ihn dann einfach auf die Tanzfläche zu ziehen, irgendwo fernab aller nervenden Doktoranden oder Malte und Annika, um ihn ganz für mich allein zu haben. Beim Händewaschen sah ich mir lange in die Augen. Ich wollte es unbedingt. Ich schluckte meine Anspannung herunter und marschierte zurück zur Gruppe. Alex musste ich nicht lange suchen, denn er war immer noch umzingelt von den Doktoranden. Ich kratzte all meinen Mut zusammen und war schon auf dem Weg zu ihm, da sah ich, mit wem er gerade sprach. Aber nicht nur das »Mit wem?«, sondern auch das »Wie?« brannte sich auf meine Netzhaut ein. Er lehnte an der Bar und sprach mit einem hellblonden Supermodel. Sie hatte sich zu ihm gebeugt, näher als mir lieb war, und drehte an ihren blonden Haarsträhnen herum, die natürlich perfekt saßen und nicht ein bisschen verschwitzt waren wie bei mir. Sie strahlte ihn an und eine Hand lag auf einmal auf seiner Schulter.

Da hielt ich inne. Sie flirteten! Er ließ sich von ihr um den Finger wickeln und das konnte ich ihm nicht mal verübeln, denn wer hätte so eine Frau nicht beachtet? Wir waren ja auch kein Paar oder so. Ich hatte keine Alex-Exklusivrechte. Und trotzdem tat es weh. So sehr, dass ich keine Lust mehr auf 90er Party hatte. So sehr, dass mir sogar »Somewhere Over The Rainbow« egal war. Ich schrieb Malte eine Nachricht, der immer noch verschlungen mit Annika tanzte, drehte mich um und lief zur Garderobe, um meine Sachen zu holen.

Mein Herz weinte. Er konnte kein ernsthaftes Interesse an mir haben, wenn er direkt mit einer blonden Superbarbie flirtete, nur weil ich kurz auf der Toilette war. Mit einem Gefühl zwischen Wut (weil er einfach ein Arsch war!) und Trauer (weil ich ihn doch für mich allein wollte!) in der Magengegend verließ ich den Club und trottete zur U-Bahn. Mein Ärger, die Ablehnung und die Sehnsucht nach ihm umkreisten mich wie hungrige Aasgeier, die ihr Opfer im Visier hatten. Ich wollte die Welt ausblenden, also setzte ich meine Kopfhörer auf.

Als ich längst zu Hause angekommen war und bereits schlief, vibrierte mein Handy beim Eingang seiner Nachricht: *Wo bist du?*

Es war das erste Mal, dass er mir eine private Nachricht schickte, die kein verschlüsseltes, unnützes Wissen enthielt.

Kapitel 30

Am Sonntagabend fühlte ich, dass ich mich erkältet hatte. Trotz meines Schonprogramms, das darin bestand, auf der Couch zu liegen und Serien zu gucken, wurde es nicht besser und ich bekam Fieber. Auf Alex' Textnachricht hatte ich bisher nicht geantwortet, aber ich wusste auch nicht, was ich hätte schreiben sollen.

Als meine Stimme restlos verschwand, schrieb ich Robert eine Mail, um mich krankzumelden. Ich war selten krank. Wenn es mich aber erwischte, dann richtig heftig. Ich überlegte kurz, ob ich meine Mutter oder Schwester um Unterstützung bitten sollte. Die Gemüsebrühe meiner Mama mit den Sternchennudeln hatte mich schon aus den dunkelsten Krankheitszeiten gerettet. Aber ich wusste auch, dass beide immer sehr beschäftigt waren, daher hielt ich mich zurück und meldete mich doch nicht bei ihnen.

Der Arzt schrieb mich für eine Woche krank und verordnete mir Bettruhe. Ich legte mich auf die Couch. Eigentlich wollte ich ein bisschen fernsehen. Das gab mir das Gefühl, nicht so schrecklich allein zu sein. Aber irgendwie war es dann sogar zu anstrengend für mich, den Arm zu heben, um die Fernbedienung zu erreichen. Ich schloss kurz die Augen, um ein bisschen Kraft zu tanken, ehe ich den Kampf um die Fernbedienung wieder aufnehmen konnte.

Dann klingelte es. Ich ignorierte es. Mein Kopf explodierte fast von dem Geräusch und mir war eiskalt. Alles tat mir weh.

Wieder klingelte es. Und noch einmal.

Geh weg!, dachte ich. *Wer auch immer du bist, geh einfach weg!*

Das Klingeln hörte nicht auf. Ich öffnete ein Auge, dann das zweite und stellte fest, dass es bereits dunkel war. Mein Blick zur Uhr verriet, dass ich etwa fünf Stunden geschlafen haben musste. Das erklärte auch, wieso mir alles weh tat.

Es klingelte weiter. Da ich schrecklich zitterte, wickelte ich mich in meine Decke und trottete zur Wohnungstür. Wer war bitte derart penetrant?

Es klingelte und klingelte.

»Ist ja gut«, hauchte ich, da meine Stimme immer noch weg war.

Ich öffnete die Tür, nur einen Spalt, und lugte hindurch. Kurz hatte ich gehofft, meine Mama würde mit einem dampfenden Topf Gemüsebrühe vor der Tür stehen, weil sie mit ihrem Mutterinstinkt geahnt hatte, dass es mir schlecht ging. Aber dann sah ich verschwommen, dass es sich nicht um meine Mama handelte. Meine Mama war nicht so groß, meine Mama hatte keine kurzen dunkelbraunen Haare, die vorn ins kantige Gesicht fielen, und sie hatte erst recht nicht diese eisblauen, intensiven Augen, die einen aufsogen, fesselten und faszinierten.

»Lilia!«, rief Alex und trat in meine Wohnung, ohne dass ich es erlaubt hätte. Aber ich war zu schwach, um ihn hinauszuwerfen oder zu protestieren. Ich war sogar zu schwach, um mich vor ihm zu schämen, weil ich bestimmt schrecklich aussah.

Alex sah mich ernst an. Oder war er nur eine Halluzination meiner Fieberfantasie?

Dann breitete er die Arme aus und ich sank in seine breiten, starken Arme. Er umschloss mich zärtlich und streichelte mir über den Hinterkopf.

»Was machst du für Sachen? Du siehst schrecklich aus«, flüsterte er.

Ich schniefte und nieste. Vermutlich hatte ich ihn direkt angesteckt, aber er wich nicht zurück. Er schien sich auch nicht vor meinen Keimen zu ekeln, sondern stand einfach nur ruhig da und streichelte mich.

»Am besten gehst du direkt ins Bett«, sagte er mitfühlend.

»Nein«, flüsterte ich. »Hunger.«

Dann sackten meine Beine weg und mir wurde schwarz vor Augen.

Als ich die Augen wieder öffnete, lag ich auf der Couch, in meine Decke gewickelt. Auf dem Couchtisch standen ein dampfender Tee, ein großes Wasserglas und ein Teller mit aufgeschnittenem Obst. Daneben lag eine ganze Batterie an Taschentüchern und Tabletten: Halstabletten, Ibuprofen, Paracetamol, Hustenlöser, Nasentropfen ... Hatte Alex in der Zwischenzeit etwa eine Apotheke überfallen?

Da ich so gut wie nie Medikamente zu Hause hatte, mussten alle Tabletten von Alex sein. Mein Kopf dröhnte, daher griff ich zum Wasserglas und nahm eine Schmerztablette. Ich hustete und putzte mir geräuschvoll die Nase.

»Ahhh, du bist aufgewacht«, hörte ich hinter mir.

Erschrocken drehte ich mich um. Alex war noch da! Und er trug meine rosa Einhorn-Regenbogen-Glitzer-Küchenschürze, die ein bisschen zu kurz und zu eng für ihn war, und hatte einen Kochlöffel in der Hand. Wieso nur sah er trotz dieser albernen Schütze immer noch umwerfend aus?

»Bin gleich bei dir«, sagte er eilig und verschwand aus meinem Blickfeld.

War er wirklich echt oder hatte ich einfach eine verdammt gute Fieberhalluzination?

Nur wenige Augenblicke später stand Alex wieder neben meiner Couch. Er trug eine Schüssel mit dampfender

Suppe, half mir, mich aufzusetzen, und setzte sich neben mich.

»Ich habe dir Gemüsebrühe gekocht«, sagte er leise, füllte etwas Brühe auf einen Löffel, pustete vorsichtig und schob mir den Löffel in den Mund.

Und während er dies tat und ich die dampfende Brühe sah, die Sternchennudeln und einfach alles, was er in der Zwischenzeit für mich vorbereitet hatte, machte es in mir »Pling« und mein Herz ging auf. Einfach so. »Pling« hatte es in mir drin noch nie gemacht. Niemals.

»Danke«, hauchte ich heiser zwischen zwei Löffeln Brühe.

Alex nahm einen feuchten Lappen und tupfte mir den Schweiß von der Stirn. Ich schwitzte, obwohl ich gleichzeitig entsetzlich fror. Er rückte die Decke zurecht und fütterte mich weiter. Die Brühe war lecker, sie war eine Wohltat für meinen schmerzenden Hals und wärmte mich. In diesem Moment vibrierte sein Handy.

»Ja?«, fragte Alex ungeduldig, als er abnahm.

Er hörte kurz zu, dann unterbrach er den Anrufer schroff.

»Hör zu, ich muss das leider verschieben. Mir ist was dazwischengekommen«, sagte er und wartete. »Ja, das weiß ich doch. Ich kenne die Fristen! Trotzdem kann ich nicht, sorry. Ich melde mich morgen!«

Damit legte er einfach auf. Er schaltete sein Telefon aus, steckte es weg und setzte sich wieder zu mir.

Was konnte nicht so wichtig sein wie die Einreichungsfrist eines Dokuments? Sowohl ein Paper als auch ein Antrag auf Förderung waren unfassbar wichtig und für gewöhnlich richtete jede*r in der Wissenschaft den kompletten Alltag nach solchen Fristen. Was konnte also wichtiger sein als das?

»Du musst nicht meinetwegen absagen«, krächzte ich. »Ich komm schon klar.«

Er schob mir einen weiteren Löffel Brühe in den Mund. Die Sternchennudeln schmeckten wirklich wie Zuhause.

»Ich bleibe bei dir«, sagte er stur und streichelte über meinen Kopf, als wäre ich ein kleines, verängstigtes Kind.

Danach half er mir im Bad, meine Haare zu waschen, was dringend nötig war. Ich duschte (allein) und nach dem Anziehen (auch allein) föhnte er mir die Haare, während ich erschöpft auf dem Badewannenrand saß und einfach nur atmete.

»Warum machst du das alles?«, fragte ich und sah ihn fragend an, aber er antwortete nicht.

Stattdessen wollte er, dass ich ins Bett ging. Aber ich wollte nicht allein sein, daher schaltete ich einfach den Fernseher an und kuschelte mich wie eine Katze auf seinen Schoß. Er legte den Arm um mich und streichelte mich sanft. Ich schloss meine Augen, genoss seine Nähe und spürte, wie liebevoll er mich streichelte. Dabei sackte ich immer wieder in den Schlaf, der in einem verworrenen Fiebertraum endete.

Als ich das nächste Mal wieder klarer wurde und die Augen öffnete, lag ich im Bett und er saß an meiner Seite.

»Schlaf weiter, Lilia«, flüsterte Alex.

»Warum machst du das?«, fragte ich mit geschlossenen Augen, weil ich so müde war. »Du magst mich ja nicht mal. Und ich will dich auch nicht mögen, wirklich nicht. Ich hab es wirklich versucht. Immerhin verabscheust du Frauen in der Wissenschaft. Und ich bin eine Frau. Aber dich nicht zu mögen, ist einfach so schwer. Wie soll ich das schaffen?«

Er streichelte wortlos meinen Kopf und ich versank wieder in einem wirren Fiebertraum, bis auch dieser dunkel wurde und ich in einen traumlosen Schlaf glitt.

Kapitel 31

Eine gesamte Woche blieb ich zur Erholung zu Hause. Alex schrieb mir ab und zu, um sich nach meinem Gesundheitszustand zu erkundigen. Er kam an jedem Tag kurz vorbei, brachte etwas frisch Gekochtes und ein paar Lebensmittel und ging dann wieder, weil er nicht viel Zeit hatte.

Als ich in der darauffolgenden Woche wieder genesen ins Labor kam, machte Malte einen Freudensprung, als er mich wiedersah. Im Gegensatz zu Alex hatte er mich nicht besucht, mir nur einmal kurz geschrieben, dass er mein Tutorium vertreten musste und dass es furchtbar anstrengend war.

»Zum Glück bist du wieder da, Lilia. Mach das bitte nicht mehr! Werde einfach niemals wieder krank, okay?«

Ich schmunzelte, als er sich dabei extra weit zu mir herunterbeugte. »Das habe ich mir ja nicht ausgesucht. Ich wäre auch lieber hier gewesen.«

Ich dachte an meine heimliche Krankenschwester und hoffte, dass meine kleine Lüge nicht so auffällig war.

Am Dienstagnachmittag würde ich wieder das Seminar betreuen, das zu Alex' Vorlesung angeboten wurde. Wir mussten uns daher heute noch dazu austauschen, sodass er mir die Übungen geben konnte, die im Seminar besprochen werden sollten. Als ich vor der Mittagspause auf dem Weg ins Zweier-Büro war, kam mir Robert auf dem Gang entgegen.

»Ach Lilia, alles wieder okay bei dir?«

Ich nickte. Er wirkte erleichtert und ging weiter. Ich trat leise ins Zweier-Büro ein und räusperte mich, weil Alex völlig vertieft in seinen Text war. Er blickte erschrocken auf, dann lächelte er dieses eine Alex-Lächeln, mit dem er sämtliche Feststoffe zum Schmelzen bringen konnte, und die kleine Flamme in meinem Herzen begann wieder zu brennen.

»Na du?«, fragte er mit leiser Stimme.

Es wurde heiß um mich herum und auch in mir drin. Die Hitze durchzog meinen Körper schneller, als ich es hatte kommen sehen. Ich glühte, aber nicht, weil ich wieder Fieber bekam. Oder vielleicht doch?

»Na?«, fragte ich und grinste dabei grenzdebil, weil ich vergessen hatte, was ich wollte.

»Na?«, wiederholte Alex und lächelte sogar noch hinreißender. »Wie gehts dir?«

»Besser«, sagte ich leise. Das Krächzen in meiner Stimme kam definitiv nicht von der ausklingenden Erkältung, aber das wollte ich ihm natürlich nicht sagen.

»Schön«, sagte er.

»Mhm«, machte ich, weil ich mich immer noch nicht erinnern konnte, was ich ursprünglich von ihm wollte.

Ich sah ihn an, seine markanten Gesichtszüge, seine eisblauen, großen Augen, umrahmt von diesen unfassbar langen, schwarzen Wimpern. Augen, die mich fragend ansahen und denen ich mich nicht entziehen konnte. Ich konnte einfach nicht aufhören, ihn anzustarren.

Er räusperte sich.

»Lilia?«, fragte er leise und winkte mit der Hand vor meinem Blickfeld herum. »Träumst du? Oder hast du wieder Fieber?«

Ich sah ihn einfach nur an. Wenn es ein Traum wäre, also, wenn es wirklich mein echter Traum wäre, dann würde ich ihn nicht nur anstarren. Dann würde ich mich definitiv in diese starken Arme werfen, in der Hoffnung, er würde mich nie wieder loslassen.

Ich schluckte. Einmal. Zweimal. Dreimal. An seine Lippen wollte ich erst gar nicht denken.

»Lilia?«, fragte Alex und winkte erneut vorsichtig, damit ich aus dem Tagtraum erwachte. »Du bist bestimmt hier, um das Seminar mit mir abzustimmen?«

Meine Pupillen wurden größer. Genau! Das war der Grund, wieso ich hier war. Das ständige Pling in meinem Herzen konnte es schließlich nicht sein, das konnte er gar nicht gehört haben. Oder doch?

»Ja«, sagte ich atemlos und wollte all diese Gedanken aus meinem Kopf verscheuchen, die mir die Konzentration raubten und mich kurzatmig machten.

»Willst du dich setzen?«

Ich sah ihn erschrocken an. Meinte er, ich solle mich auf seinen Schoß setzen? Hier im Büro?

Alex folgte meinem verständnislosen Blick.

»Du kannst dich hier auf den Stuhl setzen. Wie sonst auch«, sagte er dann.

Ich zuckte zusammen.

»Ja, klar, was dachtest du denn?«, fragte ich verlegen und setzte mich auf den freien Stuhl.

Alex schmunzelte diskret.

»Wir können auch erst über deinen Fiebertraum sprechen«, flüsterte er mir zu. »Wenn du möchtest.«

Ich wurde wieder rot.

»Meinen Fiebertraum?«, wiederholte ich langsam und versuchte, die Unwissende zu spielen.

Aber ich konnte ihm nichts vormachen. Er las in mir wie in einem offenen Buch. Ich konnte nichts vor ihm verbergen. Er wusste alles.

»Als du im Fieberwahn warst, hast du ein paar interessante Dinge zu mir gesagt«, flüsterte er mir zu und seine Augen funkelten schalkhaft.

Ich schluckte erneut und wäre gern im Erdboden versunken. »Ach so? Habe ich?«

Alex nickte lächelnd.

»Oh ja«, sagte er.

Dann schob er mir ein Blatt Papier zu.

»Das sind die Aufgaben für das Seminar. Schau es dir in Ruhe an! Wenn du dann noch Fragen hast, können wir auch gern ...«

Ich starrte entschlossen ihn an und schob den Zettel demonstrativ weg. »Lenk bloß nicht ab! Was habe ich denn gesagt?«

Alex lächelte, dann wurde er jedoch ernst.

»Du sagtest zum Beispiel, dass ich dich nicht mag und dass ich Frauen in der Wissenschaft hasse. Aber das stimmt nicht, weder das eine noch das andere. Wieso denkst du so was?«

»Das wurde erzählt, als du angefangen hast.«

Alex runzelte die Stirn. »Aber wer erzählt denn so was?«

Ich zuckte mit den Schultern.

»Du hattest nie Frauen in deinem Labor«, flüsterte ich stimmlos und schluckte, weil er gekränkt und müde aussah. »Außer eine Doktorandin, die du rausgeschmissen hast, weil sie in deinen Augen unfähig war. Hat man erzählt.«

Er schüttelte verständnislos den Kopf und seufzte. Wütend und enttäuscht. »Stimmt nicht, Brooke war alles andere als unfähig. Sie ist von sich aus gegangen, damals, weil sie zu ihrem Freund nach Neuseeland wollte. Das hatte nichts mit mir zu tun. Ich habe ihr sogar eine neue Doktorandenstelle besorgt.«

»Mhm.« Ich schämte mich, weil ich dem Flurgerede geglaubt und ihn nie offen gefragt hatte, ob alles der

Wahrheit entsprach, was ich von anderen über ihn gehört hatte. Ich schämte mich, weil er mir nie das Gefühl gegeben hatte, als Frau im Labor nicht dazuzugehören. Und ich schämte mich, weil ich mich viel zu lange hinter diesen Vorurteilen versteckt hatte, ohne offen und ehrlich zu ihm und zu mir selbst zu sein.

»Wie lange denkst du schon so von mir? Das ist ja schrecklich«, fragte er und sah mich gekränkt an.

»Aber du hast mit diesem David in Barcelona so abfällig über mich gesprochen, dass ich nur so eine namenlose, nervige PhD-Studentin bin, direkt nachdem du mich geküsst hast. Und dann habt ihr so dreckig gelacht«, murmelte ich verzweifelt.

Alex seufzte und nahm meine Hand unter dem Tisch, was mich noch mehr durcheinanderbrachte.

»David ist wohl der indiskreteste Mensch, den ich kenne. Ich würde niemals irgendwelche wirklich wichtigen privaten Dinge mit ihm besprechen«, sagte er leise.

»Und ich zähle zu den wirklich wichtigen privaten Dingen?« Ich sah ihn hoffnungsvoll an.

»Nicht nur zu den wirklich wichtigen«, flüsterte er mit seiner tiefen Stimme, dass ich Gänsehaut bekam. »Vielmehr zu dem wirklich Wichtigsten!«

Die Schmetterlinge in meiner Magengegend flatterten verrückt durcheinander. Das Noradrenalin leistete herausragende Arbeit und betörte all meine Körperzellen.

»Also denkst du nicht, dass Frauen im Labor nur rumheulen und den Männern den Kopf verdrehen?«, flüsterte ich und Tränen stiegen mir in die Augen.

Alex aber schüttelte nur vehement den Kopf.

»Natürlich nicht. Es gibt so viele tolle, großartige Wissenschaftlerinnen, mit denen ich auch schon zusammengearbeitet habe«, sagte er bestimmt. »Du zum Beispiel.«

Ich wurde rot. »Du findest wirklich, dass ich eine tolle Wissenschaftlerin bin?«

Er nickte.

»Das wirkte bei deinen Fragen und Kommentaren in meinem Institutsvortrag nicht so«, murmelte ich kritisch.

»Das mag sein«, antwortete er. »Da habe ich aber nicht dich persönlich kritisiert, sondern die Ausrichtung deines Themas und die Experimente, die Robert dich hat machen lassen. Die Kritik ging ausschließlich an Robert. Du machst tolle Arbeit. Sonst hätte ich dich niemals zur *Membrane Marvels* mitgenommen.«

Er sah mich mit diesen Wahnsinnsaugen durchdringend an. In meinem Kopf gab es nur dieses eine Echo, dass er mich als Wissenschaftlerin doch nicht so blöd fand, wie ich dachte. Dass er mich generell wohl doch nicht blöd fand.

»Was habe ich sonst noch so gesagt letzte Woche?«, fragte ich.

»Ach so dies und das. Einfach nur, dass ich dein absoluter Held bin«, murmelte er schmunzelnd. »Und dass ich dich nicht allein lassen und für immer bleiben soll!«

Ich starrte ihn fassungslos an. Erst wollte ich alles abstreiten. Aber dann folgte ich meinem viel zu schnell schlagenden Herzen. Wieso auch nicht? Es war alles ein Missverständnis. Er hasste keine Frauen im Labor. Spätestens da war ich ihm komplett verfallen.

»Und warum wolltest du nicht bleiben?«

Alex rutschte näher an mich heran und sah mich ernst an. »Ach Lilia, wer sagt denn, dass ich das nicht wollte?«

Kapitel 32

»Wie schön, dass ihr es alle zur Vorbesprechung geschafft habt«, sagte Viola Richter, eine großgewachsene Frau mittleren Alters, die die Biochemie-Praktika koordinierte.

Malte und ich unterstützten die Kolleg*innen des Biochemie-Instituts immer, wenn die Biochemie-Kurse anstanden.

»Die Räumlichkeiten haben sich nicht geändert«, fuhr Viola fort. »Wir haben weiterhin den großen Doppelraum und die drei kleineren Räume.«

Ich sah mich um. Außer Malte waren noch zwei andere Doktorandinnen aus Violas Labor da. Eine Person fehlte. Dann wurde die Tür des Vorbereitungsraums energisch aufgerissen.

»Sorry, ich wurde aufgehalten«, rief es von der Tür. »Habe ich was verpasst?«

Alex war hier. Aber wieso? Die Praktika wurden ausschließlich von Doktorand*innen geleitet. Viola schüttelte den Kopf und lächelte ihn mütterlich an.

»Nein, Alex, ich bin froh, dass du hier bist und einspringst. Ich erwähnte gerade, dass uns wie immer der große Doppelraum und die drei kleineren Räume zur Verfügung stehen.«

Alex lächelte zurück.

»Lilia und ich nehmen den Doppelraum«, sagte er direkt und nickte mir demonstrativ zu.

Ich riss erschrocken die Augen auf.

Seit ich letzte Woche mit den Übungsaufgaben für das Seminar einfach weggelaufen war, hatten wir uns nicht mehr gesehen, gehört oder gesprochen. Er hatte mir auch nicht geschrieben, weder einen unserer verschlüsselten kleinen Zettelchen noch eine Nachricht im Chat, sodass ich davon ausging, dass er sauer auf mich war. Direkt nach dem Weglaufen schon hatte ich mich bereits für meine kindische Reaktion geschämt. Ich war von der Situation so überfordert gewesen, dass mir nur die Flucht als gute Option geblieben war.

Malte und ich sahen uns überrascht an. Für gewöhnlich teilten wir uns beide das Doppellabor, um die Praktikumszeit gemeinsam zu verbringen. Das war schon immer so, seit wir die ersten Kurse zusammen leiteten.

Malte kniff wütend die Augen zusammen und stieß leise zischend Luft aus.

»Das geht nicht«, rief er dann und wedelte mit den Armen herum. »Lilia und ich sind schon zusammen im Doppelraum.«

Alex sah Viola nur stumm an und legte den Kopf schräg.

»Oh Malte, sei nicht enttäuscht! Das wird schon mal in Ordnung sein, wenn Lilia heute mit Alex zusammenarbeitet«, sagte Viola streng und verhinderte damit alle möglichen Widerworte, noch bevor Malte sie aussprechen konnte. Mit Viola konnte niemand diskutieren. Gegen sie konnte niemand ankommen.

Malte sah ganz und gar nicht begeistert aus. Düstere Gewitterwolken zogen durch sein Gesicht. Wir arbeiteten immer zusammen. Das war unser Ding. Ich konnte seinen Unmut über diese Änderung durchaus verstehen. Darüber hinaus war ich unsicher, wieso Alex überhaupt die Vertretung übernahm und wieso er den Kurs unbedingt mit mir zusammen machen wollte.

Ich sah Malte kurz an und versuchte ihm gedanklich zu übermitteln, dass er nicht sauer sein sollte und dass wir bei den anderen Kurstagen, wo Alex bestimmt nicht vertreten würde, wieder gemeinsam die Gruppen leiten konnten. Ein heimliches Gefühl der Freude stieg langsam in mir auf. Es würde auch bedeuten, dass ich Alex quasi den ganzen Tag bei mir haben würde. Ich hatte ihn so sehr vermisst.

Malte zog mich wutschnaubend aus dem Vorbesprechungsraum.

»So ein aufgeblasener …«, rief er aufgebracht. »Und dieser selbstgefällige Blick. Das gefällt mir ganz und gar nicht!«

»Beruhige dich! Beim nächsten Mal sind wir wieder zusammen, ganz bestimmt.« Ich lächelte ihn aufmunternd an.

Malte schnaubte abermals und ging dann in sein Einzellabor. Alex stattdessen stand schon an der Tür zum Doppellabor und lächelte mir zu.

»Alles okay?«, fragte er zuckersüß.

»Klar«, erwiderte ich vorsichtig lachend.

Wir zogen unsere sauberen Laborkittel an, die mit den Namensschildern, und gingen dann in den uns zugeteilten Kursraum. Bisher war noch niemand im Raum. Ich atmete den verstaubten Laborgeruch ein und verteilte zunächst die Praktikumsskripte, die ich vorsorglich für alle ausgedruckt hatte. Alex setzte sich auf den langen Tisch am Fenster und beobachtete mich schmunzelnd.

»Du bist immer perfekt vorbereitet, oder?«, fragte er mit ironischem Unterton.

Ich beschloss, diesen Unterton einfach zu ignorieren.

»Klar«, sagte ich erneut, als würde ich nur dieses eine Wort beherrschen.

Alex nickte interessiert. »Und? Was kannst du mir fürs Praktikum noch mitgeben?«

Ich überlegte kurz.

»Im Prinzip nicht viel. Alles steht im Skript«, meinte ich knapp.

Er sah mich an und begann dann schallend zu lachen.

»Du hast doch das Skript gelesen, oder?«, fragte ich unsicher.

Alex' Lachen endete so abrupt, wie es begonnen hatte.

»Ähhh … nein«, sagte er ehrlich und lächelte hinreißend.

Unfassbar! Kein Wunder, dass er unbedingt mit mir zusammen das Praktikum leiten wollte. Er hatte es nicht einmal für nötig gehalten, ins Skript zu schauen. Ich würde also alles alleine machen müssen.

Kopfschüttelnd nahm ich ein Praktikumsskript, das ich mitgebracht hatte, weil es immer diese eine Person im Kurs gab, die es zu Hause vergessen hatte. Dass es dieses Mal der Tutor selbst war, war jedoch neu. Die Zusammenarbeit mit Malte war immer unkompliziert gewesen. Wir verstanden uns blind. Niemals hätte er mich alles allein machen lassen.

Ich lief noch einmal die einzeln aufgebauten Arbeitsplätze ab, die sich nach den einzelnen Praktikumsversuchen richteten. Größenausschlusschromatographie, Trennung von Proteinen durch SDS-Polyacrylamidgel-Elektrophorese, Konzentrationsbestimmung nach Bradford, Fällung von Proteinen, Bestimmung der Enzymaktivität am Photometer. Alle Stationen waren bilderbuchhaft aufgebaut, alle Tischphotometer eingeschaltet und sogar bereits auf die richtigen Wellenlängen eingestellt, alle Pipetten waren säuberlich in die Pipettenständer gehängt, alle Spitzenkästen waren gefüllt und alle Tischmülleimer geleert. Alles war perfekt vorbereitet.

Ich atmete tief durch, um meine Anspannung zu lösen. Ich kannte das Skript in- und auswendig, so oft hatte ich den Kurs schon betreut. Ich kannte alle vermeidlichen

Stolperstellen und wusste, worauf ich besonders hinweisen musste. Ich kannte die Fragen der Student*innen, die es geben würde. Ich könnte es also schaffen, beide Kurse zusammen zu leiten, ohne auf Alex angewiesen zu sein.

»Lilia?«, fragte Alex.

Ich sah auf und blickte in diese tollen, großen Augen, die die Welt für mich bedeuteten.

»Ich freue mich auf den Tag mit dir«, sagte er leise.

Er sah in seinem Laborkittel mit der großen Brille unglaublich gut aus. Verboten gut. So gut, dass ich ihm nicht mal böse sein konnte und nur schüchtern zurücklächelte.

Dann wurde die Labortür geöffnet. Die Gruppe der Studierenden betrat den Raum und füllte ihn mit wuseliger Lautstärke. Ich verteilte die Skripte, ließ die Anwesenheitsliste herumgehen, hakte alle Namen ab, machte eine schnelle Sicherheitseinweisung und erklärte in einer kurzen Vorbesprechung die theoretischen Hintergründe der Versuche, die Abläufe und die Lernziele. Das Praktikum war so gestaltet, dass die Studierenden eigentlich alles allein machen konnten und Alex und ich nur unterstützend eingreifen sollten, wenn es Fragen gab.

Natürlich klebten die Blicke der Studentinnen die ganze Zeit an Alex, während ich vorn die Theorie der Gelelektrophorese erklärte. Ein Stich in meiner Brust verriet mir, dass es mir ganz und gar nicht gefiel, wie diese jungen Frauen ihn derart anhimmelten und sich auf nichts anderes konzentrieren konnten. Es war wie damals auf der Konferenz in Barcelona, wo ihm gefühlt jede junge Wissenschaftlerin vollkommen verfallen war. Inklusive mir.

Alex grinste die viele weibliche Aufmerksamkeit einfach stumm weg und ließ sich nicht beirren. Eine Gruppe der Studentinnen hatte es besonders auf ihn abgesehen. Sie wählten einen Laborplatz in seiner unmittelbaren Nähe, starrten ihn die ganze Zeit penetrant an und kicherten dabei wie Teenies in der Pubertät.

Als eine große, blonde Studentin ihn zu sich rief und mit Fragen und viel zu langen Augenaufschlägen belagerte, hörte er ihr aufmerksam und geduldig zu.

»Ich weiß wirklich nicht, was das konkret bedeutet? Nehmen wir die 5 ml Pufferlösung extra? Oder nicht?«

Alex blickte freundlich auf ihr Namensschild am Kittel und lächelte hinreißend.

»Weißt du, Olga, ich hospitiere heute nur. Das musst du die Kursleiterin fragen«, sagte er, drehte sich zu mir um und zwinkerte mir charmant zu, was in mir einen inneren Gefühlssturm auslöste.

Die Studentin wirkte enttäuscht und verkniff sich weitere Fragen. Als sie wieder bei den anderen war, ging ich zu ihm.

»Du kannst ruhig Fragen der Studierenden beantworten. Ich weiß genau, dass du diese Frage hättest klären können«, sagte ich leise zu ihm.

»Ja, wenn es eine ernst gemeinte Frage gewesen wäre«, murmelte er.

Ich seufzte. Das war der Preis, mit Dr. Alex Winter einen Praktikumskurs zu leiten. Liebestolle Studentinnen, die um ihn herumwuselten wie verrückte Hühner und dabei alles Mögliche machten, um seine Aufmerksamkeit zu erhaschen, bloß eben nicht die Praktikumsversuche ... und eine eifersüchtige Dozentin. Mit Malte war so etwas nie geschehen. Wann immer er in Flirtlaune war, hatte mich das nie gestört.

»Sie flirtet mit dir«, stellte ich nüchtern fest, war genervt und versuchte, meine Eifersucht zu verbergen, obwohl ich diese Studentinnen am liebsten rausgeworfen hätte. Alle. »Sie flirten alle mit dir.«

»Kann sein«, murmelte Alex und blätterte abwesend durchs Skript.

»Sie wird es weiterversuchen«, sagte ich.

»Schon möglich«, murmelte Alex.

Ich schluckte. Dann sah mich Alex direkt an.

»Ich möchte nur mit einer Person in diesem Raum flirten«, flüsterte er und kam dabei so nah an mein Ohr, dass ich seinen Atem hören und fühlen konnte.

Mir wurde erst eiskalt, dann kochend heiß. Er hatte diese entwaffnende Aura, die einen umspann, fesselte und willenlos mitriss, egal, wo es hinging. Das konnte man merken, sobald er von seiner Forschung erzählte. Dann leuchteten seine Augen und erzählten von einer sonnigen, einer schönen und viel besseren Welt. Von seiner Welt. Er hatte aber gleichzeitig auch die Fähigkeit, einen anzuschauen, als wäre man etwas ganz Besonderes und der einzige Mensch der Welt, der wirklich zählte. Ich wollte mich in diesem Moment verlieren, ihn ganz exklusiv nur für mich haben und mit niemandem teilen.

Alex schmunzelte.

»Lilia, du träumst schon wieder«, bemerkte er und beugte sich erneut an mein Ohr, um zu flüstern. »Ich hoffe, in deinem Traum haben wir keine Klamotten an.«

Dann nahm er das Skript und lief demonstrativ die Praktikumsgruppen ab, um den Fortschritt zu begutachten und die Gelfiltration noch einmal zu erläutern.

Ich wurde dunkelrot und verwarf den Gedanken lieber, weil ich mich sonst gar nicht mehr hätte konzentrieren können. Ehe ich mich versah, hatten ihn die Studentinnen rund um Olga erneut in Beschlag genommen.

»Wir treffen uns heute alle zum Abschluss des ersten Biochemie-Praktikumsblocks, ganz unverfänglich. Willst du nicht auch dazukommen?«, fragte Olga mindestens drei

Oktaven zu hoch und klimperte mit ihren falschen Wimpern.

Alex lächelte charmant.

»Das ist ein nettes Angebot, meine Damen«, sagte er höflich. »Ich muss es leider ausschlagen, da ich bereits verabredet bin.«

Olga sah ihn mit enttäuschten Augen an.

»Ach, das ist aber schade. Wir könnten dann das Prinzip der Gelelektrophorese noch einmal durchgehen«, flötete sie.

Alex lachte leise.

»Na ja, auch das klingt äußerst verlockend. Ich gehe das Prinzip allerdings wesentlich lieber und routinierter mit unserer hübschen Dozentin durch«, meinte er, zwinkerte den Studentinnen kokett zu und schritt lässig zu der nächsten Gruppe.

Ich unterdrückte ein lautes Lachen.

»Ich weiß nicht, ob du es mitbekommen hast, aber wir haben heute ein Date«, rief er dann quer durch den Raum zu mir. »Ich habe gehört, es soll toll sein, das Prinzip der Gelelektrophorese noch einmal intensiv durchzugehen.«

Ich weigerte mich, erneut rot zu werden, aber es half nichts. Er hatte mich eiskalt erwischt und ich strahlte sicherlich so rot wie eine überreife Tomate in der Mittagssonne. Die Studentinnen sahen mich abschätzig an. Alex lief durch den Raum zu mir.

»Ich meine es ernst«, raunte er mir neckend zu. »Nicht den Quatsch mit der Elektrophorese, aber das mit dem Date.«

Ich schluckte und wollte mit ihm schimpfen, weil er mich so unprofessionell vor den Studierenden in eine peinliche Situation gebracht hatte, aber ich konnte es nicht. Er sah mich einfach nur an und die Sonne ging auf. Direkt in mir drin. Wie sollte ich ihn da zurechtweisen oder sauer sein?

»Ich habe noch eine andere Sache, die ich gern mit dir besprechen würde«, sagte er dann. »Ich würde mit dir demnächst gern Kristalle aus deinem Rezeptor ansetzen und diese bei unserer nächsten Messzeit am Synchrotron vermessen. Ich denke, das macht sich gut in deiner Dissertation, wenn du noch eine Rezeptorstruktur mit aufnehmen kannst, und vielleicht können wir sogar etwas publizieren.«

Er grinste mich an. Ich vergaß die Studierenden und den Praktikumskurs und fiel ihm um den Hals. Das war eine fantastische Idee. Die bisher veröffentlichten Kristallstrukturen meines Rezeptors waren ziemlich schlecht. Und wenn es einer hinbekam, gute Kristalle zu züchten, dann Alex. Alex würde es schaffen. Alex schaffte alles!

Während ich Alex umarmte und er die Umarmung erwiderte, sah ich Maltes Gesicht vor dem Fenster der Labortür auftauchen. Missmutig zog er sich wieder zurück. Oh je, jetzt war er enttäuscht.

Bevor ich zu sentimental werden konnte, löste ich mich von Alex.

»Also, was ist mit nachher?«, fragte er.

Ich nickte selig.

»Wenn du wieder für mich kochst«, flüsterte ich.

Alex formte ein leises »Okay«, dann lief er wieder zum Tisch, setzte sich und beobachtete die Gruppe. Ich verließ stattdessen den Raum und folgte Malte. Ich wollte nicht, dass er sauer auf mich war.

Malte war schon wieder zurück bei seinem Kurs. Er bemerkte mich erst, als ich neben ihm stand und ihn entschuldigend ansah. Er dachte vermutlich, ich hätte mich mit dem Feind verbündet und ihn ersetzt, was natürlich

Unsinn war. Niemand würde ihn ersetzen können, dafür war er mir viel zu wichtig.

»Hey«, sagte ich kleinlaut und sah zu ihm auf.

Malte ignorierte mich zunächst, sah dann aber zu mir herunter.

»Was hast du mit dem zu schaffen?«, fragte er leise und starrte mich seltsam an.

»Gar nichts«, log ich. »Er hat mir nur angeboten, den Rezeptor zu kristallisieren, um ihn zu vermessen. Nachdem ich Robert schon so lange deswegen genervt hab und wir ja da immer gescheitert waren, war ich so erleichtert, dass Alex das als Profi von sich aus angeboten hat.«

Malte zog misstrauisch eine Augenbraue hoch. »Und was will er dafür? Das macht er doch nicht einfach so?«

Ich zuckte mit den Schultern.

»Im besten Fall springt eine Publikation raus«, sagte ich und als er immer noch nicht überzeugt wirkte, fügte ich hinzu: »Du weißt, dass ich noch ein paar Puzzlesteine für meine Diss brauche. Freu dich doch bitte einfach für mich!«

Malte grunzte leise.

»Es gefällt mir ganz und gar nicht, wie er dich immer ansieht«, murmelte er. »Ich traue ihm nicht.«

»Ich bin schon groß, Malte. Ich kann auf mich allein aufpassen«, sagte ich ironisch. »Wie läuft es eigentlich mit Annika?«

Bevor er etwas erwidern konnte, wurde er von seinen Studierenden gerufen, sodass ich immer noch keine Ahnung hatte, was konkret bei den beiden los war.

Ich ging zurück ins Doppellabor, aber Alex hatte alles im Griff und erklärte gerade den Versuch mit der Konzentrationsbestimmung. Als er mich sah, hellte sich sein Gesicht auf.

»Alles okay?«, fragte er und legte kumpelhaft den Arm um mich.

Ich nickte zufrieden und lehnte meinen Kopf an seine Schulter. Ich sog seinen Geruch auf und versuchte ihn abzuspeichern, für die schlechteren Zeiten, die bestimmt wieder kommen würden, um mich dann genau an Momente wie diese zu erinnern. Er roch fantastisch, Alex-mäßig, einfach perfekt. Alex senkte seinen Kopf und drückte mir einen liebevollen Kuss auf das Haar.

»Bei mir auch«, flüsterte er.

Zufrieden, fast schon stolz wie ein Elternpaar, beobachteten wir die Studierenden, als wären sie unsere Kinder und würden gerade die unglaublichen Tiefen der Biochemie entdecken, die wir ihnen zeigten.

Beim Abschlussgespräch fiel Olga wieder unangenehm auf, als sie Alex erneut schöne Augen machte. Das nervte mich. Er hatte ihr nun schon einige Male gezeigt, dass er kein Interesse an ihr hatte. Wieso musste sie trotzdem weitermachen? Der krönende Abschluss, neben einer erneuten Einladung für den Abend, war, dass sie ihm demonstrativ einen Zettel zusteckte. Ich wurde ganz rasend vor Eifersucht und wollte ihr schon hinterherlaufen, sie zur Rede stellen, da räusperte sich einer der Studenten, dessen Namen ich bereits bei der Vorstellungsrunde vergessen hatte, neben mir.

»Olga hat recht«, sagte er leise. »Wir treffen uns nachher zum Abschluss in einer Bar. Willst du auch kommen? Ich würde mich sehr freuen.«

Er wurde verlegen rot. Ich wollte gerade etwas erwidern, da trat Alex hinter mich, ergriff meine Hand und zog mich zu ihm.

»Sorry, dass ich unterbreche, aber diese Dame gehört definitiv zu mir.«

Der Student nickte enttäuscht und verließ den Raum. Alex zog mich enger zu sich.

»Er ist weg«, flüsterte ich. »Du kannst mich jetzt loslassen.«

Alex atmete laut aus. »Aber wieso? Wer sagt denn, dass ich das überhaupt will?«

Ich schluckte mit glühenden Wangen und rasendem Herzen.

»Nicht?«, fragte ich.

»Nein«, sagte Alex nüchtern, dann grinste er. »Lass uns schnell was essen gehen, bevor es weitergeht!«

Ich zögerte, vergrub dabei das Gesicht an seiner Schulter. »Eigentlich verbringe ich die Pause immer ...«

»... mit Malte, schon klar«, ergänzte Alex und zwinkerte mir zu. »Aber ab jetzt wird alles anders.«

Er löste sich aus der Umarmung, nahm meine Hand und zog mich aus dem Raum. Meine Arme, Füße, Beine, ach was, mein gesamter Körper, der eigentlich auf Widerstand eingestellt war, gab kampflos auf und folgte ihm bereitwillig. Alex zog mich durch das Treppenhaus in die fünfte Etage, in der ich nur keuchend und schnaufend ankam. Seltsamerweise gab es keine spitze Bemerkung bezüglich meiner nicht vorhandenen Fitness, stattdessen zog er mich in einen kleinen, leeren Raum mit einem Fenster, einer Liege und zwei Stühlen, den ich nicht kannte.

»Das ist der Ruheraum. Hier ist nie jemand«, sagte er. »Warte kurz!«

Er verschwand und kam kurze Zeit später mit einem Beutel zurück.

»Hier ist deine Bento-Box.« Er gab mir einen schwarzen, rechteckigen Behälter mit Bambusdeckel, den ich unschlüssig an mich nahm.

»Bento-Box?«, fragte ich.

Alex lächelte und öffnete seine Box. Im Inneren gab es mehrere Fächer, die mit appetitlich aussehenden Lebensmitteln gefüllt waren.

»Eine Bento-Box ist eine traditionelle japanische Lunchbox mit mehreren Fächern, um verschiedene Gerichte getrennt voneinander zu halten.«

Alex lächelte.

»Ich habe gestern gekocht und dachte, du freust dich vielleicht«, sagte er und nahm sich eine gefüllte Teigtasche.

»Wow, das alles hast du selbst gemacht?«, fragte ich und starrte auf die drei vollen Fächer.

Alex nickte.

»Du kochst gern, oder?«

Er nickte erneut. »Mein Sensei aus dem ersten Postdoc in Berkeley hat darauf viel Wert gelegt. Ein guter Biochemiker muss ein guter Koch sein, hat er immer gesagt und die Bento-Boxen bei uns eingeführt. Unser Körper benötigt gute Lebensmittel, um kräftig zu sein und zu regenerieren. Ein Biochemiker macht im Labor im Endeffekt auch nichts anderes als in sehr, sehr kleinem Maßstab zu kochen. Und wenn ein Versuch misslingt, wird die Rezeptur solange angepasst, bis es passt. Satoshi-sensei war ein sehr inspirierender Mann. Daher habe ich es immer beibehalten, meine Bento-Boxen mit viel Ausgewogenheit zu gestalten.«

»Danke, dass du heute auch an mich gedacht hast«, sagte ich leise.

Alex schmunzelte.

»Als würde ich je etwas anderes machen können«, murmelte er leise, mehr zu sich selbst, und aß weiter.

»Es war superlecker«, sagte ich ehrlich. »Daran könnte ich mich gewöhnen!«

Alex grinste. »Ich wusste, dass dir das *All-Inclusive*-Paket gefällt.«

Obwohl ich dringend nachhaken wollte, was dieses *All-Inclusive*-Paket alles sonst noch so beinhaltete, zögerte ich.

»Darüber sprechen wir später noch ausführlicher«, sagte ich, »jetzt müssen wir in den Chemikalienraum, um die ganzen Puffer und so aufzufüllen.«

Alex nickte.

»Und um noch mehr Zeit zu zweit zu haben«, flüsterte er.

Ich lachte. Unweigerlich. Zeit im Chemikalienraum zu verbringen war eigentlich nichts, was ich sonderlich in die Länge ziehen wollte. Wir nahmen die Körbe mit, um die Pufferlösungen zu transportieren. Routiniert griff ich nach den richtigen Chemikalien, die für unseren und Maltes Kurs reichen sollten, und überließ Alex die schweren Flaschen. Als ich alles in seinen Praktikumsraum brachte, saß Malte schlecht gelaunt am Fenster.

»Du hast nicht mit mir gegessen«, stellte er sauer fest. »Und Viola offenbarte mir gerade, dass Alex auch noch am Nachmittag mit dir zusammenarbeitet. Obwohl wir locker tauschen könnten.«

Ich legte entschuldigend eine Hand auf seine Schulter und seufzte.

»Malte, sei nicht sauer! Wir waren einfach früher fertig und du warst noch beschäftigt«, meinte ich. »Und ja, den zweiten Kurs machen Alex und ich heute auch noch zusammen, weil Alex noch keine Routine hat. Wenn es dir lieber ist, kannst du das aber auch mit ihm machen und ich übernehme den Einzelkurs?«

Malte sah mich eindringlich an, als würde er in meinem Gesicht lesen wollen, ob ich die Wahrheit sagte. Dann schüttelte er resigniert den Kopf.

»Vielleicht ist das grad keine so gute Idee«, sagte er verlegen. »Ich habe mich heute nicht so professionell vor Alex verhalten – nicht, dass er mir vor Wut noch irgendwelche Formblatt Z-Strafarbeiten aufdrückt?«

Als Sicherheitsbeauftragter kannte Alex keinen Spaß und keine Gnade. Es war schon erstaunlich, dass er den Chemikalienraum nicht auseinandergenommen hatte. Ich kicherte leise. Vermutlich war er zu abgelenkt gewesen.

»Schön, dass du wieder da bist«, sagte Alex, als ich zurück ins Doppellabor kam. »Bleibt's bei nachher?«

Ich nickte schüchtern.

»Perfekt«, murmelte Alex.

Wir leiteten auch den zweiten Praktikumskurs gemeinsam. Alex war ein absolutes Naturtalent in der Lehre. Er erklärte die Hintergründe so lebendig, dass selbst ich fasziniert an seinen Lippen hing, obwohl ich das alles ja bereits kannte. Während er erklärte und lehrte, leuchteten seine Augen. In diesem Kurs gab es zwar keine Olga, aber auch hier warfen die Studentinnen ihm beeindruckte Blicke zu. Ich jedoch war viel zu berauscht, um eifersüchtig zu reagieren. Die beeindrucktesten Blicke kamen sowieso von mir.

Nachdem Alex alle Anwesenheitsscheine ausgeteilt hatte und die Studierenden das Labor verlassen hatten, zog er mich in seine Arme und drückte mir einen Kuss auf die Stirn.

»Es war absolut perfekt mit dir, Lilia«, sagte er. »Du bist eine fantastische Dozentin und Praktikumsleiterin.«

Ich schluckte und zitterte, da mich seine Berührung verunsicherte.

»Wir sind ein tolles Team!« Er hob die Hand und wollte, dass ich einschlug.

»Das sind wir«, flüsterte ich.

»Und das bleiben wir!« Mit diesen Worten nahm er meine Hand und zog mich aus dem Labor.

Kapitel 33

Wir fuhren mit der U-Bahn nach Hause. Den ganzen Weg über ließ er meine Hand nicht los und ich wollte auch gar nicht, dass er dies tat. Wir gingen direkt in seine Wohnung. Es war das erste Mal, dass ich mehr sah als diesen kleinen Ausschnitt, wenn er im Türrahmen stand, um mir mein Paket zu geben. Seine Wohnung war genauso geschnitten wie meine. Ein kleiner Flur, ein kleines Schlafzimmer, ein kleines Bad und eine große Wohnküche. Alles war aufgeräumt, sauber und ziemlich minimalistisch eingerichtet. Die Küche war mit modernen Geräten aus Edelstahl ausgestattet. Ein Esstisch mit zwei Stühlen stand mitten im Raum und diente als Essbereich und Arbeitsplatz. Der Wohnzimmerbereich war mit einem großen bequemen Sofa und einem kleinen Couchtisch ausgestattet. Helle, neutrale Farben dominierten den Raum und ließen ihn hell wirken. Es fühlte sich nicht wirklich wie ein gemütliches Zuhause an, aber es roch nach Alex und deswegen fühlte ich mich trotzdem wohl.

Alex zog seine Jacke aus und hängte sie an eine leere Garderobe, dann half er mir sehr zuvorkommend aus dem Mantel und hängte diesen neben seine Jacke.

»Es ist ein wenig leerer als bei dir«, murmelte er verlegen.

Ich lachte leise. »Ein wenig leerer ist vermutlich die Untertreibung des Jahrhunderts.«

Bei mir zu Hause war es noch nie so sauber und aufgeräumt gewesen wie hier, nicht einmal vor meinem Umzug, als die Wohnung noch leer war.

»Hast du Hunger?«, fragte Alex.

Ich nickte.

Er nahm meine Hand und zog mich in den Küchenbereich.

»Tatsächlich habe ich gestern ein Curry gekocht, das sollte heute perfekt sein«, sagte er stolz.

»Mhm, klingt gut«, sagte ich.

Er ging zur Küchenzeile.

»Irgendwelche Allergien?«, fragte er nebenbei und holte zwei Kochlöffel heraus.

»Nicht, dass ich wüsste«, sagte ich kopfschüttelnd.

»Irgendwelche Abneigungen?«, fragte er und sah mich dann interessiert an.

Ich sah mich langsam im Raum um und dann trafen sich unsere Blicke.

»Gegen nichts, was ich hier sehe«, flüsterte ich.

Er lächelte und räusperte sich. »Irgendwelche Vorlieben?«

Ich wanderte mit den Augen über seinen Körper, dann blieb ich bei dem leicht geöffneten Mund stehen, inspizierte diese schönen dunkelroten Lippen, bis ich zu seinen leuchtenden Augen schaute.

»Find's raus!«, flüsterte ich und biss mir auf die Unterlippe.

Alex schmunzelte.

»Das werde ich, Lilia, glaub mir, das werde ich«, murmelte er und wandte sich wieder der Küchenzeile zu.

»Soll ich dir helfen?«, fragte ich und stellte mich neben ihn.

Alex sah mich überrascht an.

»Gern«, meinte er. »Willst du schon mal den Reis waschen?«

Ich nickte, obwohl ich keine Ahnung hatte, was er genau mit »Reiswaschen« meinte. Ich kochte sehr selten und noch seltener kochte ich Reis. Wenn ich Reis kochen wollte, dann nahm ich ausschließlich diesen vorportionierten Langkornreis in der Tüte und der wurde nicht gewaschen. Aber Alex war ein so ambitionierter Koch, dass ich mich nicht traute, nachzufragen. Er lächelte und drückte mir den Behälter mit dem Reis und ein Sieb in die Hand. Unschlüssig sah ich beides an, dann stellte ich das Sieb ins Waschbecken und kippte den ganzen Reis hinein.

Alex beobachtete mich lachend.

»Du musst aber viel Hunger haben, wenn du den gesamten Reis kochen willst«, sagte er und legte liebevoll seine Hand auf meine Schulter.

Ich seufzte. Es half nichts, ich musste mich als koch- und dosierungsunfähig outen.

»Ich koche nie losen Reis«, gab ich betreten zu.

Alex drückte mir einen sanften Kuss auf die Schläfe und es bedeutete mir die ganze Welt.

»Das macht nichts«, sagte er. »Schau, zwei große Portionen Reis sind etwa so viel.«

Er schüttete den Reis wieder in den Behälter zurück und begann, die restlichen Reiskörner unter fließendem Wasser zu waschen. Danach holte er einen kleinen Reiskocher aus dem Schrank und füllte den Reis um. Ich hatte noch nie einen Reiskocher bedient. Er füllte Wasser ein, wählte ein Programm aus und zwinkerte mir zu.

»Reis ist wirklich eine Wissenschaft für sich«, sagte er. »Sorte, Wassermenge, Waschen. Das Waschen vor dem Kochen entfernt die überschüssige Stärke und Verunreinigungen. Dann wird der Reis lockerer – es sei denn, man möchte Klebereis. Mein Sensei hat uns damals ständig Vorträge darüber gehalten und einiges ist hängen geblieben.«

Er holte das Curry aus dem Kühlschrank und erwärmte es auf dem Herd. Es duftete herrlich. Als wir uns zum

Essen an seinen kleinen Esstisch setzten, zündete er sogar eine Kerze an. Das Curry schmeckte fantastisch. Alex beobachtete, wie ich die ersten Bissen zu mir nahm und begeistert strahlte.

»Sehr lecker«, sagte ich.

Alex sah mich zufrieden an und begann ebenfalls zu essen.

»Wieso ist es hier so leer?«, fragte ich beim Essen.

Alex überlegte kurz. »Bisher habe ich es nie geschafft, das Provisorium zu verlassen und irgendwo richtig anzukommen. Alles war zeitlich befristet. In meinem ersten Postdoc habe ich quasi fünf Jahre mehr oder weniger aus dem Koffer gelebt.« Er nahm einen großen Löffel Reis und Curry. »Es wäre schön, mal irgendwo dazuzugehören.«

»Aber du hast deine Familie«, meinte ich verwirrt.

Alex lachte.

»Eine Familie, die denkt, ich wurde nach der Geburt im Krankenhaus vertauscht, weil ich kein aktiviertes Jura-Gen habe«, sagte er abwinkend. »Nein, ich meine, irgendwo richtig dazuzugehören und nicht nur dieser ewige Fehler im Familienstammbaum zu sein.«

Ich legte meine Hand auf seinen Arm, der auf dem Tisch lag, und räusperte mich. Das klang so bitter, dass es mir in der Brust schmerzte. Sanft streichelte ich über seinen Unterarm, zeichnete vorsichtig die Linien seines Tattoos nach. So sehr hatte ich mir genau das in Barcelona gewünscht, als wir zusammen Pizza aßen. So sehr hatte ich mir gewünscht, das Tattoo zu berühren, seit ich es das erste Mal gesehen hatte. Es war ein besonderes Tattoo, denn es hatte seine fantastische Karriere eingeläutet. Und jetzt war ich an seiner Seite und würde ihn mit allem, was ich zur Verfügung hatte, unterstützen.

Immer.

»Du hast mich«, wisperte ich und blinzelte. »Meine Familie kennst du zwar noch nicht. Sie kann schon ziemlich nervig sein, aber sie wird dich lieben.«

Er sah mich eindringlich an. »Wirklich?«

Ich nickte. »Wenn sie dich so sehen wie ich, werden sie dich lieben. Geht gar nicht anders ...«

Er stand langsam auf, nicht ohne den Blick von mir zu nehmen, und kam auf mich zu. Als er direkt neben meinem Stuhl stand, nahm er mein Gesicht in seine Hände, schob beide Daumen an meine Oberlippe und wischte vorsichtig darüber, als würde er etwas wegwischen. Ich bebte unter seinen Berührungen und stand in Flammen.

»Du hast da etwas Curry«, sagte er leise. »Immer noch.«

Er beugte sich zu mir herunter, umschloss meine Oberlippe mit seinem Mund und saugte vorsichtig daran. Dann ließ er von mir ab.

»Sehr hartnäckiges Curry«, hauchte er.

Mit einem Ruck zog er mich vom Stuhl, umfasste meine Oberschenkel und hob mich schwungvoll hoch. Ich zitterte und keuchte, war verloren und angekommen zugleich.

»Sehr, sehr hartnäckiges Curry«, wiederholte er, »an diesen sehr, sehr, sehr sinnlichen Lippen.«

Dann küsste er mich. Endlich. Die ganze aufgestaute Elektrizität entlud sich in diesem Kuss. Ich quietschte leise vor Glück und versank in dem Kuss, den ich so, so, so lange schon gewollt hatte.

Alex spielte stürmisch mit meiner Zunge, bestimmend, und presste seine Lippen stärker auf meinen Mund. Er saugte an beiden Lippen, erst oben, dann unten und da merkte ich, dass auch er keuchte und in der Leidenschaft versank. Er ließ mich los und ich glitt an seinem Körper hinunter, stolperte von einem Fuß auf den anderen. Wie zwei Ertrinkende retteten wir uns vor den schwankenden

Wellen aufs sichere Sofa, das groß genug für uns beide war und uns einladend auffing, einschloss, vergrub und von der Außenwelt abschirmte, während wir uns immer mehr ineinander verloren und gleichzeitig wiederfanden.

»Ich liebe dich, Lilia«, flüsterte Alex mir zwischen den einzelnen Küssen atemlos ins Ohr, sodass es kitzelte. Seine Leidenschaft war flüssiges Gold, floss durch mich hindurch, nahm mich mit und ließ mich zittern.

»Jede einzelne deiner Zellen, Zellkerne, Nucleoli«, flüsterte er und küsste meine Nasenspitze. Dabei sah er mir tief in die Augen. Die eisblaue Farbe brannte sich wie ein Sonnenfleck auf meine Netzhaut.

Ein menschliches Gehirn hatte etwa 86 Milliarden Nervenzellen. Und jede von ihnen stand mit durchschnittlich 6.000 anderen Nervenzellen in Verbindung. Zählte man alle dieser Synapsen zusammen, kam man auf eine Zahl von etwa 100 Billionen und jede, wirklich jede meiner 100 Billionen Synapsen war in diesem Moment elektrisiert von ihm, seinen Berührungen, seinen Küssen, seiner Stimme und seinem Geruch. Jede meiner Synapsen gab dieses elektrische Signal weiter und weiter und weiter, gleichzeitig, durcheinander, chaotisch, sodass ich kurz vor einem Kurzschluss stand. Ich zitterte und bebte und keuchte, aber ich konnte seine Worte nicht verarbeiten. Ich hatte sie gehört, aber das Rauschen in meinem Kopf war zu stark, sodass ich ihren Inhalt nicht verstehen konnte. Er brachte meine Synapsen im Kopf zu einem chaotischen Explodieren und mein Herz zum Strahlen.

Pling. Da war es wieder.

Mein Herz plingte, mein Kopf plingte, mein ganzer Körper plingte. Aber bevor es zum kompletten Systemausfall kam, hielt Alex inne, rutschte zurück und lächelte mich schüchtern an.

»Eigentlich bin ich nicht so übergriffig beim ersten Date«, sagte er keuchend und kratzte sich am Hinterkopf. »Vielleicht sollten wir es ein bisschen ruhiger angehen?«

Das Rauschen in meinem Kopf, das aufgewühlte Blut und die Hitze in meinem Körper begannen, nachzulassen. Ich wurde klarer und realisierte, was geschehen war und was er zu mir gesagt hatte.

»Oh ... okay«, antwortete ich enttäuscht, weil ich ihn am liebsten weiterküssen wollte.

»Vielleicht sollten wir einen Film gucken? Ich meine, wo wir schon mal auf dem Sofa liegen«, sagte er und wirkte das erste Mal, seit wir uns kannten, unsicher.

»Was für ein Film schwebt dir denn vor?«, fragte ich.

Alex dachte kurz nach oder er tat nur so.

»Ein Marvelfilm ist immer eine gute Option«, sagte er dann. »Es sei denn, du magst so was nicht?«

Er sah mich fragend an. Ich kuschelte mich zurück in seine Arme. Dass ich noch nie einen Marvelfilm gesehen hatte, verriet ich ihm nicht.

»Okay«, sagte ich, obwohl ich lieber etwas anderes gemacht hätte. »Dann überrasch mich!«

Alex sprang auf und schaltete den Fernseher ein. Er legte eine Kuscheldecke über meine Beine. Als der Film anfing, setzte er sich endlich wieder auf die Couch zu mir. Fast schon selbstverständlich zog er mich dann in seine Arme und streichelte mein Haar.

Dem Film konnte ich nicht folgen. Ich verstand die Geschichte nicht und ich kannte die Figuren nicht. Aber das war egal. Ich lag in seinen Armen und er streichelte mich. Ich dachte die ganze Zeit an seine Worte, die er mir zuvor gesagt hatte.

Er liebte mich. Alex Winter liebte Lilia Sommer. Es passte. Es fühlte sich richtig an und gleichzeitig ungewohnt. In seiner Nähe fühlte ich mich vollständig, als hätte es zuvor etwas gegeben, das mir bisher gefehlt hatte. Und nun hatte ich es gefunden. In meinem Leben hatte Alex Winter gefehlt. Diese Erkenntnis ließ mich verliebt lächeln.

Als der Film längst vorbei war, schlug ich die Augen auf.

»Du bist eingeschlafen«, sagte Alex leise und streichelte mein Gesicht. Er lächelte mich liebevoll an.

»Oh«, machte ich verlegen. »Ich war wohl müde.«

In Wahrheit hatte ich es so genossen, bei ihm zu sein, ihn zu spüren und zu riechen, mit ihm zu kuscheln, dass sämtliche Anspannung von mir abgefallen war, und irgendwie war ich dann eingeschlafen.

»Nicht schlimm«, sagte er. »Es war ein langer Tag.«

Ich hoffte kurz, er würde mich nochmals so intensiv küssen wie zuvor und einladen, bei ihm zu bleiben, aber er schwieg.

»Na gut, ich werde dann mal nach Hause gehen und schlafen«, sagte ich. »Es ist spät und morgen wollte ich schon früh ins Labor.«

»Soll ich dich nach Hause begleiten?«, fragte Alex.

Wir sahen uns beide lange in die Augen und begannen dann lauthals zu lachen.

»Ach lass nur!«, sagte ich dann, sprang auf und hopste in den Flur zu meinen Sachen. »Diesen Weg werde ich schon schaffen.«

Alex grinste.

»Aber schreib mir, wenn du angekommen!«, rief er.

»Danke für den schönen Tag und das leckere Essen«, flüsterte ich und drückte ihm einen schnellen Kuss auf den Mund. Daran könnte ich mich gewöhnen. »Übrigens, ich liebe dich auch, Alex Winter!«

Bevor er etwas erwidern konnte und es irgendwie peinlich wurde zwischen uns, verließ ich die Wohnung. Mit heißen Wangen und glühendem Herzen schloss ich zitternd meine Wohnung auf. Ich lief direkt ins Bad, wo ich mir kaltes Wasser ins Gesicht spritzte, um wieder in der Wirklichkeit anzukommen. Alex Winter hatte gesagt, dass er mich liebte. Und ich hatte es erwidert. Kein kaltes Wasser dieses Universums könnte mich nun noch retten. Ich war ihm ganz und gar verfallen.

Ich putzte meine Zähne und zog ein verschlissenes Schlafshirt an. Dann legte ich mich in mein Bett, dass Wand an Wand mit seinem Bett stand. Allein dieser Gedanke brachte mich aus dem Konzept. Wir schliefen seit Monaten Wand an Wand!

Ich wollte ihm eine Nachricht schreiben, wie er es gefordert hatte, aber stattdessen hob ich meine Hand, klopfte gegen die Wand und morste ihm die Nachricht »Bin da«.

Es dauerte nicht lang und es kam eine Antwort von ihm, die ich mit klopfendem Herzen dekodierte: »Te amo!«

Kapitel 34

Da Alex die nächste Woche wieder bei seinem Kooperationspartner in der Schweiz verbrachte, sahen wir uns erst einmal nicht im Labor, dafür schrieben wir uns ständig Nachrichten, die ausnahmsweise nicht chiffriert waren. Es gefiel mir, seine echten, unverschlüsselten Worte zu lesen. Irgendwann kam unser Austausch auf die Situation im Labor. Ich teilte ihm mit, dass ich es gern noch nicht öffentlich machen würde. Beziehungen im Labor wurden nicht gern gesehen und ich hatte keine Lust auf Klatsch und Tratsch und vor allem hatte ich keine Lust auf das Gerede, dass ich mir irgendeinen Vorteil verschaffen würde, indem ich einen AG-Leiter bezirzte.

Alex sah das wesentlich entspannter. Wenn es nach ihm ging, mussten wir daraus kein Geheimnis machen. Er würde mich verteidigen, wenn es Gerede gäbe. Wir einigten uns dann aber darauf, im Labor das, was wir auch immer gerade miteinander teilten, erst einmal nicht zu zeigen. Alex sprach von Liebe, aber ich war unsicher, wie er das in so kurzer Zeit schon so ernst meinen konnte. Gleichzeitig hatte ich Angst, mich vollkommen auf ihn einzulassen, und erwartete ständig, dass er erkannte, wie langweilig ich war und dass es doch keine echte Liebe seinerseits gab.

Als Alex dann endlich wieder im Labor arbeitete, sahen wir uns trotzdem selten, da er mit eigenen Versuchen beschäftigt war. Sobald ich jedoch einen kurzen Blick auf ihn erhaschen konnte, machte mein Herz einen Hüpfer. Ich fühlte mich wie eine verliebte Teenagerin, die von ihren Gefühlen überfordert war. Ich beobachtete ihn gern, wenn er völlig vertieft in die Arbeit seine Proben pipettierte, akribisch genau, wie der perfekte Pipettierroboter, und dabei unendlich süß aussah. Bei vollster Konzentration neigte er dazu, die Nase leicht zu kräuseln oder sich auf die Unterlippe zu beißen.

Zwei Wochen vergingen, ohne dass wir uns bei der Arbeit getroffen hatten oder er Zeit nach der Arbeit für mich hatte. Dann überfiel er mich wie aus dem Nichts, als ich im Labor am Schreibtisch saß und an einigen Auswertungen tüftelte.

»Naaaa?«, fragte er übermütig und hielt mir die Augen zu.

Ich erschrak, schüttelte ihn schnell ab und blickte mich hastig um. Wir waren allein. Zum Glück. Ich hatte Malte noch nicht eingeweiht und ich würde es mir nicht verzeihen, wenn er es so nebenbei erfuhr oder, noch schlimmer, als Flurfunk-Tratsch.

»Hey«, sagte ich empört. »Nicht hier!«

Alex lächelte mich entschuldigend an.

»Keine Angst, ist niemand da. Ist mir aber auch egal, wenn es jemand sieht. Ich habe dich einfach vermisst!«

Er zwinkerte mir so schalkhaft zu, dass mein Puls stieg und ich seufzte. Dann schloss er mich in seine Arme und vergrub sein Gesicht in meinen Haaren. Ich trippelte unbehaglich von einem Fuß auf den anderen, in der Angst erwischt zu werden.

»So, das reicht jetzt«, murmelte ich und schlängelte mich aus seinen viel zu tollen Armen, obwohl ich lieber noch viel, viel länger so geblieben wäre.

Alex grinste, da riss Malte die Tür auf. Mein Gesicht musste direkt erstarrt worden sein, denn Malte sah mich mitleidig an.

»Alles okay?«, fragte er.

Ich zögerte.

»Nein«, sagte Alex streng. »Ich muss mit Anneli dringend noch mal das Formblatt Z durchgehen. Es sind immer noch Fehler drin.«

Malte wollte sich schützend vor mich stellen. Ich liebte ihn für diese Geste und gleichzeitig wurde es mir schwer ums Herz, dass wir ihm so ein Schmierentheater vorspielten. Das musste aufhören!

Gleichzeitig war Malte auch eine der größten Klatschbasen, die man sich vorstellen konnte, sodass ich ihm das mit Alex auf keinen Fall im Vertrauen erzählen konnte, denn ich wusste, dass er sich spätestens beim nächsten Doktorandenfrühstück verplappern würde. Ich musste abwarten, jedenfalls so lange, bis ich wusste, wo das alles hinführen würde.

»Aber zunächst möchte ich, dass du mir ins Kristallisationslabor folgst, weil ich dir was zeigen will. Und dann widmen wir uns dem Formblatt Z!«

Alex zeigte streng zur Tür und ich nickte unsicher.

»Soll ich mitkommen?«, fragte Malte, aber ich schüttelte nur betreten den Kopf.

Wir verließen das Labor und ließen einen mitfühlenden Malte zurück, der sich jetzt bestimmt Sorgen um mich machen würde, weil Alex wirklich keinen Spaß bei Formblatt Z verstand. Auf dem Gang bereits lachte Alex leise.

»Ich hätte Schauspieler werden sollen«, flüsterte er stolz und zwinkerte mir erneut zu. »Irgendwie macht es auch Spaß, diese fiese Seite dann und wann zu zeigen.«

Ich sah ihn gespielt wütend an. »Ja, ja, mach dich nur lustig über mich!«

Mein Formblatt Z war direkt nach seiner ersten Schelte, kurz nachdem er das Amt des Sicherheitsbeauftragten übernommen hatte, anstands- und fehlerlos aufgearbeitet worden.

»Wohin gehen wir?«, fragte ich.

»Na ins Kristallisationslabor«, meinte Alex nur kurz. »Also los, komm, Zeit ist kostbar!«

Ich unterdrückte den Drang, ihm die Zunge herauszustrecken und folgte ihm ohne Widerworte. Als wir im Kristallisationslabor ankamen, setzte er sich auf den einzig freien Stuhl. Das Labor war leer und zum Glück von außen nicht einsehbar. Wir waren unter uns. Ich überlegte, ob er mich hierher entführt hatte, um mit mir allein zu sein und im Labor verbotene Dinge zu machen. Oder sollte ich den ersten Schritt wagen und auf ihn zugehen?

Aber Alex sah mich nur amüsiert an. Als Sicherheitsbeauftragter würde er vermutlich niemals diese Dinge im Labor in Erwägung ziehen, die ich im Sinn hatte.

»Warum sind wir hier, Alex?«, fragte ich ungeduldig.

»Warst du schon mal hier?«, fragte er.

»Klar«, sagte ich. »Mit Malte und Robert, vorletztes Jahr oder so.«

»Perfekt. Dann lass uns kurz über das Projekt der Rezeptorkristallisation reden«, sagte er. »Ehe wir hemmungslos knutschen.«

Ich wurde rot.

»Hast du das schon mal gemacht?«, fragte Alex und sah mich herausfordernd an.

Auf seinem Nasenrücken hatten sich Sommersprossen gebildet, weil er in der Schweiz wohl die ersten Sonnenstrahlen abbekommen hatte, was überaus niedlich war und meine Gedanken unwillkürlich abschweifen ließ.

»Hemmungslos rumknutschen im Kristallisationslabor?«, fragte ich unsicher.

Alex lachte. »Davon bin ich jetzt nicht ausgegangen. Ich hoffe, dass du im Kristallisationslabor maximal mit mir hemmungslos bist.«

Meine Wangen glühten. Natürlich hatte ich noch nie zuvor irgendetwas Hemmungsloses im Labor gemacht.

»Nein, ich meine natürlich Kristallepicken«, sagte Alex leise.

Ich schüttelte energisch den Kopf und wollte ihm lieber nicht von dem Desaster berichten, als ich noch im Studium versucht hatte, Kristalle zu picken. Seit diesem Praktikum stand ich mit der Welt der Röntgenkristallographie quasi auf Kriegsfuß.

Alex lächelte breiter.

»Bist du sicher?«, fragte er.

Vermutlich hatte er es mir an der Nasenspitze angesehen, dass ich gelogen hatte. Im Lügen war ich noch nie gut gewesen. Hitze stieg in meine Wangen, obwohl ich meinen Körper anflehte, nicht rot zu werden.

»Na ja, theoretisch einmal schon, aber das war eine absolute Katastrophe«, gestand ich kleinlaut.

Alex räusperte sich und legte den Kopf schräg. »Ach so? Wieso das denn?«

Ich zuckte die Schultern.

»Keine Ahnung, vermutlich habe ich mich einfach nicht gut angestellt«, flüsterte ich. »Und wurde dann von allen Dozenten im Praktikum ziemlich fertiggemacht.«

Der Gedanke an das Praktikum ließ mir das Blut in den Adern gefrieren. Es war eine sehr unschöne Zeit meines Studiums, in der ich mich unsicher und inkompetent gefühlt hatte, vor allem, als der Professor und Hauptdozent mir unter vier Augen auch noch nahegelegt hatte, das Studium zu wechseln, weil ich unfähig für die Naturwissenschaften zu sein schien.

Alex sah mich forschend an, als könnte er die Vergangenheit in meinen Augen lesen. Dann strich er mitfühlend über meine Schulter.

»Peter war schon immer ein Arsch«, meinte er leise.

Ich blickte ihn fragend an. Woher wusste er, wen ich meinte?

»Woher kennst du Peter?«, fragte ich misstrauisch.

Alex lächelte. »Du hast das Praktikum doch an deiner Uni gemacht, oder?«

Ich nickte.

»Da ist es doch naheliegend, dass du Peter meinst«, sagte er abwinkend.

Ich wollte ihn fragen, wie er darauf gekommen war, aber er hatte schon mehrere Kristallisationsplatten aus dem Inkubator geholt.

»Du hast schon was vorbereitet?«, fragte ich.

Alex nickte.

»Klar«, gab er zu. »Als ich dich vor ein paar Wochen um die Proben gebeten habe, habe ich mich gleich an die Arbeit gemacht. Und es sieht echt vielversprechend aus.«

Ich riss begeistert die Augen auf und starrte die Platten in seiner Hand an.

»Aber ... wie ist das möglich?«, stammelte ich. »Malte, Robert und ich haben es vorletztes Jahr wirklich oft probiert und es gab absolut nichts.«

Alex zwinkerte mir frech zu.

»Eine große Biochemikerin sagte mir mal, die Salzdosis macht den Unterschied. Da war ich selbst noch ein Doktorand und völlig verzweifelt, dass mein Protein einfach nicht kristallisieren wollte.«

Ich nickte. »Wow der Satz hätte von mir sein können.«

Alex nickte.

»Stimmt«, sagte er knapp. »Ist er auch.«

Er nahm die Platten und stellte eine unter das Mikroskop. Ich zog ihn verwirrt vom Stuhl und sah ihn fragend an.

»Wie meinst du das?«, fragte ich.

Alex sah mir intensiv in die Augen.

»Du erinnerst dich nicht mehr dran, oder?«, fragte er und wirkte fast schon beleidigt dabei. »Du hast mich wirklich vergessen!«

Ich hielt aufgelöst den Atem an und überlegte. Was meinte er nur? Alex schlug lachend beide Hände über seinem Kopf zusammen, stand auf und schüttelte sich leicht.

»Unfassbar. Da ereignet sich dieses eine ultimative Zusammentreffen, das man nur einmal in seinem Leben hat und das einen für immer ändert. Die Zeit bleibt für einen Moment stehen. Der Blitz schlägt ein. Und du hast es einfach vergessen!«

»Aber ... ich kann dir überhaupt nicht folgen. Wovon sprichst du? Wir haben uns das erste Mal hier im Institut auf dem Gang getroffen und du hast mich mürrisch angesehen. Da ist weder die Zeit stehen geblieben noch etwas anderes Ultimatives geschehen«, sagte ich. Auch an Blitze konnte ich mich nicht erinnern.

Alex schüttelte vehement den Kopf. »Das hätte ich niemals gedacht, dass du den einen Moment aller Momente einfach so vergessen kannst.«

Ich seufzte. Da fiel mir ein, dass ich ihn beim Paketabholen tatsächlich doch schon früher kennengelernt hatte, auch wenn er da nie etwas zu mir gesagt hatte. Aber bahnbrechend war auch dieses Zusammentreffen nicht wirklich gewesen.

Ich raufte mir die Haare. Alex ließ sich zurück auf den Laborhocker fallen, zog mich dann auf seinen Schoß und stupste mich liebevoll mit seiner Nasenspitze an.

»Ich war Doktorand in Peters Röntgenkristallographie-AG. Proteine sichtbar zu machen, war schon immer irgendwie mein Ding, daher war ich froh, dass Peter mich als Doktoranden ausgewählt hatte. Ich konnte mein Protein aufreinigen. Aber die Kristallisation funktionierte einfach nicht. Obwohl ich über 1.000 verschiedene Pufferbedingungen getestet hatte. Es war frustrierend. Ich war ziemlich am Ende, zweifelte an mir selbst. Ich war nächtelang im Labor und überlegte, was ich an den Pufferbedingungen verbessern könnte. Ich war schon drauf und dran, aufzugeben und Peter zu bitten, mir ein anderes Thema zu geben. Da stolpert diese eine Studentin aus dem Röntgenkristallographie-Praktikum in mein Labor, weil sie sich in der Tür irrt, und fällt mir wortwörtlich in die Arme. Und meine Welt bleibt stehen, richtet sich neu aus, kalibriert sich neu. Die Studentin lächelt mich an und ich bin hin und weg, will sie länger in meinem Arm halten, viel, viel länger. Sie wird rot um die Nase, so niedlich erfrischend, wie heute noch, wenn ihr etwas unangenehm ist. Nur widerwillig lasse ich sie los. Dann entschuldigt sie sich für die Störung und fragt, wieso ich so traurig wirke. Ich sage ihr, dass ich es nicht hinkriege, dieses verdammte Protein zu kristallisieren und da sagt sie nur ...«

»Die Salzdosis macht den Unterschied«, flüsterte ich, als es mir in diesem Moment wieder einfiel.

»Ganz genau«, sagte Alex nickend und schlang die Arme fester um mich. »Ich will dieser Studentin hinterherlaufen, will sie zurückholen, bei mir halten, aber gleichzeitig geht mein Gehirn, also der Teil, der noch irgendwie zurechnungsfähig ist, die verschiedenen Salzkonzentrationen durch und steigert sie maßlos. Da ich nichts zu verlieren habe, probiere ich eine allerletzte Kristallisationsplatte und es klappt tatsächlich! Ich kann die Kristalle picken, ich kann sie am Synchrotron vermessen, die Struktur lösen und damit meine Arbeit in weniger als sechs Monaten abschließen.«

Nun war ich diejenige, die fassungslos den Kopf schüttelte. Ich hatte ihm völlig unbewusst durch einen dämlich dahingeplapperten Sat, den ich in einem Seminar zuvor aufgeschnappt hatte, zu seiner überragenden Promotion verholfen. Auf einmal wurde mir bewusst, dass die Sternchen, die Alex um seine 3D-Struktur des Rezeptors tätowiert hatte, dann ja gar nicht irgendeine fremde Frau waren. Er hatte sie für mich tätowiert. Ich hatte ihm dazu verholfen, diesen Kristall zu züchten, sodass seine gesamte Karriere starten konnte. Die Sternchen hatte er mir gewidmet! Die Schmetterlinge in meinem Bauch flatterten aufgeregt hin und her, weil sie es gar nicht fassen konnten. Und ich auch nicht. Wieso hatte er das nicht schon viel früher erzählt?

»Ich hatte die ganze Zeit – neben der Arbeit im Labor – nur dich im Kopf. Ich wollte dich unbedingt wiedersehen. Ich musste ständig an dich denken, aber du warst nach dem Praktikum wie vom Erdboden verschwunden, sodass ich irgendwann nicht mehr sicher war, ob du wirklich echt warst oder ob ich mir dich nur eingebildet hatte.«

»Ich war nach diesem Praktikum ein paar Wochen nicht in der Uni. Ich musste mich auch neu kalibrieren und neue Motivation finden«, gab ich leise zu.

»Oh«, sagte er. »Das erklärt, wieso ich dich nicht fand, als ich dich jeden Tag gesucht habe. Ich kannte nicht mal deinen Namen. Peter hatte die Teilnehmerliste schon weg gepackt und konnte sich angeblich nicht mehr erinnern.«

Ich kniff die Augen zusammen. Wie war das möglich, dass die Begegnung auf ihn so einen Eindruck gemacht hatte und ich selbst von dem Blitz nichts mitbekommen hatte?

»Das heißt, ich bin dir schon damals im Gedächtnis geblieben?«, fragte ich vorsichtig.

Alex lachte leise.

»Im Gedächtnis geblieben, ja, so könnte man es auch beschreiben«, sagte er. »Ich habe dich gesucht, weil ich es nicht gepackt hatte, dich in der Praktikumszeit anzusprechen. Da war ich zu schüchtern und dachte, ich spinne, weil sich plötzlich all meine Gedanken um dich drehten. Als ich es mir endlich eingestehen konnte, dass ich dich kennenlernen wollte, warst du verschwunden. Aber dann klappte das mit den Kristallen und ich konnte die Sehnsucht mit Laborarbeit betäuben. Außerhalb des Labors suchten meine Augen stets nach dir. Tag um Tag blieb ich enttäuscht zurück, weil ich dich nicht finden konnte. Da beschloss ich, einen Postdoc in den USA zu machen, um mich auch wiederzufinden. Und um dich aus meinem Kopf zu kriegen.«

Er legte seinen Kopf auf meine Schulter und seufzte.

»Und das hat ja auch ganz gut geklappt«, meinte ich dann.

Er lachte erneut.

»Das dachte ich zunächst auch«, murmelte er schmunzelnd. »Und dann stehst du plötzlich vor meiner Tür, fragst nach deinem Paket und ich bin so geschockt, dass ich nicht mal ein einziges Wort herausbringen kann. Nicht mal ein Hallo. Ich war wie erstarrt. Jahrelang habe ich nicht an dich gedacht und plötzlich stehst du vor mir und bist meine Nachbarin. Und der Blitz schlägt erneut ein, aber du erkennst mich nicht, hast mich einfach vergessen. Und alles, was ich mühsam in den USA verdrängt hatte, war wieder da.«

Ich war entsetzt, dass ich nichts davon eher gemerkt hatte. Wie konnte ich sein Verhalten so missinterpretieren? Ich schluckte und wusste nicht, wie ich reagieren sollte. Dieser äußerlich abgeklärte, kühle, großartige Wissenschaftler mochte mich schon seit vielen Jahren. Er konnte sich bis ins kleinste Detail an unsere erste Begegnung erinnern, die ich direkt wieder verdrängt hatte, weil es mir so schlecht ging, nachdem mich der Dozent des Praktikums gemobbt hatte.

»Und dann arbeitest du auch noch in dem Institut, wo ich eine AG gründe, und wirst tatsächlich die Tutorin meiner Vorlesung. Das Universum hat uns auf ganz verworrene Art und Weise wieder zusammengebracht – auch wenn es kitschig klingt. So viel Zufall wäre einfach unerklärlich, es sei denn, wir leben wirklich in einem Multiversum und ich habe das große Glück, dich in diesem Zeitstrang dann doch irgendwie wiedergefunden zu haben.«

Er lächelte mich offen an und mein Herz raste. Diese ganzen Offenbarungen musste ich erst verarbeiten. Ich hatte nie darüber nachgedacht, ob es Schicksal gab. Als Naturwissenschaftlerin glaubte ich nicht an eine göttliche Übermacht, die die Fäden in der Hand hatte. So wie Alex alles beschrieben hatte, konnte man aber durchaus in Erwägung ziehen, dass es etwas geben musste, was uns diese zweite große Chance geben wollte, nachdem die erste nicht funktioniert hatte. Damit zusammenfinden konnte, was irgendwie zusammengehörte.

»Aber warum hast du mir nicht schon viel eher gesagt, dass wir uns schon mal begegnet sind?«, fragte ich verwirrt und fühlte mich, als hatte er mir den Boden unter den Füßen weggezogen. Ich konnte es einfach nicht fassen. Ich hatte ihn vor so vielen Jahren getroffen. Mit ihm geredet. Und ihn dann einfach wieder vergessen. Während er mich nicht vergessen konnte. Mich suchte. Mich vermisste. Wie hatte ich das alles nicht bemerken können?

Er sah mich ernst an, während ich überlegte und all diese Gedanken zu viel wurden, zu chaotisch, und ich nur noch seine Augen sah, mich darin verfing wie eine kleine Fliege in einem endlosen Spinnennetz. Wie um Himmels Willen hatte ich diese Augen vergessen können?

Alex wartete, dann lächelte er. »Ich wollte dich nicht erschrecken oder verunsichern, weil du mich offensichtlich vergessen hattest. Ich wollte, dass du mich völlig neu kennen lernst und dich dabei genauso in mich verliebst, wie ich mich in dich verliebt hatte, völlig unvoreingenommen. Ich wollte, dass du mir genauso verfällst, wie ich dir damals verfallen bin. Aber ich gebe es zu, es hat auch ein bisschen Spaß gemacht, dich ein bisschen zappeln lassen.«

Er grinste schalkhaft. Sein Plan war aufgefangen. Er hatte mich ziemlich zappeln lassen. Zappelnd war ich ihm restlos verfallen, mit jeder Zelle, die ich hatte. Und ich würde ihn niemals wieder vergessen können.

»Ich bin wirklich froh, dass du mein Nachbar und der neue AG-Leiter geworden bist. Auch wenn du zu Beginn ziemlich abweisend und streng warst. Als ob du auf mich herabsiehst.«

»Selbstschutz. Immerhin war ich dir nicht wichtig, weil du mich direkt vergessen hast«, flüsterte er zögernd.

Dann zog er mich zu sich und küsste mich. Wenn er mich damals auch so geküsst hätte, hätte ich ihn bestimmt nicht vergessen!

»Aber jetzt habe ich dich endlich gefunden und lasse dich nicht mehr einfach so verschwinden«, flüsterte Alex mir zwischen zwei Küssen zärtlich ins Ohr. »Und ich sorge dafür, dass du mich auch nicht mehr einfach so vergisst, das verspreche ich dir!«

»Als ob ich dich jetzt noch vergessen könnte«, murmelte ich und versank in einem weiteren Kuss.

Als es klopfte, fuhren wir erschrocken auseinander. Alex stieß einen schweren Atemstoß aus.

»Darf ich reinkommen?«, fragte eine helle Stimme von draußen. Es war Misha, der neue Doktorand von Alex.

»Klar, Misha, komm rein«, rief Alex und grinste breit. Dann lehnte er sich zu mir und raunte mir zu: »Pass auf, dass Misha nichts merkt! Du glühst ziemlich verliebt.«

Ich riss die Augen auf, aber genauso fühlte ich mich in diesem Moment auch, so richtig verliebt glühend.

»Was gibt's?«, fragte Alex, als Misha durch die Lichtschleuse kam.

Misha lächelte.

»Ich wollte die Puffervorräte und die 96-Well-Platten checken, Chef«, sagte er.

Alex nickte zufrieden.

»Sehr löblich«, meinte er. »Da kannst du Anneli gleich noch das Prinzip der Kristallisation von Proteinen erklären.«

Misha nickte.

»Klar, Chef«, sagte er und drehte sich sofort zu mir. »Für einen Proteinkristall benötigt man ›pures‹ Protein. Die Kristallisation von Proteinen ist eine Herausforderung, weil man nicht voraussagen kann, welche konkreten Bedingungen es für eine Kristallisation gibt. Das am häufigsten genutzte Verfahren ist das Dampfdiffusionsverfahren. Dabei wird ein kleines Volumen der Kristallisationslösung in ein Reservoir einer Kristallisationskammer pipettiert. Dann pipettiert man einen Tropfen Proteinlösung und einen Tropfen Kristallisationslösung als ›sitzenden Tropfen‹ in die Mitte der Kammer. Die Kammer wird verschlossen, um Verdunstung zu verhindern. Da die Salzkonzentration in der Kristallisationslösung größer ist als im sitzenden Tropfen, bewegen sich Moleküle des Lösungsmittels aus dem Proteintropfen durch Dampfdiffusion ins vorgelegte Reservoir. Dabei sinkt die Löslichkeit des Proteins im Tropfen, wodurch die Proteinlösung übersättigt und ein Teil des Proteins im Tropfen entweder Kristallisationskeime bildet, die zu größeren Proteinkristallen heranwachsen, oder ausfällt, was für die Röntgenstrukturanalyse nicht geeignet ist.«

Misha sah mich zufrieden an. Alex nickte begeistert, weil er brav das Lehrbuch auswendig gelernt hatte.

»Danke für die präzise Zusammenfassung. Übrigens, Misha, es sieht echt gut für unseren Forschungsantrag zum Ausbau einer Kristallisationsanlage aus.«

»Das wäre so toll«, sagte Misha strahlend.

Als Alex die Fragezeichen in meinen Augen sah, klärte er mich auf: »Unser Plan ist es, eine Anlage aufzubauen, die einen umfassenden Kristallisationsservice anbietet, wo bestenfalls jeder Schritt des Kristallisationsprozesses automatisiert ist. Der Antrag umfasst einen neuartigen Nanoliter-Kristallisationsroboter, der Kristallisationsscreens mit mehr als 1.500 verschiedenen Pufferlösungsbedingungen durchführen kann. Das spart viel Zeit. Besonders toll ist aber die automatisierte Visualisierung, denn die Tropfen werden in regelmäßigen Zeitabständen erfasst. Dafür benötigen wir eine Kombi aus Mikroskop und automatischem Lagerschrank. Wir würden das richtig groß aufziehen, mehrere TAs einstellen und damit die Kristallisationseinheit des Clara-Immerwahr-Instituts aufbauen.«

Er strahlte. Er war begeistert. Alles an ihm war glücklich und sprühte vor Freude und Begeisterung, während ich nur etwa die Hälfte verstand.

»Das klingt nach einem großen Projekt«, sagte ich.

Misha und Alex sahen sich geheimnisvoll an.

»Es wird riesig«, sagte Alex leise. »Und es sieht sehr, sehr gut aus, dass wir das bewilligt kriegen.«

Er reckte stolz das Kinn in die Höhe. Kein Wunder, dass das Institut ihn unbedingt als AG-Leiter wollte. Das war ein Riesenprojekt, bei dem viel für das Institut heraussprang. Er musste echt den Dreh heraushaben und fantastische Forschungsanträge schreiben. Vielleicht sollte er Robert darin unterrichten, dann würde unsere eigene AG nicht immer so am Hungertuch nagen.

»Aber bis das alles so weit ist, machen wir die Dampfdiffusionstests ganz klassisch von Hand.« Er zwinkerte mir zu. »Und in deinem Fall scheinen wir Glück zu haben.«

Misha kontrollierte die Lagerbestände und verschwand dann wieder.

»Er nennt dich Chef«, sagte ich schmunzelnd, als Misha wieder weg war.

Alex lachte.

»Stimmt. Wie findest du ihn?«, fragte er.

Ich lächelte. »Nett. Clever. Ambitioniert. So warst du bestimmt auch, als du deine Doktorandenstelle angefangen hast.«

Alex kniff misstrauisch die Augen zusammen.

»Aber neben diesem großartigen AG-Leiter verblassen natürlich alle anderen direkt«, flüsterte ich und kam einen Schritt auf ihn zu. »Das Original ist mir weitaus lieber.«

Zufrieden nickte Alex, grinste und wandte sich wieder den Kristallisationsplatten zu. Dann durfte ich endlich auch einen Blick durchs Mikroskop wagen. Und ich sah wirklich Kristalle!

»Die Kristalle sehen super aus«, sagte ich. »Wunderschön.«

Alex nickte.

»Genau wie du«, sagte er und küsste meine Schläfe, während ich immer noch die Kristalle bewunderte.

Ich hielt in der Bewegung inne und sah ihn funkelnd an. Dann zog ich ihn zu mir herunter und knabberte an seinem Ohrläppchen, während ich gleichzeitig mit beiden Händen in seinen Laborkittel wanderte und meinen Weg allmählich an seinem Rücken unter das T-Shirt bahnte. Alex entfuhr ein leises Stöhnen und ich bemerkte, dass er unruhig wurde. Genauso unruhig wie ich. Dann vergrub er sein Gesicht an meinem Haaransatz.

»Oh Lilia, ich will richtig, richtig verbotene Dinge mit dir tun. Hier. Sofort. Immer«, stöhnte er und man merkte, dass er sich zusammenreißen musste und ihm das richtig schwerfiel.

»Oh, oh«, machte ich nur. »Dann lass dich bloß nicht vom Sicherheitsbeauftragten erwischen!«

Alex lachte leise. »Wenn der vorbeikommt, nehme ich die ganze Schuld auf mich, versprochen!«

Er begann, langsam meinen Kittel aufzuknöpfen, und wollte seine Hände gerade unter meinen Pullover schieben, da klopfte es erneut.

»Sorry Chef, ich bin's noch mal. Stör ich?«

Alex hielt inne und kniff wütend die Augen zusammen. Er atmete tief durch. »Nein, Misha, komm ruhig rein!«

Nun war er es, der glühte. Und es machte ihn unglaublich attraktiv.

»Hab mein Laborbuch vergessen«, murmelte Misha entschuldigend und zog verlegen die Schultern hoch. »Und ich habe noch eine Frage an dich.«

Alex nickte und wandte sich zu Misha, um die Frage zu klären. Beide steckten die Köpfe zusammen und beugten sich über einen kleinen Zettel, den Misha mitgebracht hatte. Es war erstaunlich, wie leicht Alex einfach so umschalten konnte und wieder voll und ganz der souveräne AG-Leiter war, der irgendwie eine Antwort auf jede Frage zu haben schien, während ich immer noch an all die verbotenen Dinge dachte, die er mir versprochen hatte. Der perfekte PI.

Beide diskutierten leise und es wirkte, als ob dies ein längeres Gespräch werden würde. Da ich auch noch einiges zu tun hatte, stahl ich mir kurzer Hand sein Laborbuch, nahm einen Stift und kritzelte eine chiffrierte Botschaft hinein. Seinen Code kannte ich mittlerweile auswendig. Dann schlich ich mich durch die Lichtschleuse aus dem Labor und ging zurück in die vierte Etage, wo unsere normalen Labore waren und auch mein Schreibtisch stand.

Als ich zurückkam, stand Malte am Abzug und pipettierte.

»Alles okay?«, fragte er und setzte seine Kopfhörer ab. »Soll ich ihn nach Feierabend mal sein verdammtes Formblatt Z um die Ohren hauen?«

Er sah mich ausdrucksvoll kämpferisch an und kurzzeitig hatte ich wirklich das Gefühl, dass er sein Angebot ernst meinen könnte. Ich lächelte ihn scheu an und winkte deeskalierend ab.

»Nein, nein, wir konnten alles klären. Ich hatte nichts falsch gemacht. Alex ist nur mit der Ablage durcheinandergekommen.«

Malte grinste. »So ein Idiot. Erst so einen Wind machen und dann ist er selbst schuld. Trottel.« Er schüttelte angewidert den Kopf. »Ich kann diesen Vogel so was von nicht ausstehen.«

Wütend warf er die benutzte Pipettenspitze in den Tischmüll.

»Mhm«, sagte ich nachdenklich und überlegte, wie ich ihn besänftigen konnte. »Malte, aber stell dir vor, er hat tatsächlich meinen Rezeptor kristallisiert! Hat er mir grad gezeigt. Ist das nicht toll?«

Malte sah mich überrascht an, zuckte dann aber nur gelangweilt mit den Schultern und verdrehte die Augen. »Ach, der will doch nur den Fame. Ein tolles Paper, mehr nicht, nur wieder was, was er auf seine angeberische Publikationsliste setzen kann.«

»Aber Malte, hast du mir eigentlich gerade zugehört? Alex hat meinen Rezeptor kristallisiert! Er hat wirklich Kristalle gekriegt! Wir haben das fast acht Monate versucht und sind gescheitert.«

Er zuckte nur erneut mit den Schultern.

»Das beeindruckt mich nicht«, sagte er. »Wer weiß, ob die Kristalle überhaupt echt sind. Wer weiß, ob das nicht alles Fake ist?«

Ich zog erschrocken beide Augenbrauen hoch. Dieser Vorwurf von Malte war schlimm. Jetzt, wo ich Alex kennengelernt hatte, wusste ich, dass er mit Leib und Seele für seine Forschung brannte und dass er in jedes Projekt sein gesamtes Herzblut steckte. Ich konnte mir absolut nicht vorstellen, dass er fähig wäre, Ergebnisse einfach zu seinen Gunsten zu fälschen. Dafür war er viel zu idealistisch.

»Das darfst du nicht sagen! Das kannst du nicht beweisen«, sagte ich erschrocken. »Setz bitte keine Gerüchte in die Welt!«

Malte sah mich skeptisch an.

»Wieso verteidigst du diesen Wichtigmacher eigentlich immer?«, fragte er.

Ich musste mich zusammenreißen, nicht sofort rot zu werden.

»Malte, lenk nicht ab!«, sagte ich harsch. »Wir können ihm auch dein Protein geben, dann kann er versuchen, das zu kristallisieren. Soll ich mal mit ihm sprechen?«

Malte stieß genervt die Luft aus. »Ach lass mal, Lilia! Das will ich nicht!«

Ich runzelte die Stirn. »Aber warum? Wäre doch toll für deine Diss, wenn du gleich noch die Kristallstruktur mitliefern könntest?«

Malte verdrehte die Augen.

»Kein Bedarf«, sagte er beleidigt und setzte sich demonstrativ seine Kopfhörer wieder auf, um die Unterhaltung zu beenden.

Ich raufte mir die Haare. Seine Sturheit war wirklich manchmal nicht auszuhalten. Also wandte auch ich mich demonstrativ von ihm ab und setzte mich an meinen Schreibtisch, um endlich mit der Auswertung weiterzumachen. Als ich mir die Graphen der Titrationskurven ansah, hielt ich inne. Die Graphen sahen irgendwie anders aus als vorher. Ich klickte durch die Rohdaten und stellte fest, dass eine völlig falsche Spalte als Konzentration ausgewählt war. Kopfschüttelnd berichtigte ich den Fehler. Seltsam. Anscheinen war ich vorhin so unkonzentriert gewesen, dass ich in den Auswertungstabellen dämliche Fehler eingebaut hatte. Ich hoffte, dass es eine einmalige Ausnahme war, denn falsche Ergebnisse blockierten alles. Ich würde nicht zeigen können, dass es einen Zusammenhang gab, ich könnte die Statistik vergessen und damit auch kein Modell aufstellen. Ich nahm mir vor, mich trotz der vielen Gefühlsduselei demnächst bei der Auswertung der Daten noch besser zu konzentrieren, damit diese stümperhaften Fehler gar nicht erst auftraten!

Kapitel 35

Nach einer heißen Dusche fühlte ich mich erfrischt. Ich schlüpfte in bequeme Klamotten, nahm meinen Schlüssel und verließ die Wohnung, nur um direkt bei meinem Nachbarn zu klingeln. Nach einer kurzen Wartezeit öffnete Alex die Tür. Er sah mich ausdruckslos an.

»Willst du wieder ein Paket abholen?«, fragte er.

Ich legte überrascht den Kopf schief. Hatte er meine verschlüsselte Botschaft übersehen?

Sprachlos sah ich zu ihm und für einen Augenblick starrten wir uns einfach nur an. Dann lächelte er und breitete die Arme aus.

»Kleiner Scherz, ich habe dich schon erwartet«, sagte er und zog mich in eine liebevolle Umarmung.

Er küsste mich und streichelte über mein Haar.

»Das war gemein«, sagte ich, aber ich konnte ihm natürlich nicht ernsthaft böse sein.

Alex lachte.

»Du hättest mal dein Gesicht sehen sollen«, sagte er, als er mich wieder losließ.

Ich ignorierte den Spott und folgte ihm in den Wohnzimmerbereich.

»Setz dich ruhig, ich habe gekocht«, meinte er.

Der Tisch war bereits gedeckt und nur einen Augenblick später kam er mit zwei Tellern dazu. Es gab Pasta – definitiv eine gute Wahl.

»Das sieht toll aus«, sagte ich.

Alex lächelte. »Guten Appetit.«

Ich konnte nichts erwidern, denn ich hatte mich sofort über die Nudeln hergemacht. Und es schmeckte fantastisch.

»Schmeckt's dir?«, fragte Alex, der noch nicht einmal begonnen hatte zu essen und mich überrascht ansah.

Ich nickte und nahm einen großen Schluck Wasser.

»Es ist superlecker«, sagte ich ehrlich.

Alex erforschte stumm meinen Blick und widmete sich dann auch seinem Essen.

»Malte kann mich nicht ausstehen, oder?«, fragte er, während er die Nudeln mit der Gabel aufrollte.

Ich hielt inne und ließ meine Gabel sinken.

»Wie kommst du darauf?«, fragte ich vorsichtig, obwohl ich eigentlich wusste, dass es ziemlich offensichtlich war. Malte konnte seine innersten Gefühle tatsächlich nur schwer verbergen.

»Jedes Mal, wenn wir aufeinandertreffen oder ich dich in seiner Gegenwart anspreche, wirkt er sehr feindselig mir gegenüber. Weißt du, wieso?«

Ich nahm einen weiteren großen Schluck Wasser. Dann schüttelte ich den Kopf.

»Ist er eifersüchtig?«, fragte Alex und sah mich mit strahlenden Augen an. »Steht er auf dich und ist sauer, dass ich dich ihm weggeschnappt habe?«

Lachend schüttelte ich den Kopf.

»Nee«, sagte ich schnell. »Wir kennen uns seit drei Jahren und Malte hat niemals eine Andeutung in diese Richtung gemacht. Wir sind wie Geschwister und er hat ständig andere Frauen ... nein, nein, das ist völlig ausgeschlossen.«

Alex legte den Kopf schräg.

»Sicher? Er sieht schon ziemlich besitzergreifend aus, wenn es um dich geht«, meinte er, aber ich schüttelte den Kopf.

»Nein, das ist eher der Beschützerinstinkt, glaube ich«, sagte ich.

»Oh, das heißt, er muss dich vor mir beschützen?« Seine Augen strahlten schalkhaft und ich starrte hypnotisiert hinein. Ich wollte niemals wieder etwas anderes ansehen.

»Vielleicht?«, sagte ich leise.

Er stand ganz langsam auf und kam auf mich zu.

»Weil du das süße, unschuldige Rotkäppchen bist?«

Ich ließ ihn nicht aus den Augen, als er vor mir stehen blieb, mein Kinn berührte und mich langsam vom Stuhl zog, sodass ich vor ihm stand und ihn ansah.

»Und ich bin der große, böse Wolf, der es auf dich abgesehen hat und dich gern fressen will?«

Mit einer Hand fuhr er mir durchs Haar.

»Vielleicht«, wisperte ich.

Ich zitterte. Die elektrische Spannung stieg. Es knisterte so sehr, dass sich blaue Funken zwischen uns bildeten. Wie blaue Tscherenkow-Blitze, die entstanden, wenn kosmische Teilchen aus Supernova-Überresten mit Lichtgeschwindigkeit die Hochatmosphäre durchquerten und kollidierten. Genauso fühlte ich mich auch, wie ein Supernova-Überrest, der mit Alex wechselwirkte, kollidierte und dann energetisch strahlte.

Er beugte sich vor und biss mir sanft in die Nasenspitze, womit er meine volle Aufmerksamkeit wieder zurückgewann und ich nicht weiter an Supernova-Überreste oder kosmische Strahlungen dachte. Mit den Lippen wanderte er allmählich hinunter bis zu meiner Unterlippe und spielte damit, sodass ich stöhnte.

»Tja, schade, jetzt kann er dich wohl nicht mehr beschützen«, murmelte Alex, zog mich mit einem Ruck zu sich hoch und trug mich mühelos davon.

Die Pasta auf den Tellern dampfte längst nicht mehr und ich ahnte, dass wir nun lange Zeit nicht mehr zum Essen kommen würden.

Kapitel 36

Seit diesem Abend waren wir quasi unzertrennlich und die ganze Zeit über zusammen, sobald wir nicht im Labor waren. Ich ging nur noch zum Klamottenwechseln in meine Wohnung, sonst war ich bei ihm und es fühlte sich wunderbar an. Er kochte für mich und er bereitete mir jeden Tag etwas für die Mittagspause vor. Wir unterhielten uns viel über unser Leben, über die vielen Zufälle, die uns zusammengeführt, wieder getrennt, begleitet und dann wieder zusammenbracht hatten. Ich war über beide Ohren hemmungslos verliebt in ihn und es war so befreiend, endlich Gewissheit zu haben, alles mit ihm teilen zu können und mich nicht mehr zurückhalten zu müssen.

Trotzdem war er immer noch ein sehr ambitionierter Forschungsgruppenleiter. Einer, der Vorlesungen hielt, viele Termine hatte und seinen Doktoranden sehr gut betreute. Einer, der auch versuchte, mir weiterzuhelfen, obwohl ich das nicht unbedingt so gut fand.

Unsere Beziehung hielten wir weiterhin geheim. Ich hatte noch nicht die Gelegenheit, mit Malte zu sprechen, und jedes Mal, wenn ich es versuchte, traute ich mich doch nicht, da Malte immer schlecht gelaunt oder gestresst war. Meistens aber beides. Alex wollte dieses Versteckspiel nicht. Er betonte immer wieder, dass er schon lange genug gewartet hatte, aber er wollte mich nicht drängen oder unter Druck setzen.

Bei unserem nächsten Jour-Fixe, bei dem Malte wieder nicht dabei sein konnte, rollte er einfach mit seinem Bürostuhl mit an unseren Tisch, obwohl Robert und ich gerade darüber sprachen, wie wir nun konkret vorgehen wollten.

»Ich möchte Lilia übernächste Woche gern mit nach Japan nehmen«, sagte er ernst.

Erschrocken sah ich ihn an. Von Japan war bisher nie die Rede gewesen. Robert lachte hämisch.

»Weil?«, fragte er.

Alex lächelte geheimnisvoll. »Weil ich spontan Messzeit am JASRI bekommen habe und dort Lilias Kristalle vermessen möchte. Mit ihr zusammen. Sie soll die Kristalle selbst picken, vermessen und die Struktur lösen. Ich habe ein Supergefühl dabei und für ihre Doktorarbeit wäre das ein toller Bonus, plus die Publikation und die Tatsache, dass es dann endlich eine gute Struktur ihres Rezeptors gibt.«

Das *Japan Synchrotron Radiation Research Institute* (JASRI) war eines von weltweit etwa fünfzig Synchrotronen. Strukturbiolog*innen nutzten die Teilchenbeschleuniger, um Röntgenlicht zu erzeugen und die atomare Struktur von Kristallen mit hoher Präzision zu bestimmen. Da Röntgenwellen mit 0,1 nm bis 0,2 nm viel feiner waren als sichtbare Lichtwellen mit 400 nm bis 700 nm, konnte man mit der Röntgenstrukturanalyse sogar einzelne Atome im Protein mit einem Abstand von bis zu 0,1 nm auflösen. Das war wirklich winzig klein. Selbst das beste Lichtmikroskop der Welt konnte das aufgrund der Welleneigenschaft des Lichts nicht erreichen.

Um an Messzeit zu gelangen, musste man in der Regel einen Projektantrag einreichen, in dem man das Forschungsprojekt und dessen wissenschaftlichen Wert darlegte. Diese Anträge wurden von einem wissenschaftlichen Komitee begutachtet und die Messzeit auf Grundlage der wissenschaftlichen Qualität und Relevanz der vorgeschlagenen Experimente vergeben. Danach musste ein Zeitfenster für die Messungen gebucht werden. Der

Betrieb am Synchrotron lief 24/7 und es war wichtig, dass man mindestens zu zweit anreiste. Jede Beamline, in der eine Messung stattfand, beinhaltete ein Labor für Probenpräparation, Messungen und Analyse. Im Allgemeinen waren die Nutzungskosten sehr hoch und konnten leicht in die Zehntausende Euro pro Tag gehen. Daher mussten diese Kosten von Förderinstitutionen, Forschungsorganisationen oder durch die Einrichtung selbst subventioniert werden.

Als hätte er meine Gedanken gelesen, sagte Alex lächelnd: »Die DFG hat vor ein paar Wochen meinen Förderantrag für die Messzeit in Japan bewilligt und JASRI hat vorhin die Messzeit bestätigt.«

Er strahlte so stolz, dass es mir ganz warm ums Herz wurde, weil ich ebenfalls stolz auf ihn war, aber Robert rümpfte nur verächtlich die Nase.

Dass Alex nun seine kostbare Messzeit für meinen Rezeptor einsetzen wollte, war absolut fantastisch. Umso erschrockener war ich darüber, wie Robert reagierte. Anstatt einen erleichterten Jubelschrei abzugeben, weil sich jemand wirklich für seine Doktorandin eingesetzt hatte, dachte er direkt nur ans Geld. Und er hatte recht. Wir hatten kein Geld für Forschungsreisen, insbesondere nicht für außerplanmäßige Reisen nach Japan. Auch nicht, wenn es die Superchance schlechthin wäre, denn Robert war eine absolute Niete im Suchen nach aktuellen Ausschreibungen und Förderprogrammen, die zu unseren Projekten passen könnten, um einen Drittmittelantrag bei der Deutschen Forschungsgemeinschaft zu stellen.

Alex zwinkerte mir aufmunternd zu. Robert jedoch sah ihn entgeistert an.

»Und wer soll das bitte bezahlen?«, herrschte Robert uns an. »Du kannst gern Lilias Kristalle nach Japan mitnehmen und sie dort vermessen. Lilia jedoch wird nicht mitfahren. Wir haben kein Reisebudget. Japan ist weit weg und sehr teuer. Außerdem wird Lilia hier gebraucht, um in der Lehre mitzuwirken und ihre Versuche zu machen.«

Er war genervt. Um seine Überlegenheit zu demonstrieren, stand er dann auch noch auf und verließ den Raum mit den Worten: »Diese Entscheidung ist endgültig und ich will auch nicht darüber diskutieren!«

Alex und ich sahen uns schockiert an, nachdem Robert das Zweier-Büro verlassen hatte, obwohl wir mit unserer Auswertung noch gar nicht fertig waren.

Da Robert verschwunden war, regte Alex sich tierisch über meinen PI auf, der eigentlich Anträge für unsere Arbeitsgruppe schreiben sollte, aber stattdessen absolut nichts machte und sich auf seiner Lehre ausruhte. Es schmerzte mich zu sehen, wie enttäuscht Alex war.

»Ist schon okay«, sagte ich resigniert und seufzte. »Ich plane sowieso keine Karriere in der Wissenschaft.«

Alex funkelte mich wütend an.

»Aber das ist doch schlimm! Du bist eine hervorragende Biochemikerin, die der Wissenschaft damit verloren geht, nachdem du erstklassig ausgebildet wurdest.«

Ich starrte ihn verwundert an. Mir war gar nicht bewusst, dass er so dachte. Meine Wangen glühten. Ich war so gerührt, dass ich gar nicht wusste, wie ich reagieren sollte. Stattdessen plapperte ich einfach drauflos: »Wusstest du, dass man mit einem einzigen Bleistift einen 56 km langen Strich zeichnen kann?«

Alex sah mich verblüfft an, dann brach er in schallendes Gelächter aus und streichelte mir liebevoll über die Wange. Es war verrückt, mit wie wenig Aufwand er immer wieder ganz unerwartet mein Herz berührte. Verrückt und faszinierend zugleich.

Kapitel 37

Vier Wochen ohne Alex waren eine verdammt lange Zeit. Eine halbe Ewigkeit, um genau zu sein, in der ich mich einsam fühlte, weil ich jeden schönen Moment meines Lebens, seit wir uns kannten, mit ihm geteilt hatte. Ihm zu verdanken hatte. Und nun saß ich allein in seiner leeren Wohnung, kümmerte mich um die zwei Pflänzchen, die ihm gehörten, und wartete auf ihn, als würde er nur noch schnell etwas draußen erledigen und gleich wieder zur Tür hereinspazieren. Was er natürlich nicht tat, weil er in Japan war. Also wartete ich weiter.

Ohne dass ich es bemerkt hatte, hatte er sich direkt in mein kleines Herz geschlichen, hatte es sich dort gemütlich gemacht und es völlig neu kalibriert. Es war auf ihn abgestimmt und derart Alex-mäßig infiziert, dass ich nun verdammt war, hier zu sitzen, um ihn schmerzlich zu vermissen.

Alex war vor einer Woche zusammen mit Misha nach Sayo zum Synchrotron gereist. Die Kristalle, die wir zuvor mühsam mit winzigen Nylonschlaufen gepickt, eingefroren und in flüssigem Stickstoff gelagert hatten, hatte er mit einem Transportdienstleister vorgeschickt.

Japan war so weit weg. Verdammt weit weg sogar. Fast 10.000 Kilometer trennten uns. Das waren 10.000.000 Meter oder 1.000.000.000 Zentimeter. Normalerweise beruhigten mich Daten und Fakten, wenn ich darüber nachdachte, sie ordnete und kategorisierte. Im Moment jedoch war ich alles andere als beruhigt. Jeder einzelne Zentimeter, der uns trennte, brannte mir in der Seele, ließ mich unruhig zurück und zeigte mir, dass ich ohne ihn leer war. Unvollständig.

Die Zeitverschiebung machte unsere Kommunikation nicht unbedingt leichter. Wenn ich morgens aufwachte und frühstücken wollte, hatte er schon Mittag gegessen. Wenn ich abends nach dem Labor nach Hause kam, war es bei ihm mitten in der Nacht.

Unruhig checkte ich mein Telefon, was ich seit seinem Abschied fast minütlich machte, um ja keine Nachricht zu verpassen. Alex und Misha waren fast rund um die Uhr zum Vermessen der Kristalle an der Beamline. Wenn Alex während einer der etwa zweistündigen Messungen ein bisschen Luft hatte, schickte er mir Sprachnachrichten oder wir skypten spontan. Meist war Misha dabei und so konnten wir nicht ganz so frei sprechen. Ab und zu erhielt ich ein Selfie mit seinem unvergleichlichen Alex-Grinsen. Dann war mein Tag gerettet. Aber es half trotzdem nicht gegen dieses ständige Gefühl des Unkomplettseins.

Ich litt entsetzlich, was absolut lächerlich war, weil er bald zurück sein würde. Weil ich schon viel mehr Lebenszeit ohne ihn verbracht hatte, als mit ihm zusammen. Damals, als wir uns noch nicht kannten. Damals, in diesem völlig fremden, anderen Leben. Vier Wochen waren nichts im Vergleich zu der Zeit, die wir ab jetzt gemeinsam verbringen konnten. Vier Wochen waren lächerlich kurz. Und trotzdem litt ich, hatte kaum Appetit, konnte kaum schlafen und vermisste ihn. Ich dachte an all die schönen Momente, die wir gemeinsam erlebt hatten. Daran, wie ich im Park *Güell* so unbedingt seine Hand halten wollte, mich aber nicht traute. Daran, wie wir auf der Strandpromenade spazierten und sich unsere Finger fast schon automatisch, magnetisch, zueinander bewegten, verhakten und zusammenbleiben wollten.

Mir blieb auch viel freie Zeit, über meine eigene quasi nicht-vorhandene Karriere nachzudenken, während ich auf Alex' Nachrichten und seine Rückkehr wartete. Bisher war fast alles Wichtige, das ich in meiner Promotionszeit gemacht hatte, schief gegangen. Meine Säule zum Reinigen des Rezeptors musste ich über eine Secondhandplattform in den USA ersteigern und beim deutschen Zoll abholen, weil sie nicht mehr produziert wurde, als wir endlich das Geld dafür zusammenhatten. Den Zollbeamten musste ich förmlich auf Knien anflehen, dass er die Säule auf keinen Fall öffnen durfte, um das merkwürdig aussehende, weiße Pulver zu kontrollieren. Er dachte, ich hätte Drogen ins Land geschmuggelt oder so. Von Säulenchromatographie und Proteinaufreinigungen hatte er noch nie etwas gehört. Er war der klassische »*In der Schule habe ich Chemie immer gehasst!*«-Mensch. Die passgenaue Pufferlösung zum Eluieren des wichtigen Probenmaterials wurde, nachdem ich die Säule endlich, ohne sie kaputt zu machen, ins Labor bringen durfte, auch nicht mehr verkauft, sodass ich sie aufwendig ersetzen musste.

Mein Modell und unsere mühsam erarbeitete Hypothese wurden durch meine Experimente, wenn überhaupt nur sehr, sehr grob bestätigt. Bei meinen Daten hatte ich immer häufiger das Gefühl, dass die Kurven ein gewisses Eigenleben führten und dass sie ihre Kurvenform je nach Tageszeit plötzlich änderten, obwohl ich zur Auswertung stets unser standardisiertes Verfahren nutzte und die Datenpunkte mittels nonlinearer Regression an die immer gleiche Bindungskurvenart anpasste. Bisher hatte ich leider noch nicht herausfinden können, woran das lag, aber es nervte mich so sehr, dass ich anfing an mir selbst zu zweifeln, ob meine Berechnungen generell stimmten. Robert und Malte hatte ich von dieser Beobachtung noch nichts erzählt, aber vermutlich würden sie mich für verrückt erklären. Wieso sollten Kurven plötzlich ihre Form ändern? Wieso sollten Datenpunkte plötzlich anders liegen als zuvor?

Aber natürlich wollte ich nicht nur jammern. Die Arbeit in unserer kleinen Arbeitsgruppe gab mir trotzdem so unglaublich viel. Ich konnte mich selbst entfalten – im Rahmen unserer finanziellen Möglichkeiten – aber dennoch war ich frei. Ich konnte selbst bestimmen, wann ich arbeitete, wenn man die Pflichttermine in der Lehre nicht mitzählte. Ich konnte meine eigenen Experimente planen und durchführen sowie Verantwortung für mein eigenes Arbeitsgebiet übernehmen. Es war ein spannendes Arbeitsgebiet mit diesem neuen Rezeptorsubtypen, der bisher noch nicht viel untersucht worden war. Diese Freiheit formte mich zu der Wissenschaftlerin, die ich sein wollte. Genau die, die nicht aufgab, weil eine blöde Firma plötzlich beschloss, das Messequipment wegen Unwirtschaftlichkeit aus dem Sortiment zu nehmen und keine verdammten Restbestände mehr hatte. Eben genau die, die es schaffte, dass das Experiment nach dem vierten Mal dann doch irgendwie klappte. Die, die den Zentrifugen liebevolle Namen gegeben hatte, sie nach ihren anstrengenden Läufen vorsichtig reinigte. Genau diese Wissenschaftlerin wollte ich sein.

Perspektivisch würde ich aber trotzdem keine supertolle Publikation haben, auch wenn die Veröffentlichung der Kristallstruktur meines Rezeptors, wenn ich denn eine auflösen konnte, wenigstens etwas war, was ich Alex zu verdanken hatte. Ich selbst hätte es niemals allein geschafft.

Wenn man diese Fakten zusammennahm, war ich trotz allem keine gute Wissenschaftlerin, denn wir wurden an den verdammten Publikationen gemessen und diese fehlten mir. Wir wurden nicht daran gemessen, dass wir niemals aufgaben und zeigen konnten, dass etwas nicht funktionierte. Negative Ergebnisse waren für niemanden interessant. Die Serendipität war wissenschaftlich gesehen also nicht auf meiner Seite. Mein PI war leider auch nicht daran interessiert, dass aus mir etwas wurde. Er hatte kein Geld, um mich weiter zu beschäftigen, wenn mein Vertrag im Herbst auslief. Er hatte auch keine herausragenden Kontakte, sodass er mich weiterempfehlen konnte, damit ich eine gute Postdoc-Position erhalten würde.

Auf der anderen Seite war da Alex, der exzellente Wissenschaftler und Arbeitsgruppenleiter mit dem Riesenherz aus Gold. Einem phänomenalen Herz aus Gold, das zufälligerweise irgendwie für mich schlug. Alex würde mir, ohne zu zögern, eine Postdoc-Stelle geben. Lieber heute noch als morgen. Er hatte seine Stelle erst vor zehn Monaten angetreten und noch Großes vor. Und er hatte die finanziellen Mittel dafür. Die Serendipität, die mir bisher in meiner Wissenschaftskarriere fehlte, lag vollständig bei ihm – und er hatte jedes Milligramm davon verdient.

Ich war auch lokal nicht sehr flexibel, wenn es darum ging, Postdoc-Positionen zu finden. Eine Fernbeziehung schloss ich kategorisch aus, nachdem ich schon bei der vierwöchigen Japan-Trennung so verzweifelt war. Etwas kategorisch auszuschließen, wie Köln zu verlassen oder Tierversuche zu machen, bedeutete, dass man sehr, sehr eingeschränkt war auf einem Stellenmarkt, der sowieso nicht groß war und dazu noch restlos überlaufen. Das bedeutete, ich musste eine gute Postdoc-Stelle in Köln oder Umgebung finden, aber ich wollte nicht, dass Alex etwas für mich zurechtschusterte, sondern wollte mir die Stelle allein verdienen. Ich wollte eine Stelle, bei der man sich bewusst für mich als Lilia Sommer entschieden hatte und nicht um Alex einen Gefallen zu erweisen.

Was also sollte ich aus realistischer Sicht machen?

Die Arbeit als Postdoc war durch das elende Wissenschaftszeitvertragsgesetz stark begrenzt. Dieses regelte die befristeten Arbeitsverträge von wissenschaftlichem Personal an Hochschulen und Forschungseinrichtungen. Es wurde eingeführt, um den Bedürfnissen der Wissenschaft gerecht zu werden, die oft auf projektbezogene und zeitlich befristete Arbeitsverträge angewiesen war, aber es brachte nur Missgunst, Stress, Konkurrenz und Zukunftsängste.

Wissenschaftler*innen, die sich vor der Promotion befanden, durften nach diesem Gesetz maximal sechs Jahre befristet arbeiten. Nach der Promotion durften weitere befristete Verträge für bis zu sechs Jahre abgeschlossen werden. Ebendiese elenden Verträge führten zu genereller Unsicherheit in der Karriereplanung. Wissenschaftler*innen, die keine Überflieger*innen waren wie Alex, um den sich alle förmlich rissen, wussten oft nicht, ob und wie lange sie weiterhin beschäftigt sein würden. Dies war eine große seelische Belastung und führte auf Dauer zu Existenzängsten.

Der permanente Wettbewerb um die sehr begrenzten Forschungsstellen und Drittmittel erhöhte den Druck auf alle enorm und führte zu einer eisigen Konkurrenzsituation. Dazu kam, dass es nur eine sehr begrenzte Anzahl an unbefristeten Stellen gab, sodass viele hochqualifizierte Wissenschaftler*innen nach Ablauf der Befristungsdauer keine dauerhafte Anstellung fanden. Insbesondere diese Wissenschaftler*innen wurden ausgesiebt, die keine tollen Publikationen vorweisen konnten oder die nicht mal ebenso ein paar Monate oder Jahre im Ausland verbracht hatten. Alles in allem war man als dynamisch-flexibler WissenschaftlER attraktiv, wenn man toll publiziert hatte, am besten sein eigenes Fördergeld mitbrachte und in weniger als sechs Jahren promoviert hatte. Als WissenschaftlerIN dagegen war man da schon weniger attraktiv, denn da gab es immer noch diese unsichtbare Gefahr, dass die Frau sich entscheiden könnte, Kinder zu bekommen.

Die tickende Uhr nach der Promotion, die man als Frau keinesfalls mit der biologischen Uhr verwechseln durfte, erinnerte einen ständig daran, dass man maximal sechs Jahre befristet als Postdoc arbeiten durfte. Wer danach keine Festanstellung gefunden hatte, war raus aus diesem netten System, das spitzenmäßig ausgebildete Fachkräfte hervorbrachte und sie dann am ausgestreckten Arm verhungern ließ. Das Wissenschaftszeitvertragsgesetz war also ein Damoklesschwert, das über allen hing, die in der Wissenschaft arbeiteten wollten. Und wenn es auf einen herabfiel, zerstörte es einen für immer.

Eine Weiterqualifizierung durch Habilitation schloss ich für mich aus, denn meine bisherigen Publikationen (zur Erinnerung: null) zeigten, dass ich nicht Spitzenwissenschaftlerin genug war. Im Gegensatz zu Alex, zu dem dieser Weg fantastisch passte – aber ehrlicherweise machte ich mir über seine Zukunft keine Sorgen.

Über all diese Dinge machte ich mir lange Gedanken. Ich schrieb Pro- und Kontralisten, um herauszufinden, was ich wollte und was meine Chancen waren. Natürlich gab es nur ein Ergebnis, zu dem alle Abwägungen unweigerlich führten: Nach der Promotion würde ich die Wissenschaft verlassen (müssen). Obwohl mein Herz so sehr dafür brannte und sich alles in mir dagegen wehrte. Aber ich hatte keine Wahl. Es gab keine Alternative. Diese ständige Unsicherheit war nichts, das ich für mein restliches Leben wollte. Nur musste ich das irgendwie noch Alex beibringen.

Kapitel 38

Es gelang mir immer noch nicht, Malte in Alex' Abwesenheit von uns zu erzählen. Seit einiger Zeit wirkte Malte kurz angebunden, wenn ich in der Nähe war. Er war ständig im gesamten Institut unterwegs, aber saß niemals an seinem Schreibtisch, wo ich ihn in einer ruhigen Minute hätte einweihen können. Es wirkte fast, als würde er mir aus dem Weg gehen.

Nach den schier endlos wirkenden vier Wochen war Alex dann wieder da, so plötzlich, wie er abgereist war, stand er einfach wieder in seiner Wohnung und breitete strahlend die Arme aus. Ich hüpfte sofort von der Couch, mit rasendem Herzen und glühenden Wangen, und flog ihm stürmisch entgegen, so erleichtert war ich, dass er endlich wieder da war. Er war braun gebrannt, trug die Haare ein wenig kürzer und streichelte mir liebevoll über den Rücken, während er mich zurückumarmte. Und dann konnte ich endlich wieder seinen fantastischen Alex-Geruch in mich aufsaugen, der mir so gefehlt hatte. Sämtliche T-Shirts, Hemden und Pullover hatten längst aufgehört, nach ihm zu riechen, weil ich sie zu oft an mein Herz gedrückt hatte.

»Du bist wieder da«, sagte ich leise und streichelte erleichtert über die Sternchen seines schönen Tattoos, die ihn für mich beschützt hatten.

Alex drückte einen sanften Kuss auf meinen Haaransatz.

»Endlich«, sagte er. »Du glaubst gar nicht, wie sehr ich dich vermisst habe.«

Ich lächelte. Doch, das glaubte ich sofort, weil es mir genauso ergangen war.

»Und du hast den Sommer mitgebracht«, stellte ich trocken fest. Pünktlich zu seiner Rückkehr war das Wetter auch hier besser geworden und die Sonne schien.

Alex lachte.

»Glaub mir, den lasse ich ganz bestimmt nicht mehr los«, flüsterte er.

Seine dunkle, ruhige Stimme war reinstes Gold in meinen Ohren und floss durch meinen Körper. Ich brannte wieder lichterloh. Mein Puls stieg. Meine Herzfrequenz erhöhte sich. Ich musste dringend einen kühlen Kopf bewahren, sonst würde ich gleich hyperventilieren. Oder ohnmächtig werden. Oder beides.

»Das kann ich nur unterstützen«, sagte ich leise.

Aber dann ließ er mich eben doch wieder los, um seine Hände zu waschen, sich frisch zu machen und seine Sachen auszupacken. Ich setzte mich demonstrativ auf die Couch und beobachtete, wie er durch die Wohnung wirbelte, seine Taschen und den Koffer auspackte und eine Waschmaschine anstellte. Nachdem er alles weggeräumt hatte, ließ er sich geräuschvoll neben mich fallen und legte seinen Kopf in meinen Schoß.

»Boah bin ich fertig!«, sagte er geschafft.

Ich streichelte sanft durch sein Haar. Alex schloss die Augen.

»In vier Wochen gehts für drei Tage zu einer Konferenz nach Amsterdam, wo ich einen Vortrag halte«, murmelte er erschöpft.

Obwohl er kaum angekommen war, dachte er schon wieder ans Wegfahren. »Mhm.«

»Willst du mich dahin begleiten?«, fragte er.

Dann öffnete er seine wunderschönen Augen und ich sah die tanzenden Goldsprenkel, die sich durch das verwaschene Eisblau zogen. Sein Blick fixierte mich und fast hätte ich alles um mich herum vergessen. Sogar meinen eigenen Namen.

»Willst du mich ab jetzt einfach immer begleiten?«, fragte er aufgeregt und richtete sich auf. »Ich habe so lange auf dich gewartet, so viele Jahre, jetzt will ich nicht mehr warten. Ich liebe dich, Lilia.«

Ich lächelte.

»Du bist wirklich süß«, sagte ich, er aber schüttelte nur den Kopf.

»Ich meine es ernst!«, erwiderte er. »Ich könnte dich immer mitnehmen, ohne Probleme, wenn …«

Ich legte den Kopf schräg.

»Wenn?«, fragte ich, aber war mir nicht sicher, ob ich bereit für eine Antwort war.

Alex nahm meine beiden Hände und unsere Finger verschränkten sich fast schon automatisch.

»Wenn du meine Frau wirst«, sagte er. »*Frau Winter*.«

Er sah mir tief in die Augen und ich brach in schallendes Gelächter aus, weil ich dachte, dass er einen Witz gemacht hatte. Hatte er aber nicht. Ganz und gar nicht. Und er kniff beleidigt die Augen zusammen. Als diese Erkenntnis in meinen Zellen angekommen war, brach mein Lachen ab und mir stockte der Atem.

Er. Konnte. Das. Doch. Nicht. Ernst. Meinen.

Oder doch?

»Du musst mich verwechseln«, sagte ich leise mit trockener Kehle.

»Wie meinst du das?«

»Na mit einer anderen Lilia«, flüsterte ich. »Irgendwie musst du mich verwechseln.«

Ich konnte mir nicht vorstellen, dass er wirklich mich meinte. Ich war doch absolut *un*wählbar. Er musste mich mit einer Frau verwechseln, die ihm mehr das Wasser reichen konnte, die erfolgreicher in der Wissenschaft war, die wie er tolle Paper schrieb und tolle Erkenntnisse im Labor erzielte. Mit einer Frau, die genauso perfekt war wie er.

»Mit wem?«

Ich schluckte. »Mit einer Frau, die genauso perfekt ist wie du. Die dir ebenbürtig ist. Du kannst dich nicht wirklich für eine erfolglose Doktorandin entscheiden.«

Alex sah mich irritiert an, dann griff er in seine Hosentasche, holte einen schmalen Silberring mit lavendelfarbenem kleinen Stein hervor und schob ihn vorsichtig an meinen linken Ringfinger. Er passte perfekt.

»Ich verwechsle dich nicht. Ich entscheide mich nicht für eine Doktorandin der Biochemie, die in der Wissenschaft arbeitet und mir angeblich nicht ebenbürtig ist, nur weil sie keine High-Impact-Paper veröffentlicht hat. Ich entscheide mich für dich, Lilia. Für Lilia Sommer. Für meinen Sommer, den ich so sehr brauche und will, und das schon so viele Jahre lang. Niemand ist perfekter für mich als du«, sagte er leise.

»In einer anderen Realität ...«, begann ich, aber er unterbrach mich sanft.

»Und um mit Doktor Stranges Worten zu antworten: Lilia, ich liebe dich in jeder Realität. Ich liebe dich in jedem Universum.«

Er küsste mich so stürmisch, dass mir die Luft wegblieb.

Ich wusste nicht, wer dieser Dr. Strange war und ob er bei diesem Namen überhaupt fähig war, so eine schwerwiegende Aussage treffen zu können. Der Gedanke an Paralleluniversen brachte mich mit meinem wissenschaftlichen und logischen Verstand an meine Grenzen. Hätte ich Astrophysik studiert, hätte ich jetzt eine kluge Antwort auf seine Aussage. Dann würde ich vielleicht auch diesen Dr.

Strange kennen. Aber so konnte ich nur versuchen, nicht zu schnell zu atmen, um nicht zu hyperventilieren.

Alex lächelte.

»Also, was sagst du?«, fragte er. »*Frau Winter?*«

»Niemals«, sagte ich düster und sämtliche Farbe wich aus seinem Gesicht, weil es für einen kurzen Moment so klang, als würde ich ihn abweisen. Was absurd war – niemand konnte Dr. Alex Winter abweisen. Deswegen erlöste ich ihn.

»Wenn überhaupt, dann *Herr Sommer*«, sagte ich und zwinkerte ihm zu.

Alex lachte.

»Darüber müssen wir noch mal später reden. Also ist das ein Ja?«, fragte er und klang dabei genauso atemlos und überwältigt, wie ich mich fühlte.

Zögerlich nickte ich und sah meinen Ring verliebt an. Was für eine Frage!

Er atmete erleichtert aus – als hätte ich je eine Wahl gehabt – und dann stürzte ich mich zurück in seine Arme, in das ganz große Ganze, das Überragende, das wilde, endlose Glühen, das wir waren, sind und sein werden.

Ich sah ihn an, mit diesem einen bedingungslosen, unersättlichen Glühen in den Augen. Forderte stumm, mit seinem Ring an meinem Finger, dass er endlich das tat, was ich dringend von ihm begehrte und worauf ich seit vier Wochen warten musste. Dass er endlich das tat, was jede Zelle meines Körpers von ihm begehrte.

Er neckte mich, hielt mich hin, ließ mich sehnen, begehren, lauern. Er wusste, was sein Ausharren in mir bewirkte. Er wusste, dass ich allmählich verglühte. Wie ein Meteoroid, der mit hoher Geschwindigkeit in die Erdatmosphäre eintrat und dabei am Himmel wie eine Sternschnuppe aufleuchtete, bevor er durch die Reibung mit den

Luftmolekülen so stark erhitzt wurde, dass er vollständig verbrannte. Ich war erhitzt, ich glühte und ich leuchtete. Ich wollte es so sehr. Ihn. Einfach alles. Der Ring an meinem Finger zog mich wie ein schwerer Anker immer tiefer in seinen Strudel und ließ mich sinken.

Er beobachtete mich aufmerksam, legte den Kopf schief und grinste mich an. Dann küsste er mich, endlich, und katapultierte uns damit zusammen, vereint, verliebt, verlobt, in eine Welt, in der alles möglich war. Eine Welt, die ich nie, nie, nie wieder verlassen wollte. Eine Welt, die nur uns beiden gehörte.

Und während mich seine Leidenschaft höher fliegen ließ, als ich jemals zu fliegen gewagt hatte, und ich gleichzeitig in ihm versank, in seinem Kuss, in seinem ganzen Sein, verschwammen allmählich alle Grenzen, sodass wir nicht mehr unterscheiden konnten, wo er aufhörte und wo ich begann. Weil wir eins waren. Und sein wollten. Und blieben.

Kapitel 39

Der Jetlag traf Alex am zweiten Tag nach seiner Rückkehr besonders hart. Seit wir uns kannten, war er immer der starke, selbstbewusste Alex gewesen. Niemals krank. Nie schwach. Unerschrocken. Ihn nun so erschöpft und ausgebrannt zu sehen, wie er die ganze Zeit neben sich stand, so starke Kopfschmerzen hatte, dass er kaum die Augen öffnen konnte und sich auf nichts konzentrieren konnte, war mir neu.

»Das geht bald wieder weg«, sagte er schwach und zwang sich zu einem aufmunternden Grinsen, damit ich mir keine Sorgen machte. »Das habe ich immer, wenn ich aus Japan komme. Kenne ich schon.«

Er war wirklich tapfer, während sein Körper versuchte, sich an den neuen Tag-und-Nacht-Rhythmus zu gewöhnen. Die Magenbeschwerden behielt er für sich. Auch die erhöhte Reizbarkeit versuchte er zu unterdrücken. Dabei hatte ich mich gestern für ein »Ein und Alles« entschieden, für Gesundheit sowie Krankheit. Vor mir musste er nicht mehr stark sein, wenn er sich schwach fühlte. Ich konnte und würde auch für ihn mit stark sein.

»Die Anpassung dauert noch ein paar Tage, dann geht's mir besser«, sagte er, während er wie ein Zombie durch die Wohnung irrte.

Als es ihm allmählich besser ging, gingen wir wieder ins Labor. Da ich Malte immer noch nicht eingeweiht hatte, hielten wir unsere Beziehung weiterhin geheim. Auch von der Verlobung hatten wir noch niemandem etwas erzählt. Die ersten Tage verbrachten wir damit, die Messdaten aus Japan aufzubereiten und die Kristallstruktur zu lösen. Am Synchrotron hatten Alex und Misha meine Kristalle mit

Röntgenstrahlen bestrahlt, um Beugungsmuster zu erhalten. Zuerst mussten diese Beugungsmuster analysiert werden, um die Gitterparameter des Kristalls zu bestimmen und die Intensitäten der reflektierten Strahlen zu integrieren. Die gesammelten Daten wurden skaliert und zusammengeführt, um ein vollständiges Datenset zu erhalten. All dies hatte Alex schon vorbereitet. Wir setzten dann direkt bei der Phasenbestimmung ein.

Alex erklärte alles geduldig, obwohl ich mich bei vielen Erklärungen nicht konzentrieren konnte, weil er so nah neben mir an seinem Schreibtisch saß und ich mich die ganze Zeit zurückhalten musste, um ihm nicht noch näherkommen und an seinem Ohrläppchen herumknabbern zu wollen.

Die Phaseninformationen zu erhalten war nicht trivial, aber auch hier konnte ich seinen Erklärungen nicht folgen, weil ich von seinem konzentrierten Gesicht, das ich aus den Augenwinkeln beobachtete und das ziemlich heiß war, abgelenkt war. Irgendwann machte Alex einen endgültigen Klick und ein erstes Modell der Struktur wurde erstellt.

Wow. Das war er also. Mein Rezeptor plnk-κ3, was für eine absolute Schönheit!

Verliebt starrte ich die Struktur an, strich über die α-Helices an Alex' Computerbildschirm, bis er mich ermahnte, dass das Modell noch durch iterative Verfeinerung an die experimentellen Daten angepasst werden musste und dass das für die nächsten Wochen meine Aufgabe sein würde. Fleißig übernahm ich diese ehrenvolle Aufgabe, die Atome des Proteins händisch an die Elektronendichtekarten anzupassen. Zum Schluss musste es validiert werden, um sicherzustellen, dass das finale Modell physikalisch und chemisch überhaupt sinnvoll war. Dabei wurden

Bindungslängen, Winkel und weitere geometrische Parameter überprüft. Die Modellverfeinerung, die ich größtenteils allein vornahm, und die Validierung dauerten etwa vier Wochen, dann hatten wir eine wirklich gute Struktur.

In der Zwischenzeit hatte auch Alex eine Rezeptorstruktur gelöst und zwei seiner eingereichten Publikationen wurden zur Veröffentlichung in zwei namhaften Journalen angenommen, die bekannt für ihre rigorosen Peer-Review-Verfahren waren, bei denen das Manuskript an zwei bis drei unabhängige Expert*innen im gleichen Fachgebiet zur Bewertung gesendet wurde. Die Gutachter*innen prüften die wissenschaftliche Qualität, die Methodik, die Relevanz der Ergebnisse sowie die Klarheit der Darstellung und gaben Empfehlungen ab, die in einem Bericht zusammengefasst wurden.

Beide Paper von Alex wurden bereits nach geringfügigen Änderungen akzeptiert. Das war eine großartige Leistung. Erstautorenschaften in hochrangigen Zeitschriften galten unumstritten als wichtiger Indikator für wissenschaftliche Exzellenz.

Ich selbst hatte noch nie ein wissenschaftliches Paper geschrieben und bei einem wissenschaftlichen Journal zur Veröffentlichung eingereicht. Alex bot mir an, mir bei meinem Strukturpaper zu helfen. Wir mussten auch noch hochwertige Abbildungen der Elektronendichtekarten und der finalen Kristallstruktur erstellen und in einer öffentlich zugänglichen Datenbank hinterlegen, damit alle, die den Rezeptor suchten, auch meine 3D-Struktur fanden. Das ganze Prozedere zog sich ewig hin und wir mussten uns beeilen, dass uns niemand zuvorkam. Denn, nur wer als Erste*r veröffentlichte, konnte die damit verbundene Anerkennung in der Fachwelt erlangen und wurde für die Erstentdeckung zitiert.

Aber es gab nicht nur die 3D-Struktur. Auch am Ergebnis- und Diskussionsteil der Dissertation schrieb ich fleißig und stolperte immer öfter über meine Gesamtkurven, die sich immer noch leicht zu verändern schienen.

An meiner Hand funkelte der schmale Silberring mit dem lavendelfarbenen Jadestein, den ich seitdem nicht mehr abgesetzt hatte. Mit Alex an meiner Seite war ich furchtlos. Er war meine sichere Basis. Mein Sicherheitsnetz.

»Verrätst du mir, worüber du dir den Kopf zerbrichst?«, fragte Alex, als ich wieder einmal an meinen berechneten Kurven zweifelte.

Wir saßen im Zweier-Büro und werteten die Kristalldaten aus, aber meine Gedanken wanderten ständig zu den Messdaten für die Kurven. Alex hatte verdammt feine Antennen, sodass man ihm absolut nichts vormachen konnte. Robert war schon nach Hause gegangen.

Ich hatte Alex bis jetzt noch nichts erzählt. Auch Robert oder Malte wussten nichts. Ich glaubte es ja selbst kaum, aber meine Daten führten scheinbar ein Eigenleben.

Alex sah mich intensiv an, als würde er meine Gedanken lesen können. Und es würde mich auch nicht überraschen, wenn er dies wirklich konnte.

Ich seufzte. Wir waren jetzt verlobt. Ich liebte und vertraute ihm. Wieso fiel es mir so schwer, es auszusprechen?

»Ich glaube, mit meinen Daten stimmt was nicht«, sagte ich leise.

Alex legte den Kopf schräg.

»Wie meinst du das?«, fragte er verwundert und kratzte sich an der Schläfe. »Die B-Faktoren und die Strukturfaktoren sehen gut aus.«

»Nein, davon spreche ich nicht«, meinte ich. »Es geht um meine Titrationsdaten.«

Nun entstanden noch größere Fragezeichen in seinen Augen. Ich atmete tief ein und wieder aus. Es fühlte sich befreiend an, es endlich ausgesprochen zu haben.

»Ich glaube, die Datenpunkte ändern sich. Minimal. Manchmal. Zwischen den Speicherständen.«

Alex hob kritisch eine Augenbraue, während ich ihm von meinen Beobachtungen berichtete, die ich seit über einem halben Jahr gelegentlich machte und die mich extrem an mir zweifeln ließen. Die Rohdaten schienen sich zu verändern. Manchmal auch die Kurven selbst und die Lage der Messpunkte.

Während ich dies formulierte und es endlich aussprach, löste sich ein riesiger Stein, der mir schwer auf der Seele gelegen hatte. Weil ich mir das alles nicht erklären konnte. Und weil ich Angst hatte, verrückt zu werden.

»Ich glaub, ich werde langsam verrückt«, flüsterte ich.

Da wir allein im Büro waren und die Tür geschlossen war, zog mich Alex tröstend in seine starken Arme. Seine körperliche Nähe, sein fantastischer Alex-Geruch und seine kräftigen Arme, die sich wie Heimat anfühlten, bewirkten, dass bei mir alle Dämme brachen, weil ich mich nicht mehr verstellen musste. Schluchzend lag ich wie ein jämmerliches Häufchen Elend in seinen Armen, während er mich sanft hin- und herschaukelte.

»Ach Lilia«, flüsterte er behutsam. »So lange trägst du das schon mit dir herum?«

Die Angst, verrückt zu werden, war nicht angenehm. Die Angst, es jemandem zu erzählen, ebenfalls nicht.

»Aber ich kann dir eines versichern«, sagte Alex nach einer Weile, als ich mich wieder etwas beruhigt hatte.

Ich nestelte mich aus der Umarmung und sah ihn fragend an. »Was denn?«

Alex schluckte.

»Daten ändern sich nicht einfach so. Niemals. Und du bist alles andere als verrückt«, sagte er ernst.

Eine unheimliche Stille umgab uns plötzlich. Nur der Lüfter seines Computers erzeugte ein leises Rauschen, das uns umgab und meine innere Panik nur noch größer werden ließ.

»Wie meinst du das?«, fragte ich und musste mich räuspern, weil sich so viel Angst in meiner Kehle gesammelt hatte. Dann blinzelte Alex und sah mich ernst an.

»Ich meine, dass sich Daten nicht einfach von Geisterhand ändern«, sagte er mit düsterer Stimme und kniff die Augen zusammen. »Ich meine, dass es jemanden in deinem Umfeld geben muss, der die Daten gezielt ändert.«

Blitz und Donner durchzogen meinen Körper. Noch weniger, als verrückt zu werden, wollte ich hören, dass jemand Fremdes meine Messdaten manipulierte. Absichtlich. Vorsätzlich. Permanent.

Alex nahm meine beiden Hände und sah mich ernst an.

»Also, Lilia, denk jetzt gut nach! Wer aus deinem Umfeld hat alles Zugang zu deinen Daten, wer hatte bisher die Gelegenheit dazu und wer hat ein Motiv?«

Kapitel 40

Da ich meine gesamten Rohdaten zu jeder Messung zusätzlich auf einer externen Festplatte gesichert hatte, die niemand kannte, war ich abgesichert. Das hatte ich extra noch einmal überprüft. Zur Sicherheit erstellte ich von diesen Rohdaten sogar noch eine weitere Kopie und versuchte, mich dann darauf zu konzentrieren, herauszufinden, wer mir in diesem Labor etwas Schlechtes wollte.

Alex und ich erstellten eine Liste mit allen, die theoretisch die Möglichkeit hatten, an meinen PC zu gelangen. Das war auf jeden Fall die gesamte Abteilung, aber eigentlich hätten auch alle anderen aus dem Institut die Möglichkeit dazu gehabt, wenn sie es darauf angelegt hätten. Wenn sie mich kennen würden. Und mir zusätzlich auch noch schaden wollen würden.

Es war so schwer vorstellbar für mich, dass es hier, in meinem heißgeliebten Labor, eine Person mit derartig niederträchtigen Hintergedanken gab, die mir bewusst schaden wollte.

Alex stand auch auf der Liste. Er hatte sich selbst dazu geschrieben, weil man als guter Detektiv jede Möglichkeit durchdenken musste. Seine feine Handschrift hob sich mahnend von allen anderen Namen ab. Ich hatte ihn direkt wieder gestrichen. Natürlich. Wenn Alex mir hätte schaden wollen, hätte er andere Dinge unternommen. Wie zum Beispiel mich *nicht* nach Barcelona mitzunehmen. Oder meine Kristalle *nicht* zu züchten und dann auch *nicht* nach Japan mitzunehmen und zu vermessen.

Robert und Malte hatte ich auch gestrichen. Wir waren ein Team. Wir waren Familie, jedenfalls Malte und ich. Er war mein Laborzwillingsbruder. Niemals würde er meine

Daten absichtlich ändern, um mir zu schaden. Das verstieß gegen unseren Laborzwillingskodex.

Alex und ich gingen die Liste nach und nach durch. Misha konnte ich nicht so gut einschätzen. Vielleicht war er eifersüchtig auf mich? Aber offiziell hatte er erst im Januar begonnen und, wenn ich mich richtig erinnerte, traten die ersten mysteriösen Änderungen bereits im Dezember auf. Also konnte Misha es nicht sein.

Blieb noch die Kryo-EM-Gang. Tobias konnte mich nicht leiden, das war völlig klar. Aber war ich ihm wirklich so unsympathisch, dass er so weit gehen würde?

Als Person im Labor war ich unscheinbar. Meine Forschung interessierte niemanden aus der Kryo-EM-Gang. Aber ich war eine Frau, die sich von diesen ganzen Chauvis nichts sagen ließ. Da fiel mir die Situation auf der Weihnachtsfeier ein. Der Hass, der in Stefans Augen loderte, als er mich ansah, während er sich bei mir entschuldigte. Entschuldigen musste. Und plötzlich war ich mir absolut sicher, wer meine Daten manipuliert hatte.

»Ich weiß, wer es war«, sagte ich und schöpfte neuen Mut. »Und ich werde es beweisen.«

Alex sah mich erstaunt an. »Wer? Was schwebt dir vor?«

Ich sah ihn überlegen an.

»Ich werde ihm eine Falle stellen«, sagte ich motiviert und fühlte mich wie die mutigste Detektivin der Welt. Oder die törichteste.

Alex wollte mich noch instinktiv zurückhalten, aber ich spazierte stolz und zufrieden aus dem Zweier-Büro. Ich wusste genau, was zu tun war. Am PC legte ich eine neue Tabelle mit ausgedachten Daten an, speicherte sie in einen neuen Experimentordner und erstellte ein paar falsche Kurven mit pastellfarbenen Graphen. Wer auch immer Zugriff auf meine Auswertungsdaten hatte, würde Spuren hinterlassen: ein neues Speicherdatum, eine andere IP-Adresse, eine neue Anmeldung oder so. Irgendwas musste es einfach geben.

Ich sendete die Datei an meinen kleinen Bruder, der ein totaler IT-Nerd war und mir erstaunlicherweise direkt half. Er baute einen verdeckten Code in die Datei, der mir eine Nachricht aufs Handy schickte, sobald jemand die Datei öffnete. Das war vermutlich nicht ganz legal, aber ich wollte den Täter unbedingt stellen und hatte die große Hoffnung, dass er während seiner Arbeitszeit agieren würde. Wenn das am Ende nicht funktionierte, würde ich immer noch die Gelegenheit haben, um mich mit unserer IT-Abteilung abzustimmen, was wir für weitere Möglichkeiten hätten.

Als mein Bruder die Datei fertig präpariert hatte, speicherte ich alles. Gleichzeitig nutzte ich die kommende Mittagspause, wo sich die ganze Kryo-EM-Gang im Pausenraum zum Essen traf und erzählte Malte, der ebenfalls dort mitaß, von meinem neuen, tollen Ergebnis, das der Durchbruch meiner bisherigen Titrationsforschung wäre. Wie zu erwarten war, war Malte eher gelangweilt und wunderte sich, wieso ich ihm das in der Pause erzählte. Ich würde es doch im Jour-Fixe am Freitag sowieso vorstellen.

Wir hatten die Abmachung, zur Mittagszeit nicht über die Arbeit zu sprechen. Eigentlich war ich auch eine große Verfechterin der Kennzeichnung unserer Pause als arbeitsfreie Zone. Aber es sollte authentisch wirken. Ich wollte begeistert wirken.

»Ich bin so neugierig wegen der Auswertung, aber heute schaffe ich es nicht mehr. Nach der Pause muss ich gleich zu meinem Seminar«, sagte ich laut.

Aber Malte zuckte nur mit den Schultern. Früher wäre er genauso begeistert gewesen wie ich.

Während ich sprach, sah mich dieser großkotzige Stefan aus den Augenwinkeln an, als wäre ich der größte Abschaum der Welt, weil ich es gewagt hatte, überhaupt zu sprechen. Dass er seine ausdruckslosen grauen Mausaugen auf mich gerichtet hatte, nervte mich. Er konnte seine Abscheu nicht einmal ansatzweise kaschieren und lachte er verächtlich. Ich spürte, dass er innerlich schon Pläne schmiedete, meine Daten zu manipulieren, um mir zu schaden, und ich hätte ihn am liebsten schon hier bloßgestellt und fertiggemacht.

Selbstsicher genoss ich das Mittagessen mit den anderen Doktoranden. Misha saß wie immer sehr schweigsam dabei und die Kryo-EM-Gang prollte herum, wie toll und wie krass sie waren. Malte aß auch relativ schweigsam, erzählte mir dann aber von seinen Wochenendpartyplänen. Ich konnte Malte kaum folgen und dachte die ganze Zeit an diesen blöden Stefan. Wenn er sich von einem anderen PC auf meine Daten draufschalten würde, hätte ich seine Accountnummer und die IP-Adresse. Ich hatte es im Gefühl, dass er direkt nach dem Mittag handeln würde, bevor ich die Auswertung am nächsten Tag machen würde.

Nach der Mittagspause holte ich meine Sachen aus dem Labor, verabschiedete mich von Malte, der gerade mit konzentrierter Natronlauge den pH-Wert einer Pufferlösung einstellte, und schlich mich dann aus dem Labor. Mein Herz klopfte mir vor Aufregung bis zum Hals und meine Hände waren schwitzig, als wäre ich in einem Krimi gelandet.

Auf dem Gang stieß ich fast mit Alex zusammen, der mich schon empört anblickte, weil ich ihn nicht bemerkt hatte. Ich sah mich rasch um, aber da niemand zu sehen war, zog ich ihn in unseren Chemikalienraum, der in unmittelbarer Nähe lag und offenstand.

»Was hast du vor?«, fragte Alex überrascht und wollte mich küssen.

Als er bemerkte, dass dies nicht meine Intention für die Entführung war, hielt er verlegen inne, wurde leicht rot um die Nase und räusperte sich.

»Ich habe einen Plan, herauszufinden, wer meine Daten manipuliert«, flüsterte ich geheimnisvoll.

Alex sah mich skeptisch an.

»Du machst doch nichts Gefährliches, oder?«, fragte er misstrauisch und hob eine Augenbraue.

Ich verdrehte die Augen.

»Also bitte, Alex, was soll hier, in diesem 08/15-Labor bitte Gefährliches passieren? Wir sind ja nicht bei *X-Factor* oder so«, sagte ich trotzig.

Alex schmunzelte.

Dann wurde er ernst. »Keine Alleingänge, klar?«

Ich nickte, aber Alex ließ sich damit natürlich nicht abspeisen.

»Keine Alleingänge, Lilia, ich mein es ernst. Jemand, der so was macht, ist potenziell sogar sehr gefährlich«, insistierte er mit seiner warnenden Sicherheitsbeauftragten-Stimme, aber ich war unkonzentriert.

Mein Handy vibrierte in der Hosentasche. Das konnte nur eines bedeuten: Die Falle war zugeschnappt.

Mein Herz setzte kurz aus und massenhaft Adrenalin wurde aus dem Nebennierenmark ausgeschüttet. Ich war auf Anhieb so was von bereit und mutig. Ich würde diesen Verbrecher finden und zur Rede stellen. Niemand hatte das Recht, meine mühsam erhaltenen Labormesswerte zu manipulieren. Und erst recht nicht so ein widerlicher Kryo-EM-Heini.

»Keine Alleingänge, alles klar«, beschwichtigte ich. »Ich muss los, bis später!«

Ich beugte mich vor, gab Alex einen flüchtigen Kuss und flitzte los, ohne auf sein »Nicht auf den Gängen rennen, Lilia!« zu achten. Einen ambitionierten Sicherheitsbeauftragten zu lieben, war definitiv nicht einfach.

Beim Rennen fiel mir auf, dass ich gar nicht durchdacht hatte, was zu tun war, wenn ich den Täter wirklich stellen konnte. Wie musste ich mit Stefan umgehen? Was wenn er wirklich gefährlich war?

Aber für diese Gedanken war es schon zu spät. Mein Blut war voller Adrenalin und Cortisol, um den Körper auf eine »Kampf-oder-Flucht«-Reaktion vorzubereiten. Ich wollte ihn umhauen. Wortwörtlich. Meine Amygdala war dafür in äußerster Alarmbereitschaft, um gegenwärtige Bedrohungen zu erkennen und die Stressreaktion zu aktivieren.

Aufgeputscht und mutig stürmte ich wie eine Wahnsinnige ins Labor, wo mein Schreibtisch stand, da die Nachricht mit der Zugriffs-IP-Adresse meinen Computer anzeigte.

»Hab ich dich erwischt!«, schrie ich aufgebracht. Aber niemand machte sich an meinem PC zu schaffen.

Malte, der mit dem Rücken zur Tür an seinem PC saß und mich nicht hatte kommen sehen, schaute erschrocken auf. Er klickte rasch etwas weg, aber da hatte ich es schon gesehen. Meine ausgedachten Tabellen. Die absurden Kurven. Niemand verwendete wirklich Pastellfarben für wichtige Kurven! Und eine der rosafarbenen Kurven hatte plötzlich eine andere Steigung.

Ich sah ihn an und ein Rauschen blockierte mich. Mein Kopf war komplett leer. Simons Programm hatte gar nicht meinen PC mit meiner IP-Adresse gemeldet.

»Alles okay, Lilly? Ich dachte, du bist bei deinem Seminar«, sagte Malte und lächelte mich scheinheilig an. »Du wirktest grad etwas aufgebracht? Ich habe leider nicht verstanden, was du mir zugerufen hast.«

Dieser Verräter. Dieser verdammte Verräter. Mit leerem Blick sah ich ihn an. Meine Kehle schnürte sich zu. Ich zitterte. Vor Wut. Vor Verzweiflung. Und vor Enttäuschung. Ich musste direkt bleich geworden sein, denn meine Wangen fühlten sich eiskalt an. Ich fühlte mich eiskalt an. Mein Herz zerbrach.

Malte. Weber. Hatte. Mich. Verraten.

Wie ein unendliches Echo hallten diese Worte durch meinen leeren Kopf, immer und immer wieder, zeitgleich, so dass das Rauschen noch schlimmer wurde. Mein bester Freund, mein Laborzwillingsbruder, mein Malte, für den ich alles gemacht hätte, hatte mich verraten. Mit erschreckender Leichtigkeit hatte er dieses falsche Lächeln aufgesetzt. Pure Fassungslosigkeit machte es mir unmöglich, mich zu bewegen, obwohl ich weglaufen wollte. Alles nicht wahrhaben wollte. Ich hatte meine Stimme vergessen. Plötzlich kam mir mein Lateinunterricht in den Sinn.

»Et tu, Brute?«, hauchte ich. Wie Marcus Junius Brutus einst seinen Freund Gaius Julius Caesar verraten hatte, hatte Malte mir ein unsichtbares Laborschwert in den Rücken gerammt und ließ mich taumeln.

Malte sah mich irritiert an.

»Sprichst du grad Latein mit mir?«, fragte er. »Geht's dir nicht gut?«

Er stand auf, wollte auf mich zugehen und eine Hand auf meine Stirn legen, aber ich wich misstrauisch zurück. Und ich hatte meine Sprache wiedergefunden.

»Warum, Malte?«, fragte ich bitter. »Bitte, sag mir nur warum?«

»Ich weiß wirklich nicht, was du meinst«, sagte er ausweichend, als bestünde eine reelle Chance, dass alles nur ein Missverständnis wäre. »Bist du auf den Kopf gefallen oder so? Brauchst du Hilfe?«

Düster kniff ich die Augen zusammen.

»Derjenige, der hier gleich Hilfe braucht, bist du, wenn du mir nicht sofort erklärst, wieso du seit Monaten meine Messdaten manipulierst?«

Malte wurde blass und riss ertappt die Augen auf.

»Ich ... ich weiß wirklich nicht, wovon du sprichst«, stammelte er.

Aber die Fassade war gebrochen. Seine perfekte Lüge war vorbei. Ich sah in seinen geweiteten Pupillen, dass er genau wusste, was ich meinte. Da nutzte die gespielte Unwissenheit auch nichts.

»Du weißt also nicht, wovon ich spreche, ja? Und woran hast du gerade gearbeitet? Was hast du so hastig weggeklickt, als ich reingekommen bin?«

Ich funkelte ihn wütend an und fühlte mich auf einmal größer als er, obwohl er mich mit seinen 1,90 m vielfach überragte.

»Was meinst du, Lilly?«, schauspielerte er wie in einer schlechten Soap und mir wurde übel. »Ich saß an meinen Auswertungen.«

Ich lachte verächtlich. »Ja klar, an deinen Auswertungen! Mit rosafarbenen Kurven! Dann zeig sie mir!«

Unsicher druckste er herum, aber es gelang mir dann doch, ihn zu überzeugen, dass er es zugab und mir die Datei zeigte.

»Okay, du hast recht. Ich war an deinen Messergebnissen. Du hast beim Mittagessen so schwärmerisch darüber gesprochen, da wollte ich mir das mal ansehen«, stammelte er und wurde rot.

»Ansehen, soso«, sagte ich zynisch. »Und warum sind die Kurven leicht verschoben, Malte?«

Ich sah ihn wütend an, aber eigentlich war ich gar nicht wütend. Nur unfassbar enttäuscht. Und traurig. Weil ich wirklich dachte, wir wären echte Freunde. Mehr noch als das. Ein Team. Untrennbar. Unzerstörbar. Und plötzlich war alles anders. Von einer Sekunde auf die andere. Vor mir stand ein völlig fremder Mensch.

Malte richtete sich auf und sah mich mit verzerrtem Blick an.

»Ich ... ich wollte das doch nicht«, platzte es völlig unkontrolliert aus ihm heraus. »Aber du warst immer bei diesem Alex, den wir doch scheiße fanden. Und dann schleppt der dich mit nach Barcelona und dann kriegst du einfach alles von dem nachgeworfen. Und ich frage mich, wieso? Weil wir den doch eigentlich scheiße finden. Und dann sehe ich euch zusammen, wie du ihn anhimmelst, wie ihr euch umarmt ... Und mir sagst du, du findest ihn scheiße.«

Ich runzelte die Stirn.

»Ich habe nie gesagt, dass ich ihn scheiße finde«, meinte ich. »Und das alles gibt dir noch lange nicht das Recht, meine Daten zu verfälschen! Das ist das Schlimmste, was du mir antun konntest. Ich dachte, nichts klappt. Ich dachte, ich werde verrückt. Ich habe so viel Zeit in diese beschissenen Auswertungen gesteckt und jetzt sind sie alle für den Arsch!«

Ich schrie mir allen Frust von der Seele und das tat in diesem Moment so richtig gut.

»Aber das wollte ich doch nicht«, flüsterte er traurig und senkte den Blick.

»Ach, was wolltest du dann, wenn du mich nicht fertigmachen wolltest, weil du eifersüchtig warst, dass Alex mir geholfen hat und nicht dir?«, fragte ich zynisch und lachte bitter. »Im Übrigen hätte er dir auch geholfen, wenn du mal von deinem *Ich-find-Alex-scheiße*-Tripp runtergekommen wärst und ihn einfach gefragt hättest.«

Malte verdrehte die Augen.

»Als ob«, murmelte er abfällig. »Der hilft dir doch nur, damit er dich flachlegen kann!«

Ich sah ihn fassungslos an.

»Das ist nicht wahr! Ich fasse es nicht, was du da sagst. Ich fasse es nicht, dass du mir absichtlich schaden willst, weil du eifersüchtig bist. Ich dachte, wir sind Freunde. Ein Team. Ich dachte, ich kenne dich.«

»Aber wir sind doch ein Team«, jammerte er. »Wir beide sind was ganz Besonderes. Und ich war doch nicht eifersüchtig, dass Alex Winter dir geholfen hat.«

»Sondern?«

»Ich ... ich wollte dich einfach nur hier bei mir behalten und nicht an ihn verlieren. Ich dachte, wenn die Daten nicht stimmen, wird er irgendwann einfach das Interesse verlieren und dann bleibst du bei mir. Und dann erkennst du, dass du ...« Er schluckte und schluchzte.

»Worauf willst du hinaus?«

Tränen stiegen ihm in die Augen.

»Lilly, ich liebe dich. Voll und ganz und total«, flüsterte er.

Was hatte er da gesagt? War das sein Ernst? Wir waren doch Freunde. Wie Geschwister. Laborzwillinge. Niemals hatte ich gedacht, er würde irgendetwas anderes für mich empfinden als familiäre, freundliche Liebe.

»Aber du hast doch ständig andere Frauen«, stammelte ich verwirrt.

»Das habe ich mir doch alles nur ausgedacht, um dich eifersüchtig zu machen.«

Ich schluckte. Ich war niemals eifersüchtig gewesen. Im Gegenteil, ich hatte mich immer für Malte gefreut.

»Und was war mit Annika?«

Er zuckte mit den Schultern. »Tja Annika ... ist nicht du. Ich liebe nur dich. Schon immer. Und dann kommt dieser blöde Alex Winter und wickelt dich um den Finger und schnappt dich mir weg.«

Wütend sah er mich an und schritt auf mich zu. Er griff nach meinen Händen, aber ich entriss sie ihm sofort wieder. Wie hatte ich nicht bemerken können, dass er mir die ganze Zeit nur etwas vorgespielt hatte?

»Wir beide gehören zusammen«, sagte Malte mit einem Zittern in der Stimme und es klang trotzdem bedrohlich. »Du gehörst doch zu mir, Lilly. Das war schon immer so. Du weißt es nur noch nicht. Du kannst es noch nicht sehen, weil dieser Alex Winter dich geblendet und gegen mich aufgehetzt hat.«

Er kam noch näher und sah mich mit verzerrtem Gesicht unheimlich an. Panik stieg in mir auf. Was würde er jetzt machen?

»Meine Lilly ...«

Die Tür zum Labor wurde aufgerissen.

»Lass meine Verlobte in Ruhe!«, rief plötzlich von hinten eine eisige Stimme.

Alex. Erleichtert sah ich, wie er auf uns zu stürmte, Malte zur Seite stieß und mich aus dieser bedrohlichen Situation befreite.

»So sehen also »keine Alleingänge« bei dir aus, ja?«, raunte er mir zu, während ich mich zitternd in seine Arme fallen ließ.

»Verlobte?«, fragte Malte erschrocken. Sein Blick fiel auf den Silberring mit dem lavendelfarbenen Jadestein an meinem linken Ringfinger. »So früh schon? Bist du etwa ...?«

Ich verdrehte die Augen. War das der einzige Grund, weshalb man sich verloben würde?

»Nein, ich bin nicht schwanger, Malte. Und es tut mir leid, dass ich dir das mit Alex und mir nicht eher gesagt habe. Niemand weiß von uns. Ich habe mich nicht getraut, dir etwas zu sagen, weil du immer so schlecht über Alex gesprochen hast und mir seit einiger Zeit ständig aus dem Weg gegangen bist, wenn ich es ansprechen wollte!«

Meine Rechtfertigungen kamen jedoch zu spät. Malte war völlig besessen von dem Gedanken, dass ich nur zu ihm gehören konnte und Alex mich ihm weggenommen hatte, als wäre ich irgendein Gegenstand, den er unbedingt besitzen musste. Als könnte ich mich nicht aus freien Stücken für Alex entschieden haben.

Malte rannte wie ein Wahnsinniger auf Alex zu und versuchte, gegen ihn anzukämpfen, aber Alex schaltete sofort. Er schob mich vorsichtig nach hinten und konnte Malte wieder zurückdrängen.

»Schnell!«, schrie er mir zu. »Hol Hilfe!«

Die Situation war so absurd, dass ich mich, ohne nachzudenken, umdrehte und aus dem Labor stürmte. Ich war so durcheinander und gebrochen, dass ich kaum atmen konnte. Draußen rannte ich direkt in Roberts Arme, der gerade auf dem Weg zu einer Vorlesung war, denn er trug sein Dozentenjackett und seine Hornbrille.

»Bitte, Robert, schnell! Alex braucht deine Hilfe. Malte dreht grad völlig durch«, keuchte ich. »Im Labor.«

Robert musste die Panik in meinen Augen bemerkt haben, denn, ohne zu zögern oder nachzufragen, stürmte er in das Labor, das ich zuvor verlassen hatte. Mein Blickfeld wurde unscharf. Schwarze Flecken tanzten vor meinen Augen. Von weitem hörte ich wieder das Rauschen auf mich zurasen. Zitternd sackte ich auf dem Gang zusammen, dann wurde alles schwarz um mich herum und ich fiel in ein tiefes Loch.

Kapitel 41

Die Nachricht, dass Malte durchgedreht war und durch seine Datenmanipulation aus dem Doktorandenprogramm geworfen wurde, verbreitete sich wie ein Lauffeuer im Clara-Immerwahr-Institut. Auch noch sechs Wochen nach dem Vorfall kamen Mitarbeitende des Instituts, mit denen wir nie etwas zu tun hatten, zu uns in die Abteilung, um ihre Bestürzung mitzuteilen und schaulustig nachzufragen, was denn genau passiert war.

Sogar Tanja, die den Immerwahr-Blog betreute, kam bei uns vorbei und wollte einen Beitrag schreiben, aber Alex konnte sie davon abbringen. Wie makaber eigentlich. In seiner ganzen Arbeitszeit wollte Malte in einem ihrer Blogbeiträge erwähnt werden, aber Tanja hatte ihn immer nur vertröstet. Nun, wo er nicht mehr da war, kam Tanja sogar extra zu uns, um über Malte berichten zu können und darüber, was fehlende Resilienz, Konkurrenzdruck und Laborfrust mit Wissenschaftler*innen machen konnte.

Alex und mich hatte der Vorfall noch enger zusammengeschweißt. Mittlerweile wussten alle, dass wir zusammen waren. Dass wir sogar schon völlig spontan geheiratet hatten, weil kurzfristig ein Termin beim Bürgeramt freigeworden war, als wir unsere beglaubigten Geburtsurkunden abholten, wusste allerdings niemand. Es machte fürs Labor aber auch keinen Unterschied. Auf dem Papier hatte sich nicht einmal die Anschrift geändert, obwohl Alex natürlich zu mir gezogen war und wir seine alte, leere Wohnung aufgegeben hatten. Noch machte uns die kleine Wohnung zu zweit nichts aus und Alex hatte sich auch noch nicht über mein alltägliches, kreatives Chaos beschwert. Oder über die Deko. Aber wenn es doch irgendwann mal zu eng sein würde, würden wir uns einfach was Neues suchen. Hauptsache zusammen. Denn wir waren keine Einzelkämpfer mehr. Und so fanden Winter und Sommer endgültig zusammen und bildeten eine Einheit. Sommer und Winter, die zuerst nicht miteinander konnten, aber letztendlich doch auch irgendwie nicht ohne einander sein wollten.

Im Labor ging allmählich der Normalbetrieb weiter. Als die letzten aufhörten, über mich zu tratschen, weil ich mir angeblich irgendwelche Vorteile erschlichen hatte, indem ich Alex um den Finger gewickelt hatte, war es mir längst egal, was die Leute dachten. Sollten sie denken, was sie wollten. Fakt war, er hatte mich um seinen Finger gewickelt und ich würde mich immer wieder so entscheiden. Auch wenn die Stimmen der anderen laut und verletzend waren. Bei einigen hielt sich sogar das Gerücht, dass ich mit beiden Männern gleichzeitig etwas gehabt hatte und Malte daran zerbrochen war. Immerhin hatte Robert in der gesamten Situation zu mir gehalten und mich unterstützt. Er war nicht immer der beste PI gewesen, aber er hatte mich keine Sekunde in Frage gestellt. Das rechnete ich ihm hoch an.

Von Malte hatte ich seit dem Vorfall nichts mehr gehört oder gesehen. Meine blinde Wut war inzwischen verraucht und ich konnte verstehen, dass er sich krankhaft über Monate eingeredet hatte, ich würde zu ihm gehören. Ich war immer noch enttäuscht, aber damit konnte ich umgehen. Ich hatte meine Sicherheitskopien, zu denen Malte keinen Zugang gehabt hatte, inzwischen gesichtet und neue Auswertungen angefertigt. Es war bitter, erneut so viel Lebenszeit in diese Auswertungen zu stecken, aber es lohnte sich. Robert und mir gelang es, mit den echten Daten unsere Hypothese, an der wir so verzweifelt gefeilt hatten, zu bestätigen. Wir schafften es sogar, die begehrten drei Signifikanzsternchen zu erhalten. Es ging bergauf. Aber das war auch nicht verwunderlich. Ich hatte schließlich die Serendipität geheiratet.

Da mein Vertrag in der Arbeitsgruppe nur noch bis zum Herbst lief, ohne Aussicht auf Verlängerung, verbrachte ich die Sommermonate damit, an meiner Dissertation zu schreiben. Für die Lehre wurde ich freigestellt. Alex hatte geschafft, die Universität zu überzeugen, dass sämtliche Kurse auch in englischer Sprache, der Universalsprache der Wissenschaft, abgehalten werden konnten, und so waren ab jetzt die anderen Doktoranden gefordert.

Auch die Kryo-EM-Leute konnten sich nicht mehr drücken. Mit einer gewissen Genugtuung hatte ich beobachtet, wie Tobias vergeblich versucht hatte, sie weiterhin befreien zu lassen, aber direkt an Alex gescheitert war. Als stellvertretender Abteilungsleiter war er sogar noch heißer, als ich dachte, besonders wenn er einen gewissen Tobias Stockmann einfach abblitzen ließ.

Es war befreiend, sich die komplette Arbeitszeit auf ein Thema konzentrieren zu können. Ich schrieb fleißig an meiner Dissertation und auch mein Strukturpaper, das ich mit Alex geschrieben hatte, war kurz vor der Einreichung.

Ein wichtiger Schritt fehlte jedoch noch im großen Zukunftspuzzle der Anneli Cäcilie Sommer, die plötzlich nicht mehr allein war. Der wichtigste überhaupt vielleicht. Ich musste Alex Winter, meinem Ehemann, meinem Verbündeten und dem heißesten Arbeitsgruppenleiter der Welt, erzählen, dass ich die Grundlagenforschung nach der Promotion verlassen würde. Dass sich unsere beruflichen Wege trennten. Bisher hatte er schon ab und zu darüber gesprochen, wie toll es wäre, wenn ich in seiner Arbeitsgruppe Postdoc wäre. Aber für mich war das absolut keine Option. Dass wir inzwischen verheiratet waren, machte es sogar noch unwahrscheinlicher, weil ich nicht als namenlose Ehefrau von Herrn Prof. Dr. Winter durchs Laborleben gehen wollte, sondern als Dr. Sommer, die als erstes Mitglied der Sommer-Familie Abitur gemacht, studiert und promoviert hatte. Mein Weg lag aber trotzdem nicht in der Grundlagenforschung, wenn sie so blieb, wie sie zurzeit war. Voller Unsicherheiten, Diskriminierung und Förderanträge. Ich hatte es lange genug abgewogen. Für meine berufliche Zukunft suchte ich keine befristeten Stellen und ich wollte auch keine Bittstellerin sein, die die DFG ständig um einen weiteren Forschungsetat bitten musste, und ich wollte auch diesen unsäglichen Publikationsdruck nicht. Jedenfalls nicht aus erster Hand. Über Alex würde ich genug involviert bleiben, dass ich mir für mich selbst etwas Eigenes aufbauen konnte. In einem Gebiet, wo nicht alle ehrfürchtig nur den nächsten GPCR-Superstar sahen, wenn wir beide nebeneinanderliefen. Und das musste ich Alex nur noch irgendwie verklickern.

Da wir ausgemacht hatten, zu Hause nicht über die Arbeit zu reden, wählte ich einen Vormittag, wo Robert nicht im Büro war. Alex saß wie üblich am Computer und war in einen Papertext vertieft. Er stand nur noch selten selbst an der Laborbank, weil Misha dies jetzt für ihn übernahm. Das war schade, weil es für mich kaum heißere Momente im Labor gab, als zu beobachten, wie Alex völlig konzentriert in seiner eigenen Welt pipettierte, wenn er seine Brille trug und er sich fixiert auf die Seite der Unterlippe biss.

Ich lächelte, als ich daran dachte, und vermisste es, ihn in seiner Wissenschaftswelt zu sehen.

»Hey«, sagte ich, als ich ins Zweier-Büro eintrat. »Darf ich kurz stören?«

Er hielt inne, sah mich lächelnd an und in mir drin machte es wieder »Pling«. Wie jedes Mal, wenn er mich so anschaute.

»Unbedingt«, murmelte er und strahlte mich an. »Ich habe dich schon vermisst.«

Er stand auf, zog mich in seine Arme und küsste mich. Ich spürte seine Wärme und Liebe. War angekommen. War einfach zu Hause, wann immer ich bei ihm sein durfte. Manchmal konnte ich noch gar nicht fassen, dass mein Traum nun Wirklichkeit geworden war. Dass Alex sich für mich entschieden hatte. Vollkommen und umfassend.

»Woran arbeitest du grad?«, fragte ich.

Alex gab mir einen letzten Kuss, zog mich dann auf seinen Schoß und sah mich verliebt an.

»Unsere Schweizer Kollegen haben endlich die letzten Versuche gemacht. Damit kann das neue Paper eingereicht werden. Wir werden es dieses Mal direkt bei PNAS einreichen. Ich habe da ein gutes Gefühl«, sagte er leise.

Ich sah ihn stolz an.

»Fantastisch«, sagte ich begeistert, weil er mich mit seiner Lebensfreude angesteckt hatte.

Alex wirkte erleichtert. Seine Kooperationspartner aus der Schweiz waren ziemlich im Verzug gewesen. Das hatte alle zurückgeworfen, da das Paper hätte schon längst eingereicht werden sollen.

»Und was ist mit dir?«, fragte er dann und legte den Kopf schräg.

Ich rutschte von seinem Schoß und war plötzlich wieder die kleine unsichere Doktorandin, die nicht wusste, wie sie mit ihm sprechen sollte. Die ihn nicht verletzen wollte, weil sie ihm hemmungslos verfallen war.

»Ich wollte mit dir reden«, sagte ich dann.

Er nickte aufmerksam und richtete seine Konzentration auf mich.

»Das klingt ernst«, murmelte er.

Ich seufzte.

»Es geht um meine Zukunft«, sagte ich angespannt. »Ich werde die Grundlagenforschung verlassen, wenn ich die Dissertation fertig habe.«

Eine unangenehme Pause entstand. Alex atmete tief durch, dann sah er mich fragend an. »Aber warum?«

Ich seufzte erneut. »Ich habe alles realistisch abgewogen. Ich bin keine Spitzenforscherin so wie du. Mein Herzblut hängt zwar an der Wissenschaft, aber die Umstände machen es mir nicht möglich, guten Gewissens so weiterzumachen.«

Alex runzelte die Stirn und überlegte. »Aber ich verstehe das nicht. Du bist eine tolle Biochemikerin. Du kannst sofort bei mir als Postdoc anfangen, wenn du möchtest. Ich dachte, das wüsstest du?«

Ich lächelte ihn sanft an.

»Das weiß ich«, sagte ich leise und stupste mit meiner Nase an seine Nasenspitze. »Und darüber freue ich mich auch. Aber ich möchte nicht immer nur die Frau vom großen Alex Winter sein, über die alle hinter vorgehaltener Hand tuscheln, dass sie die Stelle nur bekommen hat, weil ihr Ehemann der Arbeitsgruppenleiter und GPCR-Superstar ist.«

Alex schüttelte irritiert den Kopf. »Du weißt, dass das nicht so ist. Dass ich deine Expertise und deine Liebe für die Wissenschaft in meinem Team haben möchte. Ich hätte dich auch in meinem Team haben wollen, wenn du mich nicht geheiratet hättest. Selbst, wenn du mich total blöd gefunden hättest.«

Ich lachte.

»Wenn ich dich total blöd gefunden hätte, hätte ich auf keinen Fall mit dir zusammenarbeiten wollen«, sagte ich mit einem ironischen Unterton, aber er winkte nur ab.

»Dieses Pech hat ein anderer Alex in einem anderen Universum«, erwiderte er nur trocken. »Hör zu, ich kann mich auch mal umhören, wenn du willst. Am Max-Planck-Institut, am Leibniz-Institut oder an der Uni. Wir werden schon eine geeignete Postdoc-Stelle für dich finden. Der ein oder andere schuldet mir auch noch einen Gefallen!«

Er zwinkerte mir aufmunternd zu, aber ich schüttelte nur sanft den Kopf.

»Ich möchte aber keine Stelle, weil dir jemand einen Gefallen schuldet«, sagte ich empört. »Ich möchte, wenn überhaupt, eine Stelle, wo man sich für mich, Lilia Sommer, interessiert. Wo ich hinpasse. Wo man mich braucht. Und nicht, wo Herr Alex Winter seine Ehefrau unterbringen will. Verstehst du?«

»Aber ich brauche dich hier«, sagte er dann.

Ich seufzte ein drittes Mal.

»Aber nicht so, wie ich das jetzt gemeint habe«, antwortete ich.

Er nickte betrübt. Dann erhellte sich sein Gesicht wieder. »Wir können auch Forschungsanträge schreiben. Für eine Nachwuchsgruppenleitung. Wenn das Strukturpaper durch ist, das Funktionspaper eingereicht wurde und deine Dissertation abgeschlossen ist, hast du bestimmt gute Karten. Dein Rezeptorsubtyp ist ja noch relativ unbekannt. Wir ziehen das richtig groß auf!«

Ich lächelte ihn an und legte meine Hand behutsam auf seinen Arm, um ihn zu bremsen. Herrje. Gruppenleitung, eigene Forschungsgruppe, das war sein Traum, nicht meiner. Er sprudelte voller Ideen, hätte am liebsten direkt einen Projektplan erstellt und ein erstes Konzept für die

Nachwuchsgruppe ausgearbeitet. Aber dieses Mal sprang der Funke bei mir nicht über. Dieses Mal sah ich ihn nur betrübt an. Mein Weg in der Wissenschaft war beendet.

»Du willst gar kein Empfehlungsschreiben von mir«, stellte Alex traurig fest und ich schüttelte den Kopf.

»Aber wie kann ich dich als gut ausgebildete Biochemikerin denn sonst in der Wissenschaft halten?«, fragte er verzweifelt. »Was willst du stattdessen machen?«

»Das weiß ich noch nicht«, gab ich ehrlich zu. »Aber ich werde es ganz sicher herausfinden. Mit dir an meiner Seite.«

Mit ihm an meiner Seite hatte ich keine Angst vor meiner Zukunft. Mit ihm an meiner Seite konnte ich alles erreichen, was ich wollte.

»Ich liebe dich, Benedikt Alexander Sommer«, sagte ich leise.

Alex sah mich lange an. Seine hellblauen Augen fixierten mich und mein Herz raste. Die niedlichen Leberflecke im Beinahe-Kassiopeia-Sternenbildmuster auf seiner Wange funkelten. Er hatte immer noch diese besondere Wirkung auf mich, die mir alle Sinne raubte und ihn in den absoluten Mittelpunkt setzte. Mein Mittelpunkt. Mein Hochsommer.

»Ich liebe dich auch, Anneli Cäcilie Winter«, sagte er leise und streichelte über meinen Nasenrücken. »Und ich bin froh, dass wir uns in diesem Universum wiedergefunden haben. Und ich werde dich unterstützen, ganz gleich, was du nach deiner Promotion machen möchtest.«

Er grinste schalkhaft. »Und jetzt lass uns endlich deinen Diskussionsteil durchsprechen, ich hatte vorhin noch ein paar tolle Ideen.«

Wieder riss er mich mit und zog mich in seine Alex-Blase. Und ich wünschte mir ganz fest vom Universum, dass er sich genau diese Begeisterungsfähigkeit bewahren würde. Bestenfalls für immer.

Ich wusste, dass es nicht immer leicht werden würde. Es würden unsichere Zeiten kommen, wenn die Forschungsergebnisse vielleicht einmal nicht passten oder die Drittmittel nicht bewilligt wurden. Es würden neue Herausforderungen kommen, wenn Alex eine neue Stelle bekam, ein besseres Labor fand oder tatsächlich habilitierte und als Uniprofessor arbeitete. Aber all das würden wir meistern. Weil wir uns hatten. Da war ich mir ganz sicher. Eine Sommer schaffte alles, was sie sich vornahm, ganz besonders, wenn sie den Winter an ihrer Seite hatte.
Und mein Blick zu Alex verriet mir, dass der Winter auf jeden Fall an meiner Seite bleiben würde. Weil er einfach dort hingehörte.